U0024069

時代控訴長篇小說

胡霜霖──著

安得廣廈千萬間，大庇天下寒士俱歡顏，風雨不動安如山。

——杜甫

目次

第一章　分手

胡逸文無論如何也沒有料到，自己跟女友在出租屋會被當作賣淫嫖娼的給逮起來了。

那天晚上平淡無奇。節令已過晚夏，溽熱的天氣在秋風行將吹來之際終於露出一抹羞怯的清涼；初秋的天宇比以往時節更加澄澈，半輪弦月金鉤似地懸於青色蒼穹之上，宛如一位光彩照人的曼妙少女，緩緩透過雲塵散出柔似輕幔的清輝，灑向城市洇進千家萬戶。

這是一間簡陋的出租屋，一床一桌外加一個廉價簡易衣櫃，堆積木般隨意置放於沒鋪地板的水泥地上。牆壁斑駁不堪，有些石灰塊已經脫落了，露出黝黑的牆底，猶如一塊塊髒兮兮的破抹布。桌上擺著一台舊筆記型電腦，電腦旁邊亂糟糟堆放著一些吃過的速食麵盒。

胡逸文提著水桶去樓道盡頭的公共洗漱間沖涼，沖完澡上床，拿起當天一份晚報翻了翻，一條關於「全國二十個城市房價瘋漲」的新聞讓他怒不可遏，他丟開報紙罵了一句：「媽的，還讓不讓人活了！」

羅小娟兩條雪白長腿如同兩根白瓷剔透的象牙裸露在外，撩拔得他的情慾像不期而至的夜風一樣膨脹起來。他在羅小娟紅潤的嘴唇上吻了一下，動手解她的睡衣，但被後者推開了：「睡覺，明天還要上班。」逸文說：「咱們好久……」羅小娟像是被調動了情緒又像是被糾纏不過，一邊說著「煩人」一邊瞇著眼睛褪去了睡衣。逸文翻身上去，剛要動作，被羅小娟低聲喝道：「輕點聲，不怕隔壁聽到？」逸文一聽，熱漲似火的激情像遭遇傾盆大雨頓時頹然低落。

他們租住的房子位於一所大學後門外，破落參差的城中村格局讓此地看起來像極了一個貧民窟；大半年來他們一直如候鳥般在這個城市遷徙，搬到此處一個重要緣由是離羅小娟上班的幼稚園近，另一個原因在於便宜，但便宜終究不是貨。每層樓鴿子籠似地被隔成了六七間房，房間之間三夾板的單薄牆壁讓隔音變得可有可無，一個房間的輕微聲響，在隔壁房間就能聽得清晰真切。他們剛住進來時，隔壁住的是一對新婚燕爾的小夫妻，對房事很上心，不分晝夜在隔壁地動山搖，讓逸文他們不堪其擾。羅小娟不得不經常拿著鞋板拍牆以示警告。拍的次數一多，對方就有意見，輪到逸文他們親熱時，隔壁也會響起不合時宜的拍牆聲以示報復。後來胡逸文想了一個辦法，親熱時打開答錄機，以鼓噪的音樂遮掩尷尬。但這一招很快被隔壁正處於情慾旺盛期的小倆口如法炮製，而且音樂響起的頻率更頻繁更無規律以及肆無忌憚。這可苦了逸文他們。他曾找小倆口交涉過幾次，但被對方一句頂了回來——「那你們先別開答錄機啊！」逸文只能率先妥協，關掉答錄機，少親熱，即便親熱也盡力做到悄無聲息，但那感覺如同隔靴搔癢，壓抑且憋悶。

所以此刻正當胡逸文漸入佳境時，被羅小娟一低喝，頓感興趣消殆，如同歡暢飛到半空又被人活生生摁下地一般。動作戰戰兢兢，聲音壓抑咿啞，像被卡住脖子的鴨子發出的痛苦喘息。

一陣雜亂腳步聲在樓道間陡然響起，闃靜的夜被一下撕破了。胡逸文屏氣聆聽外面的響動，羅小娟惶惑地問他怎麼了？胡逸文盯著房門搖搖頭。

房門就在此時「砰」地一下被踹開的，一夥陌生人破門而入。兩人被嚇了一跳。羅小娟急忙抓過床單裹遮著赤裸的身子。胡逸文怒問他們是什麼人。一個大高個趾高氣揚地說他們是派出所聯防隊的，查賣淫嫖娼，要他們把身份證拿出來。胡逸文說：「你們看清楚，我們是情侶，誰賣淫嫖娼了？」大高個喝道：「甭囉嗦！快拿身份證！」胡逸文只得穿上短褲去拿身份證，羅小娟裹著床單驚恐地望著眼前的陌生人，身子顫抖不停。大高個看過身份證覺得沒有問題，又問他們要暫住證。胡逸文說：「我們沒有暫住證，也不知道在哪辦。」大高個說：「沒辦暫住證？——那跟我們去派出所！」胡逸文叫起來：「我們沒惹事沒犯法，憑什麼去派出所？」大高個一手電筒砸過來，「囉哩叭嗦！穿上衣服跟我們走！」

胡逸文頂著被打疼的腦袋和驚恐而畏葸的羅小娟一起被帶到了派出所，兩人被關進一間小屋內，和幾個真正嫖客妓女靠著牆根蹲成一排。旁邊蹲著的一個胖子用手肘碰了碰胡逸文：「哥們，你也走霉運啦？」又伸頭掃了一眼羅小娟，問道：「貨色不錯，哪兒找的？」胡逸文扭頭怒道：「去你媽個蛋，老子不是嫖娼！」胖子並不惱，嘻嘻笑道：「被抓進來的沒一個承認自己嫖的。」

這時大高個進來了，胡逸文站起來急急申辯，他叫胡逸文，是《情感》雜誌社的編輯，女孩是他女朋友，名叫羅小娟，是一家幼稚園老師，他們談了三年戀愛，要是不相信可以去調查！

大高個兩眼一翻：「嚷什麼嚷什麼，過去！蹲好！」

逸文倔強著沒動，大高個從腰裏抽出警棍，逸文吃了一嚇，乖乖蹲下去了。胖子湊近大高個諂笑道：「員警同志，我是老實人，我承認自個嫖，千萬別通知我家人，怎麼處置都行。」大高個「嗯」了一聲，「賣淫嫖娼是社會醜惡行為，根據規定要罰款，——跟我出去。」胖子點頭哈腰跟大高個出去了，一起出去的還有一個口紅塗得誇張的女子。

片刻功夫，小屋幾對男女陸陸續續交了罰款之後被放了，只剩下胡逸文羅小娟二人。外面的夜靜極了，走廊裏響著鬧鐘的滴答聲。羅小娟一直沒說話，長髮遮住了大半張臉，嘴唇緊抿，臉色鐵青，眼淚被兩排柵欄似的長睫毛攔住了，水汪汪打著轉，卻沒有流下來。逸文心裏酸酸的，伸手過去摟她，被她一下甩開了。

大高個又進來了，問他們考慮好沒有。胡逸文說：「我說了我們不是……」

「你們沒辦暫住證。」

「沒辦暫住證也要罰款？」

「廢話，所有外來人口都要辦理暫住證，這是規定。」

「要罰多少？」

「根據規定，罰三千。」

胡逸文在身上掏了掏，又在羅小娟荷包裏掏了掏，「我們身上沒那麼多錢。能不能少點？」

「買菜啊！討價還價！——繼續蹲著！」說罷，大高個抽身出了小屋。

秦文夫一上班就接到胡逸文打來的求助電話，他沒有怠慢，立刻找到總編陳昶打了一個單位證明，隨後急沖沖地趕至派出所，交了罰款遞了證明，胡逸文和羅小娟這才被領出來。離開之前他們被要求在口供上簽字。大高個說：「回去把暫住證辦了，不然日後檢查，你們還得被抓來，何必呢？文化人更要遵守規定嘛。」胡逸文氣怒難消：「你們這是赤裸裸侵犯人權！我要去告你們去報紙揭露你們！」大高個兩眼一翻：「告什麼告？我們這是按規定辦事！」

秦文夫邊陪笑邊將胡逸文往門外推。「同志別介意，他說著玩兒呢！」

三人來到大街上，胡逸文謝過秦文夫之後對他說：「錢過兩天還你。」秦文夫拍拍他的肩膀：「沒事，回去休息一下，我幫你請個假。」說罷又寬慰他一番就轉身走了。

回去的路上，羅小娟一直未發一語，陰沉的臉像一條未擰乾水的白毛巾。回家後，逸文要她睡一會，他打電話去幼稚園給她請假。但羅小娟坐在床上淚眼婆娑不言一語。他有點惱了：「你吱一聲啊，繃著個臉！我希望發生這樣的事啊？」

過了半晌，羅小娟終於吐出幾個字：「我們分手吧。——我要回家！」

「什麼？你說什麼？」逸文忙扳過羅小娟的肩膀反問道。

「我說我們分手！」這次羅小娟提高了聲量，一字一句盯著他的臉叫道。逸文的臉像掠過一層灰暗的塵土，一下變得陰暗無比。他一把抱住羅小娟說：「別說胡話，——我知道你昨晚受了委屈……」

羅小娟推開他。「我沒說胡話，我現在很清醒。這種日子我受夠了！逸文你自己說，我們談了幾年戀愛？什麼時候有過安全感？什麼時候你給過我希望？真的，我累了。」說著，嗚嗚哭了起來。

逸文不說話了，羅小娟所言不虛，他無法反駁；過了一會，他語氣愧疚地說：「都是我沒用，我知道這些年來你跟我一起受了委屈……可是娟，你要相信我，總有一天我們會有一套漂亮舒適的房子有一個安定幸福的家的！」

「怎麼相信你啊？」羅小娟停止了抽泣，打斷了他的話問道：「是等你買房子還是等你買彩票中五百萬？」

逸文頓時語塞，臉色漲得通紅如血。

羅小娟擦了一把眼淚，開始收拾自己的東西；她麻利地將衣物、鞋襪以及生活用品一股腦往行李包裏塞。逸文勃然大怒，叫道：「是，我是沒用，滾吧，去找有房子的男人去！」

羅小娟怨恨地瞪了他一眼，提起行李包頭也不回地走了。

「有種永遠別回來！」胡逸文「砰」地一聲將門關得地動山搖，站在房間悲憤難抑。「房子房子！我操他媽房子！」

胡逸文在這個盛夏之日感受到了愛情的寒冷如冰，第二天上班，他破天荒第一次遲到。當形如枯槁的他來到自己的座位時，編務周曉妍正在分發全國各地作者投來的稿件，瞅見他鬱鬱寡歡的神色，這個活潑的女孩打趣問他是不是失戀了——「快點告訴我，是不是是不是……」

「你煩不煩啊！」胡逸突然將一本雜誌砸在桌上朝周曉妍吼了起來。「這麼喜歡打探別人的隱私，有勁嗎？」

周曉妍被胡逸文從的大嗓門嚇了一跳，臉上的驚恐像溪水一樣流過，不一會兒又被一種委屈的神色覆蓋了。她呆立在那裏不知所措，眼淚在眼圈裏打轉，但她似乎盡力不讓它們流下來，最後她捂著嘴跑開了。

胡逸文的嗓門也驚動了編輯大廳裏其他同事，紛紛從格子間伸出脖子張望。坐在隔壁的秦文夫敲了敲格子間的擋板問胡逸文出了什麼事。胡逸文沒有應答出去了。下午沒上班，像孤魂野鬼似的在大街上遊蕩，即便夜色降臨也絲毫沒有累的感覺，夜風拂過帶來熱氣陣陣，來往的汽車在他身旁呼嘯而過，泛起的雜音像是天邊流動的陰雲。街邊烤羊肉串的辛香味隨風飄過來了，嗆得他一連打了幾個噴嚏。

他漫無目的地走到一個嘈雜的廣場，那個巨大的狀如游泳池的廣場正裝納著消夏納涼的市民。廣場南邊一些老婦人正在跟隨著一首曲子跳著一種叫不出什麼名字的舞。西北角一個巨大的背投電視被掛在一根石柱子上，電視正在放著一個訪談節目。胡逸文靠在一處欄杆上，看到電視上一個開發商正對著記者侃侃而談：「……我覺得現在房價並不高，老百姓每個都想有房是不太現實的，特別是現在的年輕人當房奴都是活該！他們可以先租房嘛。再說了，我們也不是為了窮人蓋房的，我們只為富人蓋房子，窮人的房子應該由政府解決問題……」

在胡逸文的旁邊，兩個六十多歲的老漢一邊納涼一邊聊天，一個對另一個憤憤地說：「你看這些開發商，啊，是不是出生的時候腦袋被他娘夾壞了，專門說這些生兒子沒屁眼的話！」

另一個呵呵笑了：「老哥，怎麼了，火氣這麼大？」

那個老漢重重歎了口氣：「還不是我那個二小子給鬧的，年底要結婚，買房子首付還差五萬，一天到晚找我拚命，我能有什麼輒啊？那點退休金也只夠買點饅頭。」

另一個老漢又笑了：「那還是生丫頭好哇，不用為房子操心。現在不是有一句話嘛：生兒子是建設銀行，生女兒是招商銀行。呵呵。」

胡逸文暗暗笑了。坐了一會後他離開廣場，順著大街走過一個個商店、餐館、水果攤，到處人頭攢動人聲鼎沸。後來他在街邊的一條石凳坐了下來，望著對面一幢高大的住宅樓浮想聯翩。此時的住宅樓正沐浴在初夜的煙火夜炊之中，每扇窗戶都飄出幸福的燈光。該是吃晚飯的時候吧，什麼時候我才能有屬於一套自己的房子？這樣想時，他覺得自己的眼淚快要流出來了。

秦文夫下班回家之前照例順道去一趟離家不遠的菜市場買點收市菜，這是他多年養成的習慣；他能精準地算出買收市菜最好的時間是在傍晚六到六點半之間，這時候急於收攤回家的菜販想儘快處理掉沒賣完的菜，勿需太艱苦的討價還價，一塊錢就能買下半籃子菜。

秦文夫的家位於離江邊不遠的八里墩，一個狹小的院子住著七八戶人家；這原先是船塢修造廠存放建材的倉庫。秦文夫技校畢業那一年，他尚未去世的父親秦老爹和幾個工友找到廠領導軟磨硬泡要解決住房問題，秦老爹用他有名的大嗓門在廠領導辦公室嚷嚷：「我十八歲在修造廠幹起，沒有功勞也有苦勞，以前娃娃們小一家人住一間大通房不覺得逼仄；現在兩個兒子比我還高了還擠在一起怎麼行？我跟老婆都一年沒親熱了！」其他幾個工友也跟著一把鼻涕一把眼淚敘說自家的住房難，有的人敘述的窘境遠遠超過秦家；廠領導被纏得無可奈何，後來指著工廠家屬樓後面的一排倉庫說：「現在廠子困難，不可能給大傢伙建房分房，那間倉庫大大小小房間有十多間，你們要是樂意就拾掇拾掇住進去，不樂意就拉倒！」秦老爹對倉庫勘察一番後第一個表態願意搬進去，他大咧咧對工友們解釋：「等廠子給我們分房子不知道要等到猴年馬月，就算有房子分也輪不到咱們這些沒權沒勢的普工。」其實他一個沒說出口的原因是：他還要懇求廠裏給他技校畢業的大兒子秦文夫安排工作，他不想給廠裏太添麻煩。後來他號召那幾個同樣住房難的工友出錢出力將一並排的十間大小不一的倉庫隔成了七套房，每套房在六十平米左右；秦老爹領頭有功得到了面積最大的那一套，兩間臥室加一個小客廳達六十平米。大傢伙歡歡喜喜住進去之後發現彼此都忽略了一個嚴峻問題：住的地方有了卻沒有拉的地方！後來秦老爹又帶領眾人在倉庫最裏端利用狹小的位置蓋了一個男女合用的公共廁所，同時在連接倉庫和廠裏甬道上徹了一道圍牆安了一道鐵門，使倉庫看上去更像了一個充滿人間煙火的家屬小院。搬到院子的第二年，秦老爹撒手有寰，秦文夫頂替父親進修造廠當了鉗工；過了兩年，經人介紹認識了在紅光電器廠實習的大學畢業生白芬；他們甜甜蜜蜜談了一年多戀愛後在一片歡歡喜喜中結為秦晉之好，翌年兒子秦東東呱呱落地；面對如花似玉的老婆，秦文夫經常有種做夢似的不真實，他時常問起白芬當初看中了他哪一點，白芬開始時候還以「看中你人好本份唄」云云來回答，在秦文夫問多之後則以不耐煩之語搪塞：「看中什麼？就看中你沒用軟柿子好捏！」秦文夫並不生氣，反而樂憨憨地以「傻人有傻福」聊以自慰。他後來也慢慢瞭解了白芬之所以嫁給他大部分原因是她想留在省城而不願意回到閉塞的縣城老家。他覺得這不算什麼，只要他喜歡白芬就成。在兒子來到人世的第三年，秦文夫因修造廠改制不幸成為第一批下崗人員，好在平時喜讀好寫在報刊雜誌發表過不少文章，練就了扎實的文字功底，後來在《龍陽時報》一次招聘考試中，幸運考了進去。報社是一個既需要才華又需要圓滑的地方。他的才華讓他在報社如魚得水，一開始便寫出了一些頗有份量的稿子，但耿直的個性讓他吃盡苦頭。因為一篇報導得罪某個集團的老總以及老總背後的某位領導，他被勒令停職寫檢查。秦文夫據理力爭堅稱自己沒有錯，拒絕寫檢查。客觀上講，報導沒有任何問題，不然報社不會發出來，只因沖犯權貴，結局自然不妙。不過報社老總最後還是保護了他，沒將他開除，而是將其調到了報社旗下的《情感》雜誌社做編輯；相比報社，雜誌社工作清閒而單純，這對本身就喜歡舞文弄墨的秦文夫而言，也算一個不錯的歸宿。業餘時間，看看書，寫寫文章；另外，寫寫字，練練書法，清貧半生，也自得其樂……

秦文夫提著一袋茄子回來時，白芬正在逼仄狹小的廚房裏炒菜，濃霧似的油煙薰得她咳嗽不止。文夫叮囑她出去，讓他來炒。說罷便麻利地解開妻子的圍裙自己圍上。

秦老太坐在陰暗的客廳剝著蒜瓣，她的後面放著一張供她睡覺的小床；因為採光不好，小客廳終年陰暗，僅有的光源來自敞開的房門以及進門廚房透過來的亮光；客廳過去是一大一小兩個臥房，分別住著秦氏夫婦和十三歲的兒子秦東東。

白芬走過兒子的房間叫他吃完飯後再寫作業，之後折進臥房對著鏡子拭擦著臉上適才做飯沁出來的細汗。四十歲的年紀有著二十八歲的皮膚與身段，時間的流逝並沒有在她身上留下太多的歲月印痕，反而增添了歷經風雨的成熟與風韻。

兒子秦東東遺傳了母親的眉清目秀，身板則遺傳了父親的單薄；吃飯時，白芬不停地給胡東東夾菜揀肉，嘴裏詢問著他的作業情況。白芬扯了扯他的襯衣說：「這襯衣又小了，這孩子躥個也太快了！」

秦文夫說：「我昨天得了一筆稿費，你有時間帶他去買件新衣服。」白芬問多少錢稿費，秦文夫說：「就一百多塊錢。上個月發的一篇小文章。」他隨後說起了單位給職工辦住房公積金的事。「別小看這公積金，積少成多，將來我們買房子我們可用得著。」

「買房？就咱倆那點工資還買房？你知道現在房價漲成什麼樣了嗎？咱是個什麼家底你又不是不知道！」白芬白了他一眼。

秦文夫一時啞口無言。家底他是清楚的。兩個人的工資每月加起來也就五千來塊錢，每個月一家三口的生活費，兒子的學費、補課費、資料費、營養費，雜七雜八加在一起要花去兩人收入的一半，能剩下的已經捉襟見肘。他扒了一口飯囁囁道：「我不相信這公積金將來用不著，……應該用得著吧。」他又問起白芬廠裏分房的事。

白芬所在的紅光電器廠是個有六千多人的國企大廠，住房難的職工很多，廠裏的家屬樓都是上個世紀五十年代建的，幾十年風雨早已破舊不堪；而即便是這樣的陋室也只是領導層和老職工才有，後來進的員工只能住在廠裏搭建的集體宿舍或者棚戶區裏。七八十年代廠裏建了幾批福利房，但僧多粥少，住房難問題依舊嚴峻。九十年代，廠裏效益開始下滑，加之國家停止福利分房，領導層對住房問題的解決更是有心無力。二十一世紀初，新來的領導劉建明大刀闊斧進行改革，廠裏效益開始回升；大前年，他決定再興建一批安居房以解決職工迫在眉睫的住房難問題……現在房子已經竣工，報名和條件審查的程序也已經啟動……

白芬還沒回答，坐在一旁的秦老太插話問：「你說什麼？房子被沖了？長江又發大水了？」秦老太上了年紀之後耳朵一直不太好使，常常聽東問西。秦文夫說：「媽，沒你的事，吃飯吧。」白芬嘟囔了一句「瘸子喜走，聾子喜聽」之後說：「初審名單還沒下來。現在房價這麼高，每平米八百元的安居房等於白送！大大小小的眼睛盯著在呢，誰不想搭最後一班末班車！」

秦文夫問：「那咱們有戲不？」

白芬說：「誰知道。」

秦文夫說：「你以前說過，你們廠那個姓劉的領導是你大學同學，要不找找他，送個禮吃個飯什麼的，讓他關照關照……」

白芬沒有接過話，給秦東東夾了一塊肉，自己又扒了幾口飯才說：「關係一般的同學，當年同班四年都沒怎麼說話，他現在混得有頭有臉哪會認得我？」

秦文夫不再言語，埋著頭默默扒飯。

吃完飯，秦東東在小房間寫作業。秦老太到院子裏找老頭老太閒磕去了。秦文夫在裏屋寫字去了。文夫的字是十五歲那年由他父親逼著練的，那時他生性好動，頑劣不堪，父親拿著一根黑黝黝的戒尺，打著他練字以收心性。當時父親雖是老粗，但頗愛書法，一直學柳體，文夫自然也是從柳體學起；這原本是逼學之事，到後來，他竟也愈發愛好起來，即使後來在工廠做學徒因勞動極其勞累之時，依然會擠出半個小時練習書法，到後來竟也學得一手清瘦遒勁骨體清奇的字。但白芬對此不以為然，那玩意兒既不能吃又不能喝更換不來錢，每天寫，何苦來哉？而且還浪費紙又浪費墨。對此，文夫不作過多辯駁，總是以一句「婦人之見」搪塞之。到了後來，白芬也慢慢接受了丈夫這一業餘愛好，因為比起其他男人那些抽煙喝酒外加打牌等等陋習，寫字既省錢又環保。

白芬忙完家務折進裏屋擦了一回霜，她拿起一件未織完的咖啡色毛衣來到東東的小房間，在他旁邊坐下，一邊織毛衣一邊看兒子寫作業。這是她多年形成的習慣，也是她感到最為幸福的時刻。聰明的兒子在勤奮學習，顧家的丈夫寫稿補貼家用，自己則為生命中最重要的一大一小兩個男人織毛衣，所謂家庭幸福，不就是如此？——當然當然，白芬想，說「家庭幸福」不確切，還差一套房子，差一套屬於自己的能夠滿載一家三口幸福質量的房子。是啊，房子，多揪心的東西！（她在心底歎了口氣）有了它，說「家庭幸福」就完整了完美了功德圓滿了。要是這次能有運氣分到廠裏安居房就好了，不需要它有多大，八十平方米的兩室兩廳就成，大的臥室給兒子，旁邊再給婆婆安一張床，自己和丈夫睡小臥室就行了。客廳擺一套皮沙發，絕對漂亮，算了，皮沙發不行，貴不說，還老氣，布藝的不錯，時尚、大方，對，就布藝沙發……

「媽，你在想什麼呢？」東東一把將白芬從夢想推回到現實。「家裏的馬桶是不是沒倒啊？一股尿臊味！」東東皺著眉頭不滿地說。

「哦，是嗎？」白芬皺著鼻子使勁地聞了聞，「真的哩。老秦，馬桶是不是沒倒？」

「啊？哦，忘記了。」秦文夫站起身準備去倒，被白芬制止了：「你寫吧，我去倒。」她提著馬桶走向院子裏頭的公用廁所。

一個院子七八戶人家二十幾口人共用一個沒分男女的廁所自然人滿為患，尤其早上的高峰期只有排隊才能解決「方便」問題。而因上廁所而引發紛爭吵架乃至大打出手在這個院子裏就像每天要拉屎拉尿一樣正常而頻繁。東東小的時候，常常一大早就爬起來去給一家人排隊占位子，但後來因為秦家跟胖嫂家大吵了一架後就沒幹這差事了。那是五年前他八歲的時候，一次胖嫂提著褲子心急如火地要上廁所，但排在她前面的東東卡住廁所門就是不讓她進——東東在為白芬排隊占位子。胖嫂一急之下將東東拽到一邊，衝進廁所。東東哪能甘心，用他八歲的力氣一腳踹開了並不牢固的廁所木板門，於是胖嫂肥胖光溜的屁股一下展覽在眾人面前。胖嫂惱羞成怒，尿也不撒了，提起褲子出來照著東東就是兩巴掌，打得東東倒在地上哇哇大哭鼻血直流。白芬從家裏趕出來，見兒子被打得鮮血淋淋，也不顧平時賢淑形象抓起胖嫂就打。兩家男人出來，由開始的勸架也變成了扭打……從那以後，白芬就不讓東東去排隊了，她買回來一個帶蓋的大馬桶放在家裏供一家人「方便」，到了晚上再提到廁所去倒。倒馬桶也成了秦家一家四口每日必不可少的必修課……

白芬倒完馬桶又坐回到兒子身邊繼續織毛衣。東東放下手中的筆，盯著母親看了好一會，最後忍不住說道：「媽，以後能不能別坐我旁邊，我有壓力！」

「什麼壓力？我這不是在監督你嗎？」白芬不以為然地說。

「不要你監督。這麼多作業，你不監督我也要寫完！」

「好好好，我不監督。」白芬將身子由東東的旁邊挪到了他背後的床上。她想起來下個星期一是東東十三歲生日，她想為兒子過一個熱鬧的生日，以獎勵他一個星期前獲得的省奧賽的二等獎。當她把想法告訴兒子時，不料遭到了這個十三歲少年的反對：「沒什麼意思，不過！」

「怎麼不過呢？把你玩得好的一些同學邀請到家裏來玩，多熱鬧。」

「算了。」

「怎麼算了？你是不是怕我跟你爸在家讓你們拘束？放心，到時我跟你爸還有你奶都出去不在家待著，你說好不好？」

「你煩不煩？我說算了還囉哩囉嗦的！叫同學來家裏幹嘛？聞咱家的尿臊味啊？你們不嫌丟臉我還嫌丟臉！」東東將筆重重摔在桌上，不耐煩地叫道。

白芬一下愣住了，織毛衣的手僵在半空像是被什麼東西凝固似的。秦文夫從裏屋出來，兒子的話一字不漏地灌進了他的耳朵，他狠狠訓斥起兒子：「怎麼跟你媽說話的？我們怎麼丟臉了？缺你吃少你穿了？小小年紀哪來的虛榮心，叫你同學來家玩怎麼就丟你臉了？」

「你們別以為我小什麼都不懂，」秦東東站了起來激動地說道，「你們大人要臉面我就不要臉面了？我同桌李小強成績比我差多了，但他們家的廁所就比我的房間大，我連個像樣的書桌都沒有！哼，說到底是你們沒用！」

「你！」氣極的秦文夫走過來重重摑了兒子一耳光，秦東東捂著臉，直直盯著父親，眼淚在眼眶裏打轉。

秦東東的話語鋼針似地扎進白芬的心，她坐在那一動不動，她望著這個嘴唇已長出一層薄薄絨毛的兒子，這個站起來個頭已經跟他爸一般高的兒子，突然變得不認識了，她不明白一向乖巧的他為什麼說出如此刻薄的話。她的心像寒冬臘月吞了冰塊一樣心寒和難受。

晚上睡覺的時候，白芬躺在床上輾轉難眠。窗外月色柔和，透過窗戶照進來，軟綿綿地落在床上。她覺得清冷。隔壁屋裏兒子早已停止了抽泣，發出均勻的呼吸聲。白芬又翻了一個身，推了推旁邊的丈夫：「老秦，睡著了嗎？」

「沒有。」秦文夫的話在黑暗裏異常沉重，他和妻子一樣陷入了失眠，兒子的那些話以及自己那巴掌，讓他很不是滋味。他已經好多年沒有出重手打兒子了。

「你說，我們是不是真的沒用？」白芬問他。

「別瞎想，」秦文夫轉過身，和白芬相對而臥，「孩子不懂事，別往心裏去。——咱們太慣著他了，才讓他說話沒大沒小不知輕重！」

「也不能全怪他，我在想啊，他的話也不是沒有道理。他成績好聽話為我們作父母的掙了臉面——你看每次開家長會，老師對我們多熱情尊重，他同學的父母對我們又是多羨慕。我們作父母是不是也站在他的立場上為他創造好的物質條件和學習條件？」

「你這話說得片面了。孩子在學校是比成績又不是比家境。自古寒門出俊才，我們還不至於讓他沒吃沒喝吧？」

白芬一時語塞，她承認丈夫說的有道理，但又無法被這道理說服。她重重翻過身去，望著窗外如水的月色發呆。後來她感覺到眼角濕漉漉冰涼涼的，伸手一摸，是自己不知何時流出的眼淚。

一個陽光清亮的星期六下午，胡逸文硬著頭皮來到羅小娟位於城南的家，那是一棟四層小樓，斑駁的牆體表明年代已經久遠。一些令人難堪的藤蔓和雜草正在牆壁的裂縫處迎風飄搖。逸文對著樓房視良久，幾年後重返此地讓他盛情難抑，記憶深處閃過他幾年前曾租住此地的情景，此時此刻他的內心與這個破舊的樓房一樣傷痕累累。

四年前，胡逸文跳槽到現在的單位《情感》雜誌社，就是租住在羅家。也就是在那時，胡逸文認識了羅小娟，得知都是畢業於龍陽師範大學（逸文要高羅小娟三屆）後，欣悅之餘都覺得是緣分，接觸之中，情款暗生，情愫互通。但他們的交往遭至了羅小娟父親羅老頭的極力反對。羅小娟母親十五歲那年就去世了，這些年一直跟父親相依為命，羅父以前是一家鍋爐廠的職工，買斷工齡後，開了一家小五金店謀生。羅父之所以反對他們交往，原因不言而喻，逸文來自農村，家貧，也沒個高收入工作。但羅小娟十分喜歡逸文，一直對他不離不棄。後來羅老頭一怒之下，將逸文趕出了羅家，而小娟不顧父親阻止，搬出來和逸文一起住。只是此次被當作賣淫嫖娼被關進派出所讓她極受屈辱，一直針對逸文的怨恨得以爆發，同時也毅然搬回家中。面對她的回來，羅父免不了一陣冷嘲與熱罵，也禁止女兒再和胡逸文聯繫。

胡逸文在路邊直等到晚霞泛起，才看到羅小娟順著路邊高大的梧桐樹走了過來，斜陽透過寬大樹葉在她的馬尾間跳動。她看到逸文後，一時愣了一下，想避過逸文直接上樓，但被後者一把拽住了。

「娟，給我一直機會好嗎？」逸文急急地說。

「放開我，你幹嘛啊？」

「娟，這些天我好想你，你放心，我會拚命掙錢，買房，買帶落地窗的，咱們一起營造一個溫暖幸福的家，我說到做到！」

這些天因為思勞過度，胡逸文消瘦不少，羅小娟看到戀人這番模樣，到底於心不忍，不過，嘴裏卻依舊不依不饒，哼了一聲道：「買房？你每個月那點薪水，猴年馬月才買得起房？」

「你放心，我肯定有辦法。」

「還有，你說服得了我爸嗎？」羅小娟正色問道。「你不知道我爸現在每天逼我去相親，我快瘋掉了！」

逸文一時無語，心裏像是突然被一台功率巨大的抽水機抽空一般，空蕩得有些失重。他能感同身受羅小娟的痛苦，但面對這種痛苦他卻又無能為力。

「小娟！」一聲銳利喊聲從巷子口傳過來，逸文看到一個謝頂的中午男人提著一籃菜走了過來，他認出是小娟的父親羅老頭，便感一陣頭皮發麻。羅老頭沒正眼瞅他，只朝小娟叫道：「還站在這幹什麼？回家去！」

逸文連忙說道：「伯父，耽誤你幾分鐘，聽我說幾句成嗎？」

羅老頭轉過臉，像才看見他似的略裝驚訝：「喲，是小胡啊——」他笑瞇瞇盯著他說：「家裏寒磣，就不請你上去坐了。不過我還是倚老賣老有幾句話說你聽。俗話說，響鼓不用重捶，重話不宜說破。你也老大不小了，我也不多說重話。這幾年你把小娟拐得神魂顛倒，連家都不要了跟你跑，這帳我也不跟你算了！她受夠了居無定所的日子如今回來了，你還糾纏著不放？這人哪，得有臉，你說是嗎?!」

說不說重話，但這番話刻薄得能扎出血，逸文臉上青一陣白一陣，但他還是咬咬牙說：「伯父，第一，我沒拐小娟，我們是真心相愛；第二，不管你瞧不瞧得起我，我是真心愛小娟的，這次我來，就是向您保證，我會買房結婚，把小娟風風光光娶進門，對她好一輩子！」

羅老頭依舊笑瞇瞇：「喲，那我還得感謝您吶！沒您，我家小娟真嫁不出去！不過，有幾句話倒想問你，現在薪水多少錢一個月？兩千，還是一萬？這些年掙了不少錢吧？夠買房嗎？不夠的話，家裏人會支持你幾十萬吧？嗯？」

逸文的臉漲得通紅如血，他第一次領略到什麼叫話如刀片殺人不見血。羅小娟不忍看到他的窘態，報怨父親道：「你少說兩句吧！我跟你回家還不成嗎？」說罷頭也不回朝不遠處一棟單元門走去，羅老頭朝逸文重重哼了一句，提著菜緊跟其上。

胡逸文失魂落魄地杵在那裏，感覺潮冷如冬，他緊抱雙臂慢慢騰騰坐在路邊的花壇邊上，看到路上的行人車流像水一樣在跟前漫流而過，那些嘈雜的聲音似乎來自很遠的地方，像是天邊撒下的彌撒曲又像是一架破舊風琴裏彈出的雜亂無章的悲音。時間彷彿過去了很久，夜色一點一滴漸漸暗了下來，街燈依次開放。他站了起來眼睛一陣發黑，他揉了揉太陽穴定了定神，隨後轉身走了，枯黃的燈光將他的孤獨的身影拖得老長老長。

那些天，秦東東與父母陷入了冷戰，放了學就吃飯，吃完飯就寫作業，寫完作業就上床睡覺。白芬的情緒已像漸行漸冷的天氣一樣糟糕透頂，兒子先前那番話以及現在的言行舉止像一個巨大的噩耗快要將她擊倒了。她可以承受任何人的污辱、嘲弄和不屑，但唯獨承受不起兒子的！兒子是她的天是她的地是她的主心骨是她後半輩子全部希望！如今被一向引以為豪的兒子忽視和瞧不起，那活著還有什麼意義？無論如何也要抓住此次分房機會，不為自己，也要為兒子！

張紅梅就是那個時候登門拜訪的。張紅梅是白芬的同事，當年她從省工業學院畢業分配到紅光電器廠，頭兩年被安排到車間鍛煉，便喜歡上了快人快語做事風風火火大自己三歲的張紅梅；後來她調到人事科，兩人的關係雖逐漸疏遠，但感情還在，過年過節也相互串門。

張紅梅將提來兩瓶五糧液兩條大中華煙和一袋水果放在掉了漆的舊茶几上。落座後，並不急於說明來意，而是以慣有的嘻嘻哈哈和白芬聊起了家常，最後扯到房子上，她問白芬有沒有向廠裏寫房子申請報告。白芬說：「寫了，算湊個熱鬧！」

張紅梅說：「你大小是個幹部，怎麼會湊熱鬧？真正湊熱鬧的是像我這樣沒權沒勢的普工！」

白芬捋了一下瀏海：「我說的是實話，這安居房不是過年過節分蘋果分雞蛋，條條框框卡得很死，什麼工齡啊、資歷啊、業績啊、雙職工優先啊等等；就拿工齡來說，你就比我長。就憑這一條你都比我有優勢！」

「這個優勢管屁用！要是管用，幾年前我就分上新房了！」張紅梅撇著嘴，「反正這回我鐵了心，要是再輪不到我，我就到廠長家喝農藥去！」

白芬笑了起來：「行，如果這次我也分不到房，你去喝農藥的時候叫上我！」

「你別笑話我了。」張紅梅神色陰黯下來，「你是廠長劉建明的同學，怎麼著他也會照顧你下……」

白芬驚訝道：「你怎麼知道他是我同學？」

張紅梅說：「我是聽旁人說的。」

白芬暗暗罵道：「那些爛舌頭根的。」

張紅梅拉著白芬的手懇請道：「現在房價這麼高，每平米八百元的安居房等於白送，我知道現在廠裏許多人肯定像紅了眼睛的餓狼到處送禮塞錢，我想送錢都摸不著門！在廠裏我不認識啥幹部，認得最大的官是車間主任。白芬你跟劉建明是同學，能說得上話，能不能幫我跟他打個招呼？算是我求你，這酒和煙幫我送給他，蘋果留給東東吃……」

白芬面露難色：「我跟劉建明是同學不假，但這些年一直沒有聯繫，他現在是領導，我去找他，人家不一定賣我面子……」

張紅梅說：「我知道你也為難。先試試吧，不成就算了。你不知道我們家過的啥日子，跟豬圈一樣，我都受夠了……」說著她捂著臉嗚嗚哭了起來。白芬看著這個比自己小三歲但看上去足有五十歲的可憐女人，心底風起青萍，掠過一陣惻隱之心。她抻過手拍拍張紅梅安慰她說：「別這樣，紅梅，我儘量試試，但成與不成我沒把握。」聽到這，張紅梅停止了哭泣，她淚眼汪汪地對白芬千恩萬謝。

當天晚上，白芬又一次輾轉反側徹夜難眠，張紅梅的哭臉如同一面粗糙的面具硌得她心裏陣痛如絲。她想連這樣老實巴交的人都在為房子奔走，自己難道還無動於衷？找劉建明？劉、建、明，她在心底歎了口氣，這三個被時間灰土湮埋得太久的字，此刻像被拂塵拂過一般，逐漸變得清晰起來。

十八年前白芬曾在省工業學院跟劉建明同窗四年，但兩人如兩根平行線極少交叉，當年被譽為班花的白芬除了擁有出眾的容貌，成績在班上亦數一數二，像顆耀眼的夜明珠似地吸斂了所有男生的視線，四年下來她收到的情書足足有一麻袋，這其中就包括劉建明寫的數百封——那是他幾年暗戀的結果。當年的劉建明遠沒有現在這般氣宇軒昂，成績差身材瘦小甚至有點猥瑣。這樣的人根本沒入過白芬那雙杏眼；但劉建明有一個好爹，這種「優勢」在畢業之際馬上顯現出來了。當其他同學因為沒有關係沒有分到好單位之時，他能在老爹——市人事局副局長——的疏通下進了龍陽市機電局。劉建明沒有讀書天賦，但天生是塊做官的料，不到十年便爬到了市機電局副局長的高位。後來他又被調到了機電局的對口單位——擁有近六千名職工但已經半死不活的紅光電器廠。他接過攤子後，大刀闊斧開拓市場，又將產品更新換代，不到兩年電器廠就扭虧為盈；之後又力排眾議進行股份制改造，組建紅光集團……再一次見到白芬是在他在一次查閱電器廠行政人員名單的時候，當他知道這個白芬就是十多年前暗戀過的同學時，暗自感歎命運弄人。一馬平川的官運亨通讓多年前並不留念的校園生活變得模糊而遙遠，但白芬是他畢業多年以後唯一一個印象深刻面容清晰甚至說難以忘懷的女人。當年所有給她寫情書的同學在寫過幾封之後都意興闌珊了無興趣了，只有他一個人堅持足足寫了四年。白芬不是龍陽人，畢業後他以為她分配回了老家，隨著自己成家立業，有關青春期刻骨銘心的暗戀在時光流逝中猶如樹木隱入黑夜那樣逐漸淡出了視野……後來，他終於見到了曾經喜歡過的女人，而對方對於他的出現也大為驚訝。白芬依然漂亮，但對已成一把手的劉建明沒有表現出過多的熱情，依然是一貫的矜持以及保持著距離——那是一種敬而遠之的距離。儘管後來劉建明將她提拔為人事科副科長，但她也並未表現出過多的感激，而劉建明尊重她刻意劃出的距離，以一種君子之交保持著上下級的工作關係……

以白芬的性格，不到萬不得已不會去找劉建明，不是她窮清高，而是她明白劉建明那點心思，她不想或者說不願跟他扯上關係。但兒子那番話如同幽靈一樣終日縈繞在耳邊，刺激著她，提醒著她，而且她十分清楚，以自己的資格不可能去跟那些背景深厚的人競爭安居房，她，以及張紅梅，都不過是炮灰。要想柳暗花明，唯有放下身段去找那個刻意遠之的同窗。其實，這也是一種資源，在張紅梅那些普工眼裏，是一種可望而不可及的資源。有這點資源，幹嘛不用？

白芬下定決心後，開始謀劃如何主動聯繫劉建明，最後她想到了郵票，她記得，這個昔日同班同學有集郵的愛好。

翌日一早，她從銀行取出七千塊錢來到郵局門口，晃悠半天從一個賣郵票的男人手裏購得一版珍貴郵票。下班後，她在辦公室磨蹭到七點，她去集團新蓋的行政大樓樓瞅過，六樓劉建明辦公室依舊燈火通明。她小心翼翼將郵票包好放進挎包裏，走出舊辦公樓，忐忑不安地走進新行政樓劉建明的辦公室，她敲門進去的時候，劉建明正趴在桌上寫什麼東西，見白芬進去愣了一下，開起了玩笑：「怎麼還沒回去？想當勞模啊？」人到中年的劉建明神采奕奕，髮際像水平線一樣朝向退去，顯出寬闊的額頭更加亮堂，金絲眼鏡的金邊在燈光下熠熠閃亮，使他看上去更像個儒雅的知識份子。

劉建明一句玩笑讓白芬繃緊的心頓然放鬆下來。她走到辦公桌對面的豪華真皮沙發上坐下，也以一種輕鬆語氣說道：「我可沒那麼積極，剛忙完手頭上的事準備回家，在樓下看到你辦公室的燈亮著，就上來坐坐。——這麼晚了也沒回家，當領導就是日理萬機呀。」

劉建明笑了起來：「是啊，事情千頭萬緒，忙不過來。——今天是吹的什麼風把你吹到我這兒來了呢？」他放下筆，一本正經地看著白芬問道。

白芬說：「沒什麼事，就想找老同學聊聊天敘敘舊。」

「敘舊？」劉建明朗聲而笑：「你平日在廠裏看見我都躲，今天跑來找我敘舊？肯定有事！」

白芬尷尬笑了笑，「唉，當了領導就是不一樣，火眼金睛！是啊，可不找你有事來了，以前你可是說有了困難就來找你的。」

「呵呵，我說過。怎麼了，遇到什麼困難了？」劉建明笑著往椅子上一靠，看著白芬，一副洗耳恭聽的樣子。

白芬一時不知從何說起，忸怩半天才斂住情緒，說：「……其實你應該猜出來了，是關於安居房的事……」不等劉建明表態，她快速而沉穩地道出了自己窘迫而仄窄的住房條件，隨後拐彎抹角地暗示了對廠裏安居房的極度渴盼，每一句話都說得滴水不漏，既表明了意圖又不至於太過急哄哄的明顯。

劉建明聽罷點點頭說：「沒料到你住房條件這麼窘迫，既是我當領導的失察也是作為老同學失職。你的情況我瞭解了，只要各項條件指標符合要求，你就一定能住上新房子！」

領導加老同學的許諾讓白芬繃緊的心頓然鬆懈下來，臉上呈出一片燦爛如花的笑，她從挎包裏拿出郵票遞給劉建明，說那是她公公生前留下的，一家人都不太懂這東西，放在家裏浪費了。看到郵票，劉建明眼睛一亮，細細翻看起來，趁這個機會，白芬站起來告辭了。

第二天上班，白芬一到辦公室，劉建明的秘書就將那個裝有郵票的帆布包交還給她。秘書說，是劉總讓他拿過來的。秘書走後，白芬忙打開包裹，裏面郵票完璧歸趙，也沒發現任何隻言片語。她心底滑過一條冰冷的鐵索，頓然一冷：難道他劉建明不願意幫忙？

第二章　身體換來的房子

因為向災區捐款捐物的一次契機讓關係僵了兩個月的胡逸文和周曉妍重歸於好。那次單位強制要求每人必須向災區捐款；胡逸文本來打算捐的，但看到「自願」被單位弄成「強制」，覺得不倫不類，脾氣一來索性不捐了。後來瞭解到周曉妍幫他代捐了一百塊，就拿著錢去還她，同時也表達了遲到的歉意。「對不住……當時心情不好。」周曉妍當時在電腦室打字，對胡逸文的道歉不以為然：「甭跟我說，免得又說我打探隱私。」胡逸文笑了笑，也不管周曉妍願不願意聽，就兀自說起了和女友羅小娟現在的情感糾結，周曉妍聽罷，語氣緩和了下來，歎口氣道：「你現在最主要問題是搞定羅小娟她爹，搞定她爹，你先搞定房子，同時還得有錢，不然，難……」

「所以我現在也不知道該怎麼辦？」逸文愁眉苦臉道，「畢業五年，工資一直不高，根本沒攢下什麼錢，現在房價這麼高，買房根本就是夢。爹娘都在鄉下，也指望不上……」

周曉妍笑笑道：「其實還有一個辦法。」

「什麼辦法？」

「搶銀行。」

「去去，我現在愁得不行，還尋我開心。」胡逸文啐道。

周曉妍沒心沒肺地哈哈大笑起來，這時發行部的李一林走進電腦室，他看了看胡逸文，又瞅瞅周曉妍，周曉妍見了他歡暢的臉立刻冷卻下來。李一林反而堆起了笑，湊近周曉妍問她有沒有時間，晚上一起去看電影；周曉妍將頭轉向了電腦螢幕，頭也不抬說了一句：「沒空，晚上有事。」

李一林悻悻走了，胡逸文笑著說：「怎麼一點機會也不給他？」

「你管我。」周曉妍說，「你還是先管好你自己的事吧。」

正說著，秦文夫在編輯大廳喊胡逸文，外面有一個「大款」找他。逸文一陣狐疑，他哪認得什麼大款？循眼望去，編輯大廳門口，一個西裝革履頗具老闆派頭的高個男子正朝裏張望。即便衣著光鮮改了頭換了面，胡逸文還是一眼認出那是雷鳴。他迎了過去，打趣道：「好小子，這些年去哪了，發財了？」雷鳴笑笑說：「哪有，跟別人一起辦了個開發公司，攤子剛上軌。——走，我請你上館子去，咱倆兄弟邊吃邊聊！」

雷鳴是胡逸文老家的兒時夥伴，兩人的情份可以一直追溯到遙遠的穿開襠褲玩小雞雞的年代。胡逸文老家胡橋鎮胡家坳村主要是由胡姓和雷姓構成，前者是大姓，八成村民姓胡，剩下的兩成雜以雷、徐等少數姓氏。平日胡、雷兩姓的孩子很少在一起玩，胡逸文和雷鳴則是特例，他們兩家住得很近。那時候，雷鳴不叫雷鳴，叫大苕，胡逸文也不叫胡逸文，叫二癩。「苕」和「癩」在鄉下都不是好詞，一個意味著傻笨，另一個意思是癩瘡疤，取這樣的名當然是為了好生養。二癩經常一吃完飯就跑出家門，溜到大苕的窗戶下學一聲狗叫，大苕就像真一隻野狗呼啦啦飛奔出來了。兩人一起掏鳥窩一起偷黃瓜一起溜進別人的南瓜地找一個最大的南瓜挖一個洞然後往裏面灌大便。大了幾歲後，他們開始一起在廁所裏偷看女人解手，然後被提著褲子罵罵咧咧的女人趕得雞飛狗跳。後來他們一起在村裏上小學，然後去鎮上讀初中。但初中畢業後兩人的命運開始分道揚鑣——那年胡逸文考上了縣裏的高中，而雷鳴則跟著父親一起去村子後面的白雲山打石頭賣錢。雷鳴的娘生他那年就難產而死，老實巴交的父親一把屎一把尿拉扯大之後，無力再送他繼續深造——儘管他也考上了縣一中。雷鳴很懂事地答應了父親的要求。那天天剛濛濛亮他將以前的課本一絲不苟的整理好，然後拿起榔頭跟父親一起上山。路過胡逸文家門口的時候，他喊了一句：「二癩，我到山上打石頭了，你去城裏好好念書！」後來二癩睡眼惺忪跑出房門，沒看到夥伴，只見通往白雲山的山路上一大一小兩個人影在晃動。他叫了一聲「大苕」，

「哇」的一聲哭了起來。

十四歲那年雷鳴的命運再一次滑向冰寒的深淵。父親在山上砸石頭時被石頭砸死了。其實那塊石頭一開始是奔著雷鳴去的，當時他正專心致志地埋頭砸著地上的碎石，突然聽到父親喊了一聲「躲開」，便感覺被人猛的推了一把。他從地上一骨碌爬起來就看見父親被一塊巨大石塊重重壓在下面。他哭叫著將鮮血模糊的父親背下山，但到村子時父親已經斷氣。雷鳴抱著父親血淋淋的屍首整整哭了三天，三天後才在二叔和胡逸文父母的幫助下將父親埋到雷家寒酸的祖墳地裏入土為安。父親死後，雷鳴沒有再去採石場，後來跟著膝下無子的光棍二叔南下深圳打工。做過磚匠的二叔帶著雷鳴輾轉於深圳大大小小的工地到處攬活。幾年後，二叔拉起一杆人成立了一個施工隊當上了小包工頭，而雷鳴則成了一個徹徹底底的打工仔，同時也將二叔的磚匠手藝學得精穩並且青出於藍。

四年後雷鳴回到老家過春節，那時胡逸文正在讀大二。長得黝黑結實的雷鳴比胡逸文整整高了半個頭，兩人見了面不出意料已沒有了兒時的親密無間，忸忸怩怩像兩個大姑娘。後來雷鳴咧嘴一笑露出雪白的牙齒說：「苟富貴，莫相忘。你這大學生以後有出息了，可別忘了我。」那時候胡逸文在學校辦報寫詩兼任系學生會主席正意氣風發，他像偉人一樣揮揮手臂表示沒問題。只是他沒有料到，許多年後他們之間的現實會跟這句話反了過來。

知道了胡逸文的學校地址，雷鳴回深圳後還給他寫過幾封信，每次信裏都夾著幾張皺巴巴的鈔票，十元五十元一百不等，逸文能聞到鈔票上直撲撲的汗酸味。這些鈔票他一直留著沒捨得用，而是作為友誼的見證珍藏起來……

雷鳴跟二叔在深圳的工地幹了十年，十年的工錢被二叔照單全收。他幾次找二叔要回工錢，但被後者一句「錢我給你攢著娶媳婦」給頂了回去。雷鳴一氣之下，偷走了二叔幾萬塊錢跑了，天南地北玩了一圈，錢花光了便回到龍陽，後來在一個工地找到了一份事幹，一個偶然機會撿到一本《情感》雜誌，見到版權頁上的「責任編輯胡逸文」心裏頓時一喜，立刻按雜誌上面的編輯部電話聯繫上了多年不見的兄弟。

那時，胡逸文正租住羅小娟家。對於雷鳴的到來，胡逸文蘧然不已，二人大侃大聊，以敘多年濃濃情義。後來，雷鳴搬來和胡逸文一起租住，同時也認識羅小娟。三人經常在一起聊天，打牌，玩樂，雷鳴將自己獨特的經歷和閱歷編成千奇百怪的故事，講給羅小娟聽，常常讓這個城市出生的女孩驚歎不已。

雷鳴也是在那時開始喜歡上羅小娟的，不過，當他瞭解到胡逸文和羅小娟早已琴瑟相合時，大感失落，之後默然離開了羅家，住進了工地。之後兩年他很少跟逸文聯繫，當然也不知道逸文後來因為與羅小娟戀情被羅老頭趕出了羅家。

雷鳴和他所在的施工隊幹完一個工程後到年底一分工錢沒拿到，工頭楊大江哭喪著臉著對他們說，誰要是能要回工錢隊長就讓誰幹，還獎他五千塊錢！沒有一個人回應，最後雷鳴說他試試看。他花了一個星期跟蹤開發商老闆的行蹤，拍下了後者跟一個女人去酒店開房的照片，他將照片寄給這老闆並附了一句話：「要想拿回底片必先付工錢，不然我把照片寄給你老婆跟領導！」這老闆既驚又怒，為了避免節外生枝，他答應了雷鳴的條件，付了一百一十萬工程款要回了所有照片和底片，同時又將雷鳴暴打了一頓。

雷鳴因為討錢有功並且為此深受重傷，整個工程隊都對其既感恩又敬重。工頭楊大江沒有食言，將隊長一職讓出。雷鳴沒有謙讓，他將一百一十萬工程款發放一半給民工，留下一半成立一家建築公司，避免成為散兵遊勇讓別人欺負老拿不到工錢。民工都深表同意。之後一年多，雷鳴帶著這家建築公司做成幾個工程，開始走了前景不錯的發展之路。上半年，又和一個多有業務往來的水泥廠廠長賈志飛合夥，成立一家房地產開發公司，賈志飛負責拿地，雷鳴負責施工。雙方以各實體入股，開發一個中檔商品住宅區，命名為「陽景花園」；賈志飛抓銀行貸款，跑設計院，盯規劃局。雷鳴則帶領他的人馬立即入駐人民南路專案地，清雜沏圍開始基建。

有一次從工地回來，開車路過北里屯《情感》雜誌社的時候，他想起了多時未曾聯繫的好兄弟胡逸文，他決定去找他，讓他跟自己一塊分享雄心勃勃的未來與夢想……

「我以前就說過你幹這一行肯定會幹出點名堂來的，沒想到大苕你的『名堂』來得這麼快！」胡逸文跟雷鳴在雜誌社旁邊一家餐廳邊吃邊聊。「你以前在西門橋羅家的四樓上高喊一定要成功的情景我可是歷歷在目。」

那是雷鳴第一次來龍陽，就在胡逸文的出租屋裏落腳，那天晚上二人喝得酩酊大醉，在四樓陽臺，二人對著樓下酣暢淋漓地撒了泡尿，也就是在那時，雷鳴對著龍陽的萬家燈火高樓館宇聲嘶力竭地喊著一句話：「我—要—掙—大—錢—我—要—成—功！」逸文清楚記得，當時因為激動、興奮，雷鳴的臉扭曲得可怕。

這並不遙遠的情景雷鳴自然也記憶猶新，他呷了一口酒說：「我當然記得，二癩你跟我不同，你一路走來都比較順，而我從小到大吃的苦太多了，太多了……」說到這，他的臉色像餐廳外逐漸降臨的夜色一樣黯淡下來，眼眶裏噙著的淚花猶如水晶燈般閃爍。

「大苕……」逸文拍拍他的肩膀歎道：「以前的苦難都過去了，你現在也算苦盡甘來。」隨後又語作輕快地說：「你現在當房地產老闆了，我一定沾沾你的光！你不知道，我現在做夢都想有一套自己的房子！」

「這個沒問題，咱們是好兄弟，有我一碗飯，肯定少不了你一碗粥。」雷鳴笑笑說，「不過，一套房子幾十萬我做不了主，一旦開了這個口，其他股東會紛紛效仿，那就亂套了。」

「開個玩笑，」胡逸文說，「我知道房子不是蘿蔔白菜，哪能隨便送？」

雷鳴說：「其實你可以來買，分期付款，每平米給你優惠幾百塊，我相信這個權力還是有的。」

「那太好了！」胡逸文一把抓住雷鳴的手，興奮異常。「你幫我留意一套好戶型，面積不要多大，九十平米左右就行。」

「這個沒問題，回去我就跟我們賈總說一下，能有多少折扣，定個什麼樣的樓層和戶型，我弄好後再給你回電話。」

「真是太感謝你了！」胡逸文眼裏有淚花在閃爍。

「別這客套，我們是兄弟。」雷鳴拍了拍逸文的肩膀說。

後來雷鳴問起了羅小娟，問逸文跟她的戀情進展如何，想沒想過結婚。逸文歎了口氣，大致說了一下當初被羅老頭趕出來的事以及跟羅小娟的關係狀況，雷鳴聽了好半天沒有說話，過了好久才自語自語道：「真想去看看她。」聲音細若遊絲，逸文問他說什麼，他笑了笑搖搖頭，不吱聲了。

白芬的不祥預感變成了現實：她沒過分房的初審名單。

在那個初冬的黃昏，她擠在擁擠的人群裏將貼在廠門口的名單公告反過來倒過去看了幾遍，硬是沒找到「白芬」兩個字。她被人群擠出來的時候像是從水塘裏爬出來，渾身被虛汗浸透了。她有氣無力踩著自行車回家；回到家後整個人癱軟在椅子上。正在洗菜的秦文夫被她這副情態嚇了一跳，忙問她是不是病了。白芬並不回覆丈夫的發問，嘴裏喃喃嘮叨：「我不甘心，我不甘心。」

看她這樣子，秦文夫猜到分房的事八成是黃了，他寬慰道：「無所謂……誰稀罕那房子讓別人稀罕去好了，咱現在又不是沒房子住。」

「你懂個屁！」白芬突然吼道，滿腹怨恨似乎找到了爆發口，「只有你這種沒用的人才說這種沒用的話！有房子住？方便？連阿屎拉尿都要排隊也叫方便？我們半輩子過去了，是無所謂了，但我不能讓東東跟我們一起過這種日子！」

秦文夫被罵得火起，但還是咬咬牙忍住了，他瞭解妻子心裏不痛快，自己又不能弄一套房子出來，只能息事寧人率先撤出爭吵。他圍起圍裙繼續洗菜做飯。在一旁納鞋墊的秦老太嘟噥了一句：「有話好好說，甭吵架。」

張紅梅過了初審，當她在通告上找到自己名字的時候，一個人跑到女廁所裏放聲大哭了一場。她把這視為白芬的功勞。幾天後，她提著四條中華煙四瓶五糧液外加一袋蘋果來到白芬家，她求白芬好人做到底把這些東西再捎給劉建明，她紅著眼睛說：「上次能過初審，我跟我全家都感謝你，真的。我已經豁出去了，為買這些東西我結婚項鏈都賣了。成不成在這一搏，我知道你能跟劉建明說得上話……」白芬默然不語，過了一會不鹹不淡地說了一句：「你放這裏吧，我盡力。」

張紅梅走後，白芬提起煙酒狠狠地砸在地上，酒瓶猛烈碰撞水泥地面發出的破碎聲在寂靜的冬夜裏異常恐怖，一家人都驚愣了。秦文夫喝道：「你瘋了！」白芬邊踩踏著地上的香煙邊發狠地說：「我自己都沒分到房子，會為你去要房子？做夢！」

白芬終於和劉建明上床了。這似乎是命中註定無法跨過的一步，既然如此，早上床比晚上床好。她很清楚，劉建明對自己念念不忘無非是十幾年前那點「念想」，從他幾年前提拔她為副科長到如今不讓她上分房初審名單也是因為那點「念想」（他在等自己去求他），既然他念念不忘，就給他好了，只要能分得房子，也實在也不算什麼。從古到今不都是這樣？你不想付出就想收穫？屁！

那天龍陽下了入冬以來第一場雪，紛紛揚揚的雪花彌漫了城市低沉的天空。晚上將近七點的時候，廠裏的人走得差不多了，恣意飛舞了一天的雪花逐漸停下來，偌大的廠區像蓋了一條巨大的白色毯子，因為雪光的映照，本已暮靄沉沉的天色竟透著幾絲妖嬈的明亮。

白芬踩著吱呀作響的積雪步履沉重地來到新辦公大樓樓下，她望了一眼六樓窗戶，裏面照例閃著明亮的燈光。她邁上樓梯，寂靜的樓道裏只響著她一個人咚咚拖泥帶水的腳步聲。在六樓劉建明的辦公室門口她躑躅著不敢敲門進去。她的心砰砰直跳像是廟會裏的驚天擂鼓；她返回到樓道，深深吸了口氣儘量使自己鎮定下來，過了一會再次來到門前，但懸在半空的手指就是無法敲下，彷彿那不是一扇門而是一道鬼門關。她來到樓層盡頭的衛生間，查看沒人後才拴上門，然後對著鏡子裏的自己狠狠大罵起來：「你以為你是個什麼東西？

十八歲的處女？狗屁！你什麼都不是，就是一堆爛貨！你爭不來房子連兒子都瞧不起你，你還要屁臉面?!」用粗魯的詈言罵完自己後，她心情似乎一下輕鬆了舒暢了，心裏也不擂鼓了腿也不發軟了。她捋了捋頭髮又補了妝，隨後跨出衛生間幾步走到辦公室前，凜然敲響了房門。

劉建明正在忙活打電話，看到白芬先是愣了一下，然後用下巴指了指對面的沙發。白芬在沙發坐下後，有點心神不寧，室內的暖氣讓她覺得很熱。劉建明似乎在跟一個老總談什麼事，聲音爽朗、穩重、乾脆，外加一點傲氣，她相信，只有成功的男人才擁有這樣的聲音和語氣。

打完電話後，劉建明跟白芬開了一個玩笑：「下班了還不回家，不是又來找我敘舊吧？」

「不是，我來要房子的。」白芬赤裸裸說出這個要求的時候連她自己都吃了一驚。劉建明一時沒聽清，問道：「你說什麼？」

白芬一字一頓重複了一遍：「我是說我來要房子的！」

這次劉建明聽清了，他笑了笑說：「你是第一個這麼直截了當跟我要房子的……根據有關規定，你的分房條件有些不夠……」

白芬說：「我不管條件夠不夠，也不管什麼規定，我必須而且一定要得到房子！」她斬釘截鐵的語氣讓劉建明覺得不可思議，他仔細打量著她，似乎要從她白淨的臉上找到答案。

白芬沒看他，她望了一眼窗外，漆黑的夜空像一塊慾望沉重的黑幕令人倍感壓抑。一些不知來自何處的聲響在窗外不遠不近地響著。白芬開始脫身上的衣服，先是羽絨服，再是毛衣，再是羊毛衫，然後是貼身內衣。她脫得很慢，每脫一件彷彿都經過深思熟慮，最後她扯掉了黑色胸罩，一對豐滿而雪白的乳房像一對白鴿倏地彈了出來。「來吧，你不是一直在等這一天嗎？」她平靜地說。

整個過程，劉建明一言不發，冷峻的臉色反映不出內心波瀾。他慢慢走到沙發旁邊，直直盯看著眼前的女人，白芬被他冷峻的目光盯得頭皮陣陣發麻。這是她第一次將光溜溜地身子呈現在除丈夫以外的另一個男人面前，她轉過臉沒有看劉建明，她覺得眼眶濕漉漉的，她明白那是自己的眼淚。劉建明重重歎了口氣，扶起白芬，將她脫下的衣服一件一件地重新給她穿上，先是胸罩，再是內衣，然後是羊毛衫。在穿好毛衣後，劉建明突然一把將白芬抱在懷裏，箍得很猛很緊很用力，像一條貪婪的餓狼撲向等待多時的獵物，白芬一下子喘不過氣來，感覺兩個奶子快要被一雙大手捏碎了，她的舌頭感受到了另一條舌頭的粗魯觸摸。她渾身發痢疾似地顫抖起來，感覺像很冷但又不像冷，她還來得及思考這種奇怪的感覺，整個人就被壓倒在柔軟的沙發裏……

白芬從廠裏出來的時候下了一天的雪徹底停了，她踏著街邊的積雪茫然而麻木地走著，陰冷的夜風飛舞旋轉此刻對她構不成任何寒冷。劉建明提出要開車要送她時候被她拒絕了。馬路上的車像河裏的船一樣漫不經心一一駛過，車屁股上的紅燈一明一滅像赤裸裸的猴屁股。白芬感受到了前所未有的放鬆懈怠，似乎一件懸掛心頭多年的難事被徹底解決了一樣。她就這樣走著，走著，她很希望就這樣一直走下去。

到達家門口的巷子口，她突然很想吐，她蹲下來，將食指和中指伸進喉嚨裏乾嚎了兩聲，除了兩聲難聽的聲音什麼也沒嘔出來，眼裏反而沁出了幾滴眼淚，風一吹，她才感覺到有些冷。

秦老太和秦東東一老一小已經睡下，秦文夫還躺在床上看書。白芬坐在小客廳的沙發裏沒有開燈，此刻她很喜歡這種被黑暗包裹擁抱的感覺，在茫茫黑暗裏她體受到一股未曾有過的安全感。人們常說，一個人在黑暗裏最能看清自己的前世今生，但白芬兩眼一抹黑，她能看清自己將近四十年的過往，但看不清今後四十年的未來。

秦文夫不知道什麼時候出來了，他打開了燈，白芬被這驟然的亮光刺痛了眼，她低喝道：「快關掉！」秦文夫很聽話地關了燈，他不知道妻子怎麼了，「你吃飯沒有？我去給你熱飯。」白芬在黑暗中拉緊了丈夫的手，像是第一次感受到丈夫手掌的厚度與溫度。秦文夫說：「你怎麼了？你先坐著，我去給你打洗腳水。」白芬一陣心痛，她一抱住了秦文夫，將頭緊緊偎貼在他已經發福的小腹上，小腹的溫度讓她感受到了從未有過的溫馨，「老秦！」她輕聲低喚了一聲，眼淚不由自主地奪眶而出。

從建房第一天開始就攪得整個紅光電器廠全體職工人心不寧的安居房名單，在距春節不到一個月的時候，終於塵埃落定。兩百個超級幸運兒的名字被八張大紅紙喜氣洋洋地張貼在廠門口巨大的宣傳欄上。在那個冬雪初霽的黃昏，電器廠半數以上的職工將宣傳欄面前的通道圍得水泄不通，無數個腦袋像一群被人提著脖子的鴨子，竭力抵制地球引力爭相目睹廠裏年前最後一件宏大盛事。「幾家歡喜幾家愁」的寒風吹過摩肩接踵的人群，讓百人顯百態。一個穿著淡黃色羽絨服領導模樣的中年男人，在名單上找到自己名字後，不顧一貫莊重嚴謹，興奮得「啊啊」大叫起來，手舞足蹈衝出人群；一個四十多歲的婦人坐在宣傳欄下像孩子一樣號啕大哭，聲音淒厲令人憐憫。旁邊一個女工勸她：「王會計，別哭了，哭壞身子划不著！」「不是……嗚嗚……上面有我名字。」「啊，那你還哭個啥？」「嗚嗚……高興唄。」女工撇下她，不理她了；一個身穿污跡斑斑舊棉被的禿頂男人在名單上一連找了三遍都沒找自己的名字，粗著嗓子便罵開了：「狗日的，又沒老子的份，你們看上面的名字，一大半是當官的！」罵完便要上去撕紅紙名單，那些看名單的男工女工當然不依，於是拉扯起來。幾個保安趕過來將禿頂男人架開了，男人一邊走一邊依舊如憤怒的公牛罵罵咧咧；一個頭髮半白的老職工坐在一旁的花壇沿上唉聲歎氣老淚縱橫：「不公平啊，我為廠裏當牛作馬幹了二十幾年，還是勞模，不公平太不公平！」他取下眼鏡，龜裂的粗糙手指拭擦著像是永遠流不完的眼淚。

白芬騎著自行車飛快地穿過廠門口黑壓壓的人群，出廠門，右拐，上自行車道，使勁蹬車。下班時，廠裏廣播播報通過終審職工名單的聲音像鳥兒一樣在工廠陰沉的天空中飄揚，她屏氣凝神聽到了自己的名字，那一刻竟然沒有任何感覺，談不上興奮也談不上失落，只是覺得心裏彷彿被壓了一塊巨石堵得慌，很想找個地方痛痛快快地喊一場哭一場。最後她騎著車來到市中心一處公園。冬日的公園景頹人稀，一片蒼茫蕭瑟。在一個較偏僻的小湖邊，她支好自行車，環顧四下無人，便朝著靜寂的湖面大聲喊了起來：「哦——啊——」湖那邊不知名的鳥兒被驚得拍翅四散；喊累了又放聲大笑，笑得放縱笑得舒暢笑得痛快淋漓笑到最後竟然笑出了淚，當她用手拭去眼角的淚水時，她的笑聲轉成了「嗚嗚」宛如火車汽笛似的哭聲，先是壓抑地哭，之後放聲慟哭，哭得放縱哭得舒暢哭得痛快淋漓。最後，喊累了笑累了哭累了，便坐在湖邊的石凳上望著湖面發呆。臉上淚痕斑斑，冷風拂過，臉上湧起一陣生冽冽的痛。她抬眼四望，夜幕暗如黑漆，遠處的燈光映得公園這一角影影綽綽，公園外的住宅樓已是萬家燈火，那些燈火從萬千窗戶透出來，柔和而溫馨，像是召喚遊子歸家的夜明燈。

秦文夫跟往常一樣在小廚房裏炒菜做飯，婆婆秦老太抱著一個塑膠簍子在擇菜。白芬進屋掛好坤包，坐到小床上看著兒子寫作業，東東讓白芬看得不樂意了，噘著嘴說：「媽，你又來了，等會我寫完了再給你看行吧？」說完轉過身去背對白芬。白芬輕罵了一聲「小兔崽子」，然後摸著東東的頭說：「東東，媽媽有個禮物送給你，想不想要？」

東東頭也不抬地問：「什麼禮物？我生日不是已經過了嗎？」

白芬說：「傻小子，生日過了就不能再給你禮物啊，新年禮物，提前送給你。快猜吧？」

東東看著白芬，小眼珠子轉了幾圈，突然大叫起來：「媽，你是不是分到房子了！」

白芬拍著東東的臉，笑著說：「咱家東東就是聰明！」

「真的呀！」東東又一聲驚叫，一把抱著白芬，歡呼雀躍：「噢，有新房子囉，有新房子囉！媽你真偉大！」

東東的歡呼聲將正在小廚房外吵菜的秦文夫招引了進來，他滿腹狐疑地問妻子：「你以前不是沒過初審嗎？怎麼……？」白芬沒有回答他，將坤包放進臥室。秦老太放下了手中的青菜，雙手合十，嘴裏念念詞：「阿彌陀佛，謝謝觀世音菩薩。老頭子，媳婦分到房子了，是你在上面保佑我們吧，明年清明我再給你多燒點紙錢去……」

秦文夫對從臥室走出來的白芬說：「那我再去買些菜，好好慶祝一下。」

白芬無力地搖搖頭：「今天太累了，隨便吃點，以後再慶祝吧。」

吃罷晚飯，一家人仍然沉浸在分到房子所帶來的興奮之中。東東作業也不做了，在房子裏像個小獼猴跑來跑去；秦文夫在廚房裏將碗筷洗得叮叮咚咚脆響，邊洗還邊吹著幸福的口哨；婆婆顛著小腳，在房間裏忙上忙下，不知道忙些什麼。

白芬看著這一切，臉上始終徜徉著溫暖的笑意，她在心底對自己說：白芬，你所做的一切都是值得的！你看，十幾年來全家人哪像現在這樣高興過？他們會原宥你的，丈夫老秦也會原宥你的……不過她心裏還是有些堵，但到底堵在哪為什麼堵，自己也說不清楚。

晚上睡覺時，白芬躺在床上一直無法入眠，秦文夫也沒睡著，白芬問他怎麼了，秦文夫喉嚨「咕咚」響了兩下，像水流通過下水道。他說：「總覺得這次房子失而復得太戲劇性，太意外太蹊蹺……你去找那個姓劉的廠長同學了？」白芬沒有說話，坐起來打開燈從抽屜拿出一本暗紅色存摺，丟到秦文夫面前。秦文夫也坐起來，滿腹狐疑打開存摺一看，驚叫道：「怎麼一下少了七千塊錢？你取的？」白芬說：「是去找了，送了禮，你以為別人真念同學舊情？更念錢！」秦文夫呵呵笑了，像是什麼東西懸在心裏突然放下了一樣，他寬慰起妻子：「現在這個社會，不都一樣？花了七千塊錢能分得一套房子也值了。」又說：「你應該跟我商量一下的，七千塊錢對咱家可不是小數目。」「跟你商量？跟你商量好了黃花菜都涼了！」白芬「哼」了一聲收起存摺放進抽屜裏。這話讓秦文夫聽了不是滋味，一種被忽略被蔑視被看輕的情緒硌得他心裏極其難受，但他又不能發火。他嗡聲嗡氣說了聲「睡覺」便背身而睡。白芬躺下後，也覺得剛才的話有些傷人，幾次伸手想摸摸丈夫的後背，最後還是忍住了。

翌日星期六，白芬按照廠裏通知到廠禮堂集合開會，和通過終審名單的職工一起抓鬮選樓層房號。白芬運氣不錯，選到的是七幢二單元五樓，五〇二，此次紅光小區房型都是清一色的小戶型，兩房兩廳兩衛，八十平方米，所以不存在誰家的面積大誰的面積小。

房號選好後，坐在主席臺上的廠領導一一講話。白芬看到劉建明神采奕奕地坐在正中間，第一個發言，發言內容無非是關於集團的前景、講集團如何克服千難萬苦急職工之急想職工所想為他們解決住房難問題；接下來幾個領導說話都是千篇一律的套話，內容無一例外是對劉建明的吹捧。底下聽眾因為新房到手，個個抑止不住興奮，切切私語，交頭接耳。白芬坐在底下如坐針氈，盼望會議早點結束，好去財務科交房款，拿鑰匙。

會議快結束時發生了一件意料不到的小插曲。禮堂外人聲嘈雜喊聲震天，幾十個男男女女舉著白紙黑字的橫幅往禮堂衝，在禮堂門口被一群保安阻擋住了。這些人身著電器廠的藍色工作服，神情激動，亂糟糟地喊著：「抗議抗議，分房不公！」「我們要房住，領導給說法！」主持會議的領導見狀，忙宣佈大會結束，劉建明和幹部們從後門快步走了。白芬也沒有作過多停留，也迅速從禮堂後門離開了。

晚飯後，秦文夫叮叮咚咚在小廚房忙碌洗碗，秦老太坐在小客廳看電視，文夫走過去，將聲音調小了一些，「媽，白芬在睡覺，別吵著她。」老太太不樂意了：「不就是弄套房子回來嘛，成慈禧了？想當年你爸死得早，我……」「得了得了，媽，您是女中豪傑還不成嘛！」秦文夫打斷了母親的嘮叨，又接著去廚房叮叮咚咚忙活去了。

白芬躺在床上半刻都沒睡著。晚飯時，文夫一催三遍，她假寐熟睡；現在她聽著丈夫略帶歡愉的廚房奏響曲，心裏卻空蕩蕩的，甚至能聽見腹腔因空蕩而產生的啾鳴回音。上午開會時，她注意到劉建明在臺上講話，眼睛卻不停朝底下有意識地睃巡，看見她後，眼神又匆忙避開，過一會又重新睃巡迴來。那是一種奇怪而又複雜的眼神，既心急火燎又漫不經心，既淫蕩又正派，既想一口吃掉獵物，卻又適可而止，放在爪下把玩。是啊，現在自己不就成了別人的獵物麼？白芬想，而且還是送上門的獵物，但誰又叫自己貪戀那陷阱中的美食？怪誰呢？房子喲！她像只受傷的母狼在心底沉痛的呻吟叫喚，她看到房子化作了根根細長鋒利的竹籤，深深刺進皮肉裏，卻看不見一滴血，為什麼沒有血呢？白芬想不明白，她用手摸了把眼角，摸出了一串晶瑩剔透的淚珠子。

翌日星期天，在秦東東強烈要求下，一家四口去看新房。新房所在的小區——紅光小區就坐落於紅光電器廠二號倉庫的舊址上，交通還算方便。他們去時，小區門口早已聚集起一批同樣迫不及待的電器廠職工。兩個保安捧著兩本厚厚的花名冊核實看房者名單。家屬樓每棟統一為七層，一排排整齊劃一地站立著，鱗次櫛比氣勢恢弘；牆體主色調塗的是溫暖明亮的米黃色，在陽臺右側與主臥室之間貼的是淺黃色牆瓷磚，房頂的飛簷則雜以天藍色，遠望去既整飭又漂亮。秦東東歡呼雀躍：「好漂亮的房子！」他催促爸媽奶奶快走。秦文夫面露喜色，握住了妻子的手。白芬也喜不自禁，臉若燦爛朝霞，但喜悅中卻帶有一絲不易覺察的克制。那雙熠熠發亮的丹鳳眼，盯著樓旁的草坪、樹木、假山，臉上泛起一層輕如漣漪的笑容，就像蜻蜓拂過水面。

一家人沿著小區的甬道找到了七幢二單元，順樓梯而上，樓道整潔而乾淨，其間還能嗅到尚未散去的白石灰的味道。到了五樓，秦文夫說，五樓還是高了一些，母親上樓會不會不方便。但秦老太表現出一種老當益壯的豪情說不礙事，「每天上下樓當是鍛煉身體哩！」

房門打開後，秦東東第一個衝了進去，這是一套兩房兩廳南北朝向的兩居室，進門靠右手是飯廳，飯廳的旁邊是個開放式廚房。靠左手是客廳，客廳再過去便是個大陽臺。客廳和陽光之間是手拉的玻璃門。客廳前面是主臥，主臥對面是次臥，在主臥和次臥之間靠後端便是洗手間。

一家人興致勃勃地在房間轉來轉去，轉完客廳看主臥，看完主臥看次臥。在次臥裏，秦東東雙手興奮比劃著：「爸媽你們睡對面那個大房，我睡這個小房。這裏放床，床頭貼一張科比的畫像。窗戶這裏擱一張書桌，書桌旁邊一個籃球框，每天放學回家，我就可以拍兩下籃球玩了。書桌那邊放什麼呢？」

「放一個書架。」白芬說。

「對，放一個書架，書架上放好多好多書！」東東說。突然他「哎呀」了一聲，說：「奶奶睡哪啊？」

是啊，秦老太睡哪呢？胡氏夫婦面面相覷。一家人又返回至客廳。秦文夫到陽臺看了看後說：「要不，讓媽睡陽臺吧？這陽臺還挺大，裝修的時候，用鋁合窗將陽臺封閉起來，還不等於一間房？」但白芬不同意：

「好好一套房將陽臺封閉起來多不好看，而且沒了陽臺，以後晾曬都不方便。」

秦文夫點頭稱是，又說：「哪讓媽跟東東一個屋？」此時，秦老太插話道：「不用了，讓我乖孫一個人一個屋吧。我還是跟以前一樣，睡客廳！」

但白芬還是搖頭不同意，「這房子不比八里墩的舊房子，怎麼住都沒關係。這麼好的新房，要是客廳放一張床，多彆扭，要是有客人來，還不讓人笑話！」

秦文夫兩手一攤：「這也不行，那也不行，你說怎麼辦？」

白芬沒說話。她走進廚房，發現廚房靠左手位置竟還有一個小儲藏室，一番打量，說了一句：「有了！」

秦文夫說：「不會讓媽睡儲藏室吧，這也太小了，一張床都放不下！」

「小了可以改大嘛！」白芬說，「你看，咱們不需要這麼大的廚房，裝修的時候，可以把儲藏室這面牆拆掉，再將廚房面積勻出三分之一出來，再砌一面牆。門朝飯廳開，你看，這又是不是一間好房子？媽住裏面不比住陽臺舒服？」秦文夫一聽，連聲稱好。

秦老太一邊用衣袖拭著眼角一邊說：「苦了一輩子，快入土了還能住上這好的房子，死了也值了！」一番話弄得一家人有點掃興。秦東東說：「奶奶，你要長命百歲，等將來我讀大學，掙大錢，我買別墅給你住！」說得秦老太破涕為笑。

星期一秦文夫去雜誌社上班，整個人神采奕奕彷彿一下年輕了十歲。他在路上買了糖，到了單位後見人就發，眾人見他如此，猜他是不是兒子要結婚了，但一想他兒子才十幾歲啊。賣了半天關子，秦文夫才興奮而又矜持地說他家分到房子了。眾人聽後驚訝不已，紛紛圍過來，有的向他道賀有的起哄，說分到房子了不能幾粒糖就打發了，得請大夥去酒樓撮一頓。秦文夫笑呵呵地保證房子裝修好後一定請大家去家裏玩。隨後，大家打趣他是幾百年修來的福氣，不僅娶了個漂亮的老婆，還托老婆的福，連新房也住上了。說得老秦眉心舒展呵呵直樂。劉文芳號召雜誌社還沒結婚的小夥子向老秦學習，找老婆得找帶房子的，可以少奮鬥幾十年。說罷，還笑著特意點了胡逸文的名，引得眾人一陣笑。心情悒鬱的胡逸文聽罷沒有說話。周曉妍則冷冷譏諷道：「主任，你當年出嫁帶房子了嗎？」劉文芳的臉陡然陰下來：「你這丫頭，說話怎麼沒個輕重！」眾人聽了頓時沒了玩笑的興致，紛紛回到自個的座位做事去了。胡逸文小聲責怪周曉妍不該亂說話。周曉妍撇撇嘴：「我討厭她那樣說，特別是拿你說事！」

第三章　逸文艱難買房

胡逸文在一個月後的某個星期六找到了位於人民南路的陽景花園樓盤以及售樓部。

幾天前雷鳴給他打來電話，他已跟他那邊的賈總請示過，同意給個六五折，具體買房事宜讓逸文自己去售樓部談，他已經跟姓劉的經理打了招呼。胡逸文在電話裏對雷鳴又是一番連聲感謝。他已經考慮好了，戶型定在兩房兩廳，他打算將來把農村老家的爹媽一起接來住的，也讓勞碌一輩子的父母晚年在城裏享一番清福。

他興致昂揚走進寬敞的售樓大廳，裏面已有許多人正端詳著沙盤上的房子模型，幾個忙碌的售樓小姐拿著一摞摞宣傳文件不停地給顧客們講解。胡逸文找到了劉經理，後者熱情洋溢接待了他，並給推薦了一套採光、通風、戶型都極佳的二室兩廳八十八平米的房子。劉經理說：「你是特殊顧客，雷副總已經跟賈總打過招呼，原價七千九百五十元／平米價格給你優惠六五折，也就是每平米五千一百六十七元。」他拿出計算機「啪啪」算了起來：「優惠後總價四十五萬四，首付三成十三萬六，向銀行貸款三十一萬八，至於月供多少到時跟銀行再算。」胡逸文暗算了一下，這一番優惠一下給他節省了二十四萬多，他心裏極其感謝雷鳴，但如何再去籌十三萬多的首付呢？

劉經理說：「如果房子選定了，就先交一萬塊錢的定金——當然雷副總既然指示留一套好房子給你，你可以先不交，但首付得在一個星期後交齊。然後我們再來簽購房合同，同時你還要跟銀行簽貸款合同。」

胡逸文低頭不語，過了一會才說：「一個星期內我可能湊不足首付，能不能緩交？」劉經理面有難色：「這是規定。——要不這樣，你給雷副總打個電話，他點頭了，我們手下才好辦事。」也只有這樣了，胡逸文拿起桌上的座機打通了雷鳴的手機，講了這邊的情況以及錢不夠的事實，雷鳴在那邊說，「你先去籌錢，我叫他們把那套房子給你留一個月。」然後又叫逸文將電話給劉經理，給他發了指示。劉經理放下電話後說：「真是有後臺好辦事。」隨後又半譏諷半揶揄地說：「胡先生有雷副總這個有錢朋友，乾脆甭去籌首付了，直接找他拿。」胡逸文笑了笑，沒有應答。這個念頭他不是沒有過，但很快自我否定了，因為雷鳴的幫忙已經省下了二十四萬，首付還找他要，是不是有點貪心不足？

回到家後他翻出存摺，一看存摺上那不足五萬的枯瘦數字心裏便涼了一截，一個月湊足八萬多塊錢的窘迫事實讓他一籌莫展也讓他感受到一種從未有過的焦慮，甚至懷疑這次買房是不是有些草率？但一想到羅小娟帶淚的臉龐和羅老頭利如刀割的話語，他的滿腹焦慮立刻煙消雲散——他振振精神，開始搜索枯腸地尋找籌錢的途徑。

他首先想到的是姐姐胡逸芳。

胡逸芳十八歲高考落榜後從老家胡家坳鄉村來到龍陽，成了市第三棉紡廠一名紡織女工。後來認識了廠裏的送紗工柳國慶，經過幾年戀愛，在胡逸文考上龍陽師範大學那一年，嫁進了柳家。那一年胡家在村子裏風光無比，女兒嫁進省城兒子考進省城，樂壞了跟田地打了一輩子交道的父親胡志國和母親余鳳英。那幾年，老倆口最快樂的日子是收拾一新帶上村裏的土特產在村人羨慕中到省城龍陽來看女兒和兒子，每年一次或者兩次，直到後來胡逸文告誡他們別來龍陽了，即使來，直接去他的學校，不用去柳家灣。

胡逸文讀大學四年，只去過胡逸芳家裏兩次就再也沒去過。他能感覺到姐姐在柳家艱難的處境。這個幾年前同樣是農民的家庭因為沾了城市化的光而轉化城市居民後，對來自農村的媳婦胡逸芳表達出一種奇怪的瞧不起。柳國慶的母親柳老太曾明確表示，要不是她兒子眼睛不好沒啥文化，他們家是絕不會要一個農村姑娘。胡逸文第一次來到姐姐家就意識到柳家人對他並不是太熱情，似乎他這個窮大學生來柳家是來打秋風或者胡逸芳會接濟他點什麼。他走的時候，胡逸芳塞給他一提蘋果半隻燒雞讓他拿到學校吃，在樓道就看到柳老太用陰鷙的眼神望著他，一張臉拉得比她整個身形都還長。第二次他再來姐姐家，胡逸芳再塞給他東西，他就不要了，那個時候柳老太特意搬了條板凳在樓道裏坐著，胡逸芳賭氣地說：「怕什麼！我自己的東西，關別人什麼事！」胡逸文不好冷姐姐的好意只得收下，當然他並不知道他走的當天晚上胡逸芳就挨了丈夫柳國慶的打。柳國慶是一個身材魁梧卻又高度近視脾氣暴躁又嗜酒如命的人，他喝完酒後只喜歡幹兩件事：耍酒瘋、打老婆。他發起酒瘋來對摔打的東西沒有明確的選擇性，順手就行。嬌小的胡逸芳成了他最得心應手的「出手」對象。他打起老婆來不分輕重，剛結婚那幾年胡逸芳身上經常青一塊紫一塊。對這個姐夫，胡逸文打心底厭惡，他實在不明白俊俏能幹的姐姐為什麼會嫁給這樣一個人？究竟圖他什麼？他不去柳家灣後，胡逸芳有時會坐上一個小時的公交車過江來學校看他，順帶捎上一些吃的和零花錢，逸文叫她以後別這樣。胡逸芳依舊語氣倔強：「怕什麼？我自己掙錢疼弟弟還要別人管？」而面對弟弟長久的「不明白」她回答得乾脆同時也咬牙切齒：「圖他什麼？就圖他狗日的是龍陽戶口有房子！」而這讓胡逸文更不明白：難道房子和戶口就那麼重要值得用一生的婚姻幸福去賠注？直到幾年之後他因為沒有房子而被女友羅小娟的父親奚落時，才意識到當初的質問是多麼的幼稚可笑……參加工作後，他很少去姐姐家，一方面不想因自己的到來成為婆家欺辱姐姐的口實，另一方面他也討厭見到那個酒肉之徒的姐夫柳國慶……

但這次買房差錢，他不得不硬著頭皮去了柳家。還好柳國慶不在，胡逸芳答應得很爽快：「你買房是大事，我這個做姐姐的無論如何得幫你一把。我看能不能湊兩萬給你。」胡逸文聽了高興：「那太好了，餘下的錢我再去想辦法。」但旋即又憂心忡忡地說：「你借錢給我，柳國慶會不會……」胡逸芳說：「你放心，我有六千錢的私房錢，家裏還有一些積蓄，你借錢買房，這忙幫得天經地義，他也沒什麼話說。皇帝還有草鞋親。何況今日不同以往，你畢業工作了，爹媽也很少來龍陽，來的話也是拿大多的東西幫襯我……柳家人也不像以前那樣把眼睛放在針尖上。」聽姐姐這樣說，胡逸文也放寬了心。

第二天星期天，他又搭車趕回了老家。

離省城龍陽並不遙遠的老家胡橋鎮胡家坳村位於離縣城還有三十公里的山區，是一個有著一千多戶人家的同姓山村，全村百分之八十五以上的村民都姓胡，同時雜以雷、徐等少數外姓。胡逸文的家境在村裏屬於殷實之家，這一方面在於父母年紀不大勤苦勤勞，另一方面是子女少；胡逸文在省城工作，胡逸芳嫁到省城，這也給胡家帶來了極大的榮光。父母現在住的房子是大前年在村口新蓋的磚瓦房，由兩間廈屋一間堂屋構成；位於村裏正中心的老屋是爺爺那輩子留下來的青磚老瓦的祖屋，歷史悠久也年久失修。胡逸文的童年基本是在老屋度過的。對於十六歲到縣城讀高中十九歲到省城上大學二十三歲留在省城工作的他來說，其實已經跟故鄉漸行漸遠了；現在他不太願意回到胡家坳，他討厭故鄉那種不緩不急四平八穩什麼事都比外界慢半拍的生活。這種芥蒂讓他明白，故鄉在很多時候只是一種意念中的精神家園……

胡逸文回到家天色已微暗。僻靜的鄉村沒有夜生活，夜幕一降臨，除了幾聲犬吠，就顯得一片死寂。面對兒子的不期而至，胡父胡母吃了一嚇，以為他出了什麼事。風塵僕僕的胡逸文沒來得及喘口氣，便細緻入微地同時又深入淺出地講述了自己貸款買房之事。兩位老人雖然最後也未能聽明白是怎麼回事，不過也大概知道了兒子要在城裏買房，並且差錢。父親說：「上個月賣了些糧食和十幾隻豬娃，加上以前一點積蓄，家裏大概有六千塊錢。」母親說：「娃兒差好幾萬呢，六千哪夠？」兩位老人一時一愁莫展，最後父親想了想，下決心似地說：「乾脆把後面的祖屋賣了！」胡逸文一聽連忙搖頭：「不行不行，那是爺爺留下的祖業，不能賣。」一賣我們不成了敗家子了嗎？」父親歎了口氣：「我也不想當敗家子！但你現在遇到了難處總得想辦法解決。你也快三十了，早應該成個家，有房才有家，我跟你娘也沒啥本事，幫不了你什麼，這個祖屋放著也是放著，賣了也是給你救急。」

胡逸文聽了不知道說什麼好，這時母親插話道：「誰要咱這房子呢？老屋老瓦的。」「怎麼沒人要？」父親說，「村頭開掛麵廠的大根幾次找我要買老屋，說是買下老屋後拆掉，和旁邊他家的菜地連成一片，準備蓋一幢全村最好的房子。我一直沒鬆口，看不慣他。那小子有了幾個錢就開始得瑟了。」

胡逸文說：「既然這樣，那爸，媽，這裏我先謝謝你們了，等將來我在城裏將房子買好了裝修好了，我把你們接過去一起住。」父親歎口氣：「傻孩子，一家人謝啥！我跟你媽是勞碌命，城裏住不慣，前年去你姐那裏住幾天，渾身不舒服。你買好了房子，就娶老婆生兒子，我跟你媽就在鄉下住，蠻好。」胡母也附和說「城裏住不習慣」云云，胡逸文覺得這個可以以後再論，便和父母說，他明天還得回去，如果這邊房子賣好了，就給他打電話。胡父胡母本打算留兒子住兩日，見他如此匆忙，只得作罷。

回來後第二天，胡逸芳便打來電話，讓他去拿已經準備好的兩萬塊錢。胡逸文喜出望外，現在已經有將近七萬了，按他的預想，如果鄉下的老屋能賣六萬便再好不過。可是幾天後父親從老家打電話到雜誌社，告訴他房子賣了，只賣了四萬塊，胡逸文一聽心頓時涼了半截，問怎麼賣那麼低；父親憤然說：「大根那小子見我們急著賣，就趁機壓價！」胡逸文狠狠罵了一句，就叫父親別賣算了，父親說：「不賣咱們上哪兒弄錢去？」胡逸文一時語塞，他確實沒了主意。父親在電話裏接著說：「現在賣是救急，以後你要是有出息，再把它重新買回來吧。」胡逸文知道這是父親的安慰話，但目前也只能如此。他和父親商定，錢他就不回去拿了，直接通過銀行匯過來，這樣安全。

兩天後，錢匯過來了，不是四萬，是四萬六；胡逸文忙將電話打到村裏，又通過村裏聯繫上父親，問六千塊錢是怎麼回事；父親說：家裏還有六千塊錢的積蓄，一起匯過來了。胡逸文急了：「家裏都掏空了，你們吃啥喝啥？」父親安慰他說：「沒事，田裏有糧，地裏有菜，我跟你娘餓不著！」

胡逸文放下電話，鼻腔一陣陣發酸，眼睛像聞了洋蔥似地不自主滾下熱淚。他突然想找個地方哭一場！一個月即將臨近的期限已容不得他繼續多愁善感，到什麼地方再去弄剩下的兩萬？他想到了大學同學邱瑞。

胡逸文跟邱瑞在學校裏既不同系也不同班，一個學中文一個學音樂，兩人結識緣於學校的文學社，是一前一後兩任社長，加之又都好打乒乓球，一來二去倒也成了君子之交。畢業後邱瑞在龍陽一所省屬大學當了音樂老師，但上班沒有一個月就跟學校說了拜拜，因為他拒絕剪掉一頭及肩的長髮，而一所略顯保守的學校肯定不會容納一個留長髮的男老師。邱瑞後來去一家氣氛稍稍寬鬆的職業學院，一開始就跟校長表態：「只要不讓我剪頭髮，薪水少一點都無所謂。」校長笑笑說：「只要你課教得好，別說留長髮，就是穿花衣服都成！」邱瑞到底是有才華的，不僅將音樂教得有聲有色，還憑扎實的美術功底開起了美術選修課；他當然沒有穿花衣服，而是頂著一頭飄逸的長髮背著一把破吉他，在同事和學生詫異的目光下，每天穿梭來往來於校園。學校給他分了一單間宿舍，宿舍寬敞豁亮，帶有廚房廁所，逸文每去一次都要羨煞一回。

兩人兩年多未見面，少不了大侃神聊一番，談及當年同學少年以及各自畢業後的境遇，皆不勝唏噓。逸文說：「你現在算是慢慢熬出來了，工作穩定，有固定住所。」

邱瑞搖搖頭：「你只看到表面，其實我這人嚮往自由不願受束縛，枯燥的教師生活並不合適我，想辭職又下不了決心。我嚮往的生活方式是背著吉他走遍千山萬水的。現在是實現不了了，只能在五一十一長假還有寒暑假出去感受一下，工資全部花在這方面了。」

「那你不攢錢結婚了？就打算在這宿舍結婚？」逸文知道他談了四年的女朋友余娟是一個中學老師。

邱瑞說：「你活得太中規中矩。結婚也就是一張紙，形式只是其次。至於房子更沒必要，那是束縛是物質桎梏！還記得當年在學校我們看的貝克特寫的話劇《椅子》麼？有了一把新椅子就想有一張好沙發配，有了新沙發又想著有一套好傢俱配，有了新傢俱又想著買一套好房子配，人的物質欲望是無窮盡的，許多人的一生都在被物質欲望所捆綁掙脫不得。我不會做那樣的人，我要享受生活享受生活所賦予我的自由和快樂。今年暑假我就準備去海南的……」

胡逸文沒作過多辯駁，只是笑著說：「你境界高，我們這樣的俗人學不來。」而沒說出的潛臺詞是：你是運氣好居有定所，如果像我一樣畢業四年搬十幾次家，你也斷不會活得那樣瀟灑的。

如何開口向邱瑞借錢讓胡逸文一籌莫展。邱瑞也看出了他忸怩之態背後的欲言又止，便要他什麼事儘管說。逸文只好硬著頭皮道出了和女友目前的感情問題以及小娟父親的反對，尤其是買房的緊要性，最後才道出購房款的捉襟見肘。聽罷，邱瑞直搖頭歎氣：「哥們，你活得真是……累，還有可憐。」

逸文尷尬地說，「我不說了嘛，我是俗人，跟你不能比，奮鬥半輩子，就圖個成家立業，圖個老婆孩子熱炕頭。」

「可你找我湊錢算錯了對象了，」邱瑞苦笑道，「你知道我這人今朝有酒今朝醉的，從來不攢錢。」他翻箱倒櫃，找出一個存摺，亮了亮說：「只有萬把多塊，還是我女朋友存在我這的。錢不多，先拿去用。」

「那就算了，用你女朋友的錢不好。」胡逸文推脫道。

「娘們！」邱瑞撇撇嘴。「咱們一起下去取。」

胡逸文一陣感激，他對邱瑞保證說錢一定會儘快歸還。

晚上他將全部款項整理一遍，還差一萬塊，他現在真不知道該上哪籌錢去，一股痛苦的悲傷充滿他的心底。從銀行存完錢出來，他騎著自行車迎著陰冷的小北風費力地走著，竟絲毫不覺得冷，只是腳底無力。

自行車不知不覺踩到了羅小娟樓下。他拿出手機，剛撥號，又掛了電話。他推著車穿過巷子，將車放好後，翻過巷子一堵院牆又翻過一堆亂磚，悄悄蹭到羅小娟的窗戶根下。羅小娟家住一樓，她房間的窗戶正對著一片荒草艾艾的空地，這條路徑是胡逸文無意中發現的，之後便經常來，既躲過小娟父親，又能隔著防盜網對戀人傾訴思念。

但今天晚上，他心情差到了極點，此時，羅小娟窗戶亮著燈，淺綠色窗簾把燈光打得像清晨的薄霧一樣柔和，他沒有像往常一樣伸手去輕叩窗戶，而是順著牆根坐在了冰涼的地上。一輪弦月彎刀似地懸在天邊，因為天冷的緣故，月亮看上去像是一盞不成規則的水晶球；矮牆旁是一條窄小的污水溝，百味雜陳的味道讓他鼻子一陣發澀；遠處汽車呼嘯而過的聲音隔著房屋隱約傳了過來，像經歷了千山萬水又像經歷了三年的光陰已變得模糊不可聞，他想起三年來羅小娟跟著他居無定所的生活，想和談了三年戀愛的女友正正常常組建一個家，但房子像一條陰森恐怖的巨大溝壑橫亙在他們之間，讓他的凡夫之夢也變得遙不可期……愁腸往事翻江倒海湧上心頭，他委屈，難過，嗚嗚哭了起來。

「誰？逸文，是你嗎？」羅小娟警惕地推開窗戶，看到牆根處一團簌簌抖動的黑影。胡逸文慢慢站起身來，曲折的淚痕像縱橫交錯的阡陌佈滿在他傷心的臉上。他連忙擦掉淚水，擠出一絲笑說：「回家路過這，想看你睡了沒有？」

「我這幾天好想你，要不，你進來吧，我偷偷去開門。」羅小娟說。

「算了，被你爸看見會搞得很麻煩。我現在在買房，等買了房，我再來跟你爸爸好好談談。我相信，他會接受我的。」

「你在買房？」羅小娟高興地叫了起來，「錢夠不夠？我這還有點錢。」

看到戀人這般快樂如小鳥的喜悅模樣，胡逸文心底潮起一陣心酸也湧起一陣欣悅，適才的愁苦像被一張無形的熨斗熨平了。他說：「錢的事我自己會想辦法。」

「小娟你跟誰在說話呢？」一個男人低沉聲音從房門傳了過來。羅小娟連忙說：「沒跟誰說話，我在唱歌！」她朝逸文揮揮手，叫他先走。逸文只得躬下身，潛過空地，翻過圍牆，騎上自行車，迎著夜風，使勁踩著車，冰刀似的冷風不留情面地割著臉和手，他這才感覺到一陣陣針扎似的痛，口中也灌進幾口冷風和冰粒子。

第二天中午吃飯的時候，他和秦文夫聊起了自己購房之事，以及正在為湊足首付弄得焦頭爛額。秦文夫是聰明人，未作過多考慮便說他手頭有一千多塊的私房錢，要是不嫌棄可以盡些微棉之力。胡逸文苦笑一番謝絕了——千把塊錢杯水車薪，借來作用不大還欠人家一個人情，所以乾脆作罷。

就在他一愁莫展之際，一個人給他送來了雪天之炭。那天下班單位的人走得差不多了，他一個人呆坐在座位上想著籌錢的事，並未覺察周曉妍站在他旁邊，直到她將一個裝滿東西的大信封擱在他桌子上，他才回過神來，問信封裝的什麼。周曉妍微笑著要他自己看。他忙打開一瞅，只見裏面躺著一遝百元大鈔！

他吃了一驚望著周曉妍。

「數數看，一共是一萬塊。」周曉妍依然微笑著。

「你……怎麼知道我現在缺錢？」胡逸文突然感到自己有點結巴。

「前兩天聽老秦說的。買房是好事，是人生大事。只是你不夠意思，還藏著掖著，生怕別人知道似的！」

「不是不是，還沒來得及。」胡逸文尷尬笑笑，「這錢……」

「放心，這錢來路光明，是本姑娘這幾年攢的，借給你救急，記得以後及時還，當然利息就免了。」周曉妍調皮地笑了笑。

「不是不是，我不是那個意思。當然，當然，不是，我是說當然要還。」胡逸文有點語無倫次。他被一股感動和激動充溢著，最後不知道說什麼好了，

周曉妍說：「怎麼不說謝我呀？」

「謝謝，謝謝，」胡逸文忙不迭地說，頓了一會又說：「應該是大恩不言謝！」

周曉妍被他逗樂了，呵呵笑了起來：「好了好了，我該走了，要是房子買好了，記得約我去做客。」

胡逸文直應著「那當然那當然」，看著周曉妍翩然而去，感覺這十分鐘內發生的事宛如做夢一般不真實。

交了首付之後，胡逸文和志飛置業公司簽了購房合同，又和工商銀行簽了按揭合同；一個月後，貸款辦下來了，貸款三十一萬八，每月還兩千三，還期十五年。想起這段時間來艱苦卓絕的籌錢經歷他心有餘悸，但一想到能給羅小娟一個驚喜，他的心又如竄進幾隻兔子般狂跳不已。

幾天後胡逸文帶著羅小娟來到機器轟鳴塵土飛揚的「陽景花園」樓盤所在地，暮夕殘照下，一棟棟尚未成型的樓宇像待嫁的姑娘羞答答半隱半露於一片綠色帳幔之中，散透出一股燦黃柔和的光芒。逸文指著中間一棟正在澆灌的半截樓臺，興高采烈地告訴羅小娟：「看，我們的家就在那！」

「真的？」她嗔怪道，眼裏突然撲閃起一層細細的淚花。

逸文說，「我們原本早該有一個家的，卻拖到現在，委屈你了。」他摟過女友瘦削的肩膀，半是心酸半憐愛道。

「傻瓜。」羅小娟伸手摸了摸他的臉，嬌笑了一聲。

夕陽拖曳著一襲金黃華麗的彩霞在眼前層巒疊嶂般的高樓之間幸福地纏繞，歸鳥扇動霞光，像攪動一潭金光閃閃的湖水，它們疾掠過樓宇，留下一串串歸心似箭的呼哨。夕陽走到巨大吊車下，吊車長臂從東邊移向西，正好釣住這輪圓盤般的黃燦燦的落日。

「夕陽真美！」羅小娟靠在胡逸文身上望著落霞讚歎不已。「等房子蓋好，我們搬進去住了，就在陽臺上放兩張籐椅，天天坐在一起看夕陽！還帶上咱們的寶寶一起看。你說好不好？」

「好。」逸文說。

「真希望房子早點蓋好！」羅小娟被自己憧憬的美好生活感動得要哭。過了一會，問起了這麼多首付款是從哪來的？

「搶銀行的。」逸文笑道。

「沒正經，快說！」

胡逸文便說了首付款的籌集經過，小娟聽罷怪罪道：「弄錢這麼難，你開始怎麼不說給我聽呢，我也幫你想想辦法。」

「傻瓜，有我一個人著急就行了，何必讓你陪著我著急？」逸文笑笑說。

「逸文，你真好，」羅小娟溫柔地將頭靠在逸文的肩上，他聞到了戀人頭髮的清香，輕輕摟過她，吻了起來。

從那以後，逸文一有空暇時間就興致勃勃去看樓盤工地。看那些由鋼筋和水泥搭建起來的物件一寸一寸往上長，看那雜物橫放到處坑坑窪窪的空地說不定將來就是一塊綠化地，他浮想聯翩，眼含憧憬，感覺那美麗的房子已經觸手可及。

第四章　秦家人賣掉陋居

陽景花園的銷售雖然已經啟動了將近半年，但銷售狀況並不理想，年底美國金融危機的影響已經波及中國房地產業了，往日門庭若市的「陽景花園」售樓部入冬以後就變得門可羅雀，這種身邊的切實變化已讓雷鳴意識到房子不好賣了，更多購房者在持幣觀望。樓市嚴寒對他們這樣的小房企的打擊是致命的。所以，當賈志飛要雷鳴去弄些身份證時，後者就已經洞燭其奸，知道他要弄身份證的用途了。雖然初涉房地產業，但這種「假按揭、騙房貸」的業內潛規則還是熟知一二，也清楚這種把戲的風險性。儘管他通過各種渠道輾轉弄到了二十多張身份證，但還是提醒賈志飛三思而後行，同時也表明了自己的態度：反對。

「那可是違法的事……」雷鳴後來對賈志飛說。

賈志飛擺擺手：「沒你說的那麼嚴重。只要咱們手續嚴謹，程序到位，有銀行配合，至少從紙面上看完全合法。」賈志飛繼續說，「我也不瞞你誆你。咱們帳上趴著的錢十分有限了，如果資金不到位，房子成了爛尾樓，先前買房的業主絕對會生吃活剝了我們！你信不信？」

雷鳴神色嚴峻，感覺這姓賈有點空手套白狼的味道，但現在騎虎難下，也只能搏一搏，他沉默半晌問道：「你跟銀行有沒有很鐵的關係？」

「當然有，搞房地產開發不認識幾個銀行朋友，那還幹得成事？」賈志飛咧咧嘴說，「建行龍陽分行的副行長董自強跟我有些交情，以前開水泥廠的時候就認識，後來從土地抵押到按揭貸款都跟他有業務往來，這個人還比較講信義。」

雷鳴問：「那件事該怎麼具體操作？」

賈志飛想了想說，「咱們先去找一下董自強，摸摸他的底。」

當天晚上，他們就帶著一個裝有三十五萬現金的富士蘋果箱來到董行長家。董自強四十出頭，身材魁梧，見了賈志飛便打趣說：「老賈，有些時日不見你，又長胖了。」賈志飛也打著哈哈，順便介紹了雷鳴。董夫人正在客廳看電視，見了他們也連忙讓座倒茶。幾個人寒暄了一陣，見輕鬆友好的氣氛營造得差不多了，賈志飛點到為止式地道明了來意，董自強似乎一下明白了他的意思，但並未表態，而是打著哈哈將話題扯開了，最後他站起身說：「你們先聊，我手頭還有文件沒處理完。」說完走進臥室。賈志飛和雷鳴面面相覷有些不知所措。董夫人笑吟吟地說：「老賈你不是外人，實話跟你說，你這事讓我們老董有些為難。其實你不知道，老行長馬上要退休了，組織上正在考察老董，準備讓他接班的。這個節骨眼上……」賈志飛連忙說：「那是好事啊，剛才我那事也就是隨便一說，不當數。」他將蘋果箱提到茶几上說：「出門急，也沒啥好帶的……」

從董家出來，雷鳴埋怨賈志飛不該把錢給行長老婆，她那樣一說，這事八成就不成了。「你真是農民出身！」賈志飛批評雷鳴，「那種場合難道還把帶錢帶走不成？只要咱們那樣做，以後就別再指望找人家辦事！就算這事兒不成，他也會記得這個人情，咱們總有求他的時候！」

兩天後，董夫人給賈志飛打來電話，責備中帶著親暱：「你這老賈，都不知道說你什麼好！總是給老董出難題，但誰讓老董這人講情義呢！你那事還要找土房局配合，土房局配合好了，銀行這邊才好辦……老董讓我特別提醒你，這事非同小可，你一定要做到萬無一失，手續要嚴謹，貸款對象的身份一定要可靠！」賈志飛一連說了五個「當然」四個「謝謝」，又將董自強恭維了一番。之後找到雷鳴，將董夫人的話轉述了一遍，然後說：「咱們得去找土房局副局長王為青。」雷鳴問他跟姓王的熟不熟。賈志飛說：「有一面之緣。這人喜歡兩樣東西，字畫和女人。」

這天星期六，兩人帶著搜索到了的一幀名貴字畫，來到一個風景清幽地園林式度假村裏。下車後，賈志飛引雷鳴朝一個垂柳依依的漁塘走去；遠遠眺望，漁塘四周稀稀落落坐著幾個優閒的垂釣者，氣氛很靜謐。當他們走到漁塘南面時，賈志飛示意雷鳴輕點聲，雷鳴看到一個四十多歲的中年男子坐在一個小馬紮上，正凝神灌注地盯著湖面上的浮標，旁邊還坐著一個二十歲出頭的女孩。雷鳴想這位必是王為青了。兩人躡手躡腳地走到他後面，沒打擾他，王為青也未覺察。倒是那女孩先發現了他們，朝他們嘻嘻一笑。女孩面目清秀俊俏，只是笑的時候，嘴角有一串口水吊線似地流了出來，雷鳴看了頭皮一陣發麻。

賈志飛悄聲說：「那是王為青的寶貝女兒，有些智障，二十二歲了，智力連十歲都不到。」雷鳴聽罷頓生一陣憐惜：想不到這麼清秀的女孩會是智障。

湖面上，漁杆上的浮標動了一下，王為青立刻提起了漁竿，一條大魚被鉤出了水面，那女孩連忙抓住了它，嘴裏「哦哦」興奮直叫。王為青憐愛地對女孩說：「娜娜，小心魚鱗劃破了手。」

賈志飛鼓起掌來，連聲讚曰：「局長今天好手氣。」王為青這才轉頭過頭看了他們一眼，淡淡說了一句：「來了。」賈志飛介紹了雷鳴，雷鳴忙點頭問好，王為青看了看他，鼻子嗯了嗯，算是打過招呼。這種官老爺的傲慢態度讓雷鳴很不舒服。

幾個人一起去漁塘旁邊的一個涼亭坐下，王為青說：「賈總不忙著掙大錢，怎麼有閒心來看我釣魚？」

「王局又笑話我了，」賈志飛呵呵笑著說，「婆婆太多，花錢跟潑水似的，嘩啦啦就沒了。我現在是被人追債追得四處跑。銀行貸不出款了，建材供應商卻是盯我們要貨款，我們這位抓施工的雷總，是帶著民工勒緊褲帶施工啊，還不說那些高額的廣告費。」

王為青不緊不慢地說了一句：「找我哭窮可找錯人了。」

「不是那個意思，」賈志飛點頭哈腰語氣謙卑。他拿出錦盒，一邊在石桌上打開一邊說：「煩心的事不說了。來得匆忙，沒什麼準備，帶了點小禮物，希望王局喜歡。」他慢慢展開畫軸，王為青眼睛隨之一亮。

賈志飛說：「我們是粗人，不懂這些東西，只有王局您才看得出它的價值。」王為青捧起畫仔細端詳起來，邊看邊讚歎：「這可真是寶貝，馬遠的畫流傳下來的可真不多了，賈總的禮物太貴重了。」說著，從口袋裏拿出眼鏡，小心翼翼地鑒賞起來。

賈志飛對雷鳴狡黠眨眨眼，似乎在說這事兒八成有眉目。在賈志飛和王為青交淡的過程中，雷鳴發現那女孩一直兩眼盯著自己嘻嘻而笑，讓他十分莫名其妙。

晚上，賈、雷二人請王氏父女以及司機在家酒店吃飯，雷鳴得知那女孩名叫王貝娜。吃飯的時候，王貝娜吵著非要跟他坐在一起，賈志飛打趣說：「雷總，娜娜跟你有緣，你要招呼她吃好。」王為青沒說什麼，只是笑了笑，倒是讓雷鳴徒增一陣尷尬。

吃完飯，賈志飛提出去洗桑拿，王為青連連擺手：「算了算了，晚上我還要看文件呢。」賈志飛便湊到王為青耳邊嘀咕了幾句，王為青頓時笑顏逐開，「你這個賈志飛，真拿你沒辦法。」邊說著邊吩咐司機先送女兒王貝娜回去。

這是雷鳴第一次洗桑拿，裏面濡熱閉悶的空氣堵得他心裏發慌。洗完桑拿，三人裹著浴巾神通氣爽地躺在躺椅上休息。這時，一個經理模樣的人進來，後面跟著三個穿著暴露的年輕女子，她們進來後，分別坐到了三人身旁，嗲聲嗲氣又拿又捏。雷鳴第一次遇到這種情況，有點不知所措，臉一下紅到了耳根。賈志飛看了看三個女子，對經理耳語了幾句，經理聽罷說：「我打電話去問問。」經理出去後，賈志飛王為青兩人一邊說笑一邊享受著女子的按摩。雷鳴打量著給自己按摩的女子，口紅塗得誇張，看不出多大年紀，兩隻不怎麼豐滿的奶子大半露在外面，隨著揉捏的動作上下抖動。他毫無由頭地想到了羅小娟。他對賈志飛說：「裏面太熱我受不了，我去外面等你們，」賈志飛說：「你還真是土包子，有福都不知道享！」

雷鳴沒理會賈志飛的鄙夷，穿好衣服徑直走到桑拿房外。清新夜風迎面撲來，頓感輕鬆舒坦不少。他在大門外旁邊的臺階坐下，一邊抽著煙一邊看著街上匆忙奔走的人群和來去無蹤的車輛。等他抽完兩根煙，賈志飛和王為青紅光滿面出來了，看到雷鳴，王為青笑著說：「雷總不跟著一起玩，是被老婆盯得緊？」雷鳴尷尬地笑了笑，賈志飛接過話說：「他還沒結婚。清心寡慾得很。」王為青哈哈大笑：「不錯不錯。是個好小夥！」

賈、雷兩人送王為青回了家，之後兩人也開車回家，雷鳴問賈志飛跟王為青談得如何，預售證能不能辦下來。

賈志飛點了一根煙，又遞給雷鳴一支，「肯定能，有雛玩，還能不給我們辦事？」

「雛？什麼雛？」雷鳴納悶道。

賈志飛笑了笑：「雛就是處女。那老東西，不光好古玩字畫，還是個色鬼。剛才叫人準備一個雛，十四歲，花了一萬多塊，媽的！」

雷鳴一怔，喃喃自語：「真沒想到，表面文質彬彬像個學者，底下卻這般齷齪！」

「這叫齷齪？」賈志飛嗤笑一聲：「完全是小兒科！真正齷齪的東西你沒見過！」

「看來我真的是要學習了。」

「你不僅是要學，還要好好學！」賈志飛說，「老弟啊，現在做生意跟以前不一樣，你以為塞錢就行啦？不行！還得把人家伺候好伺候舒坦！人家一高興，就把事情給辦了。我也不想這樣，你看這次連那幅畫再加上晚上吃喝玩樂一下就花去了幾十萬！那也是我們的血汗錢！但不這樣怎麼辦呢，人家手裏掌握著資源，不求他，屁事都辦不成！另外，咱們帳上趴的錢不多了，咱們得把先前定的每平米起價七千六百八十塊的價格再往上調調，我的想法是乾脆定到八千，不然就沒賺頭，而且這麼多公關費用也沒處消化！」

雷鳴腦子混亂得很，望著窗外說，「那就這麼定吧。」

賈志飛繼續說：「中國城市化至少得持續三十年，這三十年，房地產永遠都是朝陽產業。另外，國家ＧＤＰ要增長，離不開房地產，在許多城市，房地產已經占到了ＧＤＰ百分之四十以上，不說建材、施工、裝飾、設計、家電等相關產業，就是房地產本身帶動的行業就有三十多個，這有多少人需要就業？現在許多地方政府的財政有一半來自房地產業，房地產業蓬勃發展，既能促進ＧＤＰ增長帶來政績又能增加地方財政，還能解決成千上萬人的吃飯問題，政府豈有不支持之理？你要知道，在中國，某個行業只要政府支持了，沒有不賺錢的！兄弟，我們的前途是大大的！」

對這一觀點，雷鳴深表贊同，當初他願意與之合夥，也是看中了他的精明、眼光，只是現在有一種強烈的不踏實之感籠罩著他，甚至感覺這個賈志飛有種空手套白狼的意味。但事已至此，如今的他們已成一條繩上的螞蚱，一榮皆榮，一損皆損。諸如「假按揭」之事，明知不合法，但還得必須硬著頭皮做下去。

他們一共拼湊了六十二個「購房者」，這些「購房者」身份各異，大部分人的身份證購至百里之外農村的農民。之後兩人夜以繼日加班加點，做合同、寫申請報告，同時又對銀行、土房局所有涉及到的大官小官以及經辦人員一一打點不留疏漏。當萬事俱備，檢查各種文件、證件無懈可擊之後，才把它們交到銀行和土房局，然後陷入煎熬而焦慮的等待之中。在等待的那一個月時間裏雷鳴覺得比一年還要漫長。想起這段時間以來和賈志飛的瘋狂與冒險，雷鳴就感覺有些後怕；現在的他必須要賭一把，必須飛蛾撲火似地走下去，走得好是康莊大道，走不好便是萬丈深淵。

在煎熬了一個月零十五天後，貸款終於下來了，三千五百萬！

賈志飛接到財務處的彙報後，在辦公室大吼了一聲，像捕到食物的北極熊發出的勝利長嘯；他拍著雷鳴的肩膀說：「這年頭撐死膽大的，餓死膽小的！」此時的雷鳴反而呈現出前所未有的鎮定，他提醒賈志飛：「趕快拔一千萬把建材供應商的貨款結了，還有我們公司民工的工錢，大半年沒結了一個個都有意見，我壓力挺大。工期也必須得加快，儘快把房子蓋起來；還要狠抓一下銷售和廣告，儘早把把房子賣出去，不然，六十二個人幾千萬的按揭款如何來解套？還不了按揭，總不能真把房子抵給銀行吧？」

「給銀行也無所謂，反正貸款已經到手了。」賈志飛無所謂地哈哈一笑，看到雷鳴凜然的神色，又一本正經說：「你說得不錯，是得趕快把房子賣出去，不然到時候咱們真的吃不完兜著走。那些建材供應商的貨款先打五百萬過去，他們不能一次餵飽，餵飽了名堂就多。再打一百萬萬給民工發工錢。咱們倆也有大半年沒領工資了，一人五十萬，先犒勞一下自己，你覺得呢？」見他這樣安排，雷鳴也不好再說什麼了。

在一個霞光映照的美麗黃昏，精神煥發的胡逸文提著幾大包禮品營養品去了城南西門橋羅家；重新走進熟悉的院門，他深情難抑。羅小娟還沒回，羅老頭正在廚房做飯，看到胡逸文，愣了一下，隨後冷冷地問他來幹什麼。胡逸文將禮品放屋裏的飯桌上，彬彬有禮地說：「伯父，我是來看您的，也順便來跟您說件事。」

「啥事？」羅老頭劈里啪啦炒著菜，頭也不回問了一句。

胡逸文頓了頓，終於鼓氣勇氣似地說道。「我想和小娟結婚，房子我已經買了，她跟我在一起，我不會讓她受委屈。」

「啥？」羅老頭這才關掉煤氣灶，轉過身面對胡逸文。「你沒搞錯吧？我憑什麼要把女兒嫁給你？就憑你剛才說的買了房子？噢，你買了房子，我就得把女兒嫁給你？哪門子道理？我們家不缺房子，我也不為了房子賣女兒！」羅老頭扯著喉嚨說。

「不是，伯父，我不是那個意思！」胡逸文連忙辯解，「我是說，有了房子，就有了一個安穩的家，小娟就不會和我過那種居無定所的生活。我們一定會過得很幸福的。」

「幸福？」羅老頭冷笑一聲，「如果我沒猜錯的話，你的房子應該是貸款買的吧，每個月得向銀行還貸吧。你每月掙多少錢我是知道一點的，還完貸估計沒啥節餘了吧？你難道讓我家小娟跟你一起還貸啊？玩也不敢玩，吃也不敢吃，連病也看不起，有個屁幸福！」

胡逸文不說話了，突然意識到今天來羅家真是個錯誤。他苦笑了一下說：「以前嫌我租房住居無定所，現在買房子了，又嫌有貸款。」他搖了搖頭，重重歎了口氣：「是的，我是農村來的，父母是地地道道的農民，家裏無錢無勢，他們勤扒苦做送我上大學已經很了不起了。我自己算不上聰明，走到現在也是一點點奮鬥來的；好在我還年輕，可以更努力工作，以後的日子只會越過越好。你實在不能接受我，我真的沒辦法了。」說到這，他感覺萬千酸楚從心底湧了起來，眼淚在眼眶裏打轉。「我今天不該來，打攪了！」他噙著淚抽身走出屋子。羅老頭愣了一會，然後像回過神似地在後面喊道：「喂，把你的東西帶走啊！」

胡逸文從羅家出來後，像是從冰窖裏走了一回，渾身打擺子似地發冷；他順著大街來到以前經常與羅小娟約會的那個小公園，在那條他們經常偎依的石凳上坐下，追今撫昔，感傷難抑，他一隻煙接著一隻煙抽了起來，一邊抽一邊不停咳嗽；公園很靜，遠處池塘蟬音與蛙鳴交替歡唱、此起彼落，像在舉行一場熱鬧的賽歌會；發情的鳥兒在夜色的樹梢間尋找情郎，嬉耍與玩鬧弄得樹葉發出咿咿呀呀的聲響。三三兩兩的情侶偎依而過，矮樹叢裏偶爾傳來輕聲的呢喃，以及壓抑的喘息聲和呻吟。

他感覺臉上濕漉漉的，冰涼如鐵，用手一摸，眼淚不知道什麼時候流出來了。

羅家之行讓胡逸文一直悒鬱寡歡，要讓羅老頭徹底接受自己非一日之功。而和羅小娟的交往也只能偷偷私底下進行。那天下午他和羅小娟看完電影，準備一起回出租屋做飯吃，碰巧多日不見的雷鳴不期而至，雷鳴說剛從工地回來，路過這裏便上來坐坐。這是羅小娟幾年後第一次見雷鳴，一時竟未認出，待認出是故友後亦是欣喜。晚飯時，三人邊吃邊聊，羅小娟對雷鳴能有今日之成就讚歎不已。雷鳴自是一番謙虛。逸文問雷鳴房子可不可能提前交，他對新房子都有些急不可耐了。雷鳴道：「提前交的可能性不大，現在工期比較緊張，能按時交房就不錯了。」

逸文自歎道：「就是有房子了也沒用，小娟她爸一直很排斥我，就是買房了也沒用。」

雷鳴說：「她爸再反對也不是主要問題，只要小娟真心愛你，一切問題好解決。」

「是啊，」羅小娟對逸文說，「你別把我爸的話放在心上，我會慢慢做他的工作的。」

雷鳴舉起酒杯道：「來，為你們的百年好合提前乾杯！」說罷率先舉酒一飲而盡。

晚飯後，雷鳴自告奮勇送羅小娟回家。車上，兩人聊起了第一次見面的情景，宛如昨日。「那好像我第一次來找逸文，就是四樓露臺上光著身子洗澡，你恰好來露臺上收被子，嚇得你哇哇跑下了樓。你還記得吧？」雷鳴歡快大笑起來。

「記得，」羅小娟不禁莞爾，「就跟昨天發生的事一樣。」

「是啊，一晃就好幾年過去了。」雷鳴感慨道。「不過，逸文這小子遇到你也是他的福氣。」

羅小娟笑了笑，說：「那你怎麼還不找女朋友呢？要是不介意，我可以幫你介紹，我學校有不少好女孩的。」

雷鳴笑笑說：「再好的女孩也沒有你好。」

「我有什麼好的。」羅小娟呵呵笑了起來，臉無端地紅了。

雷鳴握著方向盤，沒說話了，透過頭上的反光鏡，看到羅小娟被夜燈映照得光潔如錦的臉，心底湧起一陣悸動，同時又潮起一陣傷感。

車到了羅家巷巷口，羅小娟約他一塊進去坐坐，雷鳴搖搖頭：「算了，——四樓現在誰住著在？」

羅小娟說：「……前年你們搬走之後，一個打工妹搬來住了，住了兩年也搬走了，現在空著在。要不上去懷一下舊？」

雷鳴笑笑，沒有說話，他打開車燈，照著羅小娟走進鐵門，看到那扇鐵門，他想起了幾年前在此處的地鋪生涯，竟有種恍如隔世之感。他歎了口氣，發動車子，緩緩駛出巷子。

羅老頭已經在廳堂等候女兒多時，跟往常一樣，只要羅小娟沒回來，他肯定不會先睡。只要鐵門一響，響起女兒熟悉的腳步聲，他會馬上走到廳堂拉開燈，照例問上一句：「怎麼現在才回？」——對這一切，羅小娟習以為常。但這個晚上，羅老頭沒問她為什麼回來這麼晚，而是換成了：「剛才開車的人是誰？」

「雷鳴，你認識，以前在四樓住房過半年多，跟……」羅小娟沒有說完，拿出鑰匙開自己的房門。羅老頭點點頭，「你們是怎麼認識的？看他那樣子像是發財了？」

「不知道，」她應了一句，轉頭看了一眼披著棉襖腳蹬拖鞋的父親說：「以後要是我回來晚的話，你自己先睡吧，每次這樣，大冷的天，凍著了怎麼辦？」羅小娟的關切話語讓羅老頭心頭一暖，但嘴裏仍舊滿不在乎：「沒事，我心裏有數。我已經把開水灌到你暖瓶裏了，記得睡前好好泡下腳；還有你用的那個熱水袋，太舊了，滲水，我給重新買了一個，已經灌好了水，放到你被窩裏了。」

羅小娟心頭一陣哽咽，她輕輕說了聲：「謝謝，爸。」

羅老頭揮了揮手，轉身折進對面自個房間。

秦家分到房子的喜訊像風一樣在不大的院子裏捲得人盡皆知，有人送來祝賀有人表達羨慕，但更多的人則表現出一種怪怪的神色，有妒嫉有酸溜有憤憤不平。也難怪，幾十年雞犬相聞的老鄰居，一起窮了一輩子，一樣在狹窄的小屋裏憋屈了一輩子，一塊排隊上廁所排了一輩子，突然有一天有一家人時來運轉蛤蟆變成了天鵝，要飛出雞籠住上高樓大廈了，怎麼能讓人心裏平衡？不平衡就有氣，有了氣就遮不住掩不住也蓋不住，儘管這些人也向秦家道賀，但話語裏透著的綠油油的酸溜氣，秦文夫跟白芬隔著幾米遠就能聞到。

這天一大早，秦東東起床去學校拿成績單，剛打開門突然驚叫一聲，睡在小客廳的秦老太率先被驚醒了，之後秦氏夫婦披著衣服趕了出來，朝門口一看，都大驚失色——門口橫放著一隻渾身是血的死貓，慘不忍睹。死貓的旁邊堆著一堆摔碎的玻璃片，片鋒犀利，寒氣逼人！

一家人都不知道是怎麼回事。秦老太連呼「作孽」，她嘀咕道：「這八成是院子一些人短眼鬼嫉恨咱們分到了房子，想些法子害咱們哩！」秦文夫惱怒道：「太缺德了！左鄰右舍這麼多年！咱家分到房子他們嫉妒什麼？」白芬說：「不患寡患不均唄！——這鬼地方，一天都不想待了！」

白芬賣房的決心就是在這個時候定下的，她和家裏人商議並給出了三個理由：一是照目前秦家在院子裏的處境已無法再住下去；二是新房裝修的錢尚無著落。家裏目前的積蓄僅夠買地板磚。舊房賣掉後可以幫湊裝修；三，從賣房的錢裏勻一部分出來支付東東的學費。

一家人對白芬的建議深表贊同，只是秦文夫憂心忡忡地提出：「房子破舊，不太好賣；賣也賣不出好價錢。」白芬說：「你在你單位打聽打聽，看誰要，我也在我廠裏打聽一下。」秦文夫說：「好吧。」

大年初八，白芬一上班，就得知了張紅梅大年初一跑到老總劉建明家去喝農藥的事。她去食堂買饅頭，聽幾個女工在議論。她忙問叫「張紅梅」女工是不是一車間的。那些女工說是。她又急問：「那人呢？人有沒有事？」

一個女工說：「人沒事，聽說當時就被拖到醫院洗了胃。」另一個女工說：「今年劉建明可真撞了一個好頭彩……」說著幾個女工哈哈笑了起來。

白芬心裏像外面嚴寒的天氣冰冷如鐵，呆坐一邊沒有一點食慾。

女工們在議論：「……沒分到房子就沒分到唄，廠裏又不是她一個人沒分到，犯不著把命搭上……」

「也不能怪她，據說她是過了初審但在終審被拿下來了。」

「是啊，廠裏太黑，我聽說有的人沒通過初審，但最後卻上了終審名單；還有的領導已經有房子了，這次又分到了房子……」

白芬心情沉重地回到辦公室。自分房以後，她一直沒見過張紅梅。有次下班，看到她推著自行車過來，正要過去打招呼，對方卻狠狠挖了她一眼，眼神銳利得像刀，令她不寒而慄。對張紅梅，她既內疚又同情，更沒料到，當初她所言沒分到房子就去廠長家喝農藥的戲語竟然真付諸事實！

下了班，她買了一些水果在夜色降臨之際去了張紅梅家。張紅梅家位於大橋下面的棚戶區裏，紅磚牆和絲棉瓦組合成的平房構成了棚戶區主要居住格局，低矮的屋頂和斑駁污穢的牆體表明了房子年代的久遠；凹凸不平的地面灑落著各種各樣的生活垃圾，似乎從沒被人清理過；一股明顯的腐臭味像一層排遣不開的陰雲懸浮在棚戶區上空，聞起來讓人想吐。白芬來到張紅梅家門口，屋裏傳來激烈的吵架聲令她聞而卻步，她仔細一聽似乎是張紅梅在罵她男人。她正猶豫著要不要進去，此時門猛地打開了，一個男人怒氣沖沖走出來，看到白芬，愣了一下，沒說話側目而過。白芬走進低矮潮濕的屋子，屋子彌漫著的腐爛味讓她聞起來像吃一口臭雞蛋似的很不舒服。張紅梅躺在床上，臉色蒼白蓬頭垢面，在昏暗的燈光下看起來像個鬼。她看到白芬後愣了一下，隨後冷冰冰地問她來幹嘛。

張紅梅的樣子讓白芬心裏掠奪一陣惻隱之痛，她將水果放在煤爐旁邊一張破桌上之後，忙問：「你沒事了吧？」

張紅梅仍然冷聲冷語：「死不了。」又說：「你走吧，我這兒地方破，寒磣了你。」

白芬歎了口氣：「紅梅，我……也苦。」

「你苦？」張紅梅冷笑道：「房子到手了你會苦？別得了便宜還賣乖？快點滾！我不想看到你！」

白芬意識到今天真的不該來，她歎了口氣，說了句「你好好休息吧」出了門。張紅梅三腳兩腳下了床，將白芬拿來的水果全部扔到了門外，同時狠狠罵了一句：「騷狐狸精！」

白芬順著漆黑的巷子裏往外走，走著走著眼淚就出來了。

張紅梅是這年三月份被開除的。白芬曾質問過劉建明為什麼要開除那樣一個可憐的女人。劉建明說了一句：「可憐之人必有可恨之處。」

自從有了第一次肌膚之親後，劉建明又約了她幾次，或者吃飯或者去開房。後來，他在離市區二十里開外的「天上人間」度假村包了一間房，作為他們穩定的約會之所。白芬明白劉建明要的不是一夜露水之歡而是一個長久情人；其實從決定不惜一切代價要獲得到房子那一刻或者說從在劉建明面前脫掉第一件衣服起，就已經料到會有今天的結局，既如此也沒必要忸忸怩怩惴惴不安。反正睡一次也是睡，睡十次睡百次也是睡！所以有時候想起來，她覺得自己實在沒資格同情張紅梅。

房子最終以六萬五的價格賣給了秦家很討厭的鄰居胖嫂。

要不是想儘快搬離這個生活了十幾年的破爛雜院白芬是不會將房子賣給她的，她一直認為院子裏對秦家最嫉妒的人就是她，她甚至懷疑以前家門口那隻死貓就是這個胖女人所為。

白芬拿到錢後，開始了事無鉅細事必躬親的裝修生涯，她成了建材市場的常客之後，對每一家的裝修材料的價格也已皆了然如心，從地板到衛生間器具，從吊燈到開關，每一件都是自己精挑細選精打細算。材料挑選好後，便是搬材料，搬完材料，又找裝修隊。裝修開始後，她的角色發生轉變，從一個建材的挑選者搬運者變成了一個裝修設計的監督者，一下班或者說還沒下班就往新房跑，每天有一種亢奮的樂此不疲。秦文夫成了真正意義上的甩手掌櫃，但也包下了做飯買菜照顧孩子等等家務事，儘管被妻子排除在浩大的裝修工程之外，但似乎沒有絲毫怨懟，反而極其認真地履行著「家庭婦男」的角色，並且同樣體現出一種樂此不疲。因為他知道，一家人馬上要住上新房了！

這年六月，白芬仕途榮登，從人事科副科長轉正成了正科長。這次升職白芬清楚是劉建明的主意，她並沒有感到太多的高興。去年分到了房子今年又升官，這樣令人不可思議的「好運氣」讓廠裏的人如何看？一次她和劉建明在郊外「天上人間」度假村約會的時候，表達了自己的擔心。那時劉建明正騎在她身上一門心思又氣喘吁吁地忙活著，他用兩根手指按住了白芬的嘴唇制止她說話，那時他漸入佳境，在最後高潮到來的一剎那，他猛然抽動幾下，「噢噢」重重哼了幾聲後像一堆爛泥癱在了白芬的身上。完事後，白芬推開劉建明去浴室沖了澡，出來後，劉建明已點燃了一根雪茄優閒地躺在床上，恢復了一個老總的氣派。白芬也靠在他身邊躺下。他說：「你不管別人說什麼。你在廠裏幹了這麼多年，有學歷有資歷更有工作業績。別人會有什麼意見？就是有意見，也給我憋著！」

秦文夫覺察到妻子近一年來似乎有許多變化，這種變化到底是什麼他也說不清道不明，自從當上科長以後，她比先前更忙了，經常星期六或星期天還加班，他很少過問白芬的事，在有「本事」的妻子面前，他時常感到自己「人微言輕」。他還發現，現在的白芬越來越不喜歡或者說厭惡過夫妻生活，以前每個月還能有一兩次，而現在一次都保證不了；她給出的理由總是太累，「每天在單位忙得跟孫子似的，下了班還要忙著裝修，哪有心思弄那些事？」作為四十多歲的男人，秦文夫對房事其實已並不上心，看到妻子每天忙裏忙外，他既體諒她也心疼她，所以有時候他想表達一下親暱或者體貼比如給她揉揉肩捏捏腿，但一碰她身體就被她推開了，她說：「都老夫老妻了，還這黏乎幹嘛！」讓秦文夫好不鬱悶。

這天晚上，跟往常一樣，秦文夫先上了床，躺在床上看書。白芬敦促東東在睡覺之前喝完牛奶，然後自己去洗澡。洗完澡後上床來，秦文夫從她裸露的脖子上竟然發現一排淺淺的牙印。他問白芬是怎麼弄的。白芬問哪來的牙印她怎麼沒看見。秦文會拿來一面鏡子，照給她看。白芬看到後也吃了一驚，神色有點慌，但很快鎮定下來：「可能是白天同事的兒子咬的吧。同事將她兩歲多的兒子帶到辦公室去玩，小傢伙牙齒剛長齊，見什麼都咬，估計我抱他的時候咬的，我都沒發現。這小兔崽子！」秦文夫聽她如此一說，也就沒什麼話說了，正準備關燈睡覺，白芬竟主動要求過性生活，這種反常之舉令他受寵若驚。他使出渾身解數騎馬上陣，但沒動兩分鐘就洩了，讓他好不惱怒羞愧，他氣吁自語：「好長時間沒做，緊張了緊張了……」見他這樣，白芬心裏掠過幾絲愧疚，便安慰丈夫起來，讓他陪自己說說話。她說今天從建材市場回來，碰到了一個人，她讓秦文夫猜是誰？

「是誰？我猜不到。」

「是張紅梅。」白芬說。

「是她？她現在在幹嘛呢？」

「擦皮鞋！」白芬說，「我見她左手提著一個小木盒，右手拿著一張折疊椅，在街上晃，專盯著別人的腳上看。」

秦文夫說：「她怎麼擦起皮鞋起來了呢？你上次不是說廠裏後來又讓她去上班了嗎？」

「我也納悶，本來想上去跟她打招呼的，但怕她難堪，她本來就對我有一肚氣！後來就躲開了。」白芬說。「一直覺得挺對不住她，她分房的名額被我頂了……」

秦文夫歎了口氣：「她也挺可憐。」

白芬呆呆地望著天花板，喃喃低語了一句：「誰又不可憐呢？」

隨後幾日，張紅梅成為「擦鞋嫂」的事實一直像一塊鐵疙瘩硌在白芬的心裏。記得上半年她曾跟劉建明提過讓張紅梅重新來上班，劉建明當時是答應了的，為什麼她沒有來？有一天快下班的時候，她帶著疑惑特意去了一趟一車間，剛好碰到一車間主任，兩人寒暄一會，白芬問起了張紅梅，那主任說：「紅梅也真是犟，過年發生那件事之後，劉總不計前嫌，讓她回來上班，我專門跑去通知她，但她不僅不願回來，反而將我罵了一頓。真是個瘋女人！」白芬說：「前兩天我在街上看到她了，她在擦皮鞋。」那主任歎了口氣：「有時候我還是挺佩服她的，人窮，但氣硬！」白芬聽了怔怔不說話。

經過三個月的裝修，然後又晾了三個月，到了這年十月，白芬一家從出租屋高高興興地搬進了新家。裝修雖談不上高檔，但也溫馨舒適，看到自己一手經辦的房子終於可以入住，白芬忍不住喜極而泣。秦文夫建議將親朋好友以及兩邊的同事都約來看看玩玩，開始白芬欣然同意，但後來又極力反對，她說：「搬進新家自己住著舒服就行了，何必滿世界張揚？」而沒有說出的潛臺詞她自己最清楚：以「那種方式」得來的房子，實在沒必要也沒臉面大張旗鼓大肆渲染。

第五章　胡逸文：房子沒了　愛情也沒了

這天雷鳴一到公司，手下的工頭楊大江就找到他要他向賈志飛要錢，電力局來過幾次電話要他們把餘下五十多萬元的電力委託費補交上，不然他們要停工地的電了；還有水泥廠的人也要他們再打一批款過去，不然他們又要斷貨了。雷鳴問道：「上個月不是給他們打了一百萬過去了嗎，怎麼又催款？」楊大江說：「上個月打的錢是補去年下半年的貨款，今年上半年還沒有付。」雷鳴憤憤罵了一句，但罵歸罵，事情還得要解決，但問題是，他現在到處找不到賈志飛的人。這幾天他既沒來公司上班，手機也關機，打電話去他家也沒人。直到一個星期後他一個人在公司加班到晚上十點多，才在辦公室碰到了他。那時他是像是剛從外面回來，到辦公室拿什麼東西。雷鳴正要敲門進去，卻聽到賈志飛在裏面打電話，他不由得貼著門聽了起來。賈志飛正對電話那邊的人吩咐什麼事：「……你盯緊一點嘛，看錢是不是全部到帳了，對，對。還有，下個星期三之前，必須將護照都全部辦好。……廢話，當然是咱們兩個人的！還有，你弄一些法輪功的文件……當然有用，說不定我們還要靠它來申請難民……嗯，好，我掛了！」

雷鳴聽到賈志飛開始收拾東西，似乎要走，便連忙閃到了自己辦公室去了，隨後聽到賈志飛鎖門的聲音，他這才踱出去，裝著才見到賈志飛一樣上前打招呼：「咦，老賈，這幾天你跑哪去了？正到處找你！」

看到雷鳴，賈志飛吃了一驚，下意識地問：「這麼晚你怎麼還在這兒？」

雷鳴說：「在加班，下午銷售部送來幾份營銷計畫書，本來是送給你看的，你不在，只有我先看著，剛看完，聽到你這邊有鎖門的聲音，就出來看一下，沒想到是你回來了。」

「是啊，才下飛機。」賈志飛鬆了鬆領帶，神色開始變得從容起來，「前幾天去了一趟上海，開會，順便找一些投資公司談談融資的事。走的時候，本來跟你打招呼的，看你在工地忙得不可開交，也不好打攪你。對了，工程進展得怎麼樣了，什麼時候封頂？」

「快了，下個月底就可以封頂。」雷鳴說，「我也正有急事找你，現在電力局催著我們補交委託費，水泥廠也在催我們結一部分款。還有配套費，城建局的人也來要了，你看……」

「他媽要命的閻王爺都來了！」賈志飛嘟噥著罵了一句。「這些事明天再說吧，現在累得很，晚飯都還沒吃。」

「但是……」

「先就這樣，你也回去休息，明天再說。」賈志飛邊說邊向電梯走去。

雷鳴覺得賈志飛的行為頗為詭異，聯想到剛才聽他打電話的內容，感覺他像是要出國，他出國幹嘛呢？考察？不像；旅遊？也不像；攜款出逃？這個念頭一閃過，雷鳴被自己嚇了一跳，但又轉念一想，覺得這不可能，他全部身家都壓在這個項目上，一跑豈不血本無歸了？但他在電話裏所謂的「錢是不是全部到帳了」又是怎麼回事？幹嘛還要申請什麼難民？

隨後幾天賈志飛沒有再來公司，手機也徹底停機。雷鳴突然感到一絲不祥的預感。他趕緊驅車前往賈志飛的家，發現他家房門緊鎖，敲打半天也沒人回應。住在對面的一個老頭伸出頭來說：「別敲了，這家人一個星期前出國旅遊去了。」

「出國旅遊？」雷鳴吃了一驚，怎麼沒聽賈志飛提過？他問老頭：「你知道他們什麼時候回來嗎？」

「誰知道？可能一輩子不會回來了。」老頭輕描淡地說。雷鳴備倍感驚訝，問他為什麼這樣說。

「逃了唄。上個星期有幾個員警來找他，敲錯了門，敲了我家的。」

「他是犯什麼事了？」雷鳴急切地問。

「誰知道？反正這小子從小就是個壞種，」老頭不緊不慢地聊起了家常，「我是看著他長大的，打架鬥毆偷雞摸狗的事他沒少做過。前幾年他開水泥廠，別人告他詐騙，官司打了好幾年，這樓裏的鄰居都知道。這次員警找他又不知道他惹了什麼事，可能別人找到了新證據又要告他吧，可能他又騙了別人吧，可能……對了，小夥子，你是他什麼人？你不會也被他騙了吧？」

雷鳴懶得聽老頭囉嗦，急忙驅車返回公司。他叫來財務處的會計小劉，問她公司帳上還有多少錢。小劉似乎有些驚訝：「現在公司帳面上只有七百多萬了，賈總上個星期劃走了兩千萬，說是要去上海開發一個新專案，還說公司的幾個領導都同意了，調款報告上，還有賈總和你的簽名呢，你忘記了？」

「什麼?!」雷鳴驚得差點從座位上彈起來，「這個王八蛋，真攜款跑了?!」他暗暗罵了一句，額頭上冷汗直冒，腦海一時空白如紙。

「雷總，你怎麼了？」小劉問。

「沒……沒事。」雷鳴竭力鎮定下來，「這幾天忙暈了頭，把這事忘記了。對了，你去把調款報告和款項進出單拿來我看一下。」

小劉應聲出去了，不一會將東西呈了上來，雷鳴仔細看著調款報告和款項進出單，上面果真有自己和賈志飛的簽名！簽名當然是偽造的，這令雷鳴怒不可遏，但又不好發洩出來。

小劉出去後，雷鳴一頭靠在座椅上，腦袋昏沉無比，他坐立不安踱來踱去雙手捶頭不知該怎麼辦。他想報警，但剛拿起電話，想了想又放下了，這不僅追不回錢，自己也得不到任何好處。他前思後想了整整一天，終於想到了一條萬全之策，雖然有些冒險，但也是一個機會。「媽的，這年頭餓死膽小的，撐死膽大的，就這麼幹！」他狠下決心。

第二天一早，他就飛到了上海，在上海浦東新區一家銀行開了一個帳戶。辦完事後，下午又飛回龍陽，回到公司後，他從電腦上將以前那份關於在上海甫東開發商務樓的計畫書調出來，然後做了一份調款申請，列印出來後，模仿賈志飛的筆跡簽上他的名字，接著又簽上自己的名字。然後拿著調查款申請去財務室，對小劉說賈總已經決定在上海開發新的房產專案，還要轉七百萬去上海，他讓小劉按這個來轉帳入帳，並且給了她剛才在上海開的新帳戶。小劉問，轉了帳之後，公司帳面就只有幾十萬了，公司日常運轉怎麼辦？雷鳴說，賈總說先轉過去，到時他自有辦法。

在銀行下班之前，雷鳴帶小劉一起去轉好了帳，辦完事走出銀行門口，他重重呼了口氣，有一種大難不死重獲新生之感。他讓小劉先回去，自己則試著打賈志飛的手機，那邊傳來了女聲自動提示：您撥打的電話不在服務區。這王八蛋估計已經離開了龍陽，雷鳴微微笑了起來，事情已經成功了一半，接下來得開展下一步計畫了。

這天，和往常一樣，胡逸文早早來到雜誌社，拿起今天的晨報流覽起來，一則消息讓他倒吸一口冷氣：

開發商捲款潛逃　在建樓盤陷入停工

本報訊　昨日，記者從有關部門瞭解到，本市一家名為志飛置業的房地產公司總經理賈某攜鉅款潛逃，致使其公司在建樓盤陽景花園陷入停工，日前，有關部門正對此事介入調查。據瞭解，該公司是民營企業，負責人賈某半月前以赴上海洽談業務為名，經香港潛逃至加拿大。潛逃原因，警方還在深入瞭解。

賈某攜款潛逃是被該公司副總雷某發現並報警的，由於該公司是兩家民營公司組建的專案股份公司，雷某佔有其中三份之一強的股份。

市房管局和三平區政府有關領導呼籲陽景花園已購房業主不要恐慌，政府部門一定會妥善處理此事，不會讓業主受到經濟損失。

有關此案的最新發展，本報將作進一步追蹤報導。

幾百字的消息，胡逸文一字一句看了幾遍，看完後發瘋似地衝到街上，攔住一輛計程車，吩咐去人民路。一路上他心急火燎，不停地催促司機開快點，引得司機一陣不滿：「再快就成開飛機了！罰款你出啊？」

十幾分鐘後，胡逸文到達樓盤地址，已經有許多業主聚集在陽景花園售樓部門口了。他急切地拉住一個中年男人問道：「開發商是不是真的捲款跑了？現在情況怎樣？」那中年男子說：「不知道呢，我也才到！」胡逸文四處張望一下，售樓部工作人員還在，那個姓劉的銷售經理正滿頭大汗地向情緒激動的業主說明情況。「你們問我我問誰去啊？我們也是今天才知道的情況？這個月的工資都沒發呢！……你們別急，政府會來管這事的，報紙不是已經說了嗎？哎哎，你們別擠啊！」激動的業主根本聽不進他的解釋，不顧一切往裏擠，想去砸售樓部。幾個保安死死地頂著門，劉經理問一個保安為什麼員警還沒來。那保安說，員警來了又走了，去公司總部了。經理對保安說：「再去報警！」

剛才和胡逸文搭話的中年男子大聲喊道：「朋友們，我們在這裏沒用，就是把售樓部砸了也解決不了問題，我們去搗開發商的老巢！去區政府討個說法！願意去的跟我一起去！」他的呼聲得到一部分人的回應，一些人急哄哄地想要跟中年男子走，還有一部分繼續待在原地焦慮觀望。一個四十多歲的婦女坐在地上哭天搶地：「我幾十年的血汗錢呀……殺千刀的開發商啊，你不得好死！嗚嗚……老天爺啊，你睜開眼吧！」

胡逸文被女人淒厲的哭聲刺激得心裏發慌，他繞到售樓部後面的工地，看到昔日熱熱鬧鬧敲敲打打的工地業已空寂下來。工地一片狼藉，幾輛挖掘機無精打采立在泥土堆裏，一兩個民工模樣的人在兩棟活動板房之間時隱時現，活動板房過去是一堆雜亂無章鏽跡斑斑的鋼筋，空地旁邊立一個活動小籃球架，籃球架上還掛著幾件花花綠綠沒來得收走的衣服。

這個曾帶給胡逸文無限憧憬和希望的地方如今狼藉一片，讓他像只熱鍋上的螞蟻心急如焚，同時又不知所措。後來他想起了雷鳴，但他手機始終打不通。這時，姓劉的經理匆匆忙忙走過來，逸文一把抓住他，問他們的雷副總去哪了。劉經理摸了一把頭上的汗，還認得他，道了一句：「我也不知道啊，據說被公安局帶走了，被帶去問話了。」一說完又急沖沖走開了。

胡逸文一屁股坐在地上，大汗淋漓，像是剛從水裏撈起來一般，臉色蒼白如紙。

一個中年男子走過來問他們是不是陽景花園的業主，胡逸文看了看，認識此人是剛才呼籲去志飛公司的那男子，便回答說是。男子說：「現在很多人都要去區政府，你願不願意去？」

「願意！當然願意！」胡逸文毫不遲疑地回答。

下午三點多鍾，一百多號人組成的隊伍浩浩蕩蕩開往三平區區政府，剛到門口，值勤的武警如臨大敵，立刻警戒，大聲問他們幹什麼，人群有人喊：「我們要見區領導！」那中年男子對值勤武警說了事情的大致經過，那武警叫他們站著別動，他打電話向上面請示。幾分鐘後他從值班室出來，說，辦公室的人說區長和書記都不在，開會去了，叫你們先散了！

「那我們在這裏等！」中年男子說。

「對，我們就在這裏等！」後面的人紛紛附和，人們有蹲有站，黑壓壓將區政府大門圍得水洩不通，進出的車輛也被阻隔了。胡逸文夾在人群裏心亂如麻。

一個小時過去了，兩個小時過去了，他們期盼的領導依然未出現，反而圍觀群眾越聚越多，將區政府門前的馬路堵得像個巨大嘈雜的集市，車輛緩慢蠕動，喇叭聲此起彼伏。趕過來的員警正忙不迭地疏散交通，安勸群眾。

暮色降臨時，一個三十多歲的戴眼鏡男子出來了，自稱是區政府秘書長。此人脾氣頗大，一來便嚷叫著要人群散開：「這樣圍著大門，像什麼話?!政府要不要運作了?!」看到有一個當官的來，人群裏七嘴八舌說起了開發商捲款逃跑的事。那位秘書書聽罷說：「開商發弄跑了你們的錢，你們去找他打官司啊！」

「別人跑到國外去了，我們到哪兒去找他打官司？」那個中年男子發火了。

那秘書長說，「你們買房出了糾紛，出找房管局，跟區政府有什麼關係？」

看到這秘書長說話實在有些混帳，胡逸文忍不住朝他喊道：「樓盤在三平區，土地是三平區的，開發商的開發權也是區政府批的，現在開發商跑了，我們不找區政府找誰去?!」他的話得到了其他業主的回應，他們紛紛附和：「對，我們就是要找政府！」「政府監管不力！」

秘書長懶得理他們了，轉身進了辦公樓，之後「官家人」再沒有露過面。焦躁的人群像熱鍋上的螞蟻，亂成一團。到了晚上九點，天空飄起絲絲細雨，許多人又冷又累又餓，紛紛扛不住。最後大家商議今天先回去，明天繼續來討要「說法」。

儘管胡逸文心急如焚，但他亦明白此事要得到妥善解決非一日之事，班還得上，生活還要繼續。他沒有將此事告訴爹媽，一來怕他們擔心，二來也不知如何開口，只是跟姐姐胡逸芳簡單說了一下情況，那邊胡逸芳果真急切起來，問事情會怎麼解決？胡逸文說了政府已經在介入此事了，但要等一段時間才會有結果。胡逸芳聽了才稍稍放寬心，叮囑他別太難過，有什麼事要和她商量。

一開始胡逸文並沒有將事情告知羅小娟，他是想等到政府有關部門的解決方案之後再作打算。

他後來也跟一些維權業主再去過區政府討說法，三平區區長黃智博終於出面，承諾一個月內提出解決方案。但一個月後，業主盼來訊息，卻沒盼來心遂所願的佳音。每個業主只能拿到所付錢款的百分之六十。就是這百分之六十據說也是政府本著人道精神從財政撥付的。賈志飛已把土地和所有未賣完的房子皆已押給銀行，在沒人願意接下燙手山芋的情況下，只能拍賣，而這拍賣所得甚至不夠償還銀行貸款。一句話，業主能拿到百分之六十賠償款已屬萬幸，是有關部門付出極大誠意和代價本著為市民負責的精神才達到的。

這樣的方案眾多業主自是很不滿意，他們決定繼續抗爭到底。胡逸文雖然頹敗至極，成霜打的茄子，雨澆的萎瓜，但大腦異常清醒，清楚和政府部門維權無疑是一場永無止境的馬拉松，他耗不起。幾天後他從房管局領到了將近八萬塊錢的賠償。

胡逸文約羅小娟在她家對面一個小公園見面，那天羅小娟穿著一件綴著青綠小白花的白色連衣裙，長髮多情地披在肩上，遠看去像一朵含情盛開的百合花。見到戀人時，欣喜中帶著幾縷嬌滴滴的抱怨，抱怨逸文為什麼這段時間不主動聯繫她。胡逸文沉默不語，呆望遠處一池飄著綠糟糟苔蘚的死水，眼神像罩上一層霧障似的游離失神。羅小娟見他表情古怪，忙問道：「你怎麼了？出了什麼事？好像哭過。」

「房子沒了。」胡逸文淡淡道出了這四個字。

「你說什麼？什麼房子沒了？」羅小娟驚訝不已。

胡逸文歎口氣，眉頭緊蹙，不緊不慢道出事情變故。此時他無悲無喜，像是在說一件與自己無關的事，眼神空洞，目光游離。羅小娟聽罷則一時呆住了，百合花迅速枯萎。她喃喃道：「我爸前幾天還要我帶他去看房子樓盤的，我還答應了他。」她挨著胡逸文在石凳坐下，過了一會問他：「現在怎麼辦啊？」

逸文不說話，點燃一根煙，狠狠吸著。羅小娟奪過他的煙，扔了。「怎麼學會吸煙了？」

胡逸文苦笑一聲：「活著都沒甚麼意思。」

「瞧你這點出息！」羅小娟啐道，「不就是一套房子嗎？沒房子就不能結婚？大不了咱們裸婚！」

「裸婚？你爸會同意？買房了他都不願意我們結合，現在房子沒了，他更有理由反對了。」

羅小娟一時語塞，之後又氣昂昂地說：「那咱們私奔，離開龍陽！」

胡逸文扔掉煙蒂，捧過羅小娟的臉，一字一句道：「回去把房子變故之事一字不漏告訴你爸，別瞞他。看他怎麼說，我們再來想辦法。以後別說私奔這樣的傻話，我要光明正大娶你，不偷偷摸摸，也不隱著掖著。」

羅小娟一陣感動，重重點點頭，輕輕倒在逸文懷裏。逸文摟著她肩膀，嗅著她髮絲間時隱時現的淡淡清香，一種既幸福又傷感的情緒陡然而起。幾隻不知名的鳥兒貼著遠處一池死水疾逝而過，又掠過樹梢隱入樹林後一片樓宇之中。一戶人家的陽臺上，一個身著淺紅色睡衣的女人正在曬衣服，旁邊椅子上躺著一個男人，像在看書又像是在睡覺。

胡逸文等待幾天，並沒有等來羅小娟的佳音玉訊，頓感情況不妙，打電話過去對方卻是關機。星期六下午接到一個陌生號碼的簡訊，上面寫道：「我爸收走了我手機，禁止我跟你聯繫。這是我舊手機跟你發的簡訊。我爸這次態度十分堅決，忘了我吧。以後別再聯繫了。」胡逸文看罷心陡然一冷一驚，已無心去雜誌社上班，決定去一趟羅小娟家。

那天晚上，他照老路翻過院牆，跨過荒草叢生的空地，悄無聲息蹭到羅小娟窗戶下。羅小娟房間亮著燈光，窗戶緊閉，裏面傳來男人渾濁的話語和女孩的低聲抽泣。他能分辨出前者來自小娟父親後者來自小娟本人。他沒有照舊往常抬手叩窗，而是靠著牆根，凝神屏氣聽著屋子裏的人語與啜泣。

「……莫怪我打你罵你，我這都是為你好；以前你跟姓胡那小子在外面瘋跑，我並沒怎麼著你。我總在想啊，自個閨女，莫不想她找到一個中意的男人？找的是龍還是蟲，是合腳還是不合腳，非得她自個去體驗去接觸，所以這幾年來就由你們去了。照現在看來，你找的還是不合腳……這姓胡的幾年來闖出什麼名堂沒有？工作沒個好工作，家裏又是農村的，現在連房子也泡湯了。——不是我勢利，貧賤夫妻百事哀，老話總是有幾分道理……我也有五十多了，那個小店還能開幾年？我又沒退休金，晚年就全指望你了……」

「我不知道你為什麼老這樣嫌棄他？」羅小娟飲啜道，「反正我非他不嫁，我的事不要你管。」

「你怎麼油鹽不進？」羅小娟的頂嘴讓羅老頭勃然大怒，「女孩子要知廉恥，難道還要我大嘴巴抽你！告訴你，你要跟姓胡的在一起，除非我死了！對，我是知道你一直想我死的，好跟姓胡的私奔，吶，菜刀我來拿來了，現在就殺了我吧，我成全你！」

「爸，你幹什麼啊！」羅小娟哭道，接著聽到刀落在地上的咚噹聲。

胡逸文沒有再聽下去，有氣無力地翻過院牆，因為腳底打顫，摔了一跤。

第二日，胡逸文睡到很晚才起來，確切地說，是一宿未眠，直到天濛濛亮才淺淺睡著，但上午又被樓道嘈雜的人語喧嚷吵醒，之後便盯著頭頂斑駁陸離的天花板發呆，心情憂鬱如水。白花花的陽光像一束煙霧透過貼了窗紙的窗戶溜進來，繚繞得他頭腦恍惚。他感覺身輕如紙，彷彿一陣風就能將自己吹得無影無蹤；又感覺像一具死屍，無聲無息，只差一捧黃土將自己埋了。

他在床上一直挨到下午，不吃飯，也不覺得餓。外面不知什麼時候下起了雨，淅淅瀝瀝的雨滴敲打著屋簷和窗外的桑樹樹葉，聲如蠶食，又像一個老人彌留之際發出的無力喘息。恍惚中聽到有人在敲門，篤篤，篤篤篤，聲音混雜著雨聲顯得拖泥帶水。逸文沒去理會，躺在床上又眯了一會兒。敲門聲越來越大，越來越鍥而不捨。他確定是在敲自家房門，而非隔壁或者其他別的什麼地方。「誰啊？」他嘟囔了一句，慢騰騰下床去開門。

胡逸文無論如何不會料到羅小娟會在這樣個雨天來出租屋找他，但門口站立的這個被淋得落湯雞似的、臉色蒼白、髮梢間還滴落著雨珠再熟悉不過的人影又讓他確信無疑。兩人隔著一道房門一裏一外呆呆站著，時間像是過去了很久，逸文才像從遙遠的夢境醒過來一般，慢慢走過去，一把抱住了羅小娟，抱得深情抱得真切抱得熱烈似火，彷彿要將全身心的愛一下融入進愛人的身體裏。但慢慢的，他覺得有點不對勁，他意識到這種不對勁來自羅小娟，確切地說，他朝思暮想的愛人並沒有回應他的熱情似火，她呆呆的甚至是僵硬地任由他抱著，未發一語，不吱一言，直到最後才輕啟珠唇輕輕吐出三個字：「對不起。」逸文的心頓然一冷，他悲哀意識到，這三個字，是一個節點，意味著結束，也意味著開始。結束的是他們的感情，開始的呢？是分別麼？

雨還在纏纏綿綿地下著。擦乾了頭髮的羅小娟靜靜坐在雜亂的床沿上，身上換上了逸文一件寬大的T恤，她摸著這件帶著男人汗味的衣服，眼淚線珠似地滴落著。T恤是幾年前她買給逸文的，她記得那是她畢業後第一個月發工資的時候；T恤前襟已經破了一個綠豆大的小洞，但逸文視如珍寶，這幾年一直穿在身上。

逸文站在窗戶前望著窗外一簾淺白的雨幕，神情平靜，手指間的煙已經點燃了許久，他也懶得吸一口，拇指長的煙灰滾落在地，他將煙蒂彈出窗外後，才沉沉說了一句：「沒必要內疚，你已經盡力了。」

羅小娟抽泣道：「我爸……這些年帶著我過得很不容易，我不能太自私……」她突然站起來奔向逸文，一把抱住他，號啕大哭，哭得淒婉哭得悲痛哭得情真意切。「忘了我……找個好女孩……」

本已傷痛的胡逸文此時被激起萬千痛楚，心如刀鉸，他抱著羅小娟，嗚嗚哭著，連日來壓抑的委屈似乎找到了傾洩口，哭得放肆哭得悲愴哭得愁腸百結。

兩人的哭聲在破舊的出租屋裏飄蕩迴旋，春雨一如既往地纏綿悱惻；一雙雨燕在雨中急疾盤旋，嘻戲耍鬧，其中一隻褐色燕子飛過雨幕停在對面瓦簷上，它靜靜佇立著，像是在聆聽什麼，像是傾聽對面窗口傳出的哭聲，又像是諦聽夥伴在遠處發出的多情呼哨。它聽了一會，拍拍翅膀，倏地一下飛走了。

雷鳴孤注一擲的瘋狂冒險獲得了暫時的成功。

那天轉完帳後第二天又飛去了上海，提了一百萬出來，當天晚上就帶著五十萬現金來到王為青家，焦慮地向他陳述了賈志飛捲款潛逃的事實（當然隱瞞了自己轉款的事實），王為青聽罷怒不可遏：「王八蛋，怎麼能這樣拍屁股走人！」雷鳴沉痛地說：「這事肯定紙包不住火，別的我倒不怕，怕的是事情一披露，肯定會牽扯出假按揭的事，到時也會連累您和董行長。」王為青意識到了事情的嚴重性，但一時拿不出解決之法。雷鳴見狀接著說：「我能料到事情一披露，有關方面會找我調查情況，所以我懇請王局能到市裏打點打點，我安全了，您也安全……」他提過裝現金的箱子說：「一點心意，事成之後，我還會感激不盡。」王為青看了看他，說了一句：「你比賈志飛聰明。」雷鳴回去之後，著手燒掉了相關資料，一切安排妥當之後，他報了警……

雖然後來他一直接受公安局的詢問與調查，但由於早有準備，每次提訊皆能對答如流，並且將所有責任都推給了賈志飛。但隨著調查深入，調查人員詢問到了按揭之事，根據他們對志飛公司的財務出帳入帳記錄調查，志飛公司實際銷售房子兩百七十套，但其中有六十二套房子的業主身份不明或者說怪異，所留聯繫方式不通，身份證位址無一例是在農村，調查人員對他說這很有可能是假按揭。雷鳴最擔心這個，但他還是沉著應戰，甚至一問三不知，說房子的銷售、廣告以及跟銀行的業務往來都是賈志飛負責，他只負責樓盤施工，這是公司成立時明確規定的。

撐了半個月，他最終被放出來了。

當天晚上他便來到王為青家裏，將一張五十萬的銀行卡呈上，感恩戴德地說：「王局大恩大德，我沒齒不忘。」見過大場面的王為青神情平靜，抬了抬下巴，雷鳴會意立即將卡放到桌子上。王為青隨後說：「我不僅是救你，更是在救我自己。還有我得提醒你小雷，你要在龍陽地產界混，別跟賈志飛似的蠢得掛相！他這一走不要緊，得多少人給他擦屁股？這次我上上下下可動了不少資源！」雷鳴小雞啄玉米似地連連點頭：「王局說得對，我銘記在心。」

隨後他又找到三平區區長黃智博，表示無論政府是拍賣或者讓人收購志飛公司，作為合股方，華鳴公司不要一分錢賠償，全部賠償給業主。這讓黃智博一下記住這個年輕人。

一個月後，他用餘下的五百萬又註冊了一家房地產公司，命名為「華鳴房地產開發公司」，並且將公司的百分之十的股份送給王為青，吸納他為公司的股東。

因為有了上一次的相見甚歡，雷鳴又去找過羅小娟幾次，不過他每次都是先去西門橋她家，然後再去她學校門口接她。去羅家，他出手闊綽大方，每次都會給羅老頭帶去好煙好酒，不是五糧液就是萬寶路，在羅老頭面前，他把自己跟羅小娟的關係定位為「普通朋友」，並且說：「有時辦事路過這兒，就想順便來看看她，帶點禮是應該的。」但這樣的解釋顯然不能讓羅老頭信服，他猜測這個暴發戶八成想追求自己的女兒。待女兒在一個晚上又一次被雷鳴開車送回來後，直截了當問她：「那個姓雷的是不是想跟你處對象？」

羅小娟否認：「沒有的事。」

羅老頭不相信：「不跟你處對象，別人幹嘛對你那麼殷勤，對我那麼好，又是好酒又是好煙又是送東西的？」

羅小娟說：「也許是人家多禮呢。」

羅老頭依舊不相信：「多禮？不像吧。——不過他比那個姓胡的強多了。」

現在的雷鳴儼然成了羅家的常客，或者換句話說羅家父女已經接受他了；這自然緣於他的老闆派頭以及出手闊綽並善於討他們歡心：他可以為羅老頭買軟中華和五糧液，可以開著車載著他們一家去省城最好的五星級酒店去大快朵頤……羅老頭笑得合不攏嘴，說在龍陽活了五十多年第一次去那麼高級的地方。父親的言行常讓羅小娟嗤之以鼻，她語帶譏諷地說：「別人也是農村來的，怎麼不嫌棄了？」羅老頭一般不直接表明理由，只是一句「丫頭片子懂什麼」應付過去了。

那天下班後，胡逸文漫無目的沿著街邊走著，最後不知不覺走到了羅小娟執教的幼稚園。血紅的殘陽逐漸隱入西邊一片氣勢磅礴的樓宇之中，最後一抹霞光從鑲了金邊似的雲層拼射出來，透著一股毫無由頭的溫馨。站在這個曾經無數次佇足的地方，胡逸文悲傷難抑，正要離開，卻看到羅小娟從校門口娉婷而出，他正在思索要不要過去，卻看見停在校門口的一輛黑色別克下來一個年輕男子，迎上了羅小娟，殷勤地為她打開車門，隨後自己屁顛屁顛地跑回駕駛座，發動汽車，瀟灑而去。整個過程持續不到兩分鐘，卻讓胡逸文一下掉到了冰窖裏。

他看得真切，那年輕男子正是雷鳴！

秋日的晚霞猶如盛夏太陽般毒辣，烤得他一陣陣頭暈目眩。羅小娟一個女同事王姐此刻步出校門，這個和胡逸文有過幾面之緣的中年女老師看到胡逸文有氣無力地杵在那，「呀」的一聲誇張叫道：「小胡，你怎麼在這啊？等羅小娟吧？哎呀，你還不知道吧，人家和一個大款好上了，那人經常來接她下班呢！哎哎，現在的人，真說不準……」王姐不合時宜的喋喋不休令胡逸文怒火中燒，他狠狠瞪了她一眼，順著街道緩步而去。

回到家的時候天已經黑了，他買來幾瓶酒將自己灌得酩酊大醉；他時哭時笑時唱，嘴裏反覆念叨一句話：「這樣也好，這樣也好……」

兩天後，胡逸文打電話約雷鳴吃飯，地點定在雜誌社旁邊他們第一次吃飯的那間小飯館。那天胡逸文下班後早早去了，他揀了一個偏僻的位置坐下，點了跟以前一樣四個菜：一盤回鍋肉一盤紅燒魚塊一個番茄炒雞蛋一盤水煮毛豆，外加四瓶啤酒。半個小時後，雷鳴開著車姍姍而來，一來便問怎麼無緣無故請他吃飯。胡逸文沒有回答，抬了抬下巴示意他坐下。他肅然的神情讓雷鳴有點丈二摸不著頭腦。逸文問了一句：「還記得這個地方嗎？」雷鳴抬眼朝四周一掃，說：「記得，怎麼不記得？幾年前我來雜誌社找你，你就是在這裏請我吃的飯。」

「記得就好。」逸文點點頭。

「上次房子的事，我真對不住你，誰料到賈志飛那王八蛋會捲款逃跑呢？我被這狗日的坑慘了！」說到這，雷鳴滾出兩滴濁淚，但很快被他拭掉了，「但你這次損失也有我的責任，當初不讓你到我這買房，你也不會有事。」他從口袋裏拿出一本支票簿，刷刷幾下，撕一張遞給逸文，「這裏有十萬塊，算我個人給你的一點補償。」

「錢你拿回去，買房是我自己做的決定，出了事，我認栽。」逸文飲了一口酒，說，「今天找你來，不是說這個事。」

「那是什麼事？」雷鳴睜著眼問他。

胡逸文不說話，他給雷鳴倒上一杯啤酒，自己也倒上一杯，倒完酒也不碰杯，兀自舉杯一飲而盡。雷鳴也只得跟著他悄無聲響地喝酒；幾巡過後，兩瓶酒已經見底，在倒第三瓶酒的時候，胡逸文才問了一句：「是不是真心喜歡她？」

雷鳴愣了一下，隨後像做了錯事似地慢慢低下頭，過了半晌又緩緩抬起頭，眼神堅毅而潮濕。「是的，非常喜歡，其實前幾年在西門橋住的時候開始就已經……只是那時你不知道。」

胡逸文擺擺手制止他說下去。酒精加痛苦，讓他頭痛欲裂。他喝完最後一杯酒，盯著雷鳴一字一句地說：

「好好對她，要不然——我饒不了你！」

胡逸文沒有再聯繫羅小娟，當愛情的最後一根救命草失去之後已經預示著一切無可挽回，再去糾纏不僅毫無必要而且還令人生厭。接二連三的變故像綿延不絕的噩耗給他造成了巨大的打擊，所帶來的傷心和抑鬱用悲傷欲絕來形容毫不過分，他不僅僅失去了房子愛情同時還失去了兄弟——他和雷鳴關係已變得不尷不尬裂痕叢生，要想再回到以前的親密無間已經不太可能了。

雜誌社的同事也知道了他「屋漏偏逢連陰雨」般的生活變故，對他也多了幾絲同情，也紛紛表達安慰。總編陳昶甚至把他叫到了辦公室虛寒問暖，並特例批准他一個星期的假，讓他休息一段時間。這讓逸文好一陣感動。

當然更讓他感動是周曉妍，這個活潑的女孩在得知他出事的那一刻所表現出來的急切、慌亂和刻不容緩的關懷，讓他覺得她這種難過不是針對一個普通的同事，而是一位親人。那天下班之後，雜誌社人幾乎都走了，他從廁所出來，路過發行部，聽到周曉妍和李一林在吵架，吵架內容似乎是李一林很不滿周曉妍對自己非同一般的好。他分明聽到了周曉妍當場說了一句：「總是這樣不信任和爭吵，乾脆分手算了！」而李一林也回了一句：「分手就分手，誰稀罕似的！」

胡逸文沒有聽完，抬腳離開了。

接下來幾天他將政府賠償的近八萬塊錢一一退還給親朋友好友。姐姐胡逸芳讓他將錢先留著，以後終究還要買房用得著。逸文苦笑道，「女朋友都沒了，還買房幹嘛？而且這次買房已經讓我心力交瘁，以後買房誰知道是什麼時候的事。」逸芳說：「說得也是，以後有機會跟我一起蓋房吧。現在我跟你姐夫都想把家門口那塊空地蓋起來，向村裏打了申請報告，還沒有批下來。」

逸文知道姐姐一直想蓋棟房子。她現在住的房子是公婆原先蓋的舊房子，一共三層，房子一樓面對面共有十一間房，柳國慶父母佔據兩間，其他的都用來出租。二樓右邊一排過去六間房，由柳國慶三兄弟各占兩間，柳國慶的大哥弟弟在別處蓋了房已經搬走了，二樓只有姐姐一家在住。這幢房子的前面還有一個大約一百平米的空地，上面是油毛氈搭建起的棚子，靠左一端是一間十平方米的小屋。小屋是是胡逸芳開的麻將室，自生下女兒思思後，她就沒去上班以開麻將室維持生計。

對於姐姐的想法，逸文不置可否，只是說等以後再說，他現在提起房子都頭痛。逸芳見他這樣也不好勉強，說等地批下來了，再給他打電話。

翌日星期天，胡逸文回了一趟老家。面對兒子歸來，胡父胡母自是高興。吃過飯，聊過家常，胡逸文斟酌半天，才將房子之事前前後後說了一遍。兩位老人雖然聽不太懂，但也知道了個大概意思：兒子在省城買的房子住不成了，錢退了。

胡逸文拿出四萬塊錢，要父親把去年賣出去的祖屋再買回來。胡父歎了口氣：「現在去買，別人怎麼肯賣？而且就算他肯賣，也不會是四萬塊這個價了，大根那小子的為人我清楚得很！」父親說得在理，東西到了別人手裏，願不願賣以及怎麼賣，都由別人說了算了。但有一點清楚無疑：當初高屋大瓦的兩進祖屋四萬塊賣給大根，肯定是賣虧了的，而且還不止虧一點。這樣一想，胡逸文又頓生一陣心痛、內疚和自責。

胡父見兒子鬱鬱寡歡，便說，「你也莫難過，人活一輩子，哪有不吃虧的？這錢你還是拿著，將來你總還買房子的，用得著。」

聽父親這樣一說，胡逸文的鼻腔又有些發酸。

後來他又去找邱瑞，不料得知他已經辭職帶著女友去了北京追尋音樂夢想去了，他打通了邱瑞的電話，感歎地說：「你這傢伙真是說到做到，我還要還你的錢呢。」邱瑞在那邊躊躇滿志地說：「錢的事以後再說。我現在在一家酒吧做主唱呢！」

掛了電話後，逸文心裏陡然湧起一陣失落，失落主要來自二人生活態度的對比：邱瑞可以活得那樣瀟脫，而自己的生活卻過得這樣苦逼和糾結。

過了兩天，他去周曉妍的住處歸還她的一萬塊錢。周曉妍跟她的一個同學合租在一幢舊家屬樓裏。這個來自江漢平原的女孩從省城龍陽一所大學一畢業就來了雜誌社，那時胡逸文已經在雜誌社工作將近四年了，她什麼時候喜歡上胡逸文連她自己也弄不清楚了，只記得她第一次手忙腳亂將信件分錯，劉文芳批評她的時候，還是胡逸文給她解的圍。雜誌社所有的人能看出她對胡逸文的好，經常拿兩人打趣，但周曉妍知道胡逸文已經有女朋友，或者說就算他沒有，他對自己並沒有多少感覺。他沒女友之前他們就認識了，但女有情，郎無意。她跟李一林談戀愛是有賭氣的成分，當一個女人對一個喜歡的男人付諸感情但被後者忽視的時候，是很容易對並不喜歡的追求者投懷送抱的，某種程度上這無關感情，而涉尊嚴。這點周曉妍清楚，李一林也清楚。所以當上次吵架周曉妍提出分手時，李一林憤激地「順水推舟」——他從一開始就知道周曉妍並不喜歡他。

這是作為同事三年胡逸文第二次去周曉妍的住處（去年她過生日曾去過一次），一到家，周曉妍拉開架勢下廚做飯。曉妍做事頗麻利，三下五除二便奉上了一桌豐盛佳餚，三菜一湯，色香味俱全；胡逸文嚐著菜，連讚不絕。曉曉又拿出一瓶紅酒，二人對飲起來。胡逸文興致勃勃，失房與失戀的陰霾像被秋風掃盡的落葉般消失殆盡，他感慨好長時間沒有這樣高興過了。不過，酒入愁腸化作傷心淚，喝到最後竟嗚嗚哭了起來。「我十八歲來到龍陽讀大學，二十二歲參加工作，到今年整整七年了，他媽越混越沒出息，奔三的人還居無定所，曉妍你說，我是不是挺沒用的？」

周曉妍知道他喝多了，便勸慰道：「這世上混得很成功的是少數，混得很落魄的也是少數，大部分是我們這種不好不差的升斗小民。愛情沒了，可以再尋，你又何苦妄自菲薄埋怨自己？」胡逸文睜著醉眼大著舌頭問：「那你說說，要是我沒房子沒錢什麼也沒有你會嫁給我嗎？」曉妍一愣，隨後鎮定道：「會。」逸文嘻嘻一笑，又灌下一杯酒：「我……不信。」曉妍仍舊神情鎮定：「我會，就算你窮光蛋一個我也會嫁給你。」這句話胡逸文並沒有來得及聽見，頭一彎趴在桌子上一動也不動了。周曉妍坐在桌對面，望著爛醉如泥的胡逸文，發了好一會呆。

他這個樣子已經是回不去了，周曉妍只得扶他睡自己的床；他剛睡下去，又伸過頭朝地上吐了一回。周曉妍好一陣忙碌收拾，忙到十二點，她才去了隔壁女孩的床上睡。

第二天胡逸文一覺醒來，意識到自己所處的地方後吃了一驚。那時，周曉妍正在廚房裏忙著煮稀飯。米粥的清香彌漫著屋子。逸文慵懶地躺在床上，看著曉妍忙碌的身影，心底突然潮起一股奇怪而又陌生的溫馨。周曉妍走進房間笑吟吟道：「快起來，嘗嘗我熬的紅豆粥。」胡逸文說：「昨晚喝多了醜態百出，讓你看笑話了。」周曉妍笑笑說：「沒事，你心情不好，醉一回，傾訴一下，挺好的。」

兩人吃罷早飯，胡逸文告辭，臨走前，欲言又止，周曉妍問他怎麼了。他吞吐半天才小聲問道：「昨天晚上我喝醉了，沒對你……做什麼吧？」周曉妍笑笑說：「沒有，昨晚我睡隔壁；要是你有輕舉妄動，早把你踹到大街上去了！」

胡逸文走後，周曉妍心底潮起一陣失落，像是被某些異物堵在嗓子眼裏始終落不下一樣。

第六章　雷鳴為攀附權貴　出賣女友

交往半年來，雷鳴像一團灼熱的烈火快速融化羅小娟堅硬如冰的心，二人感情發展得很快。這一半源於雷鳴出手闊綽加甜言蜜語以及羅老頭諄諄勸導，另一半則是對感情有點得過且過，既然不能和最愛的人結合，跟誰走到一起區別不是很大，況且雷鳴的確是一個不錯的人選。在她二十五歲生日那天晚上，雷鳴對羅小娟動情地允諾：「等手頭這個項目弄完，一定好好娶你，我要辦一個龍陽市最豪華最體面的婚禮，風風光光地迎娶你！我們組建一個小家庭，生一個可愛聽話的孩子，一家人和和美美生活在一起。你知道嗎？我爹媽死得早，這些年過得苦，一直在漂泊，最大的願望就是希望有一個自己的家……」說到動情處，他淚花盈盈，至情至切，讓同樣出自單親家庭渴望溫暖的羅小娟感動不已，內心湧起一股同病相憐的共鳴。也就是那天晚上，二人有了肌膚之親。

事後兩人精疲力竭地躺在沙發上一動也不動；羅小娟兩眼寧靜地盯著天花板某個位置，白皙的臉上顯不出任何表情；雷鳴喘著粗氣，望著白花花的牆壁，眼裏盈滿了淚，他哽咽道：「像是在做夢。」羅小娟幽幽問道：「你會一輩子愛我嗎？」雷鳴摟過她發誓說：「這還用問！你是我這輩子第一個也是唯一一個愛著的女孩！」羅小娟不說話了，將頭埋在雷鳴的胸脯上，像是在傾聽他的心跳聲。

雷鳴所說的項目是指他上個月看好了人民廣場旁邊一塊地。轉眼華鳴公司成立半年，由於實力太弱，看好的幾塊地都被人拍走了。所以這塊地他下決心無論如何得拿下。

為此他鞍前馬後地跟在王為青身後。二人經常一起釣魚、吃飯，每次王為為青總不忘把女兒王貝娜帶上。為了不使自己的目的太昭然若揭太急躁，雷鳴有時會將羅小娟一起帶上，以一種融洽之態套近乎。王貝娜見了雷鳴猶如春雨遇見禾苗沙漠遇見綠洲，渾身透著說不出的高興勁兒。王為青也誇讚羅小娟「漂亮、有氣質」。應酬了幾次，羅小娟不願意去了，雷鳴問為什麼，羅小娟噘著嘴說：「感覺那局長色瞇瞇的……」雷鳴笑了：「官場上的人都那樣，見到漂亮女人，骨頭都輕了。」羅小娟說：「他女兒好像對你特親似的，特黏你。」雷鳴笑著說：「怎麼，吃醋了？」羅小娟「嗤」了一聲：「美得你吧！我跟一個傻子吃什麼醋？」

在一次釣魚的時候，雷鳴最終將話題引向了人民廣場旁那塊地，並呈上了到處搜來的一幀齊白石的字畫。但王為青婉拒了：「現在土地出讓都掛牌招標了，不似以前的協定出讓，程序正規，有些運作很難。再說我才轉正，不想生出事端。」這話說得誠懇，雷鳴也不好再堅持，只是心情一下涼到了谷底，也心急如焚。公司成立大半年沒做成一個專案，如果再拿不到地，手裏的資金很快會耗光。

離那塊地拍賣的日期越來越近，雷鳴又硬著頭皮找了一次王為青。王為青問他：「你就那麼想要那塊地？」雷鳴重重點點頭，他道出了目前的困境，說：「人民廣場那塊面積小，地段中等，非常合適華鳴。面積大了或者地段太好我也拿不起，地段太差也不願拿。我要把它作為公司成立後的見面禮，將它開發成一幢寫字樓。當然，我知道那塊地競爭激烈，以我目前實力拿下來也有難度，所以請王局長無論如何得幫這個忙。」

王為青沉默半晌沒有說話，後來突然問了一句：「你女朋友羅小姐怎麼沒跟你一起來？」

「哦，她在上課。」雷鳴回答，不知道他為什麼問這個。

「有件事我想請她幫忙呢。」

「什麼事您說，我轉告她。」

「也不是什麼大事。」王為青笑笑說，「上個星期我在省黨校參加了學習，要我們學員每人寫一篇關於馬列的論文，我好多年都沒寫東西了，哪寫得了？這不，想到羅小姐是老師，正好想請她代勞。」

「這小事一樁，」雷鳴爽快應道，「我馬上給她打電話，讓她下了班就過來。」

王為青想了想說：「要不這樣，我想單獨請她吃頓飯，跟她交流一下。」

雷鳴一愣，想了想說：「也行。」

「還有，」王為青說，「最好你出面約她，要是我約她，怕她不賞臉啊。」

雷鳴暗忖一會，隨後點點頭：「行，我約她。」

羅小娟接到雷鳴的電話一下班就來到了約會地點——江邊一般豪華遊艇上。她打電話給雷鳴：「你搞什麼鬼呀？怎麼在遊艇上吃飯？你什麼時候過來？」雷鳴在那邊說：「給你一個驚喜嘛，你先進去，我馬上過來。」羅小娟上遊艇之後，被服務員引進一個豪華包房，進去一看，竟發現王為青早已在座。王為青笑呵呵地站起來熱情引她入座，嘴裏說著：「請到羅小娟真不容易啊。」羅小娟有些詫異和不知所措，但還是禮貌地客套著。王為青給她倒了杯茶，講起了請她幫忙寫論文的事，羅小娟喝著茶婉拒道：「我這樣的水平，哪能給局長寫論文？」王為青呵呵笑著說：「羅小姐真是謙虛。」羅小娟嘴裏應承著但早已如坐針氈期待雷鳴快點來。這時她開始感到腦袋開始莫名的發暈發漲眼睛也模糊了，看到王為青不斷閉合的嘴巴像條死魚不停地張合。她全身開始發軟意識已經不聽使喚，她模糊中覺得事情不妙，硬撐著拔通了雷鳴的手機：「雷鳴，你快來，我頭好暈……」一句話還沒說完，便趴在桌上了。王為青叫了幾聲「羅小姐」，見她沒反應，便起身閂好門，然後將她抱到沙發上，迫不及待脫下她的衣服……

從王為青最開始說要單獨請羅小娟吃飯時，雷鳴就已經猜測到這個老色鬼要幹什麼了，但最後還是咬咬牙答應了。羅小娟走上遊艇的時候，雷鳴就將車停在靠近碼頭的某個地方，但他沒有上去。他坐在車裏狠狠搧了自己一個耳光；當羅小娟打來電話說「頭好暈」的時候，他猛地推開車門，一隻腳剛跨到外面，又陡然遲疑住了，最後慢慢縮了回來，關上車門，又狠狠摑了自個幾個耳光，頭猛擊撞著方向盤，嗚嗚大哭起來。

晚上八點鐘他看到王為青步履輕快離開遊艇開車走了，他才發瘋似地奔上遊艇衝進包房，那時羅小娟衣衫不整捲曲在沙發上嚶嚶哭著。他跪下來抱過羅小娟叫了一聲：「娟……」看到他，羅小娟的拳頭雨點般砸過來：「你怎麼現在才來？姓王的強姦我了，嗚嗚……」她哭得更厲害了。

雷鳴左右開弓搧了自己幾個耳光，不停自我抱怨道：「我混蛋我該死我來晚了，王為青王八蛋，我饒不了他！」

羅小娟哭著說：「我要去告他，我要這個混蛋坐牢！」

雷鳴抓住她肩膀連忙說：「告他沒用，他是局長。」

「沒用我也告！嗚嗚……」

「娟，你先冷靜點，聽我說，」雷鳴急急道：「我們且不說告不告得贏，就算告贏了，鬧得滿城風雨，你臉面往哪擱？你怎麼在學校立足？你爸如果知道了，更不是急得半死？他那樣一個要臉面的人……」

聽到這羅小娟不說話了，只是嗚嗚地哭。

「相信我，我一定為你討個公道！」雷鳴摟著她，狠狠地說。

經過他一陣勸撫，羅小娟的情緒逐漸穩定下來。他送她回到西門橋。羅老頭看女兒哭過便問怎麼回事，羅小娟經父親一問，眼淚又掉下來了，雷鳴忙說：「我們吵架了，現在沒事了。」羅老頭說：「我可就這麼一個寶貝女兒，你可不准欺負她。」雷鳴說：「哪能呢？伯父，你放心吧。」晚上他沒有回去，摟著羅小娟整整坐了一夜，一直抽咽的羅小娟在他懷裏睡著了，臉上的淚痕怵目驚心。雷鳴輕輕為她拭去淚痕，自己的眼淚卻不由自主掉了下來。

第二天他為了羅小娟請了假，讓她在家休息，自己徑直闖到了王為青的辦公室；王為青見他來愣了一會神色也有些尷尬，但很快鎮定下來了，樂呵呵說：「你要的那塊地有些眉目了……」雷鳴沒吱聲，抓起桌上的盆景一下砸在他的腦袋上，王為青哎喲了一聲，捂住了腦袋也捂住了一手血。雷鳴還要砸第二下的時候，王為青低喝道：「你再動一下手，就甭想拿到那塊地！」雷鳴擎在半空的手被人點穴似地僵住了，隨後無力垂落下來。王為青拿著紙巾擦著腦袋上的血，嘟噥道：「不就是一個女人嘛……」

雷鳴放下盆景，一字一頓惡狠狠地說：「要是我拿不到那塊地，我殺你全家！」說罷轉身走了。

半個月後，華鳴開發公司在十多家房產公司競拍中脫穎而出，成功拍下人民廣場旁的一號地塊。但雷鳴沒有絲毫喜悅。他已經聞知了王為青為幫他拍下這塊地曾遊說好幾家實力雄厚的公司退出競拍……

雷鳴帶著羅小娟去歐洲玩了半個月；為了自己名聲考慮，羅小娟最終沒有再追究被性侵犯的事，從歐洲回來後，她的心情並未撥雲見日，曾經的傷痛也沒有因時間的流逝和國外風光的慰撫隨風而殆，終日鬱鬱寡歡。

羅小娟在某個黃昏來雜誌社讓胡逸文猝不及防，他喜沖沖跑到單位樓下，看到羅小娟亭亭玉立又落落寡歡地站在秋天的夕陽裏，心底驀然潮起一股類似海浪翻騰般的悸動，同時又湧起一陣感傷。逸文急切問她怎麼到這來了，又問她怎麼瘦得這麼厲害，是不是遇到了什麼事。

羅小娟苦笑一聲說：「出來辦點事，路過這裏，就順便來看看你。——最近還好嗎？」

逸文淡淡一笑，「沒什麼好不好的，老樣子。」

羅小娟低下頭緘口不語，臉上的憂傷像水一樣流動起來。看她神色，逸文覺得她應該有心事，便說：「要是遇到什麼事，就跟我說。別悶在心裏。」羅小娟淒然一笑，搖搖頭。

「雷……鳴呢？你跟他……還好嗎？」逸文問道。這句平常問語似乎觸動了小娟的傷心處，淚花在眼眶裏如水飄浮。

「到底怎麼了？是不是他欺負你了？我去找他！」雷鳴憤憤說道。

「沒有，沒有……」小娟搖頭否定，「這是命……」

逸文心底湧起一陣酸楚，像以前戀愛時一樣，輕輕摟過了她。他的慰藉讓小娟的滿腹委屈似乎找到了發洩口，她趴在逸文身上低聲啜泣起來，聲音壓抑而悲傷。但一會又推開他，拭擦掉眼淚，轉身走了，沒有說「再見」。

看到她的背影消失在人群中，逸文心裏有種說不出的滋味，像是一肚子的水突然一下被抽空似的。他吁了口氣正要轉身回去，發現周曉妍跟發行部的王麗站在不遠處一棵梧桐樹下。他過去打招呼：「你們怎麼還沒回家？」周曉妍不冷不熱地說：「要是早回去了豈不是錯過了我們的大情聖如何招蜂引蝶了？」

羅小娟剛才那番哭讓逸文本來就有些傷感，再聽到周曉妍這句陰陽怪氣的嘲弄之語，心裏便有點生氣：「誰招蜂引蝶了？就算我誰招蜂引蝶了和你有關係嗎？你是我什麼人？」

周曉妍的臉色變了，她盯著胡逸文顫聲說：「你是跟我沒關係，是我自己賤！」說罷轉身跑了。王麗看了逸文一眼，忙追了上去。

一連幾天，周曉妍都沒理胡逸文，也沒拿正眼瞧他。胡逸文想和她說話，但她走過他身邊就像走過一片空氣對其視而不見，這讓胡逸文落了個悻悻然好生無趣。有一天他在QQ上看到王麗給他留了一段話：「曉妍那樣喜歡你，那天你真不該拿話刺她，她為了你已經跟李一林分手了，難道你一點都不知道？這幾天她很難過，有一次我看她一個人偷偷在辦公室哭，你太傷她的心了。」這段話讓胡逸文心底滾起萬千感動與心痛。

這個星期三是周曉妍生日，她約了雜誌社一些同事下了班去吃飯、K歌，唯獨沒約胡逸文。胡逸文知道她還在生氣。但他還是買了一個大蛋糕和一大束百合，晚上去了周曉妍的住處。在樓下等了將近三個小時，才等到她被王麗從計程車扶出來，看她東倒西歪的樣子就知道喝了不少酒。王麗看到胡逸文，高興地說：「你在這正好，我把她交給你了。」胡逸文連忙過去扶著了周曉妍，王麗坐上計程車就走了。

周曉妍意識還比較清醒，也認出了胡逸文，她想要掙脫出他的手臂，卻被他拽得死緊。他摟著周曉妍的肩膀正色道：「曉妍，做我女朋友吧。」這句話讓周曉妍打了一個酒嗝，人似乎清醒了不少：「你……你以為你是誰？說讓我做你女朋友就做你女朋友，憑，憑什麼啊？」

胡逸文沒有說話，抱緊周曉妍不由分說對著她紅紅的嘴唇一口吻了下去，開始周曉妍還使勁掙扎了幾下，但一陣徒勞之後便放棄了抵抗，雙手環抱過胡逸文的肩膀，享受起這個等待了多年的吻。

胡逸文和周曉妍以情侶的面貌出現在雜誌社同仁面前，並未引起太多的驚訝，在眾人眼裏，他們似乎本就是一對似的。只有秦文夫偶爾打趣胡逸文，問他怎麼突然來了電。胡逸文笑著回答，他已經接了地氣。

李一林在一個月後辭職去了一家圖書公司上班，胡逸文不知道李的走是不是跟他和周曉妍戀愛有關，他開始是相信沒有關係的，不過幾年後當他在李一林手下打工，李一林對已成他妻子的周曉妍依舊念念不忘時，他才確信當年李一林的離職還是愛情失敗後的不得已而為之。

這一天白芬去上班，騎著電動車剛出小區門口，一個蓬頭散髮的中年婦人朝她直奔過來，邊跑邊喊：「白芬，你是去上班還是跟劉建明睡覺去？別以為別人不知道？臭不要臉！」白芬大吃一驚，正眼一看竟是張紅梅，她本想停下車問她怎麼了，但看到對方氣勢洶洶的模樣，嚇得又將車子騎得飛快。

最近一段時間張紅梅經常輾轉於中山路附近的酒店、洗腳城、ＫＴＶ錢櫃，尋找劉建明和白芬偷情的蛛絲馬跡。一個月前的某天晚上，她在一家海鮮樓門口盯著別人腳等候生意，一男一女從酒樓出來並肩經過她身邊時，她發現那對男女像極了劉建明和白芬，她急哄哄地趕上去不緊不慢地跟著，從背後體態看，她不能確定男的是劉建明但能肯定女人是白芬，她看到那男的親暱地捋了一下白芬的頭髮，然後兩人鑽進了路邊一輛車子裏。張紅梅怔怔地看著車子捲塵而去，過了半天才回過神來，手舞足蹈大喊大叫：「娘哩我的親娘哩，終於讓我抓到把柄了！」接下來的時日裏，跟蹤劉建明和白芬成了張紅梅精神正常時最主要的工作。除了中山路附近的娛樂飲食場所蹲點守候外，紅光小區、劉建明的別墅小區門口以及紅光電器廠門口成了她盯梢「戰鬥」的主要場所。一次在紅光電器廠門口，她直接堵住了劉建明的奧迪車，她扯開舊棉襖，露出一雙已經鬆垮下垂的奶子對車裏的劉建明傻笑著：「廠長，分我房子吧，我跟你睡覺，你看，我也有奶子！」劉建明惱羞成怒，對保安大吼道：「快點把這個瘋女人給我趕走，別再讓我看到她！」

其實，張紅梅早就已經瘋瘋癲癲了。

關於她瘋癲於何時的詳細時間已經不可考證，有的說是沒有分到房子之後，有的說是被紅光電器廠開除之後，其實對一個已經瘋了的女人而言，這樣的探究沒有意義。重要的是：最開始她瘋的時候少正常的時候多。正常的時候她會左手提著擦鞋箱右手拎著一張折疊椅走街串巷去擦皮鞋；偶爾瘋的時候，她坐在棚戶區門口，對著行人神秘兮兮地說：「我家分到房子了，我們馬上就要搬新家了，騙你不是人！」如果有穿著體面的中年男人路過，她會毫不吝嗇地露出半個奶子對人家說：「廠長，分我房子吧，我跟你睡覺，你看，我也有奶子！」每每這個時候，她的禿頂男人會趕過來朝她就是兩個嘴巴，然後這個靠踩摩的為生的男人背起被打懵的張紅梅朝家裏走去。幾天後，跟正常人一樣的張紅梅會拎著鞋箱和折疊椅又出現在大街小巷裏……那天晚上在海鮮樓門口目睹劉建明和白芬之後所形成的刺激，讓她病情進一步加深——她正常的時間已經遠完少於瘋癲的時間，禿頂男人的巴掌已經對她失去了效用。她不再擦皮鞋了，經常捋起衣服露出半個奶子在棚戶區的小巷裏到處瘋跑，而後面總跟著一群不諳世事瞎起哄的頑童……

白芬那天早上被張紅梅瘋子似地追趕了半里路後，一整天在廠裏心神不寧；張紅梅的瘋瘋癲癲讓她五味雜陳，既疚又惱也無可奈何。那天晚上她心事重重地回到家，靠在寬大舒適的沙發上想著亂成一團麻的心事，腦袋沉重如鉛。秦文夫正在廚房裏叮叮噹噹做晚飯。白芬從茶几上拿杯倒水喝的時候，發現茶几旁光潔的地板上落上了一陀髒兮兮的煙灰時，頓時勃然大怒：「老秦，告訴你一百遍別把煙灰掉在地板上，你聾了是吧！」秦文夫慌慌張張從廚房裏跑出來，嘴裏飛快地嘀咕：「我已經用煙灰缸接住了的，怎麼還掉到地板上了？」他忙不迭地拾將起來，又拿過毛巾仔細擦拭著。白芬不依不饒地罵道：「就是豬聽了一百遍也記住了，我看你幾十年是白活了！」這樣刻薄的罵詈任何人都受不了，秦文夫強忍怒火說：「至於嗎？不就一點煙灰撿起來擦乾淨就是了。」白芬說：「這僅僅是點煙灰的事嗎？以為房子不是你得來的就不珍惜是吧？前天你在門口就沒擦淨鞋就進屋弄得滿地是灰，我已經罵你了，今天又把煙灰弄在地上，不是豬是什麼？是蠢豬！」

「夠了！」秦文夫惱羞成怒喝道，他一把扯下圍裙扔在地上，「房子是你的，行，我現在不住了！——我早就受夠了！」兩人的爭吵引來了正在裏臥做作業的秦東東，他冷冷地看著吵紅了眼的父母沒有說話。後來秦文夫「砰」地一聲甩門而出，廚房裏傳來魚被燒糊的味道。

就在張紅梅瘋瘋癲癲的時候，白芬也陷入對房子病態的「溺愛」之中。喬遷新居不久，她將上班之餘的全部時間和精力都奉獻給了擦地板；每天被擦得光潔如鏡一塵不染的地板，亮得連掉在地上的一根頭髮都無處可藏；她最大的喜好是光著腳在各個房間裏幸福地走來走去，有時是白天，有時是深更半夜——時常將半夜起解的丈夫或兒子嚇了一跳；與此同時，她給家人排出了一個奇怪而又不近人情的「值日表」：一家四口必須每天擦一遍地板，遇到星期六星期天，得擦兩遍。值日表引起了秦文夫強烈不滿，他問幹嘛這樣折騰，白芬一句「我不折騰你能有新房住？」噎得他啞口無言神色難堪。體諒兒子的秦老太怕夫妻倆吵架，聲言家裏主要清潔工作她來完成，反正她在家閒著也是閒著。

住了新房之後的秦文夫每天回家變得小心翼翼，進門之前總是將身上的衣服拍了又拍鞋子在門墊上擦了擦，以免帶進進一絲一毫的塵土——這也是白芬對全家人的特別要求。如果哪天不小心將塵土帶進屋，肯定會招來白芬一頓不依不饒的斥責，斥責完之後還命令秦文夫將灰塵清除乾淨。如履薄冰的生活讓秦文夫過得痛苦而壓抑。他試圖跟白芬好好談談，但每當他剛開啟話題，結果總被這個變得已經有些不認識的妻子不耐煩地打斷了。有時候他也想反抗想吵架，但一看到白芬頤指氣使的目光，他一下就先軟了半截……

那天晚上，秦文夫氣呼呼從家裏出來後去了胡逸文的住處，一來便對逸文訴苦：「你說有了新房之後，她怎麼會變成這樣？」這樣的訴苦這段時間在雜誌社胡逸文聽了不少六遍，這個晚上老秦又像祥林嫂一樣喋喋不休重複他的處境時，他才意識到這個多年的老同事的確過得苦不堪言。他分析說：「可能是這房子來得太不容易，所以她就變得格外珍惜吧。」

「就算珍惜也不能珍惜到變態啊！」秦文夫激動起來。過了半晌他又搖頭苦笑說：「你是不知道，我跟我媽——我兒子還強點——每天過得戰戰兢兢如履薄冰，一天到晚像僕役一樣打掃那套房子，還時常遭到她的斥責叫罵！這種日子過得真悲哀！以前住舊房子的時候，雖然擠點破點，但不像現在這樣……」

胡逸文勸道：「你跟她好好談談，你們是夫妻，雖然分到這房子是她的功勞，但也不能這樣不講道理吧！」

「談了，好幾次找她談，但她根本不搭理我！」

清官難斷家務事，胡逸文也沒轍了。

翌日秦文夫就在單位附近一個民居集居地租了一間私房，購置必備生活用品開始一個人悠哉悠哉的單身生活；白芬曾打過一次電話去雜誌社問他什麼意思，秦文夫譏諷道：「你那金貴的房子別人哪有資格住？」白芬氣惱地丟下一句：「愛回不回！」那幾日白芬的確有點氣急敗壞，在丈夫離家出走後，兒子秦東東也要搬到學校去寄宿，白芬驚訝地問他為什麼，秦東東沉默半晌迸出一句：「家裏住著壓抑。」白芬似乎不能理解：「壓抑？什麼壓抑？你知道我為了這家這房子付出了多少嗎？你們有新房住了還要一個個離家出走，你怎麼跟你爸似的不知好歹！」秦東東說：「但你考慮過別人的感受沒有？你自以為了不起對別人又吼又罵，我是我爸也會離家出走的。」白芬急切地說：「兒子你不能離開家，你不知道媽媽是多麼愛你！我從沒罵過你呀。」秦東東冷笑道：「你是沒罵過我，但成天罵我爸吼我奶，所以我才住著壓抑。——你要是不給生活費算了，我找我爸要！」說罷提起書包轉身出門，白芬去拉他但被十五歲的兒子猛地甩開了。白芬一屁股跌坐在地板上半天沒爬起來，滿腔的憤懣和委屈化作號啕大哭：「房子有了，家卻沒了。這是為什麼呀？」

一旁的秦老太戰戰兢兢地看著傷心欲絕的兒媳，勸也不是不勸也不是。

秦東東在學校寄宿了兩天覺得不習慣最後去了秦文夫的出租屋。雖然出租屋遠不如家裏方便，但父子倆倒也無拘無束其樂融融。秦文夫一下班就做好飯菜等放學的兒子回來吃，晚上吃罷飯東東寫完了作業，他還帶兒子到雜誌社打打乒乓球，秦東東似乎很喜歡這樣的生活，他對父親說：「爸，咱以後不回去算了。這樣蠻好。」秦文夫沒有回兒子的話，只在心裏暗暗歎氣。

一個多月後的某一天，秦老太顫顫悠悠摸到了兒子的單位，又在胡逸文的攙扶下找到了秦文夫的出租屋。秦文夫正在手忙腳亂做午飯，秦東東坐在一旁看漫畫。對於秦老太的到來父子倆都吃了一驚。秦老太說：「你們爺倆在這裏過得還蠻舒坦，既然都不要家了我也不回去了，跟你們住一起！」秦文夫扶母親坐下說：「媽，不是我們不要家，是她根本不讓我們住得安生！」秦老太說：「被媳婦一罵就氣得在外租房子，你就這一點肚量？」秦文夫說：「媽，這不是肚量的問題，是……」秦老太大聲說：「不管是什麼問題，家和萬事興，她一罵，你一走，這還成個什麼家了？跟你說，你要是不搬回去，我就在你這住下！」秦文夫陷入無奈的沉默，這時胡逸文勸道：「老秦搬回去吧，自個的老婆非要弄個是非曲直不成？」秦東東眨著眼睛看了看奶奶又看了看父親問道：「爸，是繳械投降，還是繼續戰鬥？」秦文夫笑了：「小兔崽子，你說呢？」東東說：「我想媽媽了。」秦文夫歎了口氣：「那就投降吧。」

當天晚上秦文夫就帶著兒子搬回了家。白芬已經做好了一桌香噴噴的飯菜。吃飯的時候一如往常的沉悶壓抑並未雲闊天清，反而增添了一縷尷尬，沉默的空氣裏響著一片碗筷碰撞的兀自聲響以及嘴巴機械嚼動的聲音。飯過中途，秦老太不小心將幾顆飯粒掉在了地板上，白芬見狀習慣性地柳眉頓豎正要喝斥，秦文夫立馬說：「別發火別發火，我來收拾。」說完迅速擱下碗筷，蹲下身將飯粒拾起，隨後又拿來濕毛巾將掉飯粒處擦乾淨；覺得做了錯事的秦老太也醒過神來，忙拿來一塊乾毛巾，正要將適才濕毛巾擦過留下的水跡擦乾的時候，白芬拿過毛巾自己擦了起來。

秦東東擱下碗筷不滿地對白芬說：「媽，你又來了！你知道我為什麼這一個多月來喜歡在外面住嗎？因為開心不拘束！——但我和我爸其實並不願意在外面住，他想你我也想你。」

白芬神情複雜地看著兒子。秦東東繼續說：「你知不知道我們全家都變了，你變得不近人情我們變得不快樂了，我們都變得怕你，我不知道為什麼會這樣。雖然我喜歡現在的新家，但現在我更懷念以前咱們住的那套舊房子，沒這麼多講究沒這麼麻煩，髒了就髒了，掃乾淨就是，沒必要像現在這樣，每天擦上三遍還不甘休！

媽，房子本來就是給人住的，它不是什麼稀世珍寶，挨不得，碰不得。房子是要給住在裏面的人帶來快樂的，如果帶不來快樂反而帶來痛苦，這房子還有什麼意義呢？你說是不是，媽？」

秦東東一席話說得在情在理，秦文夫聽了心中暗喜：好傢伙，這臭小子長大了！他掃了一眼旁邊的妻子，看到她像做了錯事似地低著頭一聲不吭，有一下沒一下地扒著碗裏的飯。

晚上快要睡覺的時候，白芬將一層白色面膜貼在臉上，紋絲不動地躺在床上。秦文夫靠著她旁邊躺下，醞釀半晌說道：「一家人住在一起圖的就是血濃於水的和睦相愛，房子如果僅只是一個遮風擋雨吃飯睡覺的地方，而不能給家人帶來快樂，那又有什麼意義？咱們夫妻十幾年了，我清楚自個沒什麼大本事，要不是你，咱們家不會有新房子住，我，還有全家都念著你的好念著你的功勞，如果你藉此把家人都踩在腳下，那家還成個家嗎？想想這大半年來你的言行，再想想我說的話，你說對不對？」

白芬貼了面膜的臉看不出感情變化。過了一會兒，她揭下面膜，下床去了廁所。秦文夫不知道他這番話妻子聽進去了沒有，只聽到廁所裏傳來嘩啦啦的水流聲。

接下來一段時間一家人的矛盾開始冰釋前嫌，白芬的脾氣比先前收斂了許多，雖然對房間的清潔還是有著神經質般的重視，但不再像先前那樣動口斥責隨時發火了。秦文夫終於如釋重負放寬了心。他也變得比先前更勤快，搶著洗衣做飯做家務——他不給妻子發火生氣的機會。他是一個家庭觀念極強同時也是一個容易滿足的人，對一個四十五歲的男人來說，升官發財已經成了明日黃花或者說一個笑話。他對人生已經沒有了太多的欲求，只要家庭美滿、母親健康、兒子聽話，他就感到幸福萬分了。他將自己後半生的奮鬥目標鎖定在維護這份幸福上，只要事情還沒有到不能忍受的地步，他不會主動去拆除這份幸福。——他是一個隨遇而安的人，懂得什麼叫知足常樂。

第七章　秦文夫發現妻子祕密

季節的大船在不知不覺中駛向深秋，龍陽市的秋天是這個城市一年四季中最為舒適的季節，炎熱已經遠去，嚴寒尚未到來，風信子捲起久違的清涼掠過城市上空，掠過樓宇街巷，使得秋日杲杲的天空變得格外清朗。

這天胡逸文和秦文夫被總編陳昶安排去市郊一個度假村採訪一對歌星夫妻。在路上，胡逸文問秦文夫歌星是什麼來頭，非得讓他們兩員大將一齊出馬。秦文夫說：「就是唱《癡心愛人》的那兩位。」胡逸文「哦」了一聲：「都過氣得發霉了。」秦文夫笑笑說：「不過氣也不會找咱們去採訪啊。」胡逸文點頭稱是：「如果正當紅，跟在屁股後面大刊大報早就紮成堆了，也不會輪到咱們。」

依山傍水風景宜人的度假村位於龍陽市南郊。採訪比較順利，那歌星夫妻很是配合，除了兩人的床上事沒說，該抖的隱私都抖了。胡逸文拿出相機準備給兩人拍照，歌星說，照片由他們自己提供。那女的拿出一張夫妻兩人的恩愛生活照說，就用這張，並且交待胡逸文，在配圖片的時候，註明一句話：在物慾橫流的娛樂圈，他們的感情歷久彌新。

採訪完後，兩人走出度假村，胡逸文拿著剛才的採訪本壞笑著說：「我突然聞到我本子有狐臭的味道。」秦文夫笑笑說：「我也聞到了。」

兩人說笑著走到大門口，一輛黑色奧迪迎面開來。胡逸文看著擦身而過的車，回頭望了一眼身後佈局奢華的度假村，感歎了一句：「這也許就是傳說中的酒池肉林紙醉金迷的生活吧。」他攔了一輛計程車，招呼秦文夫快點過來，卻發現那個老同事還站在後面發愣，便喊他：「在幹嘛呢老秦，轉了一圈怎還樂不思蜀了！」

秦文夫慢騰騰地走過來，他要胡逸文先走，說他有點私事要去辦。胡逸文說就是辦私事也一起坐車回市區啊。秦文夫說，他有一個朋友就住在附近，好多年沒見了，趁這個機會去看看他。見此，胡逸文沒再堅持，上了車一個人先走了。

待車子走遠，秦文夫又折回到度假村，剛才那輛奧迪車從旁邊經過的時候，他朝裏面掃了眼，發現車子後座上一個戴墨鏡的女人竟非常像他的妻子白芬！

秦文夫七拐八彎終於找到了那輛黑色奧迪車，車子停在度假村客房部大門前的停車坪上，客房部位於度假村的西南角，環境十分清幽。秦文夫走進客房部廳堂，看到前臺一個女服務員在看時尚雜誌，便走過去問：「小姐，請問剛才進來的一男一女進了哪個房間？他們姓什麼，你知道嗎？」

女服務員抬頭望了秦文夫一眼，說：「什麼一男一女啊？你是幹什麼的，要找誰？」

秦文夫說：「就是剛才從黑色奧迪車下來的一男一女。哦，是這樣的，我跟幾個朋友在餐飲部那邊吃飯，我出來的時候，看到他們很像我兩個老朋友，但又不能確定，看他們進了這裏，所以就過來問一問。」

女服務員點點頭說，「客人的情況我們是保密的，不能隨便向外人透露。」

「我就想知道那男的是不是姓劉，是個老總，女的是不是姓白？」秦文夫覺得開車的那個男的很像是紅光電器集團的老總劉建明，前年分房的時候，劉建明和幾個領導去過秦家，秦文夫對他有印象。

「對不起，先生，這個真的不方便說。」服務員抱歉地說。

秦文夫哀求道：「求求你了，小姐。我是東北的，今晚就要回去了，如果那兩人真是我兩個故交，今天錯過了機會，我怕是幾年見不著他們了。我只是想確認一下是不是他們。」

那服務員遲疑了一下，說：「男的是姓劉，是個老闆，女的姓什麼就不清楚了。」

「他們經常來這嗎？」

「是的，是常客，也是貴客。」

「他們一般來幹嘛呢？」

「當然是玩了。」

「玩什麼？」

秦文夫打破沙鍋問到底讓服務員有些惱了：「玩什麼？一男一女來度假村開房你說玩什麼？——先生，還有別的事嗎？」

秦文夫心底一寒，但臉上依舊堆著笑：「呵呵，我問多了……看來八成是我那兩個朋友了，他們住哪個房間，我可以上去見見他們嗎？」

「這肯定不行，先生，如果你真是劉老闆的朋友，你就坐那邊沙發等吧。」服務員指了指廳堂左邊的會客區。

秦文夫朝樓梯處看了看，發現旁邊坐著一個保安，心想硬闖上去是不行的。他不想去會廳區，坐在那裏太顯眼；他朝客房部門口望了望，看到不遠處有一個露天餐飲棚。於是，便跟那女服務員道了謝，說去外面等好些。

餐飲棚離客房部有五十幾米，中間隔了一條綠化帶和一排矮小的香椿樹；秦文夫找了一個角落坐下，這個位置和客房部門口構成了一個四十五度角，觀察那裏進出的人十分有利。他要了一杯果汁，然後想了想，又將自己的外套脫下。

半個小時過去了，他們沒出來，一個小時過去了，他們沒出來，兩個小時過去了，他們仍未出來。秦文夫像一個高考過後的考生，急於想知道自己的分數又怕看到自己的分數，他被焦慮萬分和心存僥倖兩種強烈情緒弄得坐立不安，時而站起時而坐下時而來回走動，嘴裏喃喃自語又像自我安慰：「應該不是她應該不是她。」

他看了看表已經快六點了。一個女服務員進了廳堂，不一會，剛才那個跟他說話的女服務員走了出來，他暗忖，別人服務員都已經換班了，難道那兩人已經走了？不對啊，車子還在那啊。

大約半個小時後，那一男一女出來了，秦文夫正眼一看，發現那男的果真是紅光電器集團的老總劉建明，那女的……，那女的?!看到那女人，秦文夫感到有一枚炸彈在自己腦袋轟然爆炸了炸得腦袋四分五裂一片空白！——那女人正是自己的老婆白芬！他看著自己的老婆正被劉建明摟著有說有笑地走，他看著自己的老婆被劉建明擁抱著坐進了轎車，他看到載著老婆的奧迪車慢慢朝度假村的門口開去。

他雙眼一黑，身體像一根被砍斷的樹樁般栽倒在椅子上。

第二天上班，胡逸文去得比平時早，他到辦公室時發現門已經打開了，秦文夫坐在自己的位子上呆坐不動。胡逸文放下包隨口問老秦今天怎麼來得這早？見秦文夫沒有答應，他有些詫異，順眼一望，頓時驚叫起來：「老秦，你怎麼了？」

那時的秦文夫兩眼血絲目光呆滯鬍子拉碴臉色蒼白像是一下老去了十歲！

一整天秦文夫像一尊石佛死死釘在座位上，中午也沒有吃飯，這種怪異的舉止引得許多同事紛紛過來噓寒問暖，他都對他們表達了完全的視而不見。胡逸文已經不止一次問秦文夫到底出了什麼事，秦文夫就是不吐一言，最後他對胡逸文近乎哀求道：「小胡你別問了行嗎？」

下班後，秦文夫騎著自行車往紅光小區走去，這段已走過無數遍的歸家之路這一刻變得十分漫長，在一處鐵路匝道前，他和許多自行車被一個舞著小紅旗的老頭攔住了——有輛火車要從匝道經過。秦文夫看到自己心事重重的身影被夕陽摔在冷光閃閃的鐵軌上，隨後便被呼嘯而過的火車碾得七零八落，火車一過身影又恢復了原形。警報解除，身邊等待多時的行人和車再一次上路，他使勁蹬了一下腳踏但沒蹬動——他從沒有感到自己的腿腳會像現在一樣軟弱無力。

昨天傍晚從度假村出來後，他沒有坐車，而是從近二十公里開外的南郊一搖一晃失魂落魄地走到市區，抵達雜誌社時已經凌晨三點，他在辦公室呆坐了大半夜，直到天色微明，他被抽空元氣的腦袋才一點一點復原歸位，他開始思索妻子什麼時候跟劉建明勾搭成姦的，是在分房之前？還是分房之後？抑或就是分房子的時候白芬投懷送抱所以才要到了房子？他竭力思索其間所有的蛛絲馬跡，但後來又放棄了，綠帽已經戴成，還去追探綠帽何時戴上或者為何戴上不是顯得荒謬而且還有些操蛋？後來他趴在桌子上滿懷傷心和屈辱地哭了起來……

到達紅光小區，夜色已像每天七點整的新聞聯播一樣準時降臨，一些熟悉或者不熟悉的身影從身旁擦身而過。來這個小區已兩年多時間，有些人已經打過無數次照面有些人還素不相識，他現在突然想知道，這些人的家庭是幸福還是糟糕，是不是也有老公外遇老婆偷情的事發生？他將自行車停到車棚裏，然後緩步走到那幢兩年多年以來無數次進出的樓房前，看到五樓那個熟悉無比的窗戶正透著白色亮光。曾無數次，他覺得仰望那方白光就是仰望一種溫暖，但現在，他感受到的一種從未有過的刻骨銘心的屈辱！是啊，現在他已經清楚了眼前的近在咫尺的房子是老婆的肉體換來的！現在他也知道了為什麼當初分房子時競爭那麼激烈而條件並不符合的妻子能夠順利勝出！現在他更明白了從兩年多以前他住進新房的那一刻起就已經住進了一種深深的屈辱之中，而自己對這種屈辱竟然愚蠢透頂地一無所知並且還感恩戴德地每天擦上幾遍地板！——世上還有比這更可辱更可悲的事？一想到這，他像打擺子一樣渾身發抖冷汗直冒，一天來逐漸平和的心情又一次翻江倒海；他失魂落魄在坐在樓前的一處花壇沿上，環眼四顧，從未感到夜有這樣的黑這樣的深！

一個少年吹著口哨一走三跳地歡快走了過來，看那身影就知道是兒子秦東東。秦文夫下意識地喊了一聲兒子的名字。正準備上樓的秦東東聽到他的聲音驚訝起來，他跑過來問道：「爸，你怎麼坐在這不回家呀？昨天晚上你去哪了啊？我和奶奶媽媽都急死了。」

秦文夫拉兒子在身旁坐下，擠出一絲笑，問他為什麼現在才回家？東東說他在學校跟同學打了一會兒籃球，「我現在投三分球可準了，許多同學都投不過我。」他歡快地說。

「最近我沒管你學習了，你成績是不是又退步了？」秦文夫問。

「沒有呀，上個星期期中考試我考了班上第二名，語文沒發揮好，到期末考試我一定要考回第一，而且還要考進全年級前五名！」

兒子的優異以及談起優異時的自信和歡快讓秦文夫悒鬱如磐的心情一下開朗了許多，他看著這個正在躥個快要和自己一般高的兒子，心裏突然一痛：如果一切都沒有發生過該有多好！就算發生了沒有讓自己碰到又該多好，現在不僅自己受了屈辱，也連累尚未成年的兒子跟著受辱。想到這裏，他感到滴血的心已經血流成河了。

秦東東覺察到了父親不同往日的奇怪，便問：「爸，你幹嘛坐在這兒不回家？」

秦文夫拍拍兒子的頭說，「爸爸想和你聊聊天，行嗎？」

「行呀，爸，你想聊什麼？」

「嗯，你覺得爸爸這個人怎麼樣？或者說是不是覺得爸爸是一個很沒用的人？」

「不是啊，我覺得爸爸許多方面很了不起啊，比如，你文章寫得好，這點我可佩服了，我語文最怕就是作文，這次期中考試，作文六十分，我才得了三十分，一下將我語文分數拉下來了。爸，以後你一定要教我怎樣寫好文章。」

「還說，以前每次教你寫作文，你什麼時候認真寫了的？每次都搪塞我。」

「以後我就不了，現在我才知道作文寫好有多重要了。你知道嗎，我們班上的學習委員李豔，作文寫得可好了，老師經常將她的作文在班上當範文念。我一定也要像她那樣，我要趕上她……」

「你小子不是想靠近人家女孩子才想到要寫好作文吧？」

「爸，看你說的！」秦東東像個羞怯的女孩子一樣忸怩起來。看到兒子的情狀，秦文夫突然很欣慰：兒子也到了情竇初開的年紀了。

「我主要是想寫好作文，把語文分數提上去，你不知道，李豔這次就考了全班第一。」

秦文夫笑了笑，隨後又問道：「你認為媽媽怎麼樣？」

「媽媽很好啊，很疼愛我，做的菜也好吃，尤其是她從廠裏分到了房子，可把我高興壞了，好多同學都羨慕我，要我星期天帶他們來玩。等以後我生日了，我把玩得好的同學都請到家裏來，開個Party，你覺得好不好？」

「好，好，」秦文夫連聲應著，沉思了一會，然後又問了一句：「東東，如果，我是說如果啊，有一天，我跟你媽媽不在一起了，你會……？」

「不在一起了？」沒等父親說完，秦東東問道，「你要去哪兒？」

「我是說，……我跟你媽不在一起生活了，就……」

「不在一起生活了？是離婚嗎？」秦東東咄咄問道。

「……是，不，也不是……」秦文夫有些語無倫次起來，「反正就是……」

秦東東「謔」地站起來，激動地說：「無論是什麼，如果你們離婚了，我立刻不上學了，離家出走，我流浪去！」

秦文夫吃了一驚，沒料到兒子對這事如此敏感和激動，剛才在路上醞釀篤定的離婚念頭一下變得鬆動搖擺，如果真跟白芬離了婚，兒子會面臨一個怎樣的可憐處境或者說打擊？他不敢想像。後來他笑著拉兒子坐下撫慰道：「爸跟你開玩笑呢，我跟你媽怎麼會離婚呢，看把你急的！」秦東東氣嘟嘟坐下，批評起父親來：「以後別隨便拿這樣的事來開玩笑！——我同桌王亮的爸媽去年離婚了，他跟奶奶一起住，不知道有多可憐。」秦文夫鼻腔一酸，重重點點頭：「爸爸以後絕不會跟你開這種玩笑了。」「好了，原諒你了，」秦東東看了看樓上自家的窗戶，「咱回家吃飯吧，我都餓了，媽媽和奶奶肯定在等我們。」

「你先上去，爸爸再坐坐。」秦文夫微笑著說。

「那你快上來啊。」秦東東說完一步兩跳地進了樓道，聲控燈亮了，看著兒子生龍活虎的背影活蹦亂跳地上了樓梯，秦文夫長長歎了口氣。他痛苦地抓扯了幾下稀疏的頭髮，又用手不停地揉搓自己的臉，盡力讓昏亂不堪的神智清醒起來。

在足足考慮了半個小時後，他站起來走出紅光小區，來到街邊一家美容店，理髮、剃鬚、修面。十幾分鐘後，他從鏡子裏看到了一個面容整潔的自己，雖談不上容光煥發，但也一掃此前的頹喪萎靡。

他步履重重地上得五樓，站在門口凝思良久，最後用手使勁揉搓了一下面部僵硬的肌肉後，掏出鑰匙開門進屋，正在等他吃飯的妻兒老小看到他後先是愣了一會，隨後東東一句「爸爸回了，快開飯吧」打破了短暫的沉默。秦老太嗔怪地問兒子昨晚幹嘛去了為什麼連個音訊不給家裏人留。白芬也接過話說：「可不是，越老越不像話了。」

秦文夫沒有理睬母親和妻子的責問，他輕車熟路地換著鞋、掛衣、洗手，然後坐到桌子旁，使勁聞了聞桌上的菜，說了一句：「還是家裏飯香！」說著扒了兩口飯後，隨後又說：「昨晚在一個朋友家喝酒，就在他那睡了。」

晚上睡覺的時候，秦文夫抱起被子和枕頭，到客廳去睡。白芬見狀，問他幹嘛，秦文夫說：「那個朋友是個離了婚的光棍，家裏跳蚤多得要命，我怕把那東西帶到咱床上去了。所以先在沙發睡幾天再說。」

「你剛才不是洗澡了嗎？」

「洗是洗了，但怕洗不乾淨啊，那東西，別看小，挺會藏的。我知道你是最怕那東西的。」

「隨你便了。你想睡哪就睡哪。」白芬打著哈欠，上床睡覺。

秦文夫睡在沙發上，卻是一夜無眠。

翌日秦文夫跟第一次離家出走一樣在單位附近租了一間私房，但心境已大相徑庭，如果說前一次還有一種負氣之後的快慼和離家之後的自由的話，這一次則除了陰鬱就是屈辱，同時還增添了一份對自己的深深責難——要不是自己的沒本事無能為一家老小提供一套舒適之所，本質溫良的妻子怎麼會邁出那一步？有時候憤激難耐便狠狠摑上自個幾耳光，打過之後反而同情妻子的苦不堪言以及體諒她已給自己帶來巨大屈辱的行為。

這次搬出來他給出的理由是離家太遠單位附近住房著方便，但這個理由無法讓家人接受。秦東東說：「媽媽現在的脾氣改了不少了，你怎麼還……」秦老太則批評兒子快五十歲的人還如此不醒事；白芬最開始懷疑他在外面有女人，經過一番打探得知並非如此之後，對丈夫的離家之舉更為憤怒，她摞下一句話：「你愛住哪住哪，最好一輩子別回來！」

秦文夫當然沒有一輩子沒回去，在外面住了兩個月後重返家中，不過只待了五天，過完年便啟程去北京了。

到了年底總編陳昶終於將雜誌社風傳已久的在北京成立辦事處的事敲定了下來，在單位一次全體會議上，他列出了成立辦事處的三大理由：一，團結北京一批優秀作者寫手，讓他們更好地為雜誌供稿；二，以北京為據點，開闢北方一些城市的發行網路；三，來整合廣告資源，積極尋找廣告代理商。陳昶沒有決定派誰去，只是讓員工們毛遂自薦自告奮勇。

會議一結束，秦文夫就找到陳昶，表達了他願意赴京的願望，陳昶有點遲疑：「你去也行，不過你的身體在外地吃得消嗎？」秦文夫說：「沒問題，我才四十八，一點都不老！」陳昶笑了起來，說他再考慮一下。

接下來一段日子，秦文夫三番五次找到總編自告奮勇，陳昶終於答應了他的要求，而且就如何開展業務以及租辦公地等諸多事宜，又細細交待了一番，同時為了配合他工作，又派了發行部的小張跟他一同前往。

那幾天秦文夫感到心情有一種如釋重負的舒暢。他跟一家妻兒老小說起了此事，秦東東一下被樂壞了，他說以後去北京天安門玩可就方便了；秦老太心疼兒子，叮囑他一個人在外多照顧自己；白芬則有些憤憤不平，問他雜誌社那麼多人幹嘛非要他一個年紀這麼大的人去？秦文夫沒有說是自己主動要去的，只是說可能總編覺得他有經驗，而且年紀大辦事會更沉穩。白芬問他要去多長時間。秦文夫說說不準，可能一年半載才能回。白芬淡淡「哦」了一聲就沒說什麼了。

有一次胡逸文跟他在雜誌社旁邊的餐廳吃飯，問他為什麼這次去北京表現得這麼積極，都有點當仁不讓了。秦文夫說就想出去闖一闖，不然就沒機會了。他語重心長對胡逸文說：「小胡，說句掏心窩子的話，大男人不可一日無權小男人不可一日無錢，男人所有的面子尊嚴都維繫在權跟錢上。沒有這兩樣你屁都不是！你年輕應該出去闖一闖，每個月薪水一兩千塊錢不是長久之計。」

這話讓胡逸文感同身受，但他不知道一向知足常樂的老秦為什麼有這番感觸。老秦只喝酒並不解釋什麼。後來胡逸文說：「多大的屁股穿多大的褲衩，像咱們這樣的小文人，除了會編點稿寫點文章還會幹點什麼？出去闖又能闖出什麼名堂來？」秦文夫聽了猛灌一杯酒，眼睛紅紅的，像是酒精刺激又像是情緒所致。

由於心中的鬱結堅硬如冰，這個春節秦文夫過得愁眉不展，原本是初八動身去北京的，初六他就決定走；前天晚上家裏也特地為他準備了一桌酒菜為他踐行。快開飯的時候秦東東還沒回來，秦文夫便下樓去接他。剛走到小區門口就碰到了兒子。父子倆推著自行車順著小區燈影橫斜的甬路彳亍而行，夜風拂過甬路兩旁的桂花樹發出蠶吃桑葉似的聲音。冬夜清冷的月光也一下變得柔和了，像一杯香氣撲鼻的美酒佳釀。秦文夫問兒子以後會不會想爸爸，秦東東認真地說，想。秦文夫便說：「你快十七歲了，成了大小夥，當年我像你這麼大早就下鄉插隊掙工分了。我走後，你要照顧好奶奶，還有媽媽。」

東東點了點頭說知道。

秦文夫又叮囑說：「除了照顧好她們，也要照顧好自己，你的學習成績我放心，但不要學著別人抽煙談戀愛，聽到沒？」

「知道了。」秦東東覺得父親有些囉嗦。

秦文夫沉默了，過了半晌又說：「東東，爸爸對不起你。」

這話讓秦東東覺得很奇怪：「爸，你怎麼了，你怎麼對不起我了？」

秦文夫苦笑一聲，說道：「沒什麼，咱們回家吃飯吧。」

晚飯吃得其樂融融。吃罷飯，一家人各忙各的。十點多，秦老太和秦東東都睡了，白芬還在忙著給他收拾行李。秦文夫洗完澡後，將沙發上的被褥抱到了床上。他看到妻子忙上忙上幫他清理衣服的身影，突然有種做夢似的不真實，心裏像被什麼東西刺痛了一下。他清楚此次自己堅持要去北京其實是一種逃避現實的懦弱之舉，但他實不想不出更好的辦法處理目前所面臨的一切。如果選擇面對現實，付出的代價可能會更大，維護一個家比拆散一個家要好，一個人承受屈辱比一家人承受屈辱要好，他只能對自己說，逃避也許是唯一的最好的選擇。

晚上他和白芬分被而眠，面對即將遠行的丈夫，白芬表現出一個妻子應有的溫存，但心有芥蒂的秦文夫提不起絲毫興趣，襠下的東西猶如麵條一般軟耷耷的，任憑白芬如何撫摸，就是不能昂頭挺立。秦文夫說：「估計這幾天太忙，累了。要不算了，睡吧，我明兒一早還要趕火車。」白芬只得作罷，氣嘟嘟背身而睡，說了句：「這是你自己沒出息，可別怪我！」

說者無心，聽者有意，秦文夫感到這一語雙關的話語如一把利刺刺得他的心血流如注，他恨恨背過身去。過了半晌，白芬又側過身，從後面一把抱住了丈夫，秦文夫暗暗歎了口氣，無眠而睡。

第八章　兩姊弟蓋房

胡逸文和周曉妍的戀愛關係確定下來後，感情進展得很順利，這年五一長假，周曉妍帶胡逸文回老家見自己的父母。周曉妍的家位於江漢平原一座普通小城。父親是小學語文老師，母親是學校食堂的會計，有一個姐姐，已出嫁，在縣裏一所中學教書。其姐暑假來省城學習曾見過胡逸文，雙親沒見過他，只見過他照片。總的來說，他們一家對胡逸文印象不錯。在快到家的時候，周曉妍就告訴胡逸文別緊張，就像到自己家一樣，她父母可熱情著呢。說得胡逸文呵呵直笑。

她父母果真挺熱情，對胡逸文很客氣。席間吃飯時，周父給他發煙，胡逸文說「不會」，請他喝酒，胡逸文也說「不會」。這位語文老師對他妻子大發感慨：「你瞧瞧，咱家曉妍多有眼光，像小胡這樣不吃煙不喝酒老實本份的年輕人現如今可不多了。」後來又對逸文說：「曉妍還說你會寫文章是吧？有機會一定讓我拜讀一下。」

一番話說得胡逸文很不好意思，忙說自己文章是亂寫一氣上不了臺面。

周曉妍插話說：「你不知道我爸年輕的時候可喜歡寫文章了，但後來就不寫了，一心只教書。」

胡逸文一時好奇，問為什麼呢？

周父哈哈大笑，「也沒什麼了，事情過去幾十年了。那時年輕，才參加工作不久，年輕了就氣盛嘛，仗著心裏有點墨水，寫了一篇諷刺當時時局的寓言，發在一家雜誌上。那時文革還沒有結束，不得了了，說我寫的東西是『毒草』，要批判要打到，我呢不服據理力爭，結果被打成了『反革命』，被下放到內蒙古勞改。還好沒過三年，文革結束，我也平了反，回到了學校。不過那幾年勞改吃了不少苦頭，落下了陰影，就再不寫什麼文章了，一心教點書倒也自在。」

胡逸文聽了深有感觸，「一切專制年代，文字獄代不乏例，不管是秦始皇乾隆，還是史達林希特勒，都是如此。伯父運氣還算好的，那個年代有多少人因文獲罪，命喪黃泉！」

「是啊是啊，我以前讀師範有一位老教師，解放前老北大畢業的，就是如此……」

準岳父似乎找到了知音，兩人從政治聊到文學，從飯前聊到飯後，越聊越投機。周曉妍在廚房幫母親洗碗，看到父親喜歡胡逸文自是高興。她問起母親對覺得未來女婿怎麼樣。母親歎起氣來：「還好，其他的倒沒什麼，就是跟你爸一樣，小知識份子一個，賺不到大錢也餓不死，況且家裏是農村的……家境什麼的就談不上了，我怕你將來會吃苦。」周曉妍說：「這些都不重要，我喜歡他就行了。大家有手有腳有工作有學歷，還怕掙不來好日子？」她母親聽罷說：「婚姻就像鞋，合不合腳自己最清楚，當媽的當然希望你嫁得好。我看他還是挺厚道的，也比照片上精神。」

周曉妍聽了頗高興，抱著母親親了一下，說：「謝謝媽媽理解。」

「傻丫頭。」周母親暱地拍了曉妍腦袋，「你們年紀也不小了，談好了就把婚事辦了，只是他房子也沒有，到哪結呢？不能租房結婚吧？」

周曉妍愣了愣說：「這問題我們還沒想過，不過，租房結婚也沒什麼……」

「不行，」周母語氣陡然變得堅定，「就算你同意這樣，我還不同意！辛辛苦苦把你養大，不能讓你這樣受委屈。」

後來洗刷完畢，一家人坐在客廳裏看電視，周母向胡逸文問到了剛才的問題，胡逸文沉吟片刻說：「我打算回農村結婚辦酒席……」

「那之後呢？又回龍陽租房住？」周母接著問。

胡逸文一時語塞。這時周父打圓場說：「小胡這樣安排也行，先在老家把婚禮辦了，結婚後一起攢錢買房，租房也沒什麼，當年我們結婚，不就是在我宿舍結的嗎？」

「以前是什麼年代，現在是什麼年代?!」周母對著丈夫發起火來，「正因為我以前出嫁結婚連個像樣的窩都沒有，所以我不想看到女兒比我還不如！你看看大閨女出嫁，對方是一百二十平米三室兩廳的房子裝修得漂漂亮亮——」她又對胡逸文說：「——當然，小胡，我不是拿你跟別人家比，你家情況我也瞭解，沒啥可比的。我只是想，既然你喜歡我家曉妍既然疼她愛她，就不能讓她受委曲，結婚嘛，不論好窩孬窩大窩小窩，總得有個自己的窩，你是說吧？」

胡逸文沒說話，臉色漲得豬肝似的通紅。周曉妍拉了一下母親的胳膊說：「媽，你說啥呢？我們兩個真心相愛……」

「你懂什麼？」周母喝斷了女兒的話，「依你，什麼都不要，直接打個結婚證得了？」

周曉妍生氣站起來進了自己房間，「你看你，真是……」周父對妻子也無可奈何。

胡逸文坐在一旁，心底像冰稜條滑過一般，冷颼颼的。

後來他在周家又玩了一天，心情一直沒好轉過來。在返回龍陽的火車上，周曉妍見他愁眉不展便安慰道：「你別把我媽的話話在心裏，她也就是怕我受委屈。我自己倒覺得沒什麼。」胡逸文沉默片刻，說：「你媽說得對，既然你跟了我，我就不能讓你委屈！何況這些年我租房也租怕了，我絕不會在出租屋裏結婚娶你。」

周曉妍沒說話了，偎依在他懷裏；逸文摟著她，無暇欣賞車窗外飛逝而過的田野風光，心底盤算著令人揪心的房子，房子！

五一之後是端午，姐姐胡逸芳打來電話，讓他帶周曉妍一塊來柳家灣過端午節，並且有要事相商。周曉妍還沒見過胡逸芳，胡逸文一直想帶她去柳家灣去一趟的，家長不在身邊，姐姐也等於半個家長；但五一之後被一些雜七雜八的事耽誤了，未能成行。現在胡逸芳打來電話他立馬應允了。

去姐姐家後，逸文發現柳國慶也在家，只得硬著頭皮跟他打了個招呼；柳國慶倒也熱情，連忙讓座。胡逸芳見到周曉妍很高興，拉過她的手坐在沙發上，前瞅後看左詢右問。周曉妍倒也大方，一口一聲叫胡逸芳姐姐，叫柳國慶姐夫。

吃罷飯，柳國慶去樓下照顧麻將館去了，周曉妍在客廳逗思思玩。逸文進廚房幫逸芳洗碗，姐弟倆談了一會周曉妍，言談間胡逸芳掩飾不住對她的喜歡。後來逸文問逸芳有什麼事要跟他商量。胡逸芳歡喜地說：「以前不是跟你說過我把樓下那塊空地蓋房子嗎？村裏已經批下來了。」胡逸文說：「是吧？那是好事啊。」

胡逸芳說：「是啊，如果蓋成了，一可以自己住，二可以租，三將來拆遷也可以獲得賠償。但現在的問題是缺錢。我那個麻將室除了糊口，柳國慶的工資也不高。後來我一想，不如乾脆跟你合建，就是你拿出幾萬錢出來跟我們一起蓋這個樓，蓋成後有一層就是你的，歸你所有。老大老三他們蓋房子時媳婦娘家都幫了不少，在公婆面前她們說話的語氣都硬些。他們都嫌我是農村的，我就不輸這口氣！房子蓋起來也算我的產業，將來租出去也是一項收入。二癩你幫我也是幫你自己，你等於也為自己掙一套房子，將來房子拆遷了，你也可以得到一套還建房，你說是不是？」

胡逸文聽罷欣喜過望：「這是好事啊！這些天我正愁得不行，五一去曉妍家，她媽媽因為我沒婚房結婚有些不高興，你現在約我蓋房，正好！我也不太想貸款買商品房，以前那件開發商捲款逃跑的事讓我杯弓蛇影了。」

「可不是，」胡逸芳高興道：「你幫我等於是幫自己。現在柳家灣發展得不錯，往東過去是商業區，往西走是經濟開發區。就算一時半會拆不了，房子也可以租。」

胡逸文說：「拆遷賠償那是後話，這次我大概得出多少錢？」

胡逸芳說：「我估算了一下，你出七八萬就夠了。」

胡逸文想了想說：「我回去跟曉妍商量一下，過兩天回覆你。」

胡逸芳笑著說：「蓋房是大事，你們商量考慮一下也好。」

在回去的公汽上，他跟周曉妍說起了蓋房的事，周曉妍聽罷深表贊同。她認為這是一個機會，一來是幫了姐姐胡逸芳一個忙，二來自己還落了一套房子，何樂不為？

胡逸文聽了十分欣悅。回到家就回覆了逸芳，表達願意一起蓋房。逸芳聽了也很高興，她讓逸文自己設計自己的那套房子居住結構，下個星期房子就要動工了。

天黑的時候他去了周曉妍的住處。雖然兩人正處熱戀階段，但並未住到一起；血氣方剛的胡逸文曾提過同居，給出的理由是不僅可以節約房租，還可以天天見面，但周曉妍不同意，她的意見簡單而執拗：沒結婚就不能住到一起。胡逸文再提，她就生氣，認為他不尊重她！見她如此，胡逸文便不再堅持了。

周曉妍正在做飯，胡逸文告訴她蓋房之事已基本談妥。周曉妍也很高興，兩人吃罷飯後一起討論起如何來設計房子的結構。兩人都沒有學過建築設計，怎麼設計都覺得彆扭。一個晚上都沒有定論。直斷斷續續討論了一個多星期，才定一個最終方案：設計成三室兩廳一衛，一間主臥，兩間次臥；胡逸文的想法是，主臥他們自己住，一間次臥給將來的小孩住，一間次臥給爹媽住，如果爹媽不來住，可以當作書房。這個方案周曉妍也同意了，於是幾天後，胡逸文將設計的圖紙以及取出的八萬塊錢，去柳家灣交給了胡逸芳。

房子的建造進度比預想中快，地基已經打好了，幾個民工正在地基揮汗如雨和沙砌牆。蓬頭垢面的胡逸芳像一個工程總指揮一樣忙上忙下。胡逸文看著正在拔地而起的房子，心中洋溢起一股從未有過的歡悅。他本來是想等蓋到第三層的時候再往柳家灣跑的，但終究按捺不住內心的喜悅，自上次從柳家灣回來後隔了一個星期又跑了過去，看那房子如何一點點地往上「長」，這種孩子盼過年般的急切心情一如以前他買房子時天天跑樓盤的迫不及待。對這種幼稚而又不可思議的行為他也不能自我解釋，有時感覺自己像是患了一種類似房屋強迫症的疾病。周曉妍一針見血地指出：「你啥毛病沒有，就是太急於想擁有一套自己的房子了！」胡逸文想想也是。但他還是感覺房子「長」得太慢，甚至有一次他跑去柳家灣發現房子竟然不「長」了！

房子的施工是因為城管的干預而停了下來，城管們手持「龍陽市關於禁止城中村村民蓋房」的指示，勒令柳國慶胡逸芳將已經蓋好的房子在一個星期內自行拆除，否則他們將進行強拆。這一指令讓夫婦兩人分寸大亂慌了手腳一時不知如何是好，託關係走後門但都作用不大。

胡逸文被焦慮搗弄得坐立不安，幾乎天天給胡逸芳打電話詢問事情進展，心亂如麻的胡逸芳告訴還在託關係想辦法；胡逸文快要哭出來了：「萬一拆了怎麼辦啊？那投入的錢不是打水漂了嗎？」胡逸芳說：「房子要是蓋不起來，你出的錢我會一分不少的退給你。」胡逸芳的保證讓胡逸文有點難堪，感覺姐姐誤解了他的意思——他現在所表現出來的焦慮急切不過是對兩年前開發商捲款事件所形成的的杯弓蛇影。他安慰起比他更焦慮的胡逸芳。

後來他輾轉找到了一個父親在市司法局當副局長的大學同學，通過這位司法副局長又聯繫上了市城管局局長，表達了柳國慶胡逸芳不是違反市裏禁令「種房」，而只是在原有兩間瓦屋的基礎上翻蓋新房，性質完全不一樣；後來胡逸文又通過副局長給城管局長三萬塊錢，這事到最後便不了了之，駐留在柳家灣的城管們也都撤走了。為感謝同學和他父親的幫助，胡逸文帶上胡逸芳特意備了一份厚禮，還請他們去酒店吃了一頓飯。

停歇了一個多月的房子繼續動工，胡逸芳讓胡逸文別給餘下的施工款了，此番送禮打點所需的費用應由她來承擔。逸文不同意：「送給城管局長的那三萬塊錢其實是周曉妍的積蓄。算我借她的……我不給錢一時半會你去哪籌錢？沒錢房子哪蓋得起來？」胡逸文的話說得有道理，胡逸芳也就不再說什麼了。

立秋之後房子終於磕磕碰碰又氣勢不凡地聳立起來了。柳家灣雖然地處鬧市，但這個曾經的鄉村依然保持了蓋房上大樑的舊日風俗。上樑那天，胡逸芳在酒店擺了五桌酒席。胡逸文和周曉妍也去了。尚未完全竣工的大門兩邊貼上了兩條長長的對聯，一派喜慶。上午十點整，作為一家之主的柳國慶扛著一根繫著紅綢子的紅木梁，在一群人的簇擁下熱熱鬧鬧地走上了四樓，將橫樑置於兩面牆上；隨即一串長長的鞭炮喜氣沖沖地炸起來了。鞭炮響過之後，胡逸芳將一籃用塑膠袋套好的包子跟一些糖果紛紛拋向看熱鬧的人群，那些男女老少如同搶金元寶一般爭先恐後撲向地上的包子和糖果，一陣歡呼雀躍之後，每個人手裏都或多或少地捧著些撿來的果實，——這就是「撿彩頭」。

胡逸文沒有參與「撿彩頭」，而是拉著周曉妍上了三樓——他們未來的家，三樓的戶型佈局已大致成型，基本上遵循了他原先設計的圖紙，只是感覺房間比原來想像的要略小一些，但他依舊興奮無比，全然不顧地上碎磚滿地木料橫放，在各個房間裏躥上鑽下。周曉妍像打量一個調皮小孩似的笑盈盈看著他；胡逸文摟著她問她喜不喜歡這房子，周曉妍說：「還行，只要能跟你在一起，住什麼房子都無所謂。」胡逸文豪情滿懷地說：「我們先在這裏住幾年，我保證，十年後，我會讓你住上更好的房子，到時會有寬大的落地窗，綠草纓纓的小區，流連忘返的風景。」對這番美好前景的描述，周曉妍像個羞澀的少女報以幸福的微笑。

中午在酒店吃飯的時候，胡逸文碰巧和柳家公婆坐在一桌，公公有些老年癡呆對任何人都不理不睬，婆婆柳老太精神頭依舊矍鑠，胡逸文對她的印象一直不太好。但今天她似乎很熱情，不僅對胡逸文問長問短，還直誇周曉妍長得俊。飯過半晌，她放下筷子歎了口氣說：「也只怪我那沒兒子沒用，好好的家產缺了一個角，……其實啊，當初我是不同意的，但國慶非要堅持，說沒你的錢，房子根本蓋不起來，哎，這都是命，誰叫他沒本事來著？」

胡逸文不是傻子，自然明白柳老太這番不陰不陽的話語背後的潛臺詞：她是擔心他會來爭她兒子的家產了！胡逸文覺得十分可笑，頓然沒有了胃口，胡亂吃了點菜，便推脫有事，拉起周曉妍起身告辭了。

入了冬，房子已裝修完畢，由於考慮到房子不久將來會拆遷，在裝修上也就沒有大動干戈、大操大辦，除了主臥室鋪的木地板，其餘鋪的是地板磚，各類潄具也是一般。對這一切，胡逸文很是滿意，畢竟這是第一套真正屬於自己的房子！前些時，他已經和柳國慶胡逸芳夫婦簽了購房合同，上面明確規定了自己對房子的所有權和使用權以及將來拆遷的賠償事宜，雙方都簽字摁手印，各留一份。

儘管樓梯的欄杆尚未安裝，胡逸文已經迫不及待地先搬來住了，他站在一百一十平米三室二廳的房間一寸一目地打量著，對自己當初的設計頗為滿意。這幢樓前臨小巷後鄰胡逸芳公婆家的老房子，樓層橫切面呈「凹」字型，「凹」進去的部位是樓梯。他的房間進門是個小門廳，靠右手是衛生間，正對門廳是一個十五平米的次臥，也就是「凹」字左邊突出的部分；從門廳左邊進入就是飯廳了，飯廳的旁邊緊挨次臥的是一間十平米左右的書房。飯廳過去是廚房，廚房過去是二十平米的客廳，也就是說廚房把客廳和飯廳隔開了，兩廳之間留了一個近兩米的過道。緊挨客廳是就是主臥了，朝南，也就是「凹」字右邊的突出部分。整個房間的設計佈局還是比較精巧和簡約的，胡逸文曾不止一次對周曉妍吹牛，他的水平快趕上專業設計師了！

當然現在周曉妍沒來和他一起欣賞他的「非凡」作品，只有自我陶醉了，當然更多的一種有房之後的歡愉。在這個頗具紀念意義的冬天裏，他在自己的新房裏玩得放馬揚鞭，時而像頑童般在地板上翻過來爬過去，時而翻幾個筋斗蹦跳撒歡。玩累了就四仰八叉地躺在冰涼的地板上，望著雪白的天花板發呆，他遙想起畢業七年來居無定所捲著鋪蓋輾轉於這個城市的倉皇歲月不禁潸然淚下，回憶著因為房子和幾個女孩的情感糾纏又止不住感慨萬端，更想起第一次買房子時所遭遇的開發商攜款潛逃給他帶來的經濟損失和心理創痛進一步唏噓不已。他斷定不了偏隅於省城的柳家灣能不能安定自己的半生清閒，他也預料不了終其一生他還要和房子糾葛幾回，無論怎樣，此時他躺在由自己血汗錢掙來的房子裏，憧憬著幸福，並為幸福而泣。

胡逸文和周曉妍的婚期原定在「元旦」，由於胡父在臘月底突發腦溢血過世，婚期只能推延到次年「五一」勞動節。胡父的死沒有任何徵兆。那天中午在吃飯，突然叫了一句「天黑了」便一頭倒在桌上不省人事。逸芳逸文急急忙忙趕回家時，姐弟倆抱著父親的屍體號啕痛哭。悲痛過後，姐弟倆留在老家料理後事，翌日，柳國慶也趕來了，三人前前後後忙了十多天。一切安排妥當之後，他們說服胡母一起和他們到城裏住。父親去世後，母親一夜之間蒼老許多，總是一個人木然枯坐一旁暗自流淚。母親明白一雙兒女的孝心，但並不同意現在去城裏，「一來你爸的七期沒過，二來，你們的房子也還沒蓋好，現在去不方便。等二癩結婚了，我再去城裏給他帶孩子。你爸一走，村裏的農田是種不了了，就轉給別人種吧，我收點穀，自己再種些菜，日子也得去。一個人悶得慌了，就去隔壁左右的七姑八嬸說說話，不會太孤老。你們放心吧。」母親的安排和體諒讓姐弟倆沒有再堅持了，臨走前，給母親留一些錢，又對隔壁左右的村鄰託付一番，才返回城裏。

春節的時候，胡逸文帶周曉妍回老家胡家坳村陪寡母一起過年。見到未來兒媳母親終日憂悶的臉色出現了難得的笑容，但接著又以袖拭眼，喃喃泣訴：「你爸見不到你們結婚了。」胡逸文聽了不免黯然神傷，周曉妍說：「您別傷心，我跟逸文結婚之後，您就跟我們一起住，我們會好好服侍您的。」周曉妍的孝順之語讓母親頗為寬心，感歎說這樣的好媳婦打著燈籠都難找，叮囑胡逸文好好待人家，說得周曉妍朝胡逸文做了好幾個俏皮鬼臉。

他們在老家待了四天。由於今年春節是父親的「新香」，按老家的習俗，大年初一清早胡逸文在家裏的堂屋設了靈堂，供一些村裏的親朋族友來祭拜。初一下午，又按母親的囑託，帶著周曉妍去一些本家的親朋族友答謝和拜訪，收到了許多的祝福和對周曉妍的誇讚，樂得周曉妍喜上眉梢。

村外一條十米來寬的小河繞過白雲山腳下逶迤東去，現在是寒冬枯水時節，裸露的河床展露形色各異五彩繽紛的鵝卵石，汩汩的河水流成了一條消瘦的小溪。清風捲起田野的清新拂面而來，讓人頓感清爽；小河對岸山上的竹梢被山風吹得搖曳翩翩，發出的低迴聲響像是牧童吹出的呼哨，又像民歌手吟唱的歌謠。閒下的那幾天，胡逸文帶周曉妍在村子裏轉轉。周曉妍對村外這條小河情有獨鍾，興致勃勃地跑上河堤，張臂迎風，大聲喊道：「這地方真美，」她對胡逸文說，「等以後我要在河邊蓋一幢小樓，面朝清山綠水，房子白牆黑瓦，帶一小院，院牆用竹籬笆搭成，上面攀滿各種花草；院裏種上樹，再養幾隻雞；屋後闢兩塊菜地，種上一些時令小菜；房子對著山，每天早晨推開窗戶就能看到雲山盡日飛，遠岫升霧藹……農時耕作，閒時養花釣魚，多愜意！比陶淵明的『采菊東籬下，悠然見南山』還要愜意！」

胡逸文也走上河堤，點頭稱是，「不錯，你這白日夢做得有檔次！還帶哈喇子。」

周曉妍笑著推了他一把：「什麼叫白日夢呀？這是我的理想和追求！」

「對，也不算白日夢。我家裏在河邊就有一塊很大的菜地，喲，就那裏——」胡逸文指著遠處一塊種有大白菜的菜地，周曉妍看了，果真好大一塊菜地。

「那塊地別說蓋一幢樓，就是蓋兩幢也綽綽有餘！聽我娘說，過兩年河邊要修一條柏油路直通縣城，到時坐車去縣城只需半個小時了，交通方便了，在這裏當陶淵明不是沒有可能。——不過有一個問題。」

「什麼問題？」

「在這裏建房子，你的生活來源呢？」

「我剛才不是說了嗎，弄一塊地，種菜興稻。」

「那你會種田嗎？」

「不會。」周曉妍搖搖頭。

「我也不會。——就算我們學會了種田，這樣的生活過兩個月還行，過兩年就厭倦了。你信不信？」

「哼，不信！」

胡逸文苦笑道：「你啊，是沒真正在農村生活過！地方窮，是留不住人的。如果都像你說的那樣浪漫愜意，這裏許多青年就無需外出打工了。」

周曉妍一時語塞。

「不過，你這個夢想的確很美，但得在三十年後實現，那時我們都退休了，也有了點積蓄，再來這裏蓋一幢樓，圍一個大院子，養些花，種點菜，釣點魚蝦，頤養天年，多好！那時候，胡家坳村也會大變樣了，變得比現在肯定要好了富了。那時候來，可謂正當其時。」

「三十年，我們也兒孫滿堂了吧？不知道我們會不會一起走到那一天。」周曉妍將頭輕輕靠在胡逸文的肩膀上，眼裏透著迷離深情的光芒。胡逸文緊緊抱著她說：「傻瓜，肯定會的。」面對秀麗景致，他抱著周曉妍情不自禁吻了起來。

河堤下傳來一陣「哈哈」的嘻笑聲，胡逸文抬眼望去，一群頑童正對他們做鬼臉，一個孩子用手指劃著臉，叫道：「羞羞臉羞羞臉。」

正情意綿綿地兩人只得鬆開了身子，胡逸文笑著去驅趕那些調皮的頑童。

「五一」那天風和日麗，清爽宜人。除了各自的家長，雙方的親戚友朋來了不少。周父周母將房子前前後後打量個遍，對房子讚不絕口，周母說：「看到這樣，我心裏也踏實多了。」邊說邊擦眼淚，小學老師啐她：「女兒大好日子你掉什麼貓淚嘛！」周母說：「我高興還不行啊。」

婚禮定在柳家灣附近的一家酒店，胡逸芳幫著忙前忙後。胡逸文和周曉妍雙雙穿著漂亮的禮服婚紗招呼客人，由於二人本是同事，此次整個雜誌社的人悉數到場，總編陳昶也來了，被胡逸文請著做了主婚人。一些同事嘻嘻哈哈拿他們打趣，場面熱鬧異常。劉文芳將一個紅包遞給周曉妍說：「這是李一林的，得知你結婚，他讓我代送的。」周曉妍「哦」了聲，想起那個以前的男友感覺心裏怪怪的。白芬一來就對胡逸文道恭喜：「小胡終於喝到你喜酒了，老秦在北京千叮萬囑我一定要來參加你婚禮。哎，他不囑託，我也非來不可呀！」又對周曉妍說：「曉妍今天真漂亮，以後你們兩個可是同一鍋吃飯同一個單位上班，真是雙進雙出了。」周曉妍笑著說：「可不是，以後他的一舉一動可就被我盯死了！」胡逸文問她怎麼沒把東東帶來。白芬說：「他去北京他爸那了，說是這次不去，明年高三就去不成了。這兔崽子！」

兩人說笑了一會，胡逸文又忙著招呼其他客人。多時未聯繫的邱瑞帶著女朋友余婷風塵僕僕地到來讓他又驚又喜；邱瑞搖著一頭長髮大大咧咧地說：「我們是從遙遠的新疆回來吃你的喜酒的，剛下飛機，哥們夠意思吧！」胡逸文拍了一下他的肩膀：「那還用說！」但兩人沒聊上兩句逸文便被其他事叉開了，他叫他們等會吃完便飯別走，到時一起好好聊聊。邱瑞揮揮手叫他先忙自己的大事，他們這次回來會在龍陽待一段時間，過段時間他們再登門造訪。

賓客已基本到齊，胡逸文站在酒店門口，沒等來羅小娟也沒等來雷鳴，對後者不來他有心理準備，但羅小娟為什麼不來呢？後來胡逸芳遞給一個精美的大信封，說羅小娟剛才來過又有事先走了，這是她送的禮。胡逸文拿著信封，心裏掠過一縷惆悵。

晚上一切安排妥當後，胡逸文跟周曉妍清點白天的禮目時，羅小娟送的兩萬八千塊錢的大禮驚得他們一天的疲憊一掃而光。「他們怎麼送這樣的重禮？」周曉妍問，胡逸文說：「這肯定是雷鳴的主意，有錢了，人也變得騷包了。」周曉妍說：「話不能這麼說，他送重禮也是看得起咱。」胡逸文犟脾氣起來了：「我不需要他看得起，你明天就去退給他。」周曉妍瞪了他一眼：「你傻吧，世上哪有退結婚紅包的？反正他們將來也要結婚的，到時咱們把這錢原封不動送給他們就行了。」胡逸文聽罷點了點頭，贊同妻子的安排。

第九章　雷鳴棄女友另攀高枝

羅小娟終究沒有勇氣面對已成新郎的胡逸文，那天在酒店門口站了一會，將紅包交給有一面之緣的胡逸芳後悄悄抽身而退了。回來後心裏一直有一種不可名狀的空落，她最開始以為是對前男友洞房花燭的嫉妒，但後來一想，又覺得不是，那不過是引子，引發的是對自己婚戀的多愁善感。

為此她又和雷鳴吵了一架，吵架的主題當然是他們什麼時候結婚，這次她擺出了一個無法拖遝的理由：她已經懷孕了。雷鳴剛從工地回來，聽了羅小娟的訴說感到很錯愕也很棘手。現在顯然不是結婚的好時機。去年拿下人民廣場那塊地後，一轉手掙下一千多萬，眼下正利用這筆錢拿下位於江邊的一塊風水寶地——清水灣一號土塊，時間緊湊，虎視眈眈者不少，哪有時間來談婚論嫁？

「你什麼時候不忙？就算我能等，肚子裏的孩子不能等！」羅小娟咬牙切齒地說，「我知道你為什麼不肯結婚，不就是嫌棄我嗎？但那都是你造成的！」

雷鳴火了：「是，我是嫌棄你，我懷疑你肚裏的孩子到底是不是我的？」

「姓雷的，你會遭天打雷劈的！」這話太傷人了，羅小娟氣得渾身發抖，她拾起一個瓶子砸向雷鳴，「分手吧，算我瞎了眼！」

當下她就收拾了東西回西門橋自己的家。待她走後，雷鳴也感覺到自己的話很過分，搧了自己一記耳光，罵自己「混蛋」。

無論雷鳴承不承認，要想在龍陽地產界混，要想拿到一塊好地，不跟王為青這個土地爺搞好關係無異緣木求魚，除非能攀上一個比他更大的官，但目前雷鳴顯然沒攀上，也就不得不壓抑一切不快、恨意以及屈辱去套近乎。

王為青一家三口在南湖釣魚，見他來，王為青對他熱情依舊，似乎以前的衝突和矛盾壓根沒發生過。王貝娜更高興，馬上拿可樂他喝，並且緊挨著他坐，將父母丟在一邊，倒讓雷鳴生出了幾分尷尬。王夫人吳芳在一旁跟他聊起了家常：「小雷今年貴庚了？」

「三十了。」

「不錯，青年才俊。結婚沒有？」

「還沒有。」

「嗯，蠻好，男子漢要先立業後成家。」

「家裏還有些什麼人？」

雷鳴將自己的身世一一說了，吳芳聽了連說「不容易不容易」。中午，雷鳴非要請王家三口去酒店吃飯，王為青說：「上午還沒釣夠，下午接著釣，我們帶乾糧來了，一起吃吧。」吳芳從一個大包裏拿出了麵包，火腿，罐頭，魚子醬，牛肉乾等各種食品，又拿出一塊乾淨的桌布鋪在草地上，招呼他一起吃。雷鳴恭敬不如從命。王貝娜對他很體貼，專門為他切好麵包，塗上魚子醬，又笑嘻嘻親手遞給他。王為青見了笑道：「娜娜，別偏心啊，爸爸的呢？」

王貝娜撅著嘴，朝王為青哼了一聲，調皮的神情惹得王為青又一陣大笑。雷鳴發現王貝娜如果不是時時顯露的無邪幼稚的笑容、幼女般的神情和動作（他看到她拿著勺子不停地敲她爸爸的腦袋），大體跟平常女孩沒有多大區別。

一整天他都沒有機會跟王為青提正事，後者也沒問。下午打道回府時，他悄悄將那張存有三十萬現金的銀行卡塞進了王為青的口袋。

當天晚上，他接到吳芳打來的電話，問他明天晚上有沒有時間，說娜娜二十八歲生日，過來一起熱鬧熱鬧。雷鳴喜不自勝，忙說「有時間有時間」。掛掉電話，他一陣欣喜若狂，但送一份什麼樣的禮物給王貝娜，讓他頗費思量。最後他親手折了二十隻千紙鶴，又買了一個漂亮的卡通大布娃娃，收拾一番第二天晚上準時到達王為青家。王貝娜見到禮物一陣歡呼雀躍。吳芳笑呵呵地熱情招呼他：「小胡真是有心人，娜娜很久沒有像現在這樣開心過了。」王為青端著架子坐在沙發上，朝雷鳴抬抬下巴示意他坐。雷鳴注意到今晚只有他一個客人。

雖然也經歷過大場面，但這頓晚飯，他還是吃得忐忑不安，有一種新媳婦初進公婆家門似的不知所措；王氏夫婦對他的熱情和善反而加深了他的忐忑。他瞄了一眼王貝娜，她正一邊笑嘻嘻地望著他，一邊有滋有味地吃著蛋糕，臉上滿是五顏六色的奶油，像一隻偷吃完食物還未來得及擦嘴的大花貓。吳芳不停地拿著紙巾給她擦臉。雷鳴心頭一涼，什麼胃口也沒了。

飯畢，保姆收拾碗筷，王為青去書房了，王貝娜在一旁玩弄著紙鶴。雷鳴思忖著要不要去書房聊天，吳芳卻招呼他在沙發上坐下，跟他聊起家常，她問他對王貝娜印象如何。雷鳴沒料到她這樣問，忙說：「挺好的，娜娜漂亮，善良，可愛。」吳芳苦笑一下，莊肅地說：「你應該看出來了，我家娜娜喜歡你。」雷鳴「啊」了一聲，不知如何表態。

「其實這樣的事不該我這個當媽的來撮合，」吳芳歎口氣道，「但我們就這一個寶貝女兒，當年要不是我們忙於工作，對她疏於照看，以至她發高燒也未來得及送去醫院，也不會導致她留下終身缺陷。一直以來我們對她很內疚，想盡一切來補償她。這麼多年來，這孩子也過得孤憐，很少跟異性接觸，接觸了對誰也不上心，見到了你之後，就放心不下了，雖然她不會表達，但我們能懂她的心思。」說到這，吳芳臉色有點難堪，頓了頓，還是接著說下去：「料想她的緣份是不是到了，所以今天我才豁出這張老臉跟你談這個事。當然在你感情危機關口談這事肯定不妥，但一看到娜娜在家經常愁眉苦臉亂發脾氣，只見了你才有笑臉，就覺得早日把話講開也是好事。當然，這對你也不公平，畢竟她有缺陷，所以我才問你對她感覺如何？你瞧不起，也是很自然的事，我跟老王也不會有半分怪罪。」

「不是不是，我沒那個意思，」雷鳴連忙說，「承蒙你跟王局以及娜娜小姐看得起，我高興還來不及，只是覺得這一切來得太突然，我沒有心理準備。」

吳芳笑了笑說：「也是，這樣的事急不來，要看緣分。」隨後她拿出一張銀行卡，遞給雷鳴，收起笑容說：「老王說這樣不好，朋友一場，該幫忙的一定幫忙，幫不了忙的，再多錢也是白搭。」

這張卡就是昨天他偷偷塞給王為青的，現在退回來是怎麼回事？他料想斷不會是這老東西一下變得冰清玉潔，八成是王氏夫婦玩的一手軟一手硬。

晚上回到家，雷鳴坐在漆黑孤清的客廳裏冥思苦想，他清楚自己三十歲平淡人生此時迎來了一次尚可改變命運的轉機，這轉機雖然會付出一定代價，但裏面蘊藏的火紅價值足以彌補代價所帶來的傷痛。如果娶了王貝娜，不僅可以一解當下燃眉之急，以後事業發展毫無疑問會得到王為青的相助，他也明白跟一個傻子結婚也意味著摒棄了後半生幸福；更重要的是更無法面對自己的女朋友羅小娟；他思來想去，時坐時站，連抽五包煙，一宿沒睡。

當翌日清晨第一縷晨曦透過陽臺迸射進房間之時，他佈滿血絲的眼睛一下被刺痛了，在遭受刺激的一剎那，他已經下定了決心。

他撥打羅小娟的手機，後者一直拒絕接聽，直到第五次才接通，之後是羅小娟怒氣沖沖的聲音：「滾遠點，我一輩子都不會再見你！」雷鳴吟思片刻，後來平靜道出一句：「我同意分手，我會彌補你的損失……」電話那頭呈現死一般的寂靜，之後是羅小娟歇斯底里的叫聲：「姓雷的，你不得好死！」

翌日，雷鳴專門去周大福挑了一個漂亮的鑽戒，晚上打扮一新，去了王為青家，吳芳看到他來，先一怔，繼而大喜，連忙將他讓進屋。正在看電視的王貝娜見到雷鳴，跑到他面前，拉住他的手不放，吐詞不清地說：「渥（我）好杭（想）你。」

雷鳴從口袋裏拿出鑽戒，放到王貝娜手上，說：「送給你的。」王貝娜雖然不知道裏面是什麼，也不理解其中的含義，但依然拿著漂亮的小盒子愛不釋手。

吳芳笑成了一朵花：「你看你小雷，哎，真是有心人。」她叫王為青：「哎，老王，你還坐著幹嘛？招呼小雷啊！」雷鳴注意到王為青並沒有體現妻子那般高興，面無表情地坐著，最後重重歎了口氣，站起來說：「我去叫阿姨多弄幾個菜，我跟……小雷喝幾杯。」

飯桌上，兩個人都喝了不少酒，但神志都還算清醒。王為青被酒精刺激得滿臉通紅，他朝雷鳴伸了伸大拇指：「小雷，你不是一般人……」

雷鳴聽不懂這句話又像聽得懂這句話。趁著酒勁他微笑著回敬了一句：「王局，——不對，伯父，咱們彼此……」

一旁的吳芳不明所以，連連問：「你們說什麼呢？我怎麼聽不懂。」

在王為青的相助下，雷鳴終於如願以償地得到了清水灣一號地。一個星期後，雷鳴和王貝娜去領了結婚證。按雷鳴的意思，先領結婚證，婚禮等忙過這一陣專案走上正軌之後再辦。這一點得到了王氏夫婦的同意。他們考慮的是，雷鳴剛得到那塊地，馬上就和土房局局長的千金舉辦婚禮，肯定會授人以柄。

拿到地後，雷鳴和他的公司立馬投入到了該項目熱火朝天的運作當中。按他的設想，是要在清水灣開發一個全省城首屈一指的高檔觀景社區，銷售對象主要為這個城市實力雄厚、消費能力強的新興精英人士，相比於房子價格，這些人更在乎樓盤品質和地段優勢。但運作這個專案所需資金不菲，而華鳴目前的資金捉襟見肘。他找到王為青說出了自己的計畫和設想以及目前的資金不足等情況。但王為青表現得並不熱心：「沒那個指甲就別剝那個蛋嘛！你以為土房局是我們老王家開的啊？你一說需要什麼我就馬上拿給你？」雷鳴被噎得無話可話，一氣之下好幾天沒來王家，弄得王貝娜整天在家裏吵鬧念叨。吳芳說：「怎麼說他現在是你女婿了，你就不當在幫他，是在幫娜娜！」王為青無奈歎氣：「我遲早有一天會被這丫頭連累死！」吳芳一臉愧疚，囁囁道：「都怪我，怪我沒跟你生好一男半女。」王為青痛苦地擺擺手：「罷了罷了，現在說這些有什麼用，這是命！」

後來王為青出面，雷鳴清水灣一號地的土地出讓金分三次支付，支付時間在一年之內。這大大緩解了他的資金壓力。拿到土地證後，又與建行行長董自強聯繫，以土地為抵押申請貸款。同時，讓總經理助理丁文華做一份專案規劃書，經過他修定後，交給了市規劃局審批。

就在雷鳴意氣風發的時候，羅小娟的肚子也隨著時間的推移發生著質變，在肚子還沒有完全隆起之前，她向學校打了報告休假，理由當然是另編的；只是她能瞞過學校卻瞞不過父親羅老頭，當這位精明的老漢看到女兒無由頭地休假在家和日益凸顯的肚皮時，也頓然明白一切。他質問女兒孩子是不是雷鳴的，羅小娟以沉默表達默認；羅老頭急得直跺腳：「你還傻待在家裏幹什麼？去找他啊，跟他結婚！」羅小娟說：「我自己的事，你別管。」羅老頭氣急敗壞地叫道：「我是你爸，我不管誰管！」之後又說：「不行，我要去找那混蛋！」

這天雷鳴剛從工地回到公司，屁股還沒坐穩，羅老頭就怒氣沖沖地推門而入。雷鳴略略一驚後還是熱情招呼他。羅老頭叫他別忙乎了，他說完幾句話就走。雷鳴知道他是為了羅小娟而來，便首先說：「我跟小娟緣份已盡，也好合好散了。」

「好合好散？」羅老頭叫道，「你搞大了她的肚子就想不管了？」

雷鳴關上了辦公室的門，「你想讓我怎麼管？」

「很簡單，和她結婚！立刻，馬上。」

「那不可能。」雷鳴重重吐了口煙說，「我下個月要和別人結婚了。」

羅老頭謔地站起來，「你馬上去退掉，必須和小娟結婚，你玩弄了她就想這樣拍拍屁股不管了，告訴你，沒門！」

雷鳴冷笑了一下，從抽屜裏拿出一個支票本，填了一張撕下來：「我不是一個不負責任的人，這裏有三十萬，算是我對小娟一點補償……」

「有錢就了不起啊，姓雷的，我老漢活了大半輩子，還沒碰到過像你這樣背信棄義的小人！」羅老頭罵道。

雷鳴並不惱，微笑地朝老闆椅一靠，優雅地吐了一個煙圈，夾著雪茄的中指和食指指著他說：「任何人都可以罵我小人，但你沒有這個資格。」

「你——」羅老頭氣得發抖，「王八蛋！」他狠狠罵了一句，甩門而出，但不一會又折了回來，拿起桌上的那張支票，揚長而去。

雷鳴見了，搖了搖頭鄙夷一笑。

羅老頭拿著三十萬「鉅款」雄糾糾回到家時，遭到羅小娟一頓埋怨，她質問父親是不是一輩子沒見過錢他的女兒就只值三十萬她自己的事他為什麼非要插手。面對女兒的怒不可遏，羅老頭像做了錯事的孩子囁聲而道：「我只是想幫你出口氣，不能便宜那王八蛋……」

羅小娟奪過父親手上的支票，腆著肚子，出門打車，直奔華鳴公司。

雷鳴正在會議室開會，對企劃部的人佈置下個季度的宣傳及策劃任務。當身材變樣大著肚子的羅小娟闖進來時，他一時竟未認出來。認出來後先是驚鍔後是發愣，最後下意識地來了一句：「妳怎麼來了……」怒氣衝天的羅小娟沒他這麼多的心理活動，上來就給了他一個耳光，打得他一陣發懵不知所措。

一旁的丁文華見狀，連忙招呼其他人出去，順便帶上了門。

雷鳴摸著發燙的左臉頰，隨即恢復了平靜，正要開口，羅小娟搶先說道：「你要分手，直接來跟我說，別像縮頭烏魚似地不敢來見我！我告訴你雷鳴，不是每個人像你一樣把感情看得賤！你以為有錢就可以解決一切？你以為用錢就能勾銷你的內疚嗎？我偏不給你機會！」她拿出支票撕了個粉碎，將紙屑狠狠地丟在雷鳴的臉上，隨後轉過身氣昂昂地甩門而去。

雷鳴呆立半晌未動，許久才緩緩坐下來，雙手抱頭使勁地抓著頭髮。過了一會，他大聲叫著丁文華，讓他把人召集回來繼續開會。

羅小娟沒有直接回家，挺著臃腫的身村兀自來到了江邊。已到枯水時節，曾經浩浩蕩蕩的江水現已退了不少，偶爾駛過幾條不緊不慢的駁船，蕩起的水浪沖刷著岸邊裸露的河石和泥沙；偶爾揚起的船笛淒冽刺耳，像一束帶刺的荊棘刺得人的五臟六腑拖泥帶水的痛。這個地方羅小娟曾和雷鳴一起來玩耍過，此時故地重返，已是物是人非。她望著冷清清的江面忍不住痛哭流涕，哭雷鳴的負心哭自己當初的遇人不淑哭肚子裏的孩子，哭以後生活不如何去何從。哭得梨花帶雨昏天暗地，直到哭累了才拖著笨重的身子慢慢回到家。

胡逸文的婚後生活過得滋潤無比。新婚帶來的新鮮和刺激讓他容光煥發精神抖擻，他以他不長的婚姻經歷發現，男人還是結婚好，兩個人生活在一起的甜蜜之感作為單身漢是體會不到的，至少每天下班回來有可口的飯菜晚上有穩定的性生活。他是一個知足常樂平凡庸常的男人，他不企望什麼大成功大發展，只想經營好自己的小日子：掙著一份不多不少的工資養家糊口侍奉寡母，業餘時間看看書寫寫文章掙點稿費順便陶治下心情——一輩子也就這樣過去了。他的這種生活態度得到了妻子周曉妍的高度贊同。這個普通平凡的女人在持家方面有著特殊的才能，不僅將小日子打理得條條順順也將老公婆婆招呼得妥妥貼貼，甚至和姐姐胡逸芳一家也相處得極為融洽。這一切讓胡逸文領略了什麼叫凡俗的幸福。

但他這種安穩庸碌的生活被邱瑞批得一無是處。那一次邱瑞攜女友佘婷來到他家登門拜訪對逸文說：「老胡啊，你應該出去闖一闖逛一逛，一輩子守著房子守著老婆能有什麼出息？」胡逸文笑著說：「我沒到你那種境界，我也知道自個能耐。」

四平八穩單調無趣的教師生活讓邱瑞熬過三年之後終於忍無可忍，鼓動女友跟他一起辭職，背著一把破吉他南下深圳尋夢；在一家夜總會做了大半年ＤＪ又辭了職北上京城，在酒吧唱過歌在娛樂公司做過策劃。北京駐留的時間也沒超過一年，之後又西去遙遠的西藏，半年之後跨過西藏去了新疆。「新疆人個個都是音樂家，那種民間迸透出來的優美音樂讓人欲罷不能，怪不得會出一個王洛賓，這次要不是你結婚，我可能在新疆還會多待一陣子。」邱瑞摸了摸自己長及肩膀的頭髮略帶遺憾地說。

胡逸文說：「你也老大不小了，趕緊成個家，三十歲了，難道打算一輩子晃下去？」

「你看看你，」邱瑞嗤之以鼻，「說話的腔調跟我爹媽一模一樣！這次回龍陽我順便回了一趟老家，我爹媽那個急啊！他們一把鼻涕一把眼淚地要我在省城找個安穩工作買個房子把婚結了，他們說他們願意提供房子的首付。我就納悶了，我現在還不想結婚，就算結婚幹嘛非要買房子啊？他們也就一對普通工人，竟然堅持拿出養老錢給我買房子，真是不可理解。你看人家西方人活得多灑脫多自由，想到哪去玩了就辭掉工作，開著車去了，到了一個地方，又開始租房開始生活。就算結婚也是租房子，而且很多人都是一租是一輩子。哪像中國一輩子就被一套房子束縛死。悲哀！」

胡逸文笑笑說：「這跟中國人傳統習性有關。在中國人的價值系統中，『家』是一個非常重要的概念，但家又是一個比較空泛的概念，像水一樣流動不定，只有用缸將水裝起來，才有意義，那麼房子就是這缸，只有房子和親情親人合在一起才是一個完整的『家』。而且有了家之後，中國習慣安土重遷，房子構成了他們安身立命之所，沒有房子，他們就感覺有一種無根的飄浮狀態。所以，房子對中國人來說，絕對是生命中不可或缺的物件，說得誇張點房子已經內化成一種幸福圖騰。」

邱瑞點頭贊同胡逸文的說法，但他又表示並不打算這樣做，「在龍陽待一段時間後，我們準備去雲南麗江，聽說那裏有許多尋夢的藝術青年。」

胡逸文笑道：「你小子有個性，也命好，讓你遇到了余婷這樣的好女孩，碰上挑剔一點的，鬼跟你！」

邱瑞呵呵而笑，抱過旁邊的女友說：「那倒也是。這些年跟我走南闖北飄浮不定，有時候想想挺不對住她的。」

一直沒插話的余婷憤憤不平地說：「我是上了他的賊船騎虎難下！我現在都不敢回去，只要我回家我媽定不會讓我離開了。有時候我挺羨慕曉妍姐，在自己的小窩裏跟自己相愛的人廝守終生，多幸福！其實我現在感覺特沒安全感，身心也疲累……」

邱瑞批評女友的想法，「淺薄！跟我一起怎麼就沒安全感了？對女人來說，真正的安全感來自男人來自感情！」

余婷針鋒相對道：「你根本就不瞭解女人！」

「好了好了。」怕兩人會吵起來，胡逸文笑著打斷了他們的話，「什麼是幸福因人而異，對女孩來說，選擇一個什麼樣的男人，也就選擇了一種什麼樣的生活方式。關鍵看她適不適應這種生活方式。我看余婷你肯定是適應了的，不然你也不會跟邱瑞在一起這麼些年。」

余婷撇撇嘴，說：「我呀，被他騙了！」

那時，周曉妍做好飯，笑著叫他們別鬧了，過來吃飯。

吃完飯，邱瑞跟余婷告辭了。周曉妍說：「你這位同學最終會選擇安定，買房結婚生孩子。」胡逸文不信，問她為什麼會這樣說。

曉妍說：「他的做法不符合中國人傳統。——除非他不是中國人。」

第十章　白芬的不祥之感

在丈夫秦文夫遠走北京最開始的那些日子裏，白芬沒未覺得有什麼不適，她一如往常地上班下班吃飯睡覺時不時為刻苦學習的兒子做一頓好吃的，興致來了會在雙休日去美容院做做美容，當然和劉建明約會依然是她生活中一項必不可少的活動。

上個月，他們在老地方約會，劉建明一改往時的溫柔變得粗暴剛猛，當他最後爛泥一樣癱在白芬身時，白芬冷冷問他：「發洩完沒有？完了就讓我去沖洗一下。」白芬洗完澡出來，劉建明躺在床上一臉歉意：「剛才粗魯了些，不好意思，這段時間心情不好，有人向省紀委舉報我，說我經濟上有問題，省裏有人找我談話了……媽的，要是讓我知道誰在背後弄鬼，看我不弄死他！」

白芬拿著毛巾擦拭著濕漉漉的頭髮，平靜地說：「這跟我沒關係，反正我就是你的洩慾工具，我清楚自個身份。」

劉建明神情懊然：「別這樣說，你知道我對你的感情，——我對你的感情絕不僅僅是上床。」

「是嗎？」白芬反問一句。

劉建明沒有說話，起身從公事包裏拿出一疊文件遞給白芬。「前些時我在城南看好一處複式樓，想送給你，這是合同，你在上面簽個字就行了。」

白芬搖搖頭，神色平和而豁然：「不用了，我有一套房住夠了。我這輩子最大的願望就是有一套自己的房子，老公沒本事我自己也沒本事，你幫我完成了這個心願，我感激你。我沒什麼好報答的只有這身白肉。上一次床不夠，可以上十次，十次不夠就一百次，一百次不夠就……」

「別說了！」劉建明喝道。

「……一千次，直到你夠了膩了為止。」白芬平靜如水地繼續說完剛才沒說完的話。劉建明躺在床上神色痛苦不已，雙目有氣無力地盯著雪白的天花板，過了許久才吐出一個字：「滾。」

白芬依舊平靜地穿好衣服，臨走之前說了一句：「你什麼時候需要我了，就吱一聲，我會隨叫隨到的。」

這半個月來劉建明真沒有打來電話，一直沒聽到他那富有磁性同時又虛假得可憎的男中音，她反而覺得心底空落落的，她在想自己是不是有點賤？上個星期三中午吃飯時，她從食堂出來，迎面碰上劉建明和幾個領導春風滿面地走來，擱在以前，劉建明肯定會朝她頷首微笑，但這次他目不斜視，像是沒有看見她似的，和幾個領導有說有笑呼嘯而過。回到辦公室，她一下午都心神不寧，忐忑不安，難道他對自己真的膩了？真對自己不感興趣了？還是上次說的話傷害了他？她不想去想但又忍不住去想，甚至想到了最壞的結局：廠裏歸還房款，將房子收了回去。當天晚上就做了一個夢，夢到劉建明和幾個領導來到她家，將一遝錢砸在她臉上，讓她滾蛋，廠裏要收回房子，從此一家人流離失所流落街頭……她醒來後驚出一身冷汗。第二日一去上班就想跟劉建明打個電話，但拿出手機，又不敢，最後硬著頭皮給他轉發了一條曖昧而又搞笑的簡訊，然後像個等待老師下發試卷的學生一樣，忐忑不安地盼望劉建明的反饋，甚至隔壁辦公室的小黃來詢問社保的事，也被她不耐煩地打發走了。直到下午兩點十一分，劉建明的簡訊才如小腳女人一樣姍姍來遲。白芬迫不及待展開那個熟悉號碼，看到簡訊內容後，頓時激動萬分，心石落下，那條簡訊寫的是：「待會要去城南開個短會，順便去度假村，要一起去嗎？」她小心翼翼回覆了一個「嗯」字，她沒回覆「好」，「好」字語面洋溢，容易讓人識破急切的內心；「嗯」字語面平淡，雖然同樣是答應，但夾雜著一絲無所謂，一絲不以為然。回覆完簡訊後，她又罵自己有點賤，甚至可憐復可悲。但轉念一想，又自我開導：賤就賤吧，可憐就可憐吧，可悲就可悲吧，只要房子住得安生就成！

有時候，白芬會常常想起遠在北京的丈夫。隨著時間的推移，秦文夫走後在家裏所形成的空虛才慢慢顯露出來，此前家裏一切大小事務包括交水電費修水龍頭都是由秦文夫全包了，自己有個三病二痛的，定會得到丈夫及時的噓寒問暖，而現在則由她獨自面對一切；她時常覺得心裏空落落的，夜裏一個人睡在寬大的床上會感覺一種刻骨銘心的寂寥。她這才意識到那個一直瞧不起的男人竟然對自己如此重要。

秦文夫遠走北京近兩年只今年春節回來過一次，白芬當然不知道男人遠走北京的真實意圖，回來時曾問他在北京過得習不習慣，待得不舒服就跟領導申請調回來。秦文夫回答還行，聲言龍陽肯定沒有北京好，他神秘兮兮表示，在北京的辦事處可以撈油水呢！老公這樣的表態讓白芬確信他對自己跟劉建明的關係一無所知，當初的一丁點懷疑也煙消雲散了。

秦東東以五百六十八的高考分數考上龍陽大學讓白芬整整興奮了一個夏天。八月二十日是秦東東十八歲生日，白芬讓他將高中玩得好的同學約家裏來歡聚一番，熱熱鬧鬧過個生日。白芬對秦東東說：「你還記得幾年前咱家住八里墩的時候，我要你約同學到家來過生日，你嫌家裏又小又破拒絕的事嗎？現在也算為你了卻一個心願。」秦東東撓撓頭有些不好意思：「那時候小不懂事。」白芬又從臥室裏拿出一個筆記本電腦遞給他：「你是你爸從北京寄回來的，給你的生日禮物也祝賀你考上大學。」秦東東兩眼放光欣喜若狂，他抱著母親大叫：「太好了，媽，我愛你們！」白芬笑著說：「我跟你爸為你創造這麼好的條件，後半輩子就靠你活了，兒子哎！」秦東東用點頭說：「我不會讓你們失望的。」

當天下午四點開始白芬就為晚上的生日晚餐作準備，秦老太也興奮地跟著忙上忙下。晚上東東領著七八個同學來家裏的時候，白芬已經將一桌子色香味俱全的豐盛飯菜做好了，一個漂亮的刻著「祝賀吾兒十八歲成人暨金榜題名」字樣的蛋糕足有一個臉盆大。面對漂亮的家以及精心準備的飯菜蛋糕同學們發出一片驚呼和羨慕之聲。秦東東臉上由此蕩漾起得意的笑容。白芬熱情地招呼他們，他們一個個顯得禮貌而又拘謹。為了讓孩子們自在放開玩鬧一回，她帶著婆婆離開家下了樓。婆婆去了小區老年活動中心看電視，白芬則去街邊公共電話亭給丈夫打電話。那邊秦文夫剛吃完晚飯，白芬問他吃的什麼，秦文夫說是速食麵。白芬責備他：「老吃速食麵也不行啊！我讓你跟你領導申請調回來，你申請了沒有？」秦文夫說：「申請了，快了。」白芬生起氣：「老說快了快了，怎麼不見動靜？」秦文夫便不說話了。白芬歎了口氣轉換了話題說起了今天給兒子過生日他帶同學來家裏玩的熱鬧情景，「我在那裏礙手礙腳所以就下樓來了，讓他們玩個痛快。」秦文夫聽了也十分高興：「這小兔崽子！一混都十八歲了。」白芬喟歎道：「可不是，咱們都老了。你還記得當年他出生的時候，瘦得跟一隻小公雞似的，你媽還怕他養不大！」秦文夫笑著說：「可不是，好像連五斤都不到……」聊起往事，夫妻們談興盎然，這也是這兩年來他們最開心的一次聊天。打完電話，白芬心情舒暢地步出電話亭，發現今晚的月色特別美。

秦東東上大學之後一個星期回家一趟，平時家裏就只剩下白芬和秦老太。國慶的時候，秦東東放假回家有些悶悶不樂，白芬問他怎麼了，秦東東說他今天街上看到紅梅阿姨了，「還有她女兒媛媛，沒有讀書了在賣燒餅，紅梅阿姨坐在旁邊前面擺著一個擦皮鞋的小木箱，她傻呼呼盯著別人看，嘴裏滿是哈喇子，也沒有人願意找她擦鞋……」

白芬呆愣好一會沒有說話，張紅梅的瘋傻形象幻燈片似地鮮活地掠過她的腦海。晚上睡覺時輾轉反側無法入眠；想了一晚上，第二天一早去了幾家精神病院諮詢治療精神病的相關事宜以及費用，然後在黃昏時分踩著夕陽西斜的餘輝來到張紅梅居住的棚戶區；棚戶區彌漫的臭氣汗氣尿酸氣以及不知明氣味的各種混合氣味鼓搗得她想吐。一走進張紅梅低矮的屋子，裏面的陰暗讓她一下很不適應。那個時候張紅梅剛剛發完一次瘋睡下了，骯髒潮濕的地面上到處散落著摔碎的碗碗碟碟。瘦削的媛媛一邊哭著一邊收拾著碗碟殘片。張紅梅的禿頂男人如喪考妣似地坐在一張舊飯桌旁，似乎剛生完氣。白芬的不期至讓他呆愣了片刻，隨後手指門口銳聲說：「你來幹什麼？滾！」白芬說：「我走很容易，抬腳就是，但我們不能一直讓紅梅瘋下去？我已經幫她聯繫了一家精神病院，也諮詢了醫生，她是可以治好的，費用我來出。」禿頂男人說：「別假慈悲了！我們家的事不用你管！」白芬並不惱：「你不想想紅梅，也應該想想孩子。難道讓孩子一輩子有個瘋媽？」她走過去扶起蹲在地上的媛媛，憐惜地為她擦去眼淚，這下媛媛哭得更傷心了。禿頂男人像被擊中軟肋似地頓時無語，他抓著已經沒有頭髮的腦袋痛不欲生地說：「他娘這過的是啥日子！」

張紅梅最終被送進了精神病院，經過半年的精心治療後康復出院；白芬為此花費掉了三萬塊，這筆錢由她這些年的私房錢以及賣掉的結婚項鍊湊足而成。

張紅梅回到家休養一段時間後，又一次開始了擦鞋生涯，從那以後再沒有犯過瘋癲；她並不知道自己的康復得益於白芬——白芬曾明確要求禿頂男人為她保守出錢出力的祕密——有時候她詛咒起白芬，禿頂男人會替白芬辯護：「人家沒你說的那樣壞！事情過去這長時間就算了。沒住上新房咱就死球了？」而張紅梅知道真相則是幾年以後的事了。

劉建明約白芬的次數已經越來越少，她不知道他是另有新歡還是對她越來越膩味，無論哪一種情況她都能接受，一個年近五十歲的女人即便保養得再好也敵不過時間更敵不過二十歲年輕女孩的身體，五年的情人身份該報答的已經報答，她不欠別人什麼自己也無愧於心；現在她平靜如水，命運所賦予她的一切幸或者不幸她已安然消化，現在她只祈求今年遠在北京的丈夫能早日調回龍陽一家人團聚。

九月底，有關劉建明被「雙規」的消息在紅光集團上下傳得沸沸揚揚；不久這條消息「十一」之後得到了證實。劉建明是那天下午直接從辦公室被帶走的，據說，監察紀檢部門最開始是接到紅光集團內部一些領導的舉報信，舉報劉建明「瀆職失職，利用企業資金開發房地產造成了數千萬元國有資產流失」，紀檢部門順著這條線索查下去，又查出他多年來貪污受賄、挪用公款中飽私囊的事實，最後又查出他生活作風腐化包養情人……當然，廠裏私下裏所傳論的關於劉建明的罪狀可不止這些，其中最觸目驚心的一條就是，幾年前那批安居房他從中漁利了將近五百萬，光職工送的禮金就有近兩百萬……

對劉建明被抓白芬一點都都不感到意外，心情平靜如水，她知道這是遲早之事，只是沒料到這一天來得如此之快。她想起幾天前他們最後一次約會，那天她跟劉建明在套房裏待了整整一個下午，直到暮色四起，夜霜初降。那是他們唯一一次沒有做愛的約會，兩人就躺在床上聊天，大部分時間是劉建明在說，白芬在聽，聊天內容包羅萬象，但最終落腳點還是四年短暫而又記憶深刻的校園生活。說到動情處，劉建明眼噙淚光，追思撫今，感慨萬端，「現在想來，我這輩子真正快樂的幾年應該是在大學度過的。」他動情地說。

劉建明這種多少有點矯情的多愁善感，讓白芬有點不適應。可能是他已預感不測，鳥之將亡，其鳴也哀，人之將羈，其言也善，他溫柔地對白芬說：「不管我有什麼問題，你是不會被牽扯進來的，這個我可以保證。」白芬問：「那我房子呢，不會有問題吧？」劉建明歎了口氣，狠狠道：「你就放不下你那破房子！你不被牽扯進去，你房子肯定就沒問題！」然後又以一種悲哀的語調憤憤而道：「咱們兩個都夠滑稽夠可憐的，你為了房子跟我在一起，我通過房子誘你上鉤，媽的，這都叫什麼事！」

這也是白芬最後聽劉建明說的一句話，這句話也為他們奇特而不見陽光的關係畫上了一個休止符。

現在她一如既往地上班下班勉勉工作，但後來目睹省紀委聯合調查組進駐集團後，紛紛找一些幹部和職工談話，她才感到幾絲深深的隱憂——作為劉建明曾經的情人，她會不會也被帶去接受調查？儘管幾年來她對她和劉建明的關係進行得密不透風，但也深知世界沒有不透風的牆。那段時間她過得謹小慎微如履薄冰。

月底秦東東回家來拿生活費，順便捎上了半個月來換洗的髒衣服。吃飯的時候，白芬一如往昔叮囑兒子將心用在學業上，別老上網玩遊戲。她的嘮叨讓秦東東有些不耐煩。她黯然神傷喃喃自言：「不知道以後還有沒有機會跟你說這些……」

秦東東覺得母親有些奇怪，問她怎麼了，白芬搖搖頭說沒事。

第十一章　逸文雷鳴分道揚鑣

龍陽市這年的春天比往年要怪異些，本是春暖花開的時節，肅殺的空氣中仍然彌漫著陰冷分子不願離去的身影。綿綿春雨籠罩著城市高低錯落的樓宇，陰森森灰濛濛的，讓人有一種依舊置身寒冬的錯覺。因為雨天陰寒的緣故，喧鬧的大街也寂靜了許多，撐著傘的行人踩著被風掃下的梧桐樹葉步履匆匆，似乎想早點回家；冒雨行駛的車輛像一些從河裏爬出來的濕漉漉的烏龜，駛過因雨天變得不甚通暢的道路，巨大的引擎聲和偶爾泛起的喇叭聲表明著這個城市的活力。

這是在這個春天，雜誌社領導層更迭。年近六十的總編兼社長陳昶退居二線，取而代之的是從出版社調來的某個主任。此人叫李側複，四十山頭，戴著一副金邊眼鏡，短鼻薄唇，火爆的脾氣與他文質彬彬的外表形成了強烈的反差。新官上任三把火，李側複祭出「第一把火」：改善雜誌經營，要讓雜誌出大效益。為此，他給編輯部提出了任務：每月銷量必須增加五千本；給廣告部下的任務是，每月的廣告額要達到十萬到十五萬之間；給發行部也定了目標：年底前發行網路要覆蓋到西南地區……

李側複話音一落，底下議論紛紛。胡逸文覺得這些目標太不現實，他向這位新領導表達了自己的看法：「雜誌是一項系統工程，發行量大小涉及稿子編輯、排版、封面、印刷、發行等等環節，特別還有市場，現在雜誌競爭如此激烈，並且還在遭受網路等新興媒體的衝擊，如果……」

「我要你說話了嗎？」李側複粗暴打斷了他的話，「我沒要你說話你囉嗦什麼？以為就你知道？我告訴你們……」他環顧四周，「這些我比你們還清楚，但我就是要給你們壓力，讓你們有危機意識！尤其是編輯，別老是坐在辦公室，要多出去跑，去採訪，組好稿子。如果有人覺得承受不了這份壓力，可以另謀高就。」

胡逸文被嗆得惱火，正要反駁，被坐在一旁的周曉妍悄悄踢了一腳。

也是在這次會議上，李侗複決定撤銷駐北京的辦事處，「我已經調查了，辦事處的不僅沒出什麼效益反而佔用了雜誌社不少開支。秦文夫去年年底就申請撤掉辦事處調回來，但陳總編在忙著搞退休的事，沒去管，現在正好，我把它撤了，集中力量，立足本土。」

這次會議讓雜誌社所有的人都鬱悶受傷，一散會就有人給新領導取了一個「變態侗」的綽號。「只怕以後的日子不好過嘍。」在回家的公交車上，胡逸文對周曉妍這樣感慨。「有什麼不好過，無非是以後別遲到早退，工作用心一點嘛。」周曉妍一邊看著報紙一邊說，但她的話並未讓逸文眉頭舒展，他望著窗外的街景和洶湧的人流沉默不語。

「你看這個人是不是你以前提到的夥伴？」曉妍指著報紙上一則配了圖的新聞標題問逸文。逸文將目光收回車內，看到報紙上一則標題：「三平區產業園動工儀式開幕，我市企業家雷鳴攜夫人出席」。他拿過報紙一瞅，不屑道：「是他，現在混得人模狗樣了，成了著名企業家了。」曉妍問：「你不是說羅小娟跟他在談戀愛嗎？看這照片，老婆怎麼換成了另外一個人？」逸文一愣，拿起報紙仔細端詳，發現跟雷鳴手挽手的女人並不是羅小娟，「他沒跟小娟結婚？」他滿腹狐疑，旋即拿出手機拔打羅小娟的電話，但沒接通。他想了想，對曉妍說：「要不咱們一起去她家看看吧，難不成出了什麼事？」曉妍冷冷「哼」了一聲：「真是舊情難忘啊。」逸文辯解道：「你這說的什麼話，作為朋友關心一下也是應該的嘛。」曉妍嘴巴一撇：「要去你自己去，我是不會去的。」

逸文一個人去了西門橋羅小娟家。他去的時候，羅小娟正在家臥床休息，神情虛弱不堪，臉色慘白如紙，看到逸文來，淒然一笑：「你怎麼來了？」語氣透著爽朗和堅強。逸文心裏一痛：「這到底是怎麼回事？」羅小娟輕輕搖搖頭：「不提也罷。」

立春過了之後，羅小娟的肚子已經膨脹得無法遮人了，羅老頭整日唉聲歎氣，他苦勸女兒：「娟，這樣下去不是辦法，難不成你真生下來？那我這張老臉……咱去醫院吧，明天就去！」羅小娟只是哭，並不答應。羅老頭苦勸不下，便掄起手臂摑自個耳光，邊摑邊罵：「我沒用啊，生個女兒辱門敗面，還活啥人哩！」羅小娟一把抓住父親激動的右手哭著說：「爸你這是幹啥？我明天就去醫院行了吧！」羅老頭抱著女兒號啕大哭：「娟啊我對不住你，當初萬不該鬼迷心竅把你往火炕裏推！」

翌日，羅小娟遮人耳目地穿上一件大衣拒絕父親的陪同一個人來到醫院，心情發緊地走進人流室。一個四十歲左右的女醫生忙著手中的活計看也不看她就問了一句：「幾個月了？」羅小娟雖然不是第一次打胎，但看到女醫生手裏明晃晃的刀和鉗子心裏還是有點發怵，「五個月……也可能六個月。」她說。女醫生抬眼望了她一下：「孩子幾個月你都不知道？你丈夫呢？」羅小娟低著頭噤聲沉默，此種神情讓女醫生明白了什麼。「又一個未婚打胎的。」她鄙夷嘀咕了一句，下巴朝左邊揚了揚：「脫掉褲子，去那邊的椅子躺著！」說完又用酒精去拭擦鉗子，忙活一圈後，發現羅小娟還杵在原地，便惱了：「我說的話你沒聽見是吧？不好意思一開始就別跟男人睡覺！」羅小娟眼淚在眼眶裏打轉，她使勁咬著嘴唇，後來慢慢走過去躺在躺椅上，脫掉褲子，將雙腿架在椅子前端的支架上，整個下身便裸露在春天潮濕的空氣裏。女醫生將鉗子剛剛伸進她的體內，她下意識地夾緊了大腿根，又被女醫生一頓訓斥：「夾這麼緊怎麼給你做？跟男人睡覺前夾緊大腿根不就什麼事都沒了，現在晚了！」羅小娟沒理會醫生的刻薄話語，只感到眼角濕漉漉的，她知道是自己的眼淚不爭氣地流下來了……

雷鳴現在的身份是市土房局局長的乘龍快婿，這塊金字招牌讓他的生意做得順風順水，他深刻意識到，背靠「官」之大樹做生意是件多麼一本萬利的事。這半年來，他拿下了不少好地塊，樓盤也一個接著一個破土動工，儼然成為龍陽市地產界一匹「黑馬」。

這天他剛到公司就接到秘書遞來的一封信，他拆開信一看，是胡逸文寫來的，約他晚上六點整在他雜誌社旁邊的宏金餐廳吃飯。他不知道逸文為什麼此時請他吃飯，但他還是決定赴約。

六點整，他踏著暮春最後一屢柔和的夕陽走進宏金餐廳，在一偏靜的角落看到了早已恭候多時的胡逸文。雷鳴走過去有點尷尬地隔桌坐下，桌面上擺放著跟以前一樣的四個菜：一盤回鍋肉、一個水煮魚、一個番茄炒雞蛋、一盤毛豆，外加四瓶啤酒。胡逸文並不看他，兀自倒著酒，也不碰杯，端起來一飲而盡，隨後問：「這餐廳你還記得吧？」雷鳴笑了笑：「當然記得，以前咱們在這吃過飯……」胡逸文打斷了他的話：「雷總現在天天山珍海味，這些家常小菜不知還看不看得上眼。」這句譏諷之語讓雷鳴臉上發燒，他也倒上一杯酒說：「咱們倆兄弟好長時間沒一起喝酒了……」

「別別，跟我稱兄道弟我高攀不起。」胡逸文擺著手說，「今天約你來，說兩件事。第一，關於羅小娟的。我以前跟你說過，要好好待她，不然饒不了你……」雷鳴愣了愣，緩緩放下端起的酒杯，瘦削的臉上開始冒汗。

「第二件事是關於陽景花園的，」胡逸文依舊繼續說道，「那件事雖然是賈志飛那王八蛋捲錢跑了，但我敢斷定你在其中搞了鬼，不然，這兩年多時間你怎麼突然暴富了？你那來的本錢？我念在大苕跟二癩一起長大的份上念在大苕曾經在工地打工自己捨不得吃喝給二癩寄來的浸著汗漬的鈔票上，我不去追究了，但你欠我的欠所有業主的……」說著便從口袋裏掏出被理得整整齊齊的十多張面額不一的舊鈔票。「當年這些錢我一直沒用珍藏著在，現在還給你，收好。」

雷鳴驚訝地張大嘴巴看著他，說：「這件事以後我再跟你解釋，我現在開發的清水灣樓盤下半年就要開盤，到時我送一套戶型最好的給你……」這句話還沒說完，就聽到「砰」地一聲脆響，他的腦袋就遭到一個啤酒瓶猛烈打擊，頓時血流如注。胡逸文握著破碎的啤酒瓶一字一頓地說：「以後你走你的陽關道，我走的我的獨木橋，我沒你這樣的兄弟！」說罷對女老闆說了一句：「叫一下救護車。」便抽身離開了餐廳。

邱瑞在一個濡熱初現的初夏之夜來到逸文家，讓後者備感突然。

「你不是在雲南麗江嗎怎麼回龍陽了？怎麼就你一個人？余婷沒跟你一起？」逸文問道

邱瑞將髒兮兮的牛仔包往沙發一丟，疲憊地陷在沙發裏說：「老胡別問那麼多了，——快給我弄點吃的，我一天沒吃東西了！」

邱瑞帶著女友余婷去了麗江後，他在一個夜總會當歌手，余婷則在一個培訓機構教小朋友彈鋼琴。半年多過去了，他並沒有唱出什麼名堂，日子也過得越來越拮据，這讓本已無法忍受飄泊生活的余婷怨氣叢生，兩人之間的爭吵和齟齬不可避免。真正將兩人關係引向火爆點的是他們偶遇兩個同學。這對已成夫妻的同學和他們曾經同班，無論是長相還是藝術功底都遠遠不他們，但如今他們儼然一副成功人士派頭。原來這兩人畢業後來昆明開了一個藝術培訓中心，發了，房子兩套車子兩輛，這次他們是開著豐田越野來麗江自駕遊的。他們對邱瑞余婷二人還在為「藝術追夢」的生活感到不可思議的同時，也心生敬佩，在這敬佩當中也帶有一種不易覺察的自得和瞧不起。在他們的盛邀之下，邱瑞余婷去了他們在昆明的家，不出意料，他們看到了帶有小花園的獨體別墅、裝飾華麗的房間以及停車庫裏惹人耳目的紅色寶馬車……當天晚上，余婷就拉著邱瑞回到了麗江的出租屋，跟邱瑞大吵了一架，指責他不該帶她受辱。吵完架後，余婷一氣之下返回了老家，並給邱瑞留下一句話：「我要有個家，那種日子我受夠了！」

邱瑞賭氣似地一個人在麗江逗留一段時間，有時一個人想起這些年的飄泊生涯，再想想那兩個根本不如他的同學都有房有車了他到如今還一事無成，心底就騰起一股類似臘月喝冰水的傷痛之感，也感覺這些年虧欠了跟自己飄泊多年的戀人。他重新打理和思考自己到底應該走一條什麼樣的路。痛定思痛後，他決定回來……

「感覺你是受了你那同學的打擊了？」逸文打趣道。

那時邱瑞已經吃完了一碗麵條，他將碗遞給周曉妍道謝過後，抹了一把嘴說：「我永遠沒法忘記余婷看到別人華麗房間時，眼睛流露出來的那種痛苦，那種痛苦一下撕碎了我的心！」

「那你以後打算怎麼安排？」逸文問他。

邱瑞沉默半晌，吐出兩個字：「學你。」

邱瑞在胡逸文家住了一天，翌日就去了余婷的老家，一個月後又重返龍陽；原來的學院顯然是去不了了，他在一家私立高中當了一個音樂老師，並且憑扎實的美術功底教高三特長班的素描。他剪掉了一頭飄逸長髮，取而代之的是一個沒有什麼特點的板寸。胡逸文打趣他說：「準備一切從『頭』開始？」邱瑞苦笑一聲，歎道：「……我已經決定在龍陽買房結婚了，余婷也答應回到我身邊，我們準備攢一年錢再加上父母的支援湊個首付，一起供一套房子，將日子安定下來……」

對於邱瑞的「轉變」，胡逸文不知道是應該表達高興還是表達遺憾，毫無疑問，以前那個「藝術青年」邱瑞是一去不復還了。

中秋節過後，一條關於拆遷的小道消息在柳家灣沸沸揚揚了起來，在胡逸芳的嘴裏反覆吟說後，胡逸文也大概明白了有關拆遷的大致細節。柳家灣東南面有一條二環線的叉道，與供柳家灣出入大街的那條狹長小巷是相通的，小巷平日主要走人，也能單車道過車。今年市裏為了改善城市交通微循環，規劃將這條小巷擴建為一條四車道的市政路，從而與二環線的叉路對接。這就需要小巷子兩邊各五米之內的居民私房全部拆遷，而胡逸芳姐弟倆合蓋的那幢四層小樓正好位於拆遷之列。這個工程也算是柳家灣城中村改造的一部分。

胡逸芳是不太願意房子被拆遷的，現在的私房每月的房租和一樓的麻將館生意尚能帶來一筆不錯的收入，如果拆遷，按照二環內兩千一百八十元／平米的拆遷標準，這幢四層四百平米的房子也就八十幾萬，再按照當初和胡逸文簽訂的協定，得給弟弟二十萬，最後也只落得六十多萬，按現在龍陽的房價，這筆錢也只夠在三環外買套八十平米左右的小房子。但這樣也沒有了房租之類的收入來源，這對沒有工作的胡逸芳來說顯然並不划算。所以她不止一次跟胡逸文說：「要是政府補償還建房就好了，咱這四百平米可以賠兩三套還建房，說不定額外還補點錢。到時，就不另外給你錢了，直接給你套房子。」

胡逸文被姐姐美夢似的自我設想逗得忍俊不禁，也暗忖姐姐想得天真：拆遷這樣的事哪會按照拆遷戶的設想來的？他問胡逸芳拆遷公告什麼下來？胡逸芳說她也不清楚，「可能要到年後了。」

胡逸文的戶口不在柳家灣，拆不拆遷怎樣拆遷對他都沒太大影響；來柳家灣住一年多了，其實住得並不舒坦，和柳家人齟齬叢生倒在其次，而是悲哀地意識到一個事實：即便在這裏擁有了一處固定住所，他依然只是一個鐵板釘釘的「暫住者」！特別是上個月跟村裏來收暫住費的幹部吵了一架後，這種感覺更強烈。

那天晚上他和周曉妍在家看電視，胡母早早睡了。九點鐘的時候，門外響起了一陣粗魯的敲門聲，逸文打開房門一看，一男二女立在門口，男的開口說：「我們是村裏民政辦公室的，來統計流動人口和收暫住費。」並出示了工作證。逸文愣了愣，旋即銳聲說：「你們搞錯了吧，我是固定住戶，不是流動人口，房子是我自己花錢蓋的，你們收哪門子暫住費?!」

「你自己蓋的？」男的走進房間到處打量著。

「是的，跟我姐一起蓋的，她叫胡逸芳，姐夫叫柳國慶。」

「他們我認識，」男的點點頭，「他們是本地人，你不是本地人吧？」

「不是。」逸文搖搖頭。

「是村裏戶口嗎？」

「也不是。」

「那不結了。」男人雙手一攤。「一個人一百二十塊，這住了幾個人？」

「結什麼結啊！」逸文火了，「我說了這是我自己的房子，你們憑什麼收暫住費？都給我出去！」他把男人往外推。男人甩開他，派頭十足地喝道：「你幹什麼？我們是村裏的幹部，竟敢推我？把身份證拿出來！」

正說著，胡逸芳來了，她拉開了弟弟，對男人陪了不少歉意話，又解釋了大半天，男人語氣才緩和下來，「今天賣你一個人情，不收了，但小子你記住——」他指著胡逸文：「別以為在這蓋了房子就是本地人了，今年不收，明年照樣有人來收！」

事後，胡逸文鬱悶無比，周曉妍也挺委屈，「辛辛苦苦蓋了房子，還是個暫住的，照樣被人歧視欺負！」後來她聽這房子要拆遷的傳聞後很高興，她對丈夫說：「希望快點拆，咱們能分到二十幾萬，去付個首付，貸款買套房子，看誰還去收暫住費？」這想法得到了胡逸文的贊同：「是啊，咱們是得有一套真正屬於自己的房子，一套真正具有自主產權寫有自己名字的『雙證』的房子！」

第十二章　雷鳴：風光背後的無奈

雷鳴決定將清水灣豪廷的開盤日期定在十月一號，按照目前的施工進度完全沒有問題，他叮囑丁文華帶領他的營銷部抓緊時間整理出一套成熟的銷售方案；又令策劃部盯緊廣告攻勢，龍陽市的四家報紙，該燒錢的要燒錢該炒作的炒作。

雷鳴自己也沒閒著，他目光專注的重點已不在清水灣而是另外一塊肥肉——三平區舊城改造。那塊地位於三平區陽新路，占地近一千畝，地段優，升值潛力大。按照區政府的規劃，是要將此地擬建一個人口達五萬人大社區。

他瞭解到，這塊地是協議出讓，沒有進入市土地儲備交易中心進行招拍掛，王為青對這塊地沒有話語權。為此他找到了三平區區長黃智博。三年前的「陽景花園」事件雷鳴曾和黃智博有過一面之緣，當時他主動放棄索賠之舉令黃智博深有印象；「士別三日，當刮目相看。」這位頗具文人氣息的區長對雷鳴的拜訪的一聲歎息，讓雷鳴覺得他與一般的官員不一樣，也一下拉近了他們之間的距離。他們的見面是在黃智博的辦公室進行的。聊了半個多小時，黃智博也明白了雷鳴的來意，他笑了笑說：「安居工程是三平區今年一個大市政項目，也是民生問題，對開發商的資質、實力等都要求比較高……」

「那是那是，」雷鳴說：「沒有那金剛鑽也不攬那瓷器活，我們華鳴公司對這個工程是態度是真誠的，信心是充足的，實力是明顯的。」

「那就好，」黃智博說，「我們當然歡迎有實力的地產企業與我們合作。」

接著雷鳴口吐蓮花談起了對這個安居工程的規劃和構想——他的構想是將這個舊城區改造後建立一個集住

宅、商務、教育、休閒於一體的大型成熟社區，在此過程中，一方面促進三平區的經濟發展，另一方面提升整個三平區居住格局；此外，他又講到了社區與城市之間的和諧理論，城市建築的人文價值等等。雷鳴充滿激情又不失想像力的的構想讓黃智博聽得全神貫注頻頻點頭，時不時報以「不錯不錯」的讚許聲和驚歎聲。「你關於三平區的規則和設想真是說到我心坎上去了！甚合我意甚合我意！」黃智博的興致一下變得高漲起來。順著這個話題兩人天南地北聊著聊著大有相見恨晚之意。

從聊天中，雷鳴瞭解到此人不好錢不好女人只好權，但現在他的事業正處於一個不上不下的瓶頸狀態，四十五歲的年紀在區長的位置上已經幹了六年，到目前為止還沒有往上升的跡象，這些年一直鬱悶煩憂。此次三平區舊城改造對他而言是一個機會，他是想借此大幹一番再往上「挪一挪」的，所以他才將此工程看到如此重要。

另外，雷鳴還瞭解到，黃智博平時喜歡寫些文章，便以拜讀為名，將這些文章拿去，找了一家出版社，付了十萬塊錢，以最好的紙最好的印刷最好的製作出版成書，並請本省名作家作序。一個月後，雷鳴將樣書送給黃智博時，儘管後者對雷鳴搞這一套很反感，但看到的文章付梓成書，還是很激動，同時交待雷鳴：「下不為例，以後再搞這種事，咱們朋友都沒得做了！」雷鳴聽罷連忙說：「保證下不為例！」

十月一號開盤這天，杲杲秋日讓天氣一派賞心悅目，乾燥的空氣彌漫著一股毫無由頭的躁動。儘管雷鳴做足準備，但還是有一個失誤直到開盤當日才顯現出來，就是離清水灣豪廷不到兩百米的地方一個叫金宮漢宛的樓盤也是十一開盤，如此一來，清水灣通過廣告以及各種宣傳手段聚積起來的客源必然會被分走。當丁文華將情況報告給親自來售樓部督戰的雷鳴的時候，是預備了脾氣愈來愈暴躁的老闆一頓臭罵的，但雷鳴瞭解情況後，出人意料的冷靜。他思索一番後，叫來丁文華讓他按自己的吩咐去做。

金宮漢宛是與清水灣同品質樓盤，但定價每平米則比後者便宜近五百元，加之又早開盤半個小時，所以他們的客源遠多於後者。開始的時候一切還正常，但到十點時，擁擠的人群開始出現騷動，潮水般湧向售樓部，場面一度混亂失控。一旁的十多個保安陡然緊張起來，組織人牆以免發生更大的騷亂。然而就在客戶選到六十號時，有人突然大嚷道：「才幾十個人百套房子怎麼就選完了？讓後面的人怎麼辦？」又有人大喊：「肯定是狗日的開發商把房子囤積起來漲價！」有的則大罵開發商內部炒房，紛紛要求開發商老闆出來解釋。即使置業顧問一再解釋並稱正在向上級反映問題，但激動的人群哪聽得進去？眾人邊罵邊往前湧，保安則竭力維持秩序，但根本擋不住洶湧憤怒的人群。

這時又有人高聲叫罵：「狗日的開發商不僅把我們消費者當傻子，而且建築材料以次充好偷工減料，水泥摻了土，門框窗戶用的材料也不是廣告宣傳的那樣！」這句話無異火上澆油，人群立刻沸反盈天，叫罵著「黑心開發商」衝破保安的阻撓，湧進售樓部，踢翻了桌椅掀掉了沙盤，整個售樓部頃刻變得銷煙四起狼藉一片。

售樓部外面久候的人群不知道裏面鬧哄哄到底出了什麼事，當「開發商出爾反爾囤房漲價」以及「房子偷工減料」等話語如晨霧彌撒開來後，人群像陡然打開的蜂房嗡嗡嗒嗒鬧開了。不知誰喊了一句：「這個樓盤的開發商太黑了，不如去買清水灣豪廷的房子，那裏正規得多！」立刻喚起了一些人的回應，朝清水灣豪廷售樓部跑去，其他的人見狀，躊躇一會兒後，也紛紛跟著跑了過去。

清水灣豪廷售樓部似乎早有準備，不僅大批的保安在嚴陣以待，置業顧問和售樓小姐比以前增加了許多，並且有專門的人給購房者提供飲料板凳。當大批購房者洶湧而至時，他們笑吟吟像迎接親人似熱烈歡迎，整個場面秩序井然忙而不亂。於是，購買踴躍，捷報頻傳，二十套，五十套，一百套……

「雷總，您這招真是高！」丁文華向雷鳴拍馬屁，同時彙報戰果，開盤當日，房子已售出百分之八十，銷售額達到二・五億；除了預留下來的十套最好戶型的房子留給關係戶以及送人外，還剩下一百二十套。「剩下的主要是兩房和三房，是開始按照你的要求未售的。」

「很好，」雷鳴喜不自禁，「做生意嘛不就是兵不厭詐？」隨後給丁文華做工作安排，「資金周轉充裕了，餘下的一百二十套可在半年時間裏分兩批推出，每推一批，均價再漲三百元。」

丁文華憂慮道：「咱們這算不算捂盤惜售坐地起價？好像有點不妥……」

「不妥什麼？」雷鳴嗤之以鼻，「記住，追漲不追跌！現在不獨龍陽，全國的樓市都他媽像吃了春藥一樣瘋狂，這錢我們不賺就被別人賺跑了！」他扳著手指跟丁文華算起了帳。「以這一百二十套房子為例，兩次推出，每平米總漲六百，一百二十套房子以每套房子平均一百一十平米算一共就有一萬三千兩百平米，這一漲咱們不費吹灰之力就賺了近千萬！別怕房子賣不出去，咱們現在資金不成問題，我敢斷定過只要中國經濟ＧＤＰ一直瘋狂增長，樓市還會更火，別說是漲六百，就是漲一千，照樣有人買！所以現在當務之急是多拿地多推新盤。」

丁文華聽罷直點點頭，又疑惑地問：「我幹房地產也有些年頭了，現在的樓市越來越讓人摸不著頭腦……」

「這你就不懂了，」雷鳴點燃一根雪茄，娓娓道來，「做房地產這一行不能僅僅埋頭蓋樓，還得研究國家有關政策；這兩年我一直在鑽研政府出臺的一些房地產法定法規，也逐漸看出一些道理。一九九八年國家取消福利分房，當時規定八成以上的居民住經濟適用房，商品房只是作為一個補充賣給富人，所以當時開發商根本賺不到什麼錢。到了一九九九年國家推行個人貸款按揭，實際上是鼓勵一般收入者分期付款購得商品房；事情真正轉捩點是在二〇〇三年，國家出臺十八號文，規定商品房成為城市居民主要住房主體，經濟適用房倒發成了補充了，什麼意思呢？就是說國家把房地產業成為了國家支柱產業了，開發商可以大量開發商品房了——咱們是趕上好時候了！」

丁文華聽罷受益匪淺似地說：「有道理有道理，我茅塞頓開。」

「馬屁就別拍了。」雷鳴吐了個煙圈，問起三平區舊城改造事情有確切消息沒有。

丁文華搖搖頭，「昨天我還去了土房局諮詢了，那個科長見是華鳴公司的人，還算客氣，只是說那塊地批文一直卡在上面，遲遲沒動靜。我看這事，還得您親自……」

「我知道了。」雷鳴擺擺手，將雪茄狠狠掐滅在煙灰缸裏。

這段時間他很少或者確切地說厭煩去岳丈家，厭煩見到高高在上惺惺作態的岳母，厭煩她明為關切實為要脅的催問，問什麼時候她能抱上外孫。厭煩見到人模狗樣一肚子男盜女娼的王為青，特別是那張見到他去便擺出的一副不陰不陽道貌岸然的臉，甚至有幾次他都想朝那張臉揮上幾拳。當然他也厭煩王貝娜，討厭這個名為妻子卻實際什麼也不是的女人。一句話，他討厭這家人，討厭與這家人的關係，他曾想竭力擺脫這種關係但到頭來發現不過徒勞一場——他與這家人像兩股繞牆的藤蔓，無論怎樣糾結，分扯，最終還是纏繞在一起。

所以他現在寧願和葉燕蝸居在出租屋裏，寧願吃著葉燕笨手笨腳煮的鹹淡不一的飯菜。只有在葉燕的懷裏，他才能撫慰一下煩躁不安的心。

這個名叫葉燕的女孩是雷鳴半年前認識的，這個才畢業不久的大學生，寒假時來華鳴公司打工發房子銷售傳單。雷鳴第一次見到這個面目清秀的女孩，就有一種異樣的感覺，他自己知道這種感覺來自女孩有著與前女友羅小娟三分神似的長相。當他得知女孩來自農村家境貧寒時，那種異樣感覺就更加強烈——他對那種與自己一樣來自農村家庭貧寒的女性有種天然的好感。趁工作機會他和葉燕吃了幾次飯，得知了她過年都不打算回去留在省城打工的原因，一是節約車費，二是想多掙點錢早點還歸四萬塊錢的助學貸款。雷鳴聽罷一陣心酸，驀然想起年幼時的窮困往事。當下便拿出四萬塊錢給葉燕去還貸款。葉燕死活不要。雷鳴正色地說：「拿著，當是你一年的工資提前給你。」葉燕說：「不怕我一去不回來？」雷鳴爽聲笑了：「那就當這錢捐給了希望工程。」大學畢業後，葉燕直接來華鳴上班。同時也當了雷鳴的情人。實事求是地說，雷鳴一開始並沒有把他們的關係朝那方面發展，他不想以婦之夫的身份去傷害一個他憐愛的女孩，但葉燕心甘情願。雷鳴問她為什麼，就因為那四萬塊錢？葉燕告訴他不僅僅是。她說，這輩子從沒人對她好過，包括父母。她有一姐一弟，年歲不大都已成家，父母也要求她早點嫁人好減輕家庭負擔，對她執意讀書頗為不滿，所以她上學家裏沒出一分錢

（也出不起），四年學費靠貸款，生活費則靠自己課外打工所掙，「別說四萬，就是四百都沒人給過我。」說到最後她哽咽不已。雷鳴聽罷沉默不語，一連吸了半包煙。葉燕的命運讓他感同身受，那種憐愛之感又一次如南風拂水面，漣漪泛起；後來他對葉燕說，我給不了你名分。葉燕說沒關係，她願意等。最後雷鳴說，那好吧，給我生個兒子，我一直想要個兒子，我辛辛苦苦打下一番基業得有人來繼承……

葉燕的肚子隨著時間的推移又粗了一圈；雷鳴摸著她的肚皮，像摸著一件稀世珍寶，臉上洋溢著一個即為人父的幸福之笑。「肯定是個兒子！」他信之鑿鑿地說，「他在踢我了。」葉燕笑吟吟看著他，幸福與哀怨兩種截然相反的神情在她臉上交替出現。「給我換個地方住吧，住你公司附近，我想天天見到你。」葉燕說道。

「現在還不行，」雷鳴道，「再說你在這不是挺好嗎？」

「不好，」葉燕咬咬嘴唇說：「有人盯梢我。」

「盯梢你？什麼人？」

葉燕搖搖頭，說：「前幾天一個男的，鬼鬼祟祟在我門口晃悠，我問他是不是租房的，他說不是，只說找人。又不說找誰。接下來兩天，我又看見他。我警告他，再不說找誰，我就要報警了。後來就沒見他人影了。」

雷鳴心裏一驚，忙問這男的拿了相機沒有？有沒有拍照？葉燕想了想，搖搖頭說，這倒沒有，只挎了一個包。

雷鳴尋思著這人難道會是王為青夫婦派來的？難道他們發現了自己在外金屋藏嬌的蛛絲馬跡？要是那樣，事情就有點麻煩了，畢竟現在他還不想和王為青撕破臉皮。

猜測不能解決問題，他還是決定找王為青一探終究。第二日下班，他帶上王貝娜去岳丈家。王為青正在書房會客；岳母吳芳正在廚房訓斥保姆，見到雷鳴，板起那張本就冷冰冰的臉，只牽過王貝娜的手進了臥室，彷彿他的存在只是一堆可有可無的空氣。

岳母的怠慢讓雷鳴心頭有點發緊，他百無聊奈地坐在沙發上，屏氣聆聽書房裏傳出來的如絲細語，以及夾雜著的哈哈笑聲。談話是關於三平區舊城改造地塊的，那些熟悉的詞語如閃電一樣灌進雷鳴的耳朵，頓時讓他坐立不安。「王為青搞什麼鬼，難道他想把那塊地轉給別人？」他開始有些忐忑不安。

半個小時後，王為青和一個穿著體面的中年男人走出書房。雷鳴站起來，想打招呼，但王為青視他於無物，只顧與中年男人握手告別。倒是那留著中分頭的男人見了雷鳴，爽朗笑道：「這位應該是令婿了，果然青年才俊，久仰久仰啊！」

雷鳴也「久仰久仰」客套了幾句。

王為青送走客人，兀自去了書房。雷鳴在客廳躊躇半晌思忖片刻，最後硬著頭皮跟了進去。他一再提醒自己不要心虛，但叫出來的那聲「爸」像是被人掐住喉嚨擠出來似的，聽起來像一片從老樹上掉下來的枯葉。王為青擱下手中的文件，死死盯著他，眼光如萬道細針，刺得他頭皮一陣陣發麻。過了半晌，王為青無頭無腦問了一句：「你做生意經常簽協議或者合同吧？」

「啊？哦，是的。」雷鳴不知道王為青為什麼這樣問。

「不管是協議還是合同最關鍵是什麼？」

「誠信。」雷鳴脫口而出。

「誠信。」王為青點點頭。他在抽屜翻找半晌，找出一摞照片扔在桌子上，厲聲喝道：「給我們講誠信了嗎？」

雷鳴滿腹狐疑地拿過照片一看，神色瞬間變得十分慌亂——照片上顯示的是他和葉燕的親暱情景，姿態各異內容多樣，有一起吃飯一起相擁走路一起上樓以及一起在夜間的樓梯接吻的。

「你還有什麼好解釋的？」王為青厲聲問道。

雷鳴自知理虧，沒有接話也沒有辯解。王為青揚了揚照片，說：「都快六個月了，混帳東西，一直在騙我們！」王為青將照片狠狠摔在桌子上，發出劈地一聲脆響。「說吧，該怎麼辦？」

雷鳴額頭沁出了一層細汗，這不是緊張害怕，而是心亂如麻所致。

「娜娜是有缺陷，不喜歡她可以離婚，幹嘛這樣欺負她？欺負這樣一個什麼都不懂的女人，你於心何忍？」說到這，王為青老眼泛淚，但很快又擦拭掉了。

雷鳴枯坐不動，牆上的掛鐘發出無所事事的滴答聲；王貝娜咿咿啞啞的話語和吳芳憐愛的問話在隔壁有一下沒一下響著，一切聽起來熟悉而又陌生。後來他站了起來，嗡聲嗡氣地說了一句：「給我幾天時間，我會給你們一個交待。」

「你始終記住一條，你現在所有一切，都是我給你的！」王為青的聲音又瞬間變得嚴厲。

雷鳴想爭辯什麼，但話到嘴邊又嚥了回去。他徑直出了門。冬天的夜燈總是灰濛濛的，一副睡眼惺忪無精打采的樣子。由於夜空飄起了細細的小雪花，城市的夜景看上去像罩上了一層輕縵。雷鳴將車子開得飛快，車子天窗也打開了，雪花抱著冷風一同灌進車內。他絲毫不覺得冷。車子一直開到江邊，下車後，佇立江邊，任由寒冷刺骨的江風撲打臉面。江風漁火對朝眼，駁船的汽笛聲心事重重地叫著，雖然江兩岸燈火輝煌，江中心依舊黯黑如鐵，死戚戚一片。他一連抽了一包煙，直到嗓子發澀才扔掉煙盒。江風吹得他的腦袋比任何時候都清醒。他思索好久，像思索了一個世紀，慢慢踱回車上時已拿定主意。他給丁文華打了一個電話。

第二天晚上，丁文華帶著兩個人來到陽新街，找到葉燕的住處，說給她換住處。葉燕認得丁文華，問他的雷總為什麼不來。丁文華說他在市裏開會。

載著葉燕與丁文華以及另外二人的商務車，在城市濕漉漉的街道繞了半個多小時還沒達目的地。葉燕問房子在什麼地方，丁文華面無表情地說，快到了。後來，車子在一所偏僻的醫院門前停住了，葉燕頓時發現情況不對，她大叫道：「你們帶我來醫院幹嘛，我要給雷鳴打電話！」

丁文華說：「是雷總讓我們這樣做的，對不住了葉小姐。」他拿出一方手帕，突然捂住葉燕的嘴，後者使勁掙扎了一會，但很快便一動不動了。丁文華打了一個電話，不一會，一個醫生兩個護士推著一輛擔架車從醫院側門口走了出來……

那天晚上，雷鳴在辦公室呆坐一宿，一連抽了五包煙。當翌日溫暖的冬日晨曦像天堂的極光一樣透過寬大落地窗泅進辦公室時，他一夜未合的雙眼被刺得一陣澀痛。血絲如同漁網一樣星羅棋佈，腦袋像灌滿了糊漿一般沉重無比。丁文華在外面敲了幾聲門他才聽見。

「事情還算順利。」丁文華彙報道，「我安排了兩個看護工在照顧她，休息幾天就好了。」

「她現在情緒怎麼樣？」

丁文華遲疑一會，說：「不是很好，不說話，也不吃東西。」

「錢給她沒有？」

「給了。」

「行，你今天就不上班了，回家好好休息一下。手機開通，有事我打電話你。」

「好，謝謝雷總。」

丁文華轉身出去，剛走到門口，雷鳴又叫住了他，遲疑片刻，問道：「是男是女？」

「是男孩。」丁文華頓了頓回答道。

像是什麼東西破裂了，雷鳴聽到心裏嘎嚓一聲脆響，他痛苦坐下來，朝丁文華揮了揮手。不一會秘書拿著一沓文件進來了，叫了一聲「雷總」。他頭也沒抬，揮了揮手，叫了一聲「滾」，秘書連忙退了出去。

葉燕是三天後來到他辦公室的，臉色蒼白如紙，或者確切地說，就是一幀虛弱得能被一陣風吹走的紙人。雷鳴暗暗吃了一驚，半愧疚半心痛地說：「你出院也不通知一聲，我好去接你。」

葉燕面無表情地將一抱東西擱在辦公桌上，冷冷道：「知道這是什麼東西嗎？我從醫生那買來的，你一定喜歡。」雷鳴想說什麼，葉燕說了一句「我不跟畜生說話」便轉身離開，剛走到門口，又回過頭鄙夷道：「你這種人，註定孤老一輩子！」

雷鳴滿腹狐疑打開桌上的黑色包裹，在露出裏面東西的一剎那，他頓感一陣暈厥，接連後退幾步。——包裹裏裝著一個碩大的玻璃瓶，瓶子裏的血水浸泡著一個已初人形的男嬰！

他大聲嘔吐起來，但什麼也沒嘔出來，聲音悽愴，像一隻正在閹割的公牛發出痛苦咆哮。在外間的秘書不知道老闆在裏面出了什麼事，也不敢敲門進去。接下來裏面傳來砸東西的聲音，有砸傢俱的砰砰聲，摔花瓶的脆響聲，以及踹椅子或者桌子的斷裂聲，砰砰乒乓，噹噹嚓嚓。幾個公司副總包括丁文華都聚集在門口，面面相覷，誰也不敢進去。

過了半晌，門開了，雷鳴抱著一個黑色包裹慢慢走了出來，頭髮凌亂，眼神呆滯。他面無表情走過眾人，誰也沒打招呼，像個遲暮的老人步履蹣跚地徑直朝電梯間走去。

一個月後，三平區舊城改造地塊的批文終於下來了，雷鳴如願以償。根據規劃協定，由華鳴公司和三平區政府共同出資組建法人專案公司，華鳴占百分之五十一的股份，區政府占百分之四十九的股份，華鳴公司具有控股權。在簽約儀式上，三平區區長握著雷鳴的手熱情洋溢地說：「雷總，你就按你的規劃藍圖放手幹，我會支持你的！」雷鳴平淡地說：「我會的，一定會的，這個項目來得這樣不容易，我怎麼不會好好幹？」

簽約儀式結束後，他沒有參加中午的歡慶午宴，獨自開車來到郊外一座墓園。他花了三萬塊錢為他尚未來到人世就死於非命的兒子買了一穴墓地。他為這個兒子取名元佑。元佑諧音原宥，是期望得到未出世兒子的原諒，還是自我寬宥？他自己也說不清道不明。

他在兒子的墓前枯坐了一下午，乾喝了一瓶酒抽了三包煙，就著溫暖的陽光睡了一個鐘頭，直到暮靄泛起，他才起身對著墓碑說了一句：「好好睡，以後我再來看你。」

第十三章　面對強拆　逸芳自焚

這年春天龍陽的天氣格外的清爽和煦，陽光明媲媲的，偶有幾絲清風拂過，街邊梧桐的飛絮就雪花似地隨風飄舞，調皮地落到行人的身上黏到頭髮上。但在這個美好春天，胡逸文的心情與舒暢天氣截然相反，愁緒如水，有種內交外困的意味。

仲春還沒過完，柳家灣的拆遷因一張拆遷公告由傳聞走向事實。公告被張貼在巷口最顯眼的位置；公告首先事無鉅細表明了拆遷目的，接著道明了拆遷補償方式（全部貨幣補償）和拆遷日期（五月一號之前，相關拆遷戶必須全部搬遷），最後道明了補償標準：二〇〇二年一月一號之前蓋的房子按兩千一百八十元╲平米補償，〇二年一月一號之後蓋的房子按三百元╲平米補償。補償標準的法律依據是二〇〇二年頒佈的《龍陽市城中村房屋整改和補償意見》第三條：二〇〇二年一月一日以後村民在集體土地上所蓋的房子都是「種房」，屬於違法建築。三百元╲平米的是人道補償。

胡逸芳將這個公告前前後後看了八遍，每看一遍，心底就更跌進冰窖一層。她的房子是二〇〇九年四月動工興建十月完工，按照這個標準，她只能獲十多萬元。這是她無論如何也接受不了的：「混帳！什麼狗屁標準！」要不是有人攔著，她肯定一把將公告撕了。回到家她對胡逸文說起這事依舊憤怒難平：「每平米三百塊想拆我們的房子，做夢！二癩你要支持我，咱們堅絕不搬！」

胡逸文已看過公告，也極為憤然和失望，按那樣的拆遷標準，甭說先前協議的二十萬，就連投入的本錢都會打水漂且連水泡都不會冒一下！所以面對胡逸芳的鼓動抵制，他一百個支持。

一個星期後，村裏書記帶著區拆遷辦的人和城管挨門逐戶動員拆遷戶搬遷，胡逸芳和他們進行了第一輪針鋒相對的衝突，她旗幟鮮明表明了態度：不按兩千一百八十／平米的拆遷補償，她絕不搬遷！

「你家的房子是二〇〇九年四月份蓋的，只能按三百／平米補償，你憑什麼多要？」城管揚著花名冊說。

胡逸芳反駁道：「這房子是二〇〇九年以後蓋的不假，但不是『種房』，是你們城管領導同意我們才蓋的，不信你們去問你們那個姓李的副局長，我還送了錢……」

聽了這句，幾個城管和村幹部面面相覷臉色尷尬。一個城管說：「甭七扯八扯，『違建』就是『違建』！」

這時胡逸文說：「既然當初就認定我們是違法建房，為什麼還允許我們建？既然允許我們建了，就應該認定我們是合法的！」

村支書打量胡逸文。「你是誰？有你說話的份嗎？」

胡逸文氣道：「這房子是我跟我姐一起蓋的，我怎麼沒有說話的份？你們要拆我們的房子，我當然不依！」

村支書說：「你一個外地人怎麼跑到我們村的集體土地上蓋房子？經過批准了嗎？」

胡逸芳一把拉過胡逸文，對村支書說：「房子是我跟柳國慶蓋的，我弟只是借錢給我，總可以了吧？」

村支書一時噎住了。

「甭跟她囉嗦！」一個城管說，「五一之前你們必須搬，否則一切後果自負！」

「什麼後果？怎麼自負？」胡逸芳銳聲叫道，「你們要強拆就從我屍體上跨過去！」

談不攏自然就兩散。胡逸芳已經做好了打持久戰的準備。

這十幾家拆遷戶除了胡逸芳和另外兩家，其餘都是〇二年以前蓋的房子，對拆遷標準滿意搬遷比較順利，俟四月中旬逐一搬空；另兩家在村幹部口吐蓮花的勸誡和鼓動下也在四月下旬搬出。於是，不到四月底不少已經清空的房子開始在推土機的轟鳴聲中灰飛煙滅。

村支書曾和拆遷辦人員曾幾次找胡逸芳做工作，祭出了「顧全大局」的道德高帽，並列舉另兩家人的行為榜樣。胡逸芳的態度依舊堅如磐石不容置喙：「要我顧全大局，那你們想過我的死活沒有？按三百拆下來，連本錢都不夠！現在房價火箭似地漲，我拿這點補償金是夠買間廚房還是夠買間廁所？甭拿那兩家跟我作比，他們才是真正地『種房』，他們房子有幾棟，被拆的房子一層兩層面積小根本就無所謂！但我就不同了，我沒有工作靠房子的房租活命，你們把我的收入來源斷了又只補這點錢讓我喝西北風去？」

「那你想怎麼樣？」村支書問。

「很簡單，按每平米兩千一百八十的標準拆。」胡逸芳乾脆俐落地回答。

「那不可能。」拆遷辦的人說，「壞了法規，即便給你這個標準，那讓已經搬走的那兩家人怎麼想？一旦從你這開了『違建』當成『合法建築』拆遷補償的惡劣先例，以後整個區裏的城中村改造如何進行得下去？」

「但我這房子不是『違建』！」胡逸芳再次重申。

「你這還不是『違建』？」

兩端各執一詞的「合法建築」或「違法建築」的爭執很快了「雞生蛋，蛋生雞」的怪圈，談不攏勢在必然；最後，村支書和拆遷辦人員留下一個「刁民」的評語憤然離去。

這種情況胡逸文感到焦慮無比，一方面他支持「堅決不搬」抗爭到底，另一方面又擔心姐姐的安全。胡逸芳的態度已有「刀架脖子也豁出去」的意味，她叫弟弟別擔心也叫他別跟拆遷的人爭吵，她一個人擔當就行了，「村裏幹部只認我不認你的。我也叫柳國慶甭出面，他火氣爆，肯定會跟拆遷的人打起來。他照顧好思思就成，由我頂在外面，我一個女人家，他們能拿我怎麼樣？」

山雨欲來的緊張態勢讓周曉妍心生恐悸，她向胡逸文提出去單位附近租套房子，將傢俱電器搬過去再說，但被胡逸文斷然否定：「咱們現在搬走算怎麼回事，撇下姐姐不管？」周曉妍說：「不是不管，只是將傢俱家電搬過去嘛，這裏留一床一鋪一蓋我們在這住。」胡逸文問：「那媽呢？」周曉妍一愣，頓時無語了。是啊，將年老的母親怎麼辦呢？

逸文跟姐姐說起了曉妍的打算，沒料到胡逸芳一口贊同：「傢俱電器是你們結婚置辦的新家當，五一那天真被那幫豺狼砸了，損失大不說也沒地兒說理去。」胡逸文點點頭，也勸她將家裏的東西搬到後樓她婆婆柳老太那去。胡逸芳堅定搖頭態度決絕：「要是房子真沒了，還要那些破銅爛鐵幹嘛？」逸文聽了，心裏捲起一陣悲涼。

兩天後逸文夫婦倆在一家修造廠的家屬院租到了一套一室一廳，離雜誌社不遠，房子來自編輯部主任劉文芳的介紹，是她的一個什麼親戚的房子。儘管房子年代久遠，樓道的牆壁黑不溜秋，屋內的地板磚許多已經破裂了，但水電電器齊備，租金每月八百。當天晚上逸文就請來搬家公司將傢俱電器以及一些器軟一股腦搬到租住屋去了。

姐弟倆商議安置母親的辦法是暫先送她回農村老家。近一個多月來母親愈加衰老了，白髮染鬢，臉上皮膚鬆弛，使得左臉頰上的老年斑愈甚觸目。母親的衰老一方面緣於對一雙兒女安全的提心吊膽，另一方面則是自責——自責於多年來兒子為求得一所房子如此不順而自己作為母親卻無能為力。現在一雙兒女提出讓她回家她自然不願意。「我不回去，多一個人多一個幫手。」胡逸芳哭笑不得：「你能幫上什麼忙？你先回老家住一段時間，等事情平息了我們再接你出來，好不好？」胡逸文也勸撫母親，最後胡母只得應允。臨走之前，胡母抹著淚對逸芳說：「錢和房子都是身外之物，你別太硬撐了，人在比什麼都好。雞蛋碰不過石頭的，芳啊，我真擔心你……」胡逸芳心一酸，淚如雨下：「媽，你放心，我心裏有數。」

五一長假雜誌社提前一天放了，四月三十號這天，胡逸文送母親回家，將母親安頓好，留下一筆錢，又挨家拜訪一些本家親戚和左鄰右舍，請他們平日幫著照應一下母親。因為要忙著回龍陽，胡逸文沒在鄉下多待，第二天一早就急沖沖往省城趕。

到柳家灣已是十點，黑雲壓城的緊張態勢嚇了他一大跳；遠在巷口他就看見已成孤樓的自家四層樓宇在陽光下倔強地矗立著，比樓房更倔強的是樓頂上一個女人的身影，不需要仔細辨別，胡逸文就一眼瞅出是姐姐胡逸芳，四樓的牆上掛著一面白底黑字的條幅，上面歪歪扭扭寫著「房在人在，誓與房子共存亡！」幾個大字；走近跟前，才發現三四台推土機挖掘機已將樓房圍成一圈，幾十個手持盾牌頭戴鋼盔全副武裝的城管在樓前十米處一字排開，在他們身後站著一群領導模樣的人（應該為城管領導、村裏幹部和拆遷辦工作人員），其中一個穿著制服的幹部正拿著擴音器喊話：「樓頂上的人聽著，希望你認清形勢，顧全大局，不要無謂的抵抗！」樓上的胡逸芳並未理會，「砰」地一聲扔下一個點燃的汽油瓶，四濺的火束驚得城管和幹部們倒退了好幾步。

胡逸文急忙繞過圍觀的人群來到樓下，看到周曉妍正焦急地望著樓頂，他問怎麼讓姐姐一個人在上面。周曉妍看到他哭了起來：「她把我趕下來了，她要一個人在上面。」

「柳國慶呢？」

「不知道被柳老太藏到什麼地方去了。」

胡逸文轉身朝樓房走去，打算支援姐姐，但被周曉妍拉住了：「你別去，危險！」胡逸文甩開了她，沒走幾步被胡逸芳瞅見了，她在樓頂大喝道：「二癩你就待在下面，別上來！」「姐——」胡逸文喊了一句；「聽話！」胡逸芳銳聲喝道；胡逸文只得退到樓房十米開外的地方，他注意胡逸芳手裏拿著兩個燃燒瓶，背後還立著一個煤氣罐。逸芳凜然決然的姿態讓逸文心裏湧起一股前所未有的悲涼。

一直叫囂的喇叭聲停下來了，推土機挖掘機也後退了幾步，城管領導和村裏幹部似乎在商量下一步對策。胡逸文也沒閒著，他想起那個父親在龍陽市司法局任副局長的大學同學，但電話打過去被告知號碼是空號，他又拔打其他一些同學的電話，才知道這同學已經出國了，不過讓他欣喜的是，他得知了這同學的家裏住址和電話。他連忙叫曉妍好好勸撫胡逸芳，他自己去找那個副局長，求他給城管局的領導打聲招呼通融一下。

他坐著計程車經過一個半小時的東打聽西打探終於一個高檔小區找到副局長的家。副局長似乎要出門，正在和妻子收拾行李，見到急沖沖的逸文警惕地問他找誰；逸文擦著汗自報家門，副局長想了好一會才恍然大悟道：「哦，記起來了，你是濤濤的同學，胡——」胡逸文忙報了名字，副局長說：「你是來找嚴濤的？他已經出國了，今年過完年走的。」逸文說他不找嚴濤，他斂住焦急情緒，簡明扼要地表明此來的目的。副局長聽罷，摸摸有些禿頂的腦袋說：「哎呀，這事不好辦啊，既然是市政工程，找城管局也沒用，他們只是拆遷執行者。」胡逸文急急說：「就是讓您跟城管領導通融緩緩再拆，我再去跟我姐商量……她現在情緒很激動，我怕她做傻事……」他眼淚快要流出來了。副局長還在猶豫，他妻子拉了他的手臂說：「你就跟老方打個電話吧，瞧這孩子怪可憐的，好歹是濤濤的同學。」副局長思忖一會同意了，他拿出手機拔了一個號碼，清清嗓子說：「喂，老方嗎？我是老嚴啊，你好你好，問你一個事啊，你們城管局今天是不是在龍江區柳（逸文在旁邊說：「柳家灣」）……柳家灣拆一棟民房啊？有這事啊？哦，是這樣，那房子是我家嚴濤的一個大學同學跟他姐姐合建的，他現在找到我，你看能不能高抬貴手晚些時再拆，多做做工作……啊？哦，哦，是這麼回事，哦，行……」副局長一連說了幾聲「哦」才掛了電話，他對逸文說：「他說那條市政路是區裏的民心工程，十一之前必須竣工的，他也無能為力。」逸文說：「那問問能不能提高拆遷標準？」副局長說：「不用問，他說你那房子區裏定性為違章建築，除非讓區裏改變定性。但我在龍江區政府沒熟人啊。」胡逸文不說話了，心底寒潮似地冰冷。副局長做到這一步已經不容易，不好再要求別人什麼。他真誠道了謝，起身告辭了。

回到柳家灣夜色已降臨，幹部們已經走了，幾台推土機還虎視眈眈對著孤房在。旁邊停著兩輛寫有「城管」二字的麵包車，透過車窗，可以看到一些城管打牌嘻鬧。孤房在暮色下顯得更加冷清倔強，像一個威嚴不可侵犯的古堡。「古堡」上的人影還在，正坐在樓頂平臺的水泥圍欄上，猶如「古堡」旁逸出的一根強硬的箭垛。

胡逸文去頂樓的時候，周曉妍也剛上去，她端著一碗麵勸胡逸芳吃。疲憊的胡逸芳搖搖頭說沒有胃口。看到逸文回來，曉妍問起了情況，逸文歎口氣講了找副局長的經過。聽罷周曉妍失望地喃喃自語：「那怎麼辦啊？」逸文將逸芳從水泥圍欄上扶下來，找了張椅子讓她坐下，將麵條遞給她：「先吃點東西吧。」逸芳捧著麵條勉強吃了兩口。逸文吞吞吐吐道：「姐……要不算了吧，三百就三百，錢我不要，都給你……」周曉妍正要說什麼，被胡逸芳一聲怒喝搶斷了：「不行，現在屈服，以前的努力不是白費了?!」逸文爭辯道：「可我們鬥不過他們啊！萬一他們強拆，我們什麼都沒了！」逸芳說：「我們現在就要咬緊牙！看今天的情形，他們不敢硬來，估計在想對策，我們頂一頂，說不定明天就有轉機了呢？」逸文無法說服姐姐，最後只得說：「我再想想其他辦法，我有個同事現在在報社工作，看能不能讓媒體參與進來。」逸芳說：「這辦法不錯，明天你就去。」

柳國慶帶著思思上樓來了，看到這個縮頭烏龜似的姐夫，逸文氣不打一處來，「讓老婆頂在外面，自己躲得遠遠的！你算不算男人？」柳國慶不以為然道：「就算我頂在外面又有什麼用？他們就按兩千一百八十塊錢拆了？」逸文又氣又惱：「你除了打麻將打老婆，就是廢物一個！」

思思撲在胡逸芳懷裏撒嬌，逸芳摟著女兒，眼淚不自主地往下掉，思思說：「媽媽你怎麼哭了？有壞人欺負你了嗎？」女兒幼稚懵懂的問語讓逸芳更傷心，她邊流淚邊捋順女兒凌亂蓬鬆的頭髮：「媽媽沒哭，也沒人欺負媽媽。」逸文曉妍見了也一時悲戚難受，逸文心裏更堵得難受。

慘劇是在翌日凌晨七點發生的。

因為要去找那個昔日同事，逸文早早起床了，水電早已停了，曉妍從後樓柳老太那裏提來一桶水，「湊合洗漱一下。」逸文邊洗邊問：「大姐不知道起來沒有？」曉妍說：「她昨晚一直睡在樓頂上。」逸文一驚：「她不要命了，現在才五月份，晚上涼得很！」

正說著，樓外面想起了一陣急促的推土機的聲響，逸文突然感到一陣地動山搖，緊接著「咚」地一聲巨響，樓房的東南角被挖去一大塊。「他們在強拆了！」逸文大叫一聲，透過樓房被挖開地巨大豁口，他看到樓底下一片黑壓壓的人群，全是全副武裝的城管！兩人在呆愣的當兒，門「砰」地一下被踹開了，幾個城管不由分說將他們摁倒在地，邊拖帶拽拉下了樓。胡逸文掙扎中聽到一個城管在喊：「四樓是防盜門，反鎖了！」

「砸開！」一個聲音命令道。隨而響起密鑼似的砸門聲。

胡逸文被帶到樓下的時候，看到樓頂胡逸芳正不斷朝樓下扔燃燒瓶，城管們舉著盾牌抵擋四濺的火束。城管背後一個幹部拿著擴音厲聲叫喊：「樓上居民聽著，你的行為已經構成了暴力抗法，再不下來，一切後果自負！」

幾個城管砸開四樓的門後已經出現在樓頂，胡逸芳舉著燃燒瓶大叫著讓他們別靠近；就在城管們試圖逼近的時候，胡逸芳突然將一瓶汽油倒在自己身上，舉著打火機大聲嘶力竭地大喊：「你們再靠近，我就點燃了！」

「姐——」逸文哭喊了一聲，他掙脫掉押解他的城管，跑到拿擴音器的幹部面前哀求道：「你讓他們停下來，求求你，我們同意拆，我們無條件同意！」邊說邊跪下來了。

就在這時，人群「啊」地驚呼起來，逸文扭頭一看，胡逸芳已經點燃了身上的汽油，火勢迅速漫延全身，整個人成了一個火球！

「姐——」逸文大叫一聲，發瘋似地朝樓頂上跑。胡逸芳倒在地上痛苦打滾，淒厲慘叫著；幾個城管手慌腳亂地撲打她身上火勢。「操你媽滾開！」逸文哭叫著脫下上衣拚命撲火，嘴裏哭喊著：「姐！姐！」一個城管拿來滅火器才將火勢撲滅。胡逸芳的衣服已全部燒掉，身上皮肉大部分燒焦碳化，沒有燒掉的頭髮裹著血淋淋的皮肉死死貼在臉上，整張臉已經完全燒得面目全非。胡逸文抱著逸芳發瘋似地踉踉蹌蹌往樓下跑，邊跑邊聲嘶力竭哭叫著：「救護車！救護車！」

經過醫院一天搶救，胡逸芳是在當天晚上後半夜三點被宣佈搶救無效死亡的。巨大的悲傷掏空了胡逸文的身體，醫生對他宣佈消息的時候，他麻木沒有任何反應。周曉妍摟著他一直嗚嗚地哭。村支書和一些幹部過來表達安慰：「這樣的事誰也不願看到，你們節哀順便。」胡逸文直愣著眼睛盯了支書好一會，突然暴跳起來一拳砸在他臉上，對方被打了一個踉蹌癱倒在地，逸文撲上去死死掐住他的脖子狠狠叫道：「是你們逼死我姐的，我要你們償命！」

其他幾個幹部一時呆愣住了，直到支書發出慘叫聲，他們才回過神來，一起湧來扳開胡逸文鐵箍似的手指……

三天後，龍江區政府頒佈了一份公告，將胡逸芳的拒拆自焚定性為「暴力抗法」事件，同時撤銷了區城管局局長方大山和村支書李明傑領導職務。公告最後寫道：「出於人道考慮，經區政府決定，補償該住戶九十平米經濟適用房一套。」

胡逸文沒有機會得知這個消息，在公告發出的前一天，他以妨礙公務罪和故意傷人罪被刑事拘留了。

一個月後，胡逸文走出拘留所門口，遠遠看見周曉妍站在拘留所對面的街上，神色安詳。他走過去，摸著妻子的臉，苦笑了一下。周曉妍挽起丈夫的手，說了一句：「回家吧。」

回到江北那邊的出租屋，胡逸文痛痛快快洗了一個熱水澡，周曉妍給他下了一碗香噴噴的麵條，他邊呼哧吃著麵條，邊聽妻子講著政府公告的事。「房子是柳國慶簽收了，我不明白，你姐一條命換回來的房子，他柳家人憑什麼……」

胡逸文吃完麵條擦了一把嘴，問了一句：「姐的骨灰盒呢？」

「呶，在那呢。」周曉妍指了指旁邊櫃子上一個暗黑色木盒。「柳家人是想在市郊的公墓買一塊墓地安葬姐的骨灰的，後來聽說一塊墓地要上萬塊錢又放棄了。我一氣之下就將骨灰盒領了回來——我從沒遇過那樣一家無情無義的人！」

胡逸文聽了半晌不語，然後說：「明天我們帶骨灰盒回老家安葬。」

翌日，他們便帶著胡逸芳的骨灰回到胡家坳老家；聞知女兒的死，胡母哭暈厥了好幾次，她捶胸頓足自責抱怨：「我不該回來，我該勸住她的呀！」胡逸文和周曉妍只得輪番勸慰母親。胡逸芳的骨灰安葬在後山自家的墳地上，墓穴緊挨著父親的旁邊，四周簇圍著幾株鬱鬱蔥蔥的矮腳松。墓穴是本家幾個親戚幫忙挖的，下葬的時候，逸文怕母親太傷心，沒讓她去墳地，叫本家一個嬸嬸照看著。下完葬，親戚先回家了，胡逸文叫周曉妍先回去，他想一個人待會兒。周曉妍走後，他盤腿坐在墳前新鮮溫潤的泥土上。「姐啊，我本來是要帶思思一起回來的，但柳家人不肯，說是怕不吉利。姐啊，你命苦，碰到這樣一家人。」他一邊歎姐姐命薄一邊下決心道，「姐啊，我一定要為你討個公道的。你就在好好休息，陪陪爸……」他抹了一把眼淚，抬天望望天，陽光很明媚，光線透過雲層，照在身上像鋪了一層厚厚的毛毯，但他心裏卻寒冷如冰。

第二天回到單位上班，發現秦文夫從北京回來了，正給同事發從北京帶回來的小禮物。幾年的北京生活讓他面目蒼老，禿頂的範圍如沙漠吞噬綠洲般擴大許多；皮膚黝黑而粗糙，但精神狀態很不錯，眉宇之間竟洋溢著幾絲肅穆和亢奮。

第十四章　白芬被抓　房子沒收

白芬是秦文夫回來的前一個星期被檢察機關帶走的。劉建明被「雙規」後，她就對自己的將來有了不祥的預感，不過那時的工作生活並未受影響；但兩個月後她被單位停職了，也並未給停職的理由，只讓她待在家裏哪兒也不能去。檢察院的人帶走她的時候，她顯得平靜淡然，似乎早料到了這一天。當時只秦老太一人在家，她問兒媳出了什麼事又問辦案人員為什麼帶走兒媳。白芬沉默不語深情地環視著溫馨舒適的房間。走之前只給婆婆留了一句話：「先不要讓東東知道這個事。」

早在幾個月前，秦文夫就接到雜誌社撤銷北京辦事處的通知，便開始著手處理一些後續工作；十多天後，又接到母親秦老太打來的關於家裏變故的電話。得知妻子被帶走的消息，他神情平靜，他站在辦事處的十層高的陽臺上對北京的天空默默說了一句：「我是該回去了。」

後來回家後，當他又一次站在這一套並不屬於自己的房子時神情凝重心底五味雜陳。秦老太見兒子回來，悲喜交集，她嘮嘮叨叨複述白芬被帶走的事。她問兒子應該怎麼辦？秦文夫沉默片刻後：「等她回來。」

半個月後，紅光電器集團後勤處的人來到秦家，通知了廠裏的決定：收回房子，月底之前騰出來。不明所以的秦老太質問他們為什麼要收回房子？一個瘦高的工作人員正要解釋，秦文夫忙岔開話題，將他們送出門外，誓言旦旦保證：月底之前一定會騰出房子！幾個人下樓去，那瘦高個對旁邊一人說：「沒想到這人當王八還當得這麼高興。」幾個人都樂呵呵笑了起來。這句話如同一縷毒煙，讓秦文夫忽閃閃躥起一股怒火，但他咬咬牙硬將那股怒火壓制了下去。

「媽，這事兒很簡單，當初白芬為了分得這房子，給領導送了錢行了賄，現在那領導被抓了，供出了行賄人，白芬就被帶去調查了，這房子也成了不當得利，她單位自然要將房子收回去啊。」秦文夫對母親解釋說。

「這房子裝修得好好的再退給他們，他們應該把幾萬塊錢購房款退給我們啊。」秦母說。

「這……」秦文夫一時語塞，不知如何回答，最後以一句「以後去問問看」搪塞過去。

第二天是禮拜天，秦東東回家拿生活費，見到秦文夫自是高興了一番，然後問他他要的數位相機買回來沒有。秦文夫說沒有。「上個月我不是在電話給你說了嘛？」秦東東有些不高興。看著眼前這個已經高出自己半個頭唇邊已生出一層厚厚絨毛的兒子，秦文夫歎了口氣。他將兒子叫進臥室，神色凝重地將昨天對母親說的話重新對他複述了一遍。秦東東聽了驚訝得張大了嘴巴。

「我希望你不要怪你媽，她也是為了這個家好。你今年整整二十歲了應該要為這個家做點事。從下個月開始咱家就得去外面租房住，你媽媽的工作也可能會丟掉，全家只能靠我一個人的工資。我現在每個月只能給你兩百塊錢生活費，餘下的只能靠你自己勤工儉學去打工……」

秦東東聽了凝然不語。秦文夫問他有什麼想法他也不回答，坐了一會後一言不發起身出去了。秦文夫看著兒子離去的背影重重歎了口氣。

接下來幾天，秦文夫一下班便到處去租房子，又叫胡逸文幫他留意。不明就裏的胡逸文問他有房子住幹嘛要外面租房。秦文夫支吾說到了妻子行賄云云，並叮囑別跟雜誌社其他同事說。逸文聽罷嗟歎不已：「你跟我一樣的命，——註定一輩子為房子所累。」

晚上秦文夫回到家，發現母親佈滿老人斑的臉繃得像塊鐵帳簾，難看中透著憤然，便問出了什麼事。秦母將他叫到跟前，一字一句問他：「你跟我說實話，這房子是不是你媳婦跟她領導睡覺睡來的？現在小區裏的人都這樣說，今天我去買菜，有幾個人還在我背後指指點點，——你說，到底有沒有這回事？」

「沒有的事！」秦文夫極力否認，「你別聽那些爛舌頭根的造謠！她是我老婆，要是她真偷人我早跟她離婚了！」他好聲勸慰母親：「媽，我正在租房子，過幾天我們搬到外面去住，不用在這裏聽那些人胡說八道了。」

秦母無法辨別兒子說的是真還是假，除了唉聲歎氣還是唉聲歎氣。

在月底到來之前，秦文夫終於在一個叫汪家敦的地方租了一套租金八百的兩居室，生活設施齊全，離他上班的地方有七站路，對以自行車代步的他來說也不算太遠。將房子打掃乾淨後，等到星期六，他叫回兒子秦東東，又租來一輛小型貨車，父子倆前前後後足足搬了三趟才將所有的東西搬完。搬完後累得秦東東氣喘吁吁，他問父親為什麼不叫搬家公司。秦文夫擦著汗摸著頭上稀疏的頭髮，站在多少有些破舊的出租屋裏一時有點一籌莫展。「費那個錢幹嘛。」他叫秦東東去幫奶奶把廚房廁所打掃一下，他來擺放傢俱。

白芬是三個月後回來的，此前一直被限制在紀委招待所裏配合調查。出來後憔悴不堪的神色與先前的光彩照人判若兩人，呆滯的眼神漠然的面孔恍惚的表情昭然若揭地表示她曾遭受的精神打擊。前去迎接她的秦文夫看到此時的妻子，先前針對她而起的怨恨與羞惱彷彿也在一瞬間煙消雲散。他幾乎是跑著上去一把抱住那時正站在招待所門口不知所措的妻子的，並小心翼翼攙扶著她上了一輛早已準備好的計程車。

回到家後的白芬站在新租來的家裏沉默不語，平靜的表情反映不出她此時此刻的心底波瀾。秦文夫張羅著給她放洗澡水。而婆婆秦母的表情極為冷漠，那些有關兒媳的傳聞令她寧可信其有不可信其無，當這樣的心理思維一旦拘定，面對「辱門敗面」的兒媳自然提不起絲毫的欣悅。

秦文夫是睡到半夜發現妻子白芬不見的，當他撒完尿迷迷糊糊爬上床正準備繼續入睡時，覺察到了這一令他吃驚的事實；他清醒過來後迅速將整個房間搜索一遍沒有發現妻子的任何蹤影。睡在另一間房的秦母被吵醒了，問兒子大半夜地找什麼？秦文夫焦慮地說，白芬不見了。秦母哼哼兩聲嘟噥著：「只怕又會哪個野男人去了！」秦文夫懶得理母親，穿好衣服跑到了闃靜的大街上。六神無主的他實在搞不清妻子三更半夜會去哪？他在街上焦急萬分地找尋半天一無所獲，一籌莫展之際突然想到了一個地方。他攔了一輛計程車迅速奔向了紅光小區。

白芬果然回到了那個曾帶給幸福和希望、榮耀與恥辱的地方，但此刻這套房子已經不再屬於她了，房門緊鎖，封條張貼，摸著這熟悉的曾摸索過無數遍的房門，她竭力不讓自己哭出來。丈夫秦文夫找到她時，她像一隻病怏怏的母貓般正捲縮在房門前，神色淒憐，淚眼盈盈。秦文夫一把抱著她像抱住一個軟弱無力孤苦伶仃的嬰兒。白芬在丈夫的懷裏發出了壓抑的哭聲，也說出了回來之後的第一句話：

「老秦，家沒了，老秦，我對不住你！……老秦，我不甘心啊！」

秦文夫潸然淚下。「有我在，就有家，走，咱回家，回家！」

他摟著傷痛的妻子走出了那幢曾經居住了四年的樓房，此時月色如水，他回過頭第一次在月色下打量那幢房子，竟發現它張牙舞爪樣子是那樣的古怪和醜陋。他背過身去，扶著妻子白芬一步一步走出了紅光小區，兩人都沒有再回頭張望一眼。

連續幾個月上班之餘一有時間，胡逸文都帶著有關胡逸芳自焚的文件奔波於媒體、政府部門和律師事務所之間，但都一無所獲。一個在某報社工作的昔日同事跟他說：「找媒體沒用，這個事以前作為新聞報導過，你讓媒體幫著介入，問題是怎麼樣介入？發表一篇文章，說政府做得不對是劊子手？」一個律師對他說：「這官司不好打。第一，你將龍江區政府和城管局列為被告，告他們不該拆你的房子，但他們有拆遷許可證，是合法拆遷，你告不來；第二，死者的死和拆遷沒有必然關係，她是自焚，不是被城管打死；第三，以我的經驗，這種民告官的官司贏得太少……」後來，胡逸文找到龍陽市信訪辦上訪。一個工作人員看了文件說：「你想爭取一個什麼樣的結果？給她追授個烈士稱號？」胡逸文壓抑住怒火說：「我只想為她的死討個說法，她不是暴力抗法！」工作人員說：「暴力抗法是龍江區政府定的，你去找龍江區政府，找信訪辦有什麼用？」最後，胡逸文又給市人大市政協寫信，結果信件無一例外石沉大海……

周曉妍目睹丈夫幾個月來像做無用功似地輾轉奔勞，痛在心裏也急在心裏。一天晚上逸文疲憊回家後，她規勸丈夫：「算了逸文，別硬撐了，現在社會都這樣，你一個文弱書生能奈何……」逸文強脾氣上來了：「我就不相信，沒一個說理的地方？」周曉妍生氣了：「你這不是執著，是一根筋！有這時間精力，幹嘛不去找柳國慶要回屬於我們的房子或者拿回我們的錢？那房子你姐拿命換來的，他柳國慶幹嘛住得心安理得？而且那房子本應我們有份，你姐也不希望房子被柳家人獨佔吧？」胡逸文一時無語，後來他狠狠搧了自個兩個耳光，周曉妍一把攥住他的手：「你是幹嘛呀？」胡逸文悲泣道：「我沒用，我姐死得那麼慘，我連個說法都討不回……」周曉妍抱著他，眼淚也流出來了：「你已經盡力了，姐在天之靈不會怪你的。」

晚飯逸文沒胃口，胡亂扒了兩口，準備洗洗早點休息，這些天太累了。那時房東來收房租。按照簽的租房協議，房租是一個季度一給。周曉妍拿了兩千四百元給房東。房東是個四十歲的中年婦人，拿到錢後似乎又想說什麼但又知如何開口，最後笑了笑開口道：「小胡啊，當初看在你是文芳的同事份上，每個月收你八百，其實現在這個地段像我這一室一廳的房子都租到一千兩百了，我想呢從下個季度開始，把房租往上提提，你們是文芳的同事，我也不提多，每個月一千……」

逸文和曉妍一愣。逸文不快地說：「每個月漲兩百，是不是太多了？」

「跟別人七八百比起來算便宜不是？」女人接著訴起苦來，「我下崗了，沒什麼收入來源，就指望這點房租……」

周曉妍說：「你這無緣無故漲價，讓我們一點準備都沒有。我們也是掙死工資的，有點承受不起。」

「這個地段的房價已經漲得每平米萬元以上了，房租每個月一千還算高？」女人說，「要不這樣，你們考慮一下，實在接受不了，那就……我租給別人。好吧？」

房東走後，曉妍氣不打一處來，「說漲就漲，這破房子還要一千？以為是宮殿啊？下季度我們不住這了，另外去找房子！」

胡逸文沉默不語，之後歎口氣說了一句：「是要去找柳國慶了。」

柳國慶又結婚了。胡逸文和周曉妍找到位於解放公園旁的住宅小區並沒費多大周折。房子已經裝修了，兩室兩廳的房間顯得很舒適。站在房間，他不由得想起胡逸芳半年前自焚的情景，心頭便一痛。對於前姐夫在姐姐死後不到半年另娶他人，他並不感到驚訝，倒是柳國慶對他的不期而至未曾料到，但還是很客氣地接待他。思思見到他們很高興，她眉宇間所閃動胡逸芳的影子讓逸文睹物思人，心情也一下變得沉重起來。柳國慶的後妻知道他們的身份後，態度有些不冷不熱。柳國慶問他最近忙不忙，怎麼有空來竄門。胡逸文開門見山地說：「我們不是來竄門的。」他從口袋裏掏出當初簽的購房協議和賠償協議，「為這個來的。」

柳國慶看著協議，一下子明白是怎麼回事。「這份協定當初是根據柳家灣的房子簽的，現在房子已經拆了，政府沒賠錢也沒賠還建房，就補償了這套經濟適用房。你今天拿這份協議來，想怎麼辦呢？」

胡逸文說：「我不知道怎麼辦，想看你怎麼辦？」

「補償的房子就在這，要不將房子給你？」柳國慶語帶諷刺道。

胡逸文正要反駁，柳的後妻打了一下柳國慶的胳膊，笑吟吟對胡逸文說：「你應該去找政府要賠償的。這房子是補給柳國慶的，房產證和土地證寫的都是他的名字……」

「放你媽的狗屁！」胡逸文勃然大怒，「房子是我姐拿命換來的，你們恬不知恥住下來了，還有臉說房子是補償給你們的？我告訴你們，這房子有一半是我的，我不要多，你們補給我二十萬。」

「你怎麼出口罵人？」柳妻臉色一下變了；「你回臥室待著去，」柳國慶朝她叫道，女人嘟噥著走了，柳國慶吸了一口煙，嗤了一聲：「二十萬？我兩千塊都拿不出來。你要說房子一半是你的，好啊，我不是不講理的人，我騰一間房出來，你跟你老婆搬來住，可以了吧？」

周曉妍說：「這不是將我們的軍嗎？你明知道我們不會搬過來。」

柳國慶手一攤：「那我就沒辦法了。」

「辦法肯定有，」胡逸文站起來，「咱們法庭上見！房子拍賣，我自然可以拿到錢。」

「好啊，打官司，我奉陪！」柳國慶說。

在返回北裏屯出租屋的公交車上，夫婦們都沒有說話，肚子裏都窩著難消的氣。曉妍說：「早料到這種結局，他們明擺著既不給房也不給錢。」她問逸文應該怎麼辦。

「我已經說了要打官司，現在只有這一條路。」逸文說。

「那打得贏不？」曉妍憂心忡忡地問。

胡逸沒有回答，只說了一句：「回去我就寫訴狀。」

當天晚上胡逸文就寫好了訴狀，翌日便遞到了區法院，之後陷入了漫長的等待。但一個月後等來的不是開庭的消息，而是不能立案的結局。逸文跑到法院問為什麼不能立案，一個工作人員告訴他：「第一，你跟被告簽的協議不具備法律效用，所蓋的房子是在集體土地上蓋的，既沒有產權證也沒有土地證，在此基礎上的房屋買賣在法律上不支持，更何況那幢房子現在已經拆了，沒有了訴訟實體。第二，既然購房協定不受法律支援，你申請被告所獲補償房子一半產權，也沒有法律支持。也就是你沒有證據表明被告那套房子一半產權是你的。」

逸文聽罷頓時懵了。後來他專門去諮詢了律師，獲得的解釋跟法院並無二致，律師說：「你這種情況，即便能立案，打贏官司的可能性也不大。」逸文著急道：「但當初我給八萬塊錢的時候，他打了收條啊。這收條難道不是證據？」律師說：「收條只能表明你跟被告一起蓋房是事實，但這事實並不代表就有法律效用，懂嗎？」

胡逸文徹底無話可說了，回到家後像是大病了一場，周曉妍也十分失望和懊惱。「怎麼辦呀？打官司打不了，硬要要不回來。」「要不回二十萬，八萬塊錢本錢無論如何得要回來。」胡逸文狠狠地說。「你怎麼要？」周曉妍問。胡逸文沒有說話。

第二天星期天他又一次來到柳國慶的住處，表明了自己的態度：「我姐姐拼死拼活是為了思思，現在思思在這房裏住，看在思思份上，我不要二十萬了，我只要回八萬塊本錢！」柳國慶這些時似乎也諮詢了律師，瞭解了不太可能打官司，語氣變得更強硬：「我上次說了，沒錢，你覺得房子一半是你的，你們搬來住好了。」胡逸文冷冷道：「你這是耍賴了。」柳國慶滿不在乎地說：「這怎麼是耍賴呢？我說了，你們可以搬過來住嘛！我無所謂。」

「你這不是耍賴是什麼？」胡逸文叫起來：「你狠，咱們走著瞧！」

其實逸文知道自己說出這樣的狠話並沒多大殺傷力，柳國慶真耍起賴來，他一點辦法也沒有，但他借此提醒自己，無論如何不能向這個無賴妥協！這已經不是八萬塊錢的問題，而是被人欺辱的問題——而且是一種明目張膽的欺辱。是可忍，孰不可忍！星期五下班後，他沒直接回家，而是對妻子說再去找找柳國慶，周曉妍千叮萬囑他好好談，別跟他們吵。胡逸文說他心裏有數。

在抵達小區之前，他先去加油站買了桶汽油，用一個黑色塑膠袋裝好，隨後再去了柳國慶的家。開門的是柳的後妻，見他來有些不耐煩：「你怎麼又來了？柳國慶不在家。」胡逸文又問思思在不在。「不在，昨天一放學就被她姑媽接過去玩了。」胡逸文聽了鬆了一口氣。女人正要關門，被胡逸文一把拉開了，他擠進屋，關上門。女人戰戰兢兢問他要幹嘛。胡逸文抽出一把尖刀指向她：「給柳國慶打電話，要他回來！」女人嚇得萎萎縮縮：「你別亂來啊。有話好好說嘛。」逸文喝道：「快點打！」女人戰戰兢兢地拿起電話拔通了柳國慶的手機：「你狗日快回來啊！姓胡的又來了，他要殺人了……」胡逸文一把接過電話說：「你快拿八萬塊錢來，不然我燒了這房子！」掛掉電話後，他讓女人坐在沙發上別動，拿出汽油桶開始在房間澆汽油，女人大吃一驚，大叫起來：「你想幹嘛？想燒房子？來人啊，有人要燒房子了！」「閉嘴！」胡逸文用刀指著她喝道。女人嚇得又退回到沙發上坐下。這時逸文的手機響了，一接是周曉妍打來的，問他談得怎麼樣了，回不回去吃飯。逸文告訴她還在談，讓她先吃。此時女人在一旁大叫起來：「你快來啊，你老公要燒房子了！」曉妍在那邊驚問道：「你旁邊有人喊燒房子，怎麼回事啊？」逸文說了句「是個瘋子」便掛了電話，曉妍又打來電話，他索性關掉了手機。

柳國慶是一刻鐘之後回來的，跟在他後面的還有一老一少兩個員警，眼前的現實讓他大驚失色：「逸文，有話好好說，不就是八萬塊錢嗎？千萬別做傻事啊！」看到員警，胡逸文怒不可遏：「你竟然報警，錢呢？快拿出來，不然我燒掉房子！」他揚了揚手中的打火機。

柳國慶哭喪著臉說：「一時半會我上哪籌八萬塊啊？」

這時老員警對胡逸文喊話：「快把打火機放下，你們的經濟糾紛可以通過法律渠道來解決，你這樣做，害人害己，值得嗎？」在老員警說話的當中，年輕員警則悄悄繞過飯廳慢慢朝胡逸文挪動，胡逸文覺察了他的企圖，立刻大喝道：「站住！再靠前一步，我就點燃了！」

員警不敢隨便近前，他們叫柳國慶趕快弄錢，先穩住他再說。柳國慶掏出手機，不停地向兄弟姐姐打電話借錢。門外聚集了幾個驚慌失措的鄰居，並不知道發生了什麼事。小區幾個保安也趕來了，但也只能在門口站著。

就在這時一個女人慌慌張張拔開人群撲到門口處，目睹胡逸文的樣子後，「哇」地大哭起來。來人正是周曉妍，適才的電話讓她有種不祥的預感，以她對丈夫的瞭解，她擔心他會做傻事。於是打的急匆匆趕來了，但沒想到，最擔心的事情還是發生了。

妻子的出現讓胡逸文猝不及防，他大聲問她來幹什麼，叫她趕快走開。

周曉妍哭著說：「你千萬別做傻事！不就是一套房子嗎，咱不要了！」

胡逸文怒吼著叫妻子別管。

「你可以不管我，但不能不管我肚子的孩子啊……」周曉妍哭著跪在了地上。

「什麼？」胡逸文怔住了。

「……我懷孕了，你要當爸爸了……」

胡逸文一時呆若木雞，揮動菜刀和打火機的手臂下意識地停了下來。說時遲那時快，年輕員警一個箭步躍到了胡逸文跟前，一手打斷了他手中的打火機，然後一把抓住了他握菜刀的手，接著一個掃堂腿，將胡逸文摁在了地上，那年老的員警也跑過來幫忙，兩個員警將逸文壓在了地上。「快放開我！放開我！」胡逸文大哭著奮力掙扎，聲音叫得淒慘悲切。

胡逸文終於要回了他的八萬塊錢（那是柳國慶自己的積蓄外加哥姐的錢湊的），但為此付出了代價：因為縱火未遂，觸犯了治安條例，被拘留了三個月。

從看守所出來那天周曉妍去接他，但見到他人後，卻不搭理，徑直一個人往前面走。胡逸文一把拽住她的胳膊問她怎麼了，出來了還這麼不高興？

周曉妍甩開他的手，激動的話語像機關槍似的射出來：「你也是三十多歲的人了，虧你還是讀夫子書的，做事怎麼這麼衝動?!你知不知道當時多危險？一丁點火星就是兩條人命一套房子，還不止，那套房子一旦著了火，整幢樓都會燒起來！你有一百條命都不夠槍斃的！」

胡逸文沒說話，掃了背後看守所一眼，說了一句：「如果不那樣，怎麼要得回來錢？」

「錢，錢！錢就那麼重要？」

「不僅僅是錢！」逸文大聲說，他甩開膀子氣沖沖往前走，走了兩步又折了回來，朝周曉妍大叫道：「是房子！是那八萬錢塊錢代表的房子！你懂嗎？」

第十五章　雷鳴：地產新貴

這一年龍陽市的地產業如同一頭被喚醒的野獸瘋狂地張牙舞爪吞噬一切。外省諸多實力雄厚地地產大佬紛紛入駐，大批鼎鼎大名的炒房團緊隨其後紛至遝來。那些地產大佬和本地官員像打了雞血似地力挺這種瘋狂。他們紛紛放言：「龍陽市的房價與它的中部重鎮的地位極不相符，升值潛力巨大，我們一定要把它的潛力發揮到最大！」但所有的這一些瘋狂還沒有一匹黑馬瘋得震撼人心，這匹黑馬一路攻城掠地氣吞如虎勢不可擋，如一團灼熱無比的白光灼得本已火熱的龍陽市地產業更火光四濺，也震得整個龍陽市地產界一片恍恍惶惶，他們環顧四望側耳打探：此黑馬是何方神聖？

是的，這匹黑馬不是別人，正是雷鳴的華鳴地產集團！

如今華鳴的發展如日中天，去年九月已掘土動工的三平舊城改造的南城新居正紅紅火火地進行，越過這個春天，一期樓盤行將封頂。三平區區長黃智博對這個工程的重視程度遠甚雷鳴，這讓後者堅信，按目前的施工速度，此樓盤八月開盤指日可待；從紅光開發公司接手的四個專案已經全部按正常軌道在運作，為此，雷鳴又從別的地產公司挖過來四個副總，讓他們一人盯著一個項目，而把得力幹將丁文華留在身邊，和他一起盯著三平區的安居工程，同時又將其中一幢商務樓改成了華鳴集團的總部。發軔於年初的龍陽市火熱的「圈地運動」華鳴更是如魚得水近水樓臺先得月，憑藉王為青的幫助，雷鳴得天獨厚地圈得了多塊大宗好地，華鳴手中的土地儲備總量一時竟達到了龍陽市整個房地產業的三分之一，成了名不副實的龍頭老大。

為了報答王為青，這年五月雷鳴讓王貝娜懷了孕，這一下令王氏夫婦喜上眉梢，這在幾年前是不可想像的，那時他們還在為女兒的婚事愁眉不展，如今誰能料到自己也有抱孫子的一天？王為青對雷鳴的態度相比以前，也好轉許多。

五月二十六日是王為青五十四歲生日，他沒有大操大辦，只一家四口熱熱鬧鬧吃了頓飯。雷鳴送給他一副張大千的畫，王為青推脫說：「一家人，不用這樣了。」雷鳴說：「該孝敬的還是要孝敬的。」吃飯的過程幾次被不期而至的電話打斷，都是一些開發商吃請的巴結辦事的，令王為青不勝其煩，便讓保姆拉掉了電話線。雷鳴見狀說：「今年龍陽市的房地產這麼火，你也比先前忙多了。」王為青說：「是啊，趙世舉市長當了市委書記後，在各個場合提出了『經營城市』的概念，房地產是首當其衝的行業。市委市政府今年加大了對房地產的投入，政策也給予了許多照顧，我這個當土房局局長的只有撒開腳丫跑著忙了！那些開發商我真是佩服他們，簡直無孔不入！我都不知道他們是如何曉得家裏電話號碼的！」

飯畢，翁婿倆照例來到陽臺，一邊下棋一邊喝茶聊天，王為青今晚的興致高話也多，聊到最後竟然和雷鳴推心置腹起來：「五年前我的整個人生狀態還是很消極的，仕途無望，副局長一幹就是五六年，女兒也只那樣一個女兒，那時有得過且過的意味，對自己要求很鬆，對一些開發商的吃喝玩樂的邀請少能拒絕，幹了不少荒唐事。現在想來很是懊悔。如今不同了，兒女終有歸依而且還要當媽媽了，我呢也快當外公了，仕途上還有奔頭，說不定還有繼續向上走的可能。我很珍惜現在的一切，不會再和那些人再攪和在一起了。」

說這些話時雷鳴一直在聽，從王為青的字裏行間，他能體味出眼前這個岳丈隱約有點向自己以乞原諒的意味，他一時不知道說什麼好。他抬眼看了看黑沉沉的天空，一輪彎月掛在遠處的樓頂上，像是給樓頂安上一根彎曲不成規則的避雷針，不一會，「避雷針」逐漸移動，害羞似地一頭鑽進了旁邊的雲層裏去了。

「小雷啊，我給你提個醒，」王為青呷了口茶接著說，「現在你生意做大了，但記住要低調，所謂月滿盈虧，我知道有些拿地敗給你的開發商對我們是很嫉妒的，利用各樣關係向上面反映。幸虧上面有些領導很關愛我，要不然……我要你低調，既是為你好也是我為自己好更是為了娜娜好……明白我的意思嗎？」

「我明白。」雷鳴坦誠地說，「沒有您就沒有我雷鳴的今天。」

「你知道就好！」這句話王為青加重了語氣，雷鳴聽了心裏一沉。王為青又接著說：「現在娜娜懷孕了，你要多花時間陪陪她，她什麼也不懂，但我是寧可自己受委屈也不願看到她受委屈的！」

雷鳴聽了這話心裏有些不快，但還是說：「爸，您放心，娜娜是我妻子，我會好好對她的。」

這天雷鳴剛來公司，秘書方雯捧著文件夾進了辦公室，向他報告一些工作事宜。雷鳴放下公事包，從一旁的櫃子裏取出一套十分精緻的茶具燒著茶，一邊聽。

方雯說：「華鳴花園的許峰經理打來電話，問開盤價是不是上次開會時定的九千三百元／平米？如果是，他馬上就派人去做廣告宣傳了。」

雷鳴說：「現在房子一天一個價，怎麼還可能用半個月前的價格？跟他說，每平米再加五百，定到九千八，如果有什麼問題，叫他直接打電話給我。」

「好。」方雯飛快地記著，之後又接著說：「下個月二號是稅務局副局長宋國立的夫人四十歲生日，後勤部的張部長問送什麼規格的禮物。」

「孫局長過半年就要退休了，這個宋副局長很快就要上位的，告訴張部長，按局長夫人的規格，送一張八萬塊錢的購物卡。」

「明白。」方雯邊說邊記。

此時茶燒開了，雷鳴慢慢地端起那把紫砂茶壺，將一股清香的茶水倒進旁邊一個精巧的茶杯裏，他輕輕端起茶杯，先用鼻子聞了聞，也許是茶香太美妙了，他像是吸了仙氣般情不自禁地搖頭晃腦。隨後喝了口，發出一聲心花怒放似的歎息聲。

方雯又說：「4S店打來電話，說您半個月前訂的那輛凱迪拉克已經到貨了，問您什麼時候去取？」雷鳴「嗯」了一聲，說他知道了。

「還有，今天晚上七點整您有一個地產協會的酒會，在王朝大酒店五樓。」方雯說。

「好。」雷鳴將茶杯中的茶一飲而盡。

晚上雷鳴開著新購置的凱迪拉克來到王朝大酒店。這是一個龍陽地產界的行業酒會，赴宴的都是龍陽地產界有頭有臉的人物；當然這樣的酒會只是「吹牛皮」會，名義是「聯絡感情」「促進龍陽地產業發展」，實際上不過是提供了房地產商們相互探底挖取資源甚至形成房價價格的同盟的一個場所。

雷鳴一進到金碧輝煌的五樓立刻引起了與會者一陣騷動。眾人紛紛跟他握手打招呼問好，還有人低聲打探：

「他就是雷鳴？這麼年輕？」

「是啊，現在龍陽地產界炙手可熱的人物，背景硬得很！」

雷鳴笑容滿面又謙和熱情地向眾人握手致意，那派頭如同一國總統參加別國晚宴又如一個大明星參加影迷見面會。在大廳外一個寬大的露臺上，包括萬園、寶利在內的幾個房產大鱷龍陽分公司的老總正在談笑風生。雷鳴也去了露臺。「你們來得挺早啊。」他一邊笑著一邊入座，「怎麼都光說不喝酒？」

戴眼鏡的萬園老總打趣道：「雷總不來，我們不敢先喝嘛。」留著大背頭的寶利老總老何也笑著說：「我們都在等雷總大駕！」

這時一個侍者端來兩杯酒，雷鳴要了一杯香檳，呷了一口笑笑說：「兩位別寒磣我了，跟萬園寶利等大哥比，華鳴就是個小弟！」

萬園老總笑著說：「強龍敵不過地頭蛇嘛。」這句話也得到了其他幾位開發商的附和。雷鳴笑了笑，隨後問起他們剛才在聊什麼，聊得那麼起勁。

華地公司的老總說：「國務院不久前發了個『國八條』整頓和調控房價，大傢伙都有點擔心，如果龍陽市真的將政策執行到位，我們的日子就不好過嘍。」

寶利老總說：「我還是剛才的觀點，雖然中央為了著眼民生會出臺一些政策調控高房價緩和矛盾，但地方政府肯定不會照章辦事，你想啊，在許多城市，房地產已經占到了GDP百分之四十以上，不說建材、施工、裝飾、設計、家電等相關產業，就是房地產本身帶動的行業就有三十多個，這有多少人需要就業？我估摸，現在許多地方政府的財政有一半來自房地產業，房地產業蓬勃發展，既能促進GDP增長帶來政績又能增加地方財政，還能解決成千上萬人的吃飯問題，地方政府怎麼可能會真正打壓高房價？所以我們寶利一點都不擔心，該漲價的照樣漲價，樓市這麼火，有錢不賺不是傻蛋嗎？」說到這他呵呵笑了起來，其他幾個老總也會意地哈哈大笑。

雷鳴說：「何總說得不錯，別的地方我不知道，至少在龍陽政府肯定會力挺樓市。市委書記趙世舉不是一天到晚宣揚『經營城市』嗎？我琢磨來琢磨去終於大徹大悟：所謂『經營城市』不過就是把龍陽當成一個大公司，土地當成資本，把房地產業當成主軸，一起來促進經濟發展。你看政府搞的什麼『饑餓供地法』，就是嚴格控制建設用地總量，壟斷土地一級市場供應，採取統一規劃、統一徵用、統一配置的方法實現對土地的有效控制。龍陽市政府建有土地儲備中心，主要管理市內六個區的土地，還有底下其他縣市區各有土地儲備中心。政府同時將一些閒置、低效利用的土地採取收回、收購等方式納入土地儲備，經整理後再公開出讓。這實際上就是把土地資源變成財源，最大限度地盤活土地資產。然後再通過『招拍掛』把土地賣給我們開發商大量賺取土地出讓金，——可以說，這是一條最快捷最容易促進一個城市經濟發展同時也是最有效最直觀能帶來GDP增長和政績的途徑！剛才何總說有的地方房地產業占到了地方財政的一半，我看龍陽遠遠不止，至少達到六成以上！」

雷鳴一席話讓各位老總點頭稱是。一個本地開發商老總說：「現在一些人成天嚷嚷房價太高了。」

「那些嚷嚷房價高的人都是他媽買不起房的人，一旦他們買房了就不會罵房價高反而巴不得漲得更快，——他也想房子增值嘛！」雷鳴打斷了這個開發商的話，「再說高房價怎麼全賴開發商？你們看龍陽的土地漲了多少？幾年前拿一畝地幾十萬是高價了，現在呢？沒有每畝一千萬以下的地了！麵粉漲價了，咱們做饅頭的能不漲價嗎？」

眾人聽了哈哈大笑。雷鳴接著說：「做企業自然要追求利潤！就是做饅頭的小販，能一塊錢賣一個饅頭他絕不會只賣八毛——除非他饅頭餿了壞了！」眾人聽了心有神會地笑了起來。

萬園老總問雷鳴：「你們華鳴今年有幾個盤開售？」

「兩到三個，華鳴花園上半年開，南城新居下半年開，還有一個要看具體情況。」雷鳴說，「你們呢？」

萬園老總有點沮喪地說：「我們只有一個，萬園‧金色城，不過我們可以分兩次開，六月份開一次，九月份或者十月份再開一次。以我預測下半年房價還會瘋漲。」

老何笑著說：「你那可是捂盤惜售坐地起價。」

華地老總接過話說：「現在誰不這樣做？你們寶利難道就不捂盤？這就是一種銷售策略嘛。我們華地今年估計要開一個新盤，還要開一個老盤二期，在市中心，就準備分幾次開，一共四百套，分三次推。各位一定要記住，我們只有造成一種房源緊張甚至無房可售的局面，那些在觀望在猶豫的購房者才會迅速下單。」

「魏總說得不錯，不這樣推，銷售額怎麼上得去？怎麼可能做到利潤最大化？」萬園老總同意華地魏總的話，「我還有一個建議，」他說，「大家乾脆達成一個價格共識，內環線所在樓盤房價每平米漲五百，二環線附近漲三百，三環線附近漲兩百……各位都是龍陽地產界實力雄厚的大公司，只要我們把價格抬起來了，其他中小開發商肯定會望風而動跟風上漲。」

「這主意不錯。」眾人皆贊同這個提議。

這時候建行行長董自強端著一杯酒過來了，打著哈哈說：「諸位在這裏煮酒論道，怎麼不叫上我？」眾人見狀，紛紛跟他打起了招呼開起了玩笑。雷鳴說：「董行長我正要找你……」董自強笑著說：「要是工作的事就打住喔，我今天是專程來喝酒的。」老何說：「是啊，董行長是今天酒會邀請的貴客，應該是歡請大駕啊！如今樓市這麼火，銀行功莫大焉！」萬園老闆跟了一句：「也賺莫大焉！」

眾人聽了都笑了起來。董自強也笑笑說：「要說賺嘛，自然政府吃了肉，你們開發商喝了湯，我們銀行頂多嚼了些骨頭渣。」

雷鳴說：「董行長概括得精確，不過，要說你們銀行只嚼些骨頭渣，我不相信！」老何也接過話說：「我也不相信。銀行貸款給開發商賺一次利息，貸款給購房者又賺一次利息，只要不出現呆壞帳，銀行肯定只賺不賠！」萬園老闆說：「就是出現呆壞帳也不要緊啊，銀行是國家的，當領導的又不用傾家蕩產，頂多擔點領導責任，到時拍拍屁股走人就是了。」

董自強微笑著呷著酒並不答話，雷鳴舉起酒杯說：「樓市火了，開發商大賺，銀行也大賺，來，大家一起為龍陽火紅的樓市乾杯！」

「好，乾杯。」眾人紛紛舉起了杯。

酒後結束後，雷鳴又單獨約董自強喝酒，董自強推脫一番還是答應了。兩人來到一家高檔酒樓，酒菜上桌後，雷鳴給董自強敬酒，幾巡下來，董自強抹了一把嘴說：「雷總有什麼事現在可以說了。」雷鳴放下筷子笑了笑：「還是以前那個事，華鳴新都一期不是快要開盤了嘛，我手頭上有七十個購房者名單，都是我們公司的內部員工，我以八折團售形式賣給他們，貸款的事有勞行長大人操心了。」董自強也放下筷子盯著他問：「又是搞假按揭？」雷鳴連連擺手：「不是不是，這跟假按揭不同，不是幾張身份證去弄貸款，這次購房者是公司貨真價實的人，當然他們買房也不是真的買房，貸款下來後，我將這些房子再全價賣給真正購房者……」董自強點點頭，揶揄道：「我明白你的意思了，你是想從銀行套一次錢後，又高價賣給那些想買房的人又套一次錢。雷總，你的花樣可越來越翻新了。」雷鳴笑了笑：「沒辦法，華鳴攤子鋪得大，用錢的地方太多……還請行長大從多體諒體諒。」董自強似乎有些為難：「不太好辦啊，現在國家為了抑制高房價，對房貸這一塊盯著比以前緊了。」雷鳴笑了笑，沒有再堅持下去，繼續給對方敬酒，後來換了一個話題：「小凡在美國念書還好吧？」董自強說：「還行，基本上適應那裏的生活了。」雷鳴拿出一張銀行卡：「小凡考上大學我都不知道，這點生活費，略表心意。」董自強瞅瞅卡，之後將卡推過來說：「雷總禮重了，承受不起。」雷鳴堅持幾番，對方也笑納了。

吃完飯，雷鳴又請董自強去洗桑拿。在一個高檔會所，雷鳴特意安排了兩位美女與董共浴。董自強本是色中餓狼，加之又喝了酒，見到女人，自是如餓虎見到美味。當他和兩個女人在小泳池追逐淫樂的時候，自然忽視了雷鳴早已在門縫裏安置好的針孔攝影機。

第十六章　逸文又一次艱苦買房之旅

年底，周曉妍生了一個六斤重的女嬰，樂不可支的胡逸文給女兒取名胡恬；為了照顧坐月子的周曉妍，他又將鄉下的母親接了出來。五十平米的出租屋因為在客廳又加一張床愈發顯得緊促，但也充滿了嬰啼人笑其樂融融。房子也沒搬，他們跟房東討價還價，房租定在了每個月九百元。越過年初，胡逸文在酒店給女兒辦了幾桌滿月酒。許多同事友朋皆來捧場助興熱鬧鬧歡聚一堂。一年多未見面的邱瑞也來了，周曉妍問他怎麼不把余婷一起帶來，邱瑞苦笑答他們正在「冷戰」，曉妍忙問何故。邱瑞說為了買房子。

邱瑞決定買房是去年「浪子回頭」之後下定的決心。但倆人加起來五千多的工資面對瘋狂飛揚的房價無異杯水車薪。兩人積攢一年半才攢了不到五萬塊錢，連湊個首付都遙遙無期。余婷的意思是讓邱瑞回去找他父母要，但邱瑞說他父母是小縣城的下崗工人，現在僅靠一個水果攤維持生計，哪來錢支持他？余婷提醒他：「你父母從廠裏買斷工齡不是有一筆錢嗎？」這話讓邱瑞惱怒不已：「那是我爹媽的棺材本你也忍心要啊！」其實邱瑞是想讓女友回家裏尋求支援的。因為她的家境遠好過他家。父親是個工程師母親是醫生，支援十萬八萬不成問題。但余婷拒絕他的提議，認為當初她家裏人就反對他們在一起，現在讓回去懇求家人，不是自搧耳光？——兩人說不到一塊，吵架便勢成必然。「她還說買房是男人的事，哪有女方家出錢的？我就說買的房子你不住啊？兩個人結婚住在一起誰出錢不一樣？將來月供不還是一起供？——我們經常就為這些不大不小的事兒吵吵鬧鬧。你說這麼一個不通情達理的女孩當初我怎麼要了她？」邱瑞說起來依舊憤憤然。

胡逸文聽了哭笑不得，只有好言相勸：「買房跟結婚一樣是人生大事，急不得慢慢來，不管怎樣，你現在還有宿舍住，哪像我們租房子住。」

邱瑞點頭稱是，又問：「你們準備把恬恬的戶口上在哪兒？」胡逸文夫婦面面相覷，「這個我們倒沒想過。」逸文說。邱瑞說：「趕快弄，不能讓孩子一出生就成了黑戶。我們這一代算是這樣了，不能讓下一代跟著我們受委屈。」

晚上，周曉妍點數白天收的禮金，母親在一旁哄著恬恬，而胡逸文則坐在沙發上想著心事。曉妍問他傻愣著幹嘛，叫他去把窗櫺上涼的尿布收進來。胡逸文收好尿布，說他在想如何給恬恬上戶口的事。

「那你想到辦法了嗎？」

「沒有，」胡逸文歎口氣，「我是單位的集體戶口，你的戶口掛在人才市場，也是集體戶口，都上不了。」

這時母親插話說：「沒地方上，就上到鄉下老家去吧。」

「那怎麼行？」周曉妍立馬反對，「讓恬恬回去當農民啊，她將來讀書怎麼辦？」

胡逸文想了想說：「過兩天我去派出所問問。」

胡逸文去派打聽的情況並不理想，戶籍民警明確無誤地告訴他，集體戶口不能給孩子上戶口，還問他有沒有房產證明。胡逸文說他是租房子住的哪來的房產證明？民警說那就沒辦法了，你在本市沒有自有產權的固定住所，怎麼給孩子上戶口？逸文又去找雜誌社管後勤和人事的張大姐有沒有辦法，張大姐說既然派出所都明示了集體戶口不能給孩子上戶口，雜誌社的戶籍也歸派出所管，怎麼可能上得上去呢？逸文聽了也是這個理。

邱瑞的電話正在這時打進來的，問逸文在不在家，他就在樓下馬上上來。逸文正要問他什麼事，對方電話就掛了，不一會這位老同學就敲門進來了，逗了一會恬恬，也不喝周曉妍遞來的水，開門見山地說：「我無事不登三寶殿，前兩天我跟說了我要買房的事，我跟余婷合好了，她答應回去找家裏人商量，我呢作為男子漢不能光看著，也只得到處化緣。我將龍陽市的朋友同學拔拉了一遍，情誼到了借錢份上的也沒幾個。這不，我先找你拜佛來了。」

「沒……」胡逸文還沒說出「問題」二字，周曉妍在背後悄悄拉了他一把，笑容可掬地說：「哎呀，你可真找對了人，我們現在都愁死了！前兩天你不是提到給恬恬上戶口的事麼，這幾天我們就在為這事奔波，我跟逸文都是集體戶口不能上，他老家是農村的我老家是鎮上的，也不可能上回去，現在唯一的辦法就是買房子，然後再將一家三口的戶口上在一起。」

曉妍的小動作沒逃過邱瑞的眼睛，他苦笑一下：「大家都不容易，你們的難處我能理解，打擾了。」說完抽身出門，胡逸文在後面喊：「再坐一會吧。」邱瑞邊匆匆下樓邊向他揮揮手。

進屋後，逸文對妻子冷冷道：「你今天可讓我對不住朋友了。」曉妍說：「我們泥菩薩過河自身難保，哪有錢借給別人？」逸文問：「我說了要買房嗎？」曉妍反問道：「不買房怎麼辦，難道租一輩子房住啊？難道讓恬恬做一輩子黑戶啊？她以後上幼稚園怎麼辦？公立要本市戶口，私立的質量差不像樣；還有以後上小學上中學，沒戶口讓她怎麼上學？我是無所謂了，邱瑞那天說得不錯，我們也就這樣了，但我不能看著我女兒跟著我受委屈！」曉妍眼眶一下紅了起來。

恬恬的哭聲在這時不合時宜地響起，母親邊哄她邊勸兒子兒媳道：「有話好好說，別吵架，莫嚇著孩子。」

胡逸文耷拉著腦袋不吭聲了，不停地捏著手指，過了半晌才緩緩說：「現在房價高得離譜，買房子得有錢！我們現在連首付都湊不齊！」

胡逸文的語氣緩和讓周曉妍的神色倏地平靜下來，她湊到他身邊坐下，扳著手指算起了帳：「以前柳國慶退的錢有八萬，這大半年來我們攢了近兩萬塊錢，這就有十萬了，也夠首付了，如果不夠可去借一點。」

「還有裝修呢，裝修的錢去哪兒弄？」

周曉妍一時語塞，「這不是問題，」她說，「房子不可能馬上到手，我們還要上班有工資呀，攢一段時間不就夠了，別裝修得太好，一般就可以了。」

逸文不說話了算是默認，他起身換鞋脫襪子打算洗了睡。

曉妍疊著沙發上的尿布，歎了口氣說：「你以前那個老鄉兼兄弟現在已是龍陽市大名鼎鼎的大老闆了，你要是給他打一個電話，別說是給恬恬上戶口，就是要一套別墅他都會給你。」

胡逸文一聽勃然大怒，將拖鞋狠狠砸在茶几上：「我跟你說了多少遍了，別提他別提他，你還提?!」腳也不洗了，氣呼呼直接上床睡覺去了。

睡著的恬恬由於父親的吼聲又咿咿呀呀地哭了起來，曉妍從婆婆接過女兒，嘟噥道：「我提一下怎麼了？至於發這麼大的火嗎？自己沒本事……」話說一半，看了婆婆一眼，閉了口。

夫妻倆的關係經過幾天短暫的「冷戰」之後又因購房的共同目標而冰釋前嫌。但胡逸文提出了一個前提條件：避開華鳴公司的樓盤。華鳴地產雖然牛氣沖天，但並未統治龍陽市的全部地產河山，避開它也不是一件不可完成的目標，只是這樣一來供他們選擇樓盤的餘地就少了。在接下來這個陽光明媚的春天裏，兩人開始了千迴百轉驚心動魄的購房生涯。

彼時龍陽市中心城區的房價像一頭被紅布刺激了的公牛瘋狂地衝欄狂奔，均價已衝破了七千元／平米的大關，地段優佳或者江邊湖邊位置萬元以下已買不到房子。這樣漲得幾近無恥的房價顯然已經遠遠超出了逸文夫婦的承受能力，他們只得把目光投向二環以外或者遙遠的三環以外。二環到三環之間的房價在六千—七千元／平米之間，三環在五千元左右／平米。他們每天在網上或者報紙上收集資訊，最後將目標框定在三環附近的高新技術開發區片區。他們看的第一個樓盤叫佳華園。在一個星期六他們按照事先聯繫的售樓小姐提供的乘車路線，轉了兩趟公汽又轉了一輛開發郊區的私人中巴車，才得以到達佳華園售樓部。他們看房時的欣喜在顛簸的路途中逐漸消失殆盡，而到達樓盤所在地之後，兩人的情緒已跌至谷底。樓盤所處的位置完全是鄉村，背後是一片尚未收割的稻田，周圍是幾個不知生產什麼的小工廠，樓盤既談不上交通便利更談不上生活配套設施（逸文看了一下，周圍連個小賣部都沒有）。但這些在售樓小姐口若懸河的美好描述中顯然不是問題：「幾年之後這兒將是一個超市，那兒會建一個幼稚園……我們公司正在和市交管局聯繫，爭取在未來三年開通一條直達城區的公交線……」在售樓小姐熱情介紹樓盤規劃的當兒，曉妍悄悄拉了拉逸文的衣服示意回去……在回家的路上，逸文憤憤不平：「這荒山野嶺的鬼地方！在這買房，我還不如直接回老家縣城買得了。」

接下來的日子，在犧牲掉了無數個雙休日又無數次輾轉往返於十多個經濟開發區的樓盤，夫婦倆看中了一個叫歌林小城的樓盤，環境清幽，有超市有幼稚園，交通也算便利，小區是一條公交線路的終點站，只需轉兩趟車就可以到達單位，而且均價四千五百元／平米也是可以承受的範圍。逸文問小區可不可以落戶。售樓小姐說：「當然可以，我們早就在派出所備案了。」但當逸文問是不是落在開發區時，適才口吐蓮花的售樓小姐頓時支吾其詞。逸文滿腹狐疑覺得有問題，後來自己親自去派出所查了一下，發現歌林小城落戶地並不是屬於主城區的經濟開發區，而是開發區過去的一個郊區縣！這一下讓夫婦倆失望之極。曉妍說：「咱們買房一半是為了落戶口，落在一個郊區縣，還不如直接把戶口遷回老家去。」逸文歎了口氣：「再慢慢看看吧，我就不信買不到一套合適的房子！」

大半年來千迴百轉卻又一無所獲的購房經歷讓夫妻倆都有些心力交瘁，而一天漲過一天的房價又讓他們心急如火——電視上的房產專家報紙上的樓市專刊更有數不清的房產商售樓人員都在明確無誤地傳達一個資訊：現在不買房以後還會漲！曉妍時常在心裏埋怨丈夫，幾次想叫逸文去找找雷鳴，但還是沒說出口——她還是有些懼怕發怒的丈夫的。

這天在單位，劉文芳告訴她一個消息：「龍江大道上的濱湖社區二期快要開盤了，你們不去看看？」曉妍歎口氣說：「那樓盤我知道，地段還行，可貴呀！」劉文芳：「我一個親戚在那認籌了，均價六千元每平米，定套八十平米的，總價算下來也能承受。聽說那個位置將來是地鐵的出站口，升值空間大呀。」曉妍有點動心了，下了班就鼓動逸文一起去濱湖社區看看。逸文現在有些心灰意懶，但也經不住妻子鼓噪，就去看了。

龍江大道是龍陽市的二環線，大道邊上的樓盤的交通以及配套自然無可挑剔，而且濱湖社區的開發商寶利地產是全國赫赫有名的大公司，資質優秀信譽佳，這讓逸文有些動心，他想至少斷不會出現幾年前類似賈志飛攜款逃跑的惡劣之事。他又到樓盤所在地的派出所查詢了落戶情況，結果是這個小區早已在派出現備了案並且戶口可以落在中心城區。逸文欣喜之中已經定下買濱湖社區了。雖然周曉妍也對房子頗滿意，但她拿著兩口子所相中的那套八十平米兩房兩廳一衛的戶型圖，憂心忡忡地算道：「即使按均價六千元／平米的價格算，總價就得四十八萬，首付三成便是十四萬多，我們現在手上積蓄有十萬，那麼餘下的四萬到哪湊去？」逸文沉默片刻重重吐出兩個字：「借吧！」

幾天後濱湖社區的售樓小姐打來電話，通知這個月十八號二期開盤，讓他們做好準備。逸文一算，十八號是星期六，但曉妍提醒他：等十八號去號早就放完了應該提前一天去排隊。逸文一想也是。十七號這天星期五，湊巧的是李侗複下午去出版總社開會，胡逸文決定溜班，他對記考勤的老婆交待了一番後就急不可耐地趕到了濱湖社區樓盤。他甫到達就嚇了一大跳：排隊的人群已如長蛇般排了足有一里路遠！他問一個排隊的老頭問人怎麼這麼多，那老頭很不耐煩地應了一句：想買房就快去排隊不然待會人還多！逸文不敢怠慢，忙跑過去排隊。

初秋時節的天色黑得有些迫不及待，不到七點便已暮色黯然。五個小時的站立逸文早已腰酸腿軟饑腸轆轆。由於來得匆忙他並未做準備，現在他只得拿著報紙在地上盤腿而坐。他看到背後的那個四十多歲的禿頂男人坐在一個小馬紮上正拿著一個大麵包啃得津津有味。向前望去，有的人坐在小板凳上有的人舒服地躺在睡椅上還有的一家三口野營似地坐在帳篷裏熱鬧地打著撲克。逸文感覺到胃開始隱隱作痛，他本就有輕微的胃病，一餓胃更火燒似地絞痛，他很想給妻子打電話讓她送點吃的來，但又想到此時的她正忙著做飯忙著照顧孩子老人只怕早已忙得腳跟貼著屁股跑。他一隻手按住疼痛的胃部決定再忍忍。

一場不期而至在秋雨淅淅瀝瀝地下了起來，許多人早有準備似地拿出了雨傘，胡逸文看得目瞪口呆。他只能拿著報紙雙手擎過頭頂。龍陽市的秋天雖然說不冷，但夜晚的雨滴飄在身上依舊冷颼颼的。他挺著抖擻的身子，聽著秋雨不依不饒地落在附近的樹葉上旁人的傘面上以及他那疊薄薄的報紙上，突然感受到了一股從未有過的悲愴和悲涼。

到了晚上十點多夜雨驟停，逸文的胃卻疼得更厲害了，他很想脫離隊伍去買點吃的，但一看到背後長蛇似的隊伍又打消這個念頭。他還是決定給妻子打個電話，剛拿出手機，電話便響了，是曉妍打來的，她問他現在在哪她已經到了。大喜過望的逸文連忙告訴了位置。不一會周曉妍行色匆匆提著大包小包過來了。「餓壞了吧？」她迅速拿出一個保溫瓶遞給丈夫，「飯菜還是熱的趕緊吃。我本來早就來的，恬恬晚上不知怎麼回事老是哭，哄了好半天她才睡著，我叫媽看著，晚上我不回去了留下來陪你，我交待了媽恬恬醒了就餵奶粉給她喝。」逸文一邊捧著保溫瓶狼吞虎嚥一邊聽著妻子的絮叨。曉妍從包裹又拿出了一條厚毛毯兩條板凳兩把雨傘，「我連明天早餐都帶來了。」她晃了晃手中的麵包和牛奶。

那個夜晚，夫婦倆背靠背坐在小板凳上，裹著厚毛毯度過那個難挨的不眠之夜。

翌日九點放號開始，隊伍蝸牛似地慢慢挪動。一個多小時後輪到胡逸文時，他竟激動得慌亂起來；他看著牆上的號板緊張地問：「九十平米……以下的是哪些……」隔台背後的售樓小姐說：「九十平米以下的都賣完了。」「什麼？」逸文大吃一驚也不緊張了，大聲叫道：「你們售樓小姐以前告訴我，你們這次不是要推出一百套九十平米以下的房子嗎？我才六十五號，怎麼可能就賣完了？你們是內部暗訂了還是捂房惜售？」售樓小姐說：「真是賣完了，你可以選其他的戶型。」胡逸文生氣地叫道：「我就要九十平米以下的，也只買得起小戶型，我排了一天一夜的隊你們必須給一個說法！」售樓小姐說：「這期的兩房很緊俏。我可以給你推薦其他的戶型，比如一百一十二平米的，一百二十……」「我只要兩房的！」胡逸文打斷了她的話，「你們必須給我一個說法！」售樓小姐說：「先生你不要無理取鬧好不好？別影響後面的人……下一個！」她叫道，後面的人朝胡逸文嚷嚷：「到底買不買？不買算了，別擋路！」那個性急的禿頂男人開始推攘他，逸文死拽著隔台不鬆手：「你們這是玩弄消費者，告訴你們，我也是有後臺的，不給我一個說法，讓你們吃不完兜著走！」一急之下他也不知道為什麼會喊出這樣的狠話。

周曉妍連忙跑過來問出了什麼事。一個西裝革履三十多歲的年輕男人走過來對胡逸文說：「我是這裏的銷售經理，先生有什麼問題，請到這邊談。」「去就去。」胡逸文說。周曉妍也想跟過去，逸文叫她就在這裏等，他一個人去就行了。

在售樓部南面的會客廳兩人對面而坐，胡逸文重複他的要求。那經理一笑：「你剛才說你有關係後臺，請問……」

胡逸文一時語塞怔住了，剛才只是憤激之語，他哪來的後臺？見狀經理又笑了笑，「該解釋的我剛才都解釋了，要是先生對其他戶型不感興趣，請便吧。」說完起身要走。逸文一急，脫口而出：「雷鳴知道吧，現在龍陽地產業的老大，龍陽市的首富！」

聽他一說，經理來了興趣：「你認識雷總？」

「不僅認識，還是從小玩到大的鐵哥們！」

「既然如此，你幹嘛不去他的樓盤買房子呢？那還可以優惠啊！」

「那是我的事！」

經理笑了笑，「我看你還是去買華鳴的房子吧。」

見經理靈頑不靈逸文惱怒不已，暗暗罵了句後抽身就走。剛走幾步那經理叫住了他。逸文只見他掏出手機拔通了一個號碼後語氣爽朗打起電話來：「喂，丁總嗎？我是寶利的陳全啊，你好你好，問你一個事，你們雷總是不是有一個鐵哥們叫……」他轉過頭問胡逸文：「你叫什麼？」逸文愣了愣便報上了自己的名號，經理接著說：「……叫胡逸文，對，什麼？有啊，哦，好好，……沒什麼事，他現在在我們這裏買房……好，好，有時間再聊。」

經理關了手機的同時臉上頓時呈現出了笑容可掬的表情：「還真是貴客，差點怠慢了。……你稍等，我去查查，九十平米以下的兩房應該還有的……」

胡逸文付了兩萬訂金終於訂下了一套八十五平米的房子，樓層和朝向皆不盡人意（東西朝向，一樓）。交了訂金走出售樓部的時候，他一聲不吭徑直往前走，緊隨其後的曉妍問怎麼了房子訂到了還這麼不高興。他也不答話，陰沉著的臉喃喃自語重複著一句話：「這是第一次也是最後一次。」曉妍不知何意。

晚上逸文接到那經理打來的電話，告訴他，已給他調了一套房型更好的房子，八十四平米，七〇幢二單元八〇二室，南北朝向雙陽臺。經理解釋說，這套房子本是留給公司內部一個中層幹部，但幹部後來出國定居了就空了下來。

聽了這些，夫婦倆像是在做夢，曉妍疑雲四起地問丈夫，他們怎麼突然對咱這樣好了？逸文也滿腹狐疑一時弄不清楚是怎麼回事。

過兩日，周曉妍回了一趟小城老家找父母和胞姐借了兩萬塊錢，但還差兩萬的事實令夫妻倆焦愁不展，對雙方各自同學友朋一番排查，實在找不出借錢的主兒。母親建議說實在不行將農村老家的房子賣了，逸文連忙反對：「以前為了買陽景花園的房子，害得將祖屋賣了，結果房子沒住上祖屋也買不回來，這樣的蠢事我不會再做了。」全家一愁莫展之際，周曉妍想到了羅小娟。「她有固定工作，這兩年又沒花錢的去處，何況還是恬恬的乾媽呢……」她還沒說完就遭到了胡逸文的反對，但他又說不出具體反對的理由。曉妍冷笑說：「我知道你為什麼反對。不就是抹不下臉面嗎？你要是不好意思我去借！」胡逸文說：「你也別去借。」周曉妍一甩手：「好吧，只要你有能耐弄來兩萬錢塊錢，我還省得涎臉去求人！」胡逸文默不作聲了。周曉妍說：「要是沒本事就別裝硬氣！——別以為我不知道，自從訂下房子，你就一直不痛快，認為是借了雷鳴的名號才弄到房子，這讓你受打擊了自尊心受挫了！告訴你逸文，現在不是硬氣的時候，早知如此你一開始就別搬出他的名號啊！」

「夠了！」逸文發起火來，「房子他媽不買了！」說完站起來甩門而出。

「不買就不買，你以為我一個人住啊?!」周曉妍在後面叫道。

胡逸文走下垃圾橫飛的樓道穿過污水橫流的家屬院，走到大街上時發現腳底板黏黏的，路燈一照，發現是適才漆黑裏踩到狗屎了。他在路邊的花壇有些氣急敗壞地磨蹭著腳底板。大街熱鬧非凡，路邊攤販泛雜出來的各類食物的味道讓這個初秋之夜甜膩不已。他在人群裏漫無目的地走著，耳旁泛起的嘈雜聲像是來自遙遠的天邊。他走到一家銀行門前的臺階上坐下，一根接一根地抽著煙，煙霧彌漫中打量著從眼前經過的芸芸眾生。煙霧幻覺成了無數人的臉，他剔繁就精看清了妻子周曉妍憔悴愁苦的臉，也看到了母親蒼老皺紋橫生的臉，以及女兒嗷嗷待哺尚無定型的臉。他一定眼，這些生動鮮活的臉瞬間又消散殆盡無影無蹤了。

星期六上午周曉妍來到西門橋羅家時，羅小娟用毛巾包著頭戴著袖套正手腳麻利地打掃樓屋和庭院。這是周曉妍第一次來到羅小娟的家，打量著這幢氣派的四層民居就像是端詳一處陌生的街景。羅小娟看到她來又驚又喜，她熱情地把這個稀客迎進堂屋，為她端茶倒水，問什麼風把她給吹來了。面對這個丈夫昔日的戀人，周曉妍一時頗尷尬。「到這邊來有點事，順便來看看你。好久沒聯繫了，你還好吧？」羅小娟輕輕笑笑，又蜻蜓點水般歎了口氣：「就那樣吧。」

兩年前那段傷筋動骨的戀愛已令她百念俱灰，不過工作又讓她重拾生活信心。她越來越喜歡那些孩子們了，從他們身上她看到了人類原初價段最本在的純真，最明亮的笑靨以及一種天然去雕飾般的乾淨澄明，和他們在一起她整個身心亦逐漸變得輕鬆明潔起來。對孩子的喜愛化作了她滾滾如潮的工作動力，使她有足夠的熱情投入到了對業務鑽研和提升中，隨之而來的是書愈教愈好。到了年底，她被學校任命為教務處主任兼年級組組長，同時也獲得龍陽市教育局頒發的「全市教學標兵」的稱號……

兩個女人聊起了家常，羅小娟問曉妍為什麼不把恬恬帶過來玩還問了胡逸文最近工作怎麼樣。周曉妍笑容可掬地一一作答，隨之聊到了最近買房的事，最後舉重若輕地談及了此次無事不登三寶殿是來借錢的。羅小娟聽罷爽快地說沒問題，「買房是大事也是好事，這些年來逸文挺不容易，租房的時候居無定所，今天住在這明天就不知道搬到哪了。後來買過房蓋過房，但都運氣不好，不僅沒住上幾天安穩日子，人還被弄得焦頭爛額。這次你們買房，我大忙幫不上，小忙還是可以幫的。」說著便拿出存摺要去銀行取錢。周曉妍忙說不用這麼急，小娟說早取早用趁你人在這拿了錢順便帶回去。她要周曉妍稍等一會她馬上就回。

半個小時後，羅小娟拿著兩遝錢回來了，周曉妍接了錢迭聲言謝，「我們一定會儘快歸還。」羅小娟說：「不用急。這是我自己的積蓄，現在也沒用錢的地方。」兩個女人又坐著聊了一會，周曉妍問起了她的個人感情情況，羅小娟像是勾起傷心往事似的神情陡然黯淡下來，心底貯滿的萬般苦楚頃刻像洩閘的洪水奔湧而出，她悲然淒婉地說：「別人都說女人命苦，我的命可是苦到底子裏去了！」說完嗚咽哽泣起來。周曉妍一時手足無措，不知如何勸慰眼前這個命運多舛的女人，反而因她的哭泣激起了這半年時間買房所帶來的不順和委屈，又聯想到因購房而裂紋乍生的夫妻關係，不由得眼眶濕紅淚花盈盈。

胡逸文睡了一個多小時的懶覺，起來後發現屋子空無一人，他料想母親此時肯定抱著恬恬在樓下的院子溜達，但不清楚妻子周曉妍去了哪。胡亂吃了一點東西後，開始坐下來對著電腦劈里啪啦寫稿子。自從決定買房後，他中斷了小說創作，轉而為天南地北的亂七八糟的報刊雜誌寫些亂七八糟的文章，這類文章無需像文學創作那樣精耕細作勞累費神而且稿費也高出許多。他暗自估算過一番，即使湊足十四萬的首付還需向銀行貸款三十三萬，貸二十年每月得還兩千多塊貸十年得還三千多塊，無論哪一種，夫妻倆每月加起來五千元的工資擔起月供定是拮据萬分，除了獲取外快別無他途。

中午的時候，周曉妍和母親以及恬恬一同進了家門。她將錢往逸文的電腦桌上一放鄭重地說：「這是我從羅小娟借來的兩萬塊錢，錢已經借來了，現在無論你是打是罵是要跟我離婚都隨你的便！」胡逸文掃了錢一眼，又看看妻子凜然的臉，深歎一聲說：「把錢收起來吧，明天就去付首付把購房合同簽了。」逸文的平靜超出了曉妍的預料，她驚疑地看著丈夫，胡逸文不看她，盯著電腦劈里啪啦敲了起來。

第十七章　秦文夫寬容妻子

三平區南城新居一期銷售的火爆程度遠遠超出了雷鳴的想像，他真切意識到有政府背景的樓盤對購房者的心理暗示有多麼的強烈。開盤當日便售出七八成，餘下的兩三成在隨後的一個月裏又被消化殆盡一套不剩。雷鳴賺了個盆滿缽盆，為此他特意在龍陽市的五星酒店訂了一桌酒菜邀請黃智博開慶功宴，順便商量安居工程二期開發的事宜。黃智博春風滿面欣然應允。安居工程的成功開發讓這個「文人區長」躊躇滿志意氣風發。不到兩年時便改造了三平區近三分之一的破落舊城區和十多片棚戶區，新建住宅一百一十萬平方米，一・二萬戶群眾搬遷新居。這樣的「政績」獲得了上級高度評價。酒席上他和雷鳴頻頻碰杯並捂著嘴巴悄然又自得地透露了一個訊息：「市委趙書記對安居工程十分滿意，打算在全市推廣，前些天開會還特意叫我給其他幾個區長介紹經驗呢。……趙書記可能……呃……我。」黃智博打了一個酒嗝的同時伸手作了一個向上提的動作。雷鳴明白了他的弦外之意，端起酒杯祝賀道：「那我先祝您仕途高升！」黃智博壓了壓手示意他低調不要聲張。飯局快要結束時，雷鳴將一張六十萬的銀行卡悄無聲色地遞給黃智博，後者瞟了一眼雷鳴，淡淡地說：「雷總是覺得我從沒見過錢？」臊得雷鳴一個大紅臉，連忙將銀行卡收起來了。後來飯局結束，雷鳴請黃智博去洗桑拿，隨後讓丁文華去安排兩個年輕的女子來侍候。但黃智博對女人依然不感興趣，他躺在床上，睇著眼睛掃了一眼身邊兩個高挑妖嬈的女子，對雷鳴道：「雷總也認為我沒見過漂亮女人？」又一次臊得雷鳴一個大紅臉。

後來雷鳴送黃智博回家，在返回的路上，丁文華大發感慨：「這個黃區長真是神人，不喜歡錢不好女人，不是凡人！」

雷鳴笑笑道：「我知道他喜歡什麼。」

丁文華「呃」了一聲，問道：「他喜歡什麼？」

雷鳴沒有直接回答，只是說道：「現在開發商都只知道討好官員去辦事，幹嘛不培養一個官員為自己所用呢！」

丁文華沒聽懂老闆的意思，雷鳴也沒有進一步解釋。

接下來一個月雷鳴將工作重心投在安居工程二期的上馬動工上，待工作進入正常軌道後，便將該專案交給了副總許峰具體打理，並且定了何時完成基建何時房子出地面何時開盤的大致時日，讓許峰抓緊工期。

這天上班雷鳴來得比較晚，剛簽完幾個文件丁文華就來了，向他報告了寶利地產的陳全經理前兩天打來電話詢問胡逸文之事。雷鳴想了想說，可能是逸文買房遇到困難了。「那他怎麼不直接到我們公司來買房，以你們的交情你都可以送一套給他。」丁文華不解地問。「他的性格我瞭解，清高硬氣，他不會來求我的。」雷鳴說，接著又吩咐丁文華：「你給寶利那個經理回個電話，優惠就不給弄了，這樣一來他會發現是我們的照顧，只給他調一套最好的戶型。弄罷後，你出面請那經理請頓飯，約他洗個桑拿打個高爾夫什麼的。」丁文華應了聲，說這事他去辦。

下了班，雷鳴驅車回家，一進門就看見王貝娜僅穿胸罩褲衩挺著肚子在客廳裏亂跑，凸出的肚子上纏著一根長長的絲巾，小保姆緊跟其後哄唆著叫她穿上衣服。看到雷鳴王貝娜興高采烈地走到他跟前，問他她肚子像不像一個大西瓜那條絲巾可不可以把西瓜提起來。雷鳴感覺頭大如麻，徑直走到沙發坐下，樣子垂頭喪氣。小保姆對雷鳴解釋：「一個下午她都不穿衣服我拿她實在沒辦法。」王貝娜似乎感受到了雷鳴的不高興，乖乖穿上衣服後怯怯地走到他身邊，低著頭一副知錯就改的模樣。她輕輕碰了碰雷鳴的胳膊似乎想得到丈夫的原諒；雷鳴抬眼看了看著這個在法律上叫做「妻子」的女人覺得如此之陌生，但她那張無辜的不諳世事的臉和那雙清澈的看自己總是怯生生的眼睛又讓他愛恨交加。他長歎一聲無可奈何，最後只得吩咐小保姆將王貝娜的衣物收拾掇一番，他決定將她送回岳丈家讓她母親照顧她。

吳芳今年提前退休閒賦在家，為了打發退休後的空暇時光她幾次要將女兒留在身邊，同時順便照顧她日益隆起的肚子。但每次雷鳴將王貝娜送來他前腳還未走出房門她後腳就跟了出來。這一次雷鳴將她送到王家時鄭重其事地告訴岳母，如果任由王貝娜一個人胡鬧她肚子裏的孩子可能保不住。吳芳歎氣道：「這我比你清楚，但有什麼辦法？現在她只黏你，我一留她她就生氣。」雷鳴便連比帶劃對王貝娜說：「再不好好跟母親待在一起我就不要你了。」明白了意思的王貝娜滿臉不高興，噘起嘴又不敢違抗雷鳴的意旨。

雷鳴出門之際碰到王為青回家。王為青叫他先別走有事要跟他講。雷鳴跟著王為青來到書房，王為青將公事包放在桌子後，語氣輕鬆地問他知不知道這月十五號龍陽市要舉辦「華中地區城市發展高峰論壇」的事。雷鳴回答說他知道，「幾天前就收到了邀請函。」王為青說：「這沒出我意料，你現在是龍陽地產界有影響的人物自是必邀之列。我下午在市裏開了會，這次市裏對論壇十分重視，規格定得比較高。據我瞭解這次論壇有一個環節是趙書記會召集龍陽市一些有影響的地產商座談，你肯定是被關注的重點。他可能會和你談一些有關龍陽市發展和地產走向的態勢問題，趁這個機會你要在書記面前……」說到這裏王為青頓了頓，然後說：「……為我說說話。」

雷鳴一愣不明白王為青的意思。王為青接著說：「兩年前副市長張清江被調走後，副市長的缺一直沒補，由夏市長兼任。但夏市長對趙書記以地產業為龍頭經營城市的做法有點不苟同，這導致了市裏在一些城市政策出臺慢實施慢並且前後還不一致。據我所知，趙書記打算要在市中層幹部裏提拔一個人上來做城建和交通的副市長。作為龍陽市土地和房產職能管理者，我算一個候選人；我瞭解到還有兩個候選人，一個是三平區區委書記黃智博，另一個是市規劃局局長段國華。如果你能在趙書記面前談及地產發展的同時特意將我提出來力贊一番，以你現在身份說話的分量必會讓我在書記心裏加分。我如果當上了副市長對你今後的發展也會有好處……，我們現在是親人了是利益共同體，我說這話是肺腑之言也不怕你笑話。」

雷鳴聽了沉默不語，過了半晌才說他心裏有數知道應該怎麼做。

第二天，他接到黃智博電話，問他有沒有時間去他家喝兩盅。雷鳴猜到了他邀請的用意但還是欣然應允。黃智博親自下廚做了幾個精緻的小菜，隨後拿出一瓶茅臺和雷鳴對飲暢談，兩人喝得酒酣耳熱但自始至終黃智博閉口不提此次約請的目的，直到最後飯席完畢他才不經意提到行將召開的「華中地區城市發展高峰論壇」之事，並正告雷鳴多做準備，如果有機會碰到領導可不妨重點談談類似於南城新居工程的城市建設理念。雷鳴知道黃智博醉翁之意不在酒，他滿口答應稱一定會早做準備。

回到家他反覆權衡思前想後，到了論壇開幕的前一天他心裏已經有了主意。

規模頗大的論壇在市會展中心如期舉行，各路嘉賓濟濟一堂共商中部城市暨龍陽市發展大計。這次論壇上雷鳴第一次見到了龍陽市委書記趙世舉。儘管未見其人但久聞其名。這位龍陽市一把手所提出的「經營城市」口號他在二〇〇二年就有耳聞，二〇〇三年開始的龍陽市地產業迅猛發展離不開這個政策從口號走向實踐，而他雷鳴則是這個口號的直接受益者。所謂「經營城市」就是政府以土地為資本帶動整個城市地產業的發展，同時以地產業發展為契機帶動和地產業相關的五十多個相關行業的發展從而促進整個城市的經濟發展。這幾年龍陽市的房地產開發如火如荼如猛獸出籠勢不可擋，相應的地價房價呈幾何級飛速攀升，同時攀升的還有這個城市一片火紅的ＧＤＰ。這更讓趙世舉進一步相信其「經營城市」之戰略不僅成效顯著而且還大有潛力可挖。所以此次論壇他欲借這個平臺將其「經營城市」的理念進一步系統化從而獲得相關領導和專家的肯定與認可。

第二天下午，在會展中心一間大會議廳，趙世舉召集龍陽市幾家房地產開發商座談。他握著雷鳴的手笑呵呵地說：「雷總的大名我可是如雷貫耳啊！」雷鳴恭謙地說：「浪得虛名讓書記見笑了。」寒暄過後落座，趙世舉開門見山詢問了雷鳴對龍陽今後地產業發展態勢的看法。雷鳴有備而來侃侃而談，他首先談到了龍陽的地產業還想有更大的發展，必須要多開發像三平區安居工程那樣的專案，這樣的專案不僅能改善民生還是促進一個區的經濟發展以及這個區域的居住格局，可謂一舉三得。趙世舉邊聽邊頻頻點頭，他說：「那個安居工程我去視察過，的確不錯，我和三平區書記黃智博交換過看法，已經將這個經驗在其他幾個區推廣。」雷鳴接下來談到了他構思已久的ＲＢＤ戰略：「所謂ＲＢＤ就是中央休閒商務區，我的構想是以濱江大道為核心，在大道兩端開發兩條商業步行街，在一平方公里的地方建立以購物休閒、特色消費為主體的超大型複合都市時尚中心，以時尚購物、大型超市、娛樂城、五星級影劇院為主，臨街部分分零銷售統一招商，以旅遊休閒、特色餐飲、精品小吃、創意產業、藝術長廊為主。我相信，只要這個時尚中心一旦建成必定會形成一個濱江大道為核心的江北商業圈，從而輻射整個江北地區，與此同時也打破了江南江北商業發展不平衡的格局，這樣一來整個龍陽市二環以內整體商業格局的檔次也會得到全方位的提升。」雷鳴激情洋溢指點江山的話語一落，趙世舉拍案擊節連聲叫好：「這幾年江南發展迅速而江北卻一直裹足不前，辦法用盡沒找到一個很好的突破口。這個老大難問題常常折騰得我夜不成寢。現在聽你一席談，我豁然開朗。就這麼辦！我回去之後再召集相關領導和單位開會，進一步商議論證。如果這個ＲＢＤ真的建成，你雷總可立了頭功！」說完爽朗大笑。見趙世舉如此欣賞自己的創意，雷鳴心裏頓然如酷暑飲冰有種說不出的舒暢，不過他仍表示著謙遜：「這個設想是我和黃智博書記多次討論過的結果，他的一些建議也促進了我的思考。」趙世舉聞之笑曰：「呵呵，是嗎，看來這個黃智博還有兩把刷子！」

在座談會快要結束的時候，雷鳴壯著膽子向趙世舉討教最近國務院關於房地產調控的「國八條」，「最近中央接二連三頒佈調控令，我和龍陽市其他一些地產商心裏都沒底，不知道市的態度如何，趁這個機會也向您討教。」他話音一落，得到在座的其他幾個地產商的附和。趙世舉朗聲笑道：「龍陽市的房地產業發展一直很正常，房價相比於全國省會城市只處在中游，談不上高，我們不會作太多調整，相反還會繼續支持這一行業的發展。你們就不要背思想包袱，只管放開手腳幹！」雷鳴聽罷忙道：「有您這句話，我們就放心了。」

論壇最後一天，作為東道主的龍陽市委書記趙世舉意氣風發地發表了主題演講，在演講中他進一步系統闡明了「經營城市」的理念，他以大量的資料論證這個理念的提出到實證再到實踐所具有的科學性長遠性以及對把龍陽打造成一個中國知名城市的戰略意義。在演講的最後部分他鮮明提出了打造龍陽市第一個ＲＢＤ構想，並且指出這個構想是他「經營城市」體系的進一步提升和總結。會場底下的雷鳴聽得暗自得意，也為自己的設想能被趙世舉採納而顯得躊躇滿志。

半個月後，市政府一紙調查令，黃智博被任命為龍陽市副市長，之後又在市委常委會上被選為市委副書記。黃智博上任伊始，馬不停蹄地成立了「龍陽市ＲＢＤ開發指導小組」並親任組長，同時省去了慣常的「招拍掛」程序直接受權華鳴公司為ＲＢＤ的開發實體。這一切雷鳴似乎早有預料。和市政府簽完合作協議書後，他沉著幹練地指派丁文華負責ＲＢＤ專案運作，自己則一如既往地坐鎮全局統籌四方。拿下ＲＢＤ後，華鳴這艘龍陽市地產業大船的噸位開始向航空母艦的級別昂首邁進。但對船來說噸位越大燃料需求越大，對公司而言規模越愈大對資金需求就愈多。當丁文華謹小慎微地向他的老闆提出這一點時，雷鳴根本不認為這算一個問題，他不以為然地對下屬說：「你跟我這幾年怎麼還這麼不開竅？這個ＲＢＤ明擺著是政績工程，有政府這個大靠山，還怕斷了資金流？」

落選副市長所造成的打擊讓王為青近一個月來一直鬱鬱寡歡無精打采，後來索性請了病假靜養家中。雷鳴忙完手中的ＲＢＤ事宜抽空去看望他時，面對他蒼老的頹狀吃了一驚，心底也騰起一股愧疚。王為青躺在陽臺的躺椅上雙目微閉，他知道雷鳴就坐在旁邊但就是不願睜開雙眼。雷鳴在這種沉默尷尬中渾身不自在，但當他站起來想告辭時，王為青卻開口了：「你這麼忙還記得來看我，真是辛苦你了。」雷鳴臉皮一陣發熱。王為青長歎一口氣：「我沒事，我混跡官場二十幾年也還經歷過不少大風大浪，沒那麼容易被擊跨——你做得對，黃智博比我年輕近十歲，又得到了趙書記的賞識，在仕途上還大有可為。我五十好幾了，就算當了副市長也折騰不了幾年就要退休。你抬他的樁肯定勝過抬我的樁。你看得遠哪……」雷鳴想解釋一番，但王為青揮了揮手制止了他。看著黯然神傷的王為青，他知道自己再多說什麼已無濟無事，最後只得知趣地告辭。

整個上午秦文夫像中了五百萬彩票似的異常亢奮，儘管他竭力抑制這種亢奮但臉上昭然若揭的興奮勁兒依然旁溢斜出。他似乎很想找個人來分享他的喜悅。看到胡逸文從總編室出來便一把拉住他讓他看今日的晚報，胡逸文掃了一眼頭條標題「市紅光集團原董事長劉建明因貪污瀆職被判處無期徒刑」便不耐煩地走開了。胡逸文的無禮並未消彌秦文夫的興奮，他又將報紙拿給劉文芳看：「你看看，這麼大貪官只判了個無期，應該被槍斃！」劉文芳接過報紙瞅了瞅，隨後驚訝起來：「這個劉建明不是你老婆白芬廠裏領導嗎？」

「就是他，一條道貌岸然的蛀蟲！」

「你老婆現在還在這個廠做事嗎？」

「呃……沒有了，現在在擺攤賣餛飩。」

「咦，為啥不在廠裏做了？聽你說她以前還一個不大不小的幹部來著……」

「……被別人打擊報復了。」秦文夫似乎不願意繼續這個話題，拿過報紙對著這則新聞獨自喜不自禁。

這是稿子第三次被打回來重寫了，胡逸文對著電腦十指翻飛鍵盤劈啪作響——他似乎要把怨氣發洩在電腦上。適才在總編室李侗複指著稿子語帶不屑：「都說你是雜誌社的王牌編輯，是社裏的一枝銳筆。這麼點東西改來改去還改不好？」胡逸文爭辯道：「我不知道稿子改到最後是要讓讀者喜歡，還是要讓你喜歡？我以前……」「廢話！」李侗複粗大的嗓門喝斷了他的話：「我不喜歡讀者怎麼會喜歡？別跟我提以前，以後我的用稿標準就是你們的寫稿編稿標準。你想寫什麼稿子雜誌就用什麼稿子，除非你坐到我這個位置上來！」裏挾著怒氣肯定是改不好稿子的，中午吃完飯後，周曉妍過來給他按摩太陽穴，她一看丈夫的臉色就知道他受了李侗複的氣。夫妻倆親暱的舉動引得同事一陣打趣：「還是同事夫妻好，隨時隨地都能知冷知熱。」周曉妍笑著說：「是啊，誰叫你們當初都不在單位發展對象的？」這時候李侗複從辦公室出來，眾人的嬉笑像是聽到指令似地立刻嘎然而止，隨後紛紛回到自己的座位上。李侗複對胡逸文和周曉妍說：「這是在辦公室，不是在你們家裏，注意形象！小胡你改完沒有，改完了快點送給我看！」待他返回總編室，胡逸文低聲罵了一句。

下午胡逸文將改完的稿子送給李侗複，後者拿著筆一行一行看得很仔細，胡逸文在心裏暗忖：「要是再讓我改第四次，我炒了這個王八蛋！」看完後李侗複似乎仍不滿意，不過沒有讓胡逸文再改，他說：「就這樣發吧。多大的屁股穿多大的褲衩。再改也改不出一朵花來。」胡逸文從總編室出來順道折進了洗手間。他洗了一把臉，對著廁所的天窗吼了一句：「我操……！」

下班後秦文夫沒有直接回家，而是來到一家小酒館要了一瓶酒點了兩個菜，一個人自斟自飲一喝一歎。劉建明的被判讓他有一種從未有過發自肺腑的歡愉。所以這頓酒他喝得渾身舒暢無比每一個毛孔都透著興沖沖的喜氣勁。喝完酒七點整，他竟沒有絲毫的醉意反而周身透著酒精發酵後的亢奮。像往日一樣他去了離家不遠的路口幫妻子照看攤子，但和往常不一樣他今夜走得雙腳生風快步如飛。

白芬自回來後完全跟以前判若兩人，從前的開朗和風風火火被現在的沉默和木訥取而代之，整個人活像一口幽深的古井或者一板緊鎖千年的門而不願向任何人開啟包括她的丈夫和兒子——她似乎鐵了心要獨自承受命運帶給她的屈辱和戲弄。回來後不久她便開始對新工作的尋找，但年紀偏大加之無一技之長使她的每一次人才市場之行皆鎩羽而歸。最後在交了一百塊錢後從人才仲介所裏尋到了一個「月嫂」的活。雇主是一對脾氣古怪的年輕夫妻外加一個不足一歲的嬰孩。白芬的工作就是照顧這名嬰孩的起居和這對夫妻的飲食。孩子似乎遺傳了父母的古怪白天死睡到晚上則精力充沛又哭又鬧。白芬只得犧牲掉整夜的睡眠通宵達旦來照顧孩子，但白天她不可能跟孩子一樣補充睡眠——年輕夫妻的一日三餐還等著她在。這對夫婦定了一個規矩：每天他們吃完後她才能吃。這樣一來，等這兩人不慌不忙細嚼慢嚥地吃完一頓飯，留給她只是些殘羹冷炙。長期的睡眠不足加上營養不良，三個月後錢沒多掙人卻累得黃皮寡瘦，一次騎自行車回家竟暈到在馬路邊上，幸虧被旁人送救及時否則性命堪虞。從那以後秦文夫死活不讓她出去做事了。但一個身體健康無病無災的大活人整日待在家裏不是個事，更何況臥病在床的秦老太對現在的白芬左右看都不順眼——她越來越覺得紅光小區的房子是兒媳一身白肉換來的，當這個認識經過逐日逐月的發酵和自我強化到最後已深入內心堅信不疑。當她看到那個「罪孽深重」的女人不去做事反要兒子供養時，她從當初的冷臉冷面轉化成沖天的怨氣——怨兒子可憐怨家門不幸怨自己百年之後無顏去見過世多年的老伴！面對婆婆的怨懟和指桑罵槐，白芬已沒有了（或者說不願）往昔的銳利——她選擇了沉默和逃避。休息兩天後她就不願在家待了，一連幾日早出晚歸。後來有一天她對丈夫秦文夫商量她想擺一個餛飩攤。經過幾天考察她看到離他們租住地不遠有一個路口，路口過去是一家大型印刷廠，路口左邊的巷子進去坐落著一所高中。晚上九點是印刷廠倒班的時間，上下班的工人總在這個時間段來找點吃的；下午六點鐘高中的高一高二學生放學，他們總喜歡弄點吃的再回家，而高三學生則在此時要補充食物隨後再繼續去上晚自習。現在路口僅有一家麵攤和一個燒餅攤，這樣寒酸格局顯然不能滿足工人和學生的食慾，他們常常要跑到離路口百米遠的一個夜市大快朵頤。白芬說：「如果路口能多上一個餛飩攤主賣餛飩兼賣餃子，一定能截下一部分客源且生意大好。」秦文夫聽了沉默半晌隨之說這是條活路不妨一試。夫妻倆商定後兵分兩路說幹就幹。白芬買來麵粉和肉餡，著手和麵皮包餛飩餃子。秦文夫則去附近一家汽車修理鋪花錢請別人焊接了一個寬一米長一米五的鐵架子，架子底下四端安上了四個小車輪，又在底架上鋪了一層木板。之後又買來一個中號煤爐以及必要的鍋碗瓢盆桌椅板凳：這樣一個簡易餛飩攤宣告完成。一個星期天下午，白芬在秦文夫陪伴下推著車來到那個路口開始了賣餛飩生涯。第一天開張白芬有種說不出的難為情，她特意戴上一個大口罩以遮掩難堪。首日開張除卻成本淨賺四十三元，數著那堆零零散散的毛票和硬幣，夫婦倆都對「戰果」深表欣慰。接下來的日子，隨著口碑相傳客源越來越多生意走上正軌，白芬索性扯掉口罩坦然面對一切。秦文夫每天下班後先回到家為病中母親做好飯，然後再馬不停蹄趕到路口給妻子打下手。一個月下來，除去成本以及要交的稅費淨賺兩千塊，這個收入不比她以前在紅光集團上班少多少，也是從那個時候起，她抑鬱而潔白臉色終於活泛出消失了多日的笑容……

秦文夫趕到路口的時候兒子秦東東已經在忙著收拾桌上的一次性碗勺，白芬手腳麻利地下餛飩調作料。秦文夫捋起衣袖走過去接過妻子手中鋁漏子，隨之將已經煮好的餛飩盛起來放進已經放好佐料的塑膠碗裏，白芬則騰出手來忙而不亂地收錢找錢。要不要將劉建明被判刑之事告訴妻子秦文夫一直猶豫不決，幾次話到嘴邊又硬生生嚥了回去。最後像是忍無可忍似地趁著休憩的空檔自言自語了一句：「劉建明被判刑了」。白芬正在拿塑膠碗的手稍稍頓了一下，之後像是什麼都沒發生似的繼續她的操作。晚上近十點，一家三口開始收攤子，秦東東數著錢盒裏的錢喜上眉梢：「今天生意不錯，一共是一百二十六塊三毛。」秦文夫說：「那是毛收入，成本還沒除。」「除掉成本也有七八十塊，也不錯啊。」秦東東邊說邊幫著父親將小桌子架在推車上，然後和父親一起推著車子回家。白芬則提著一個水桶滿腹心事地走在後面。路過一個正在施工的樓盤時，不停扭頭看圍牆上塗抹的銷售廣告。路燈昏黃，廣告上諸如「入住幸福花園樓盤，享受幸福人生」等字樣依然赫目。白芬打量著正在拔地而起的樓房神色歆羡而專注，秦文夫將一切收之眼底但沒有說什麼。

回到家正碰上房東來收房租，在秦文夫去拿錢的當兒，房東順著次臥打開的門看到了臥病在床的秦老太，他盯著秦老太看了一會。待秦文夫將房租給他後，他說：「秦師傅，借一步說話。」秦文夫滿腹狐疑地跟他來到門外，那房東說：「老太太是病了？」「是的，病了半年多了。」「嚴重嗎？」「心臟病，老毛病了。」秦文夫耐心地應答著，不知道對方要表達什麼意思。「是這樣的，秦師傅，」房東說，「俗話說，租房莫租老人。是怕萬一老人有個三長兩短升天了會弄髒了別人的房子。我的意思……」秦文夫頓然明曉了房東的話後旋即說道：「你的意思我明白，我媽雖然病了但身體還硬朗著，就算萬一有天死了也不會死在你這房子裏，你只管放心。」房東笑容可掬地說：「那就好那就好，畢竟我這房子以後還要租給別人的，我和老伴晚年還要來這裏養老。」

秦文夫返回屋裏，白芬問他房東跟他說什麼。秦文夫搖搖頭沒說話。他走到母親的房間問她餓不餓要不要來一碗餛飩。秦老太嗡著聲音說：「我不吃餛飩，髒！」自兒媳賣餛飩以來秦老太從不吃餛飩。秦文夫耐著性子說：「那我給你下碗麵條吧。」這次母親沒再反對了，秦文夫歎了口氣走出了房間。

翌日秦東東起了個大早，正在做早餐的白芬問她怎麼不多睡一會，東東說：「七點鐘要去人民廣場給一家公司發傳單，去晚了要扣錢的。」刷完牙的秦文夫走過來，掏出兩百塊錢遞給兒子但被推脫了。秦東東說他現在做了四份家教，要是沒課就去發傳單打短工，生活費完全夠了。白芬將一碗裝著荷包蛋的麵條遞到兒子手中，心疼地叮囑：「別累著了，身體要緊。我跟你爸不缺你那幾百塊錢的生活費。」秦東東大口吃著雞蛋應著：「沒事，我身體棒著呢！」秦文夫則有些擔心：「你把時間都用來打工了，學習怎麼辦？」東東飛快地吃著麵條不耐煩起來：「你們甭擔心了，我會安排好時間的，學習落不了身體也壞不了。上個學期我還得了一個二等獎學金呢。」看著乖巧懂事的兒子，秦文夫和白芬倍感欣慰：這臭小子真的長大了！

吃完早餐，看到時間還早，秦文夫特意來到昨晚那個令妻子流連忘返的樓盤。剛走進售樓部，一個笑盈盈的售樓小姐問他需要什麼幫助，也不管他願意不願意聽一個勁地向他介紹起樓盤的優質品質來。秦文夫邊聽邊繞著沙盤打量著上面漂亮的房宇模型。他問有沒有關於樓盤的資料。那小姐便拿來一摞宣傳單。秦文夫翻著宣傳單倒吸了一口冷氣：「這麼貴！一平米九千二？三個月前不是只要八千多嗎？」售樓小姐像是看外星人一樣看他：「現在是什麼行情了？九千二還算貴？你去打聽打聽，這個地段的樓盤有的已經漲到一萬了，我們的樓盤算是非常便宜的了！」秦文夫收起宣傳單說他再回去考慮一下便匆匆走出售樓部，售樓小姐跟在後面喊：「先生要是考慮了可打我電話，宣傳單上有我的手機號碼！」

第十八章　逸文悲催的房奴生活

胡逸文幾天來一直悶悶不樂無精打采，改稿以及改稿過程中李倜複有意無意的貶損令他像吃了蒼蠅一樣難受。他並不是一個經受不了任何打擊或者羞辱的人——他的靈魂還沒細膩和脆弱到那一步，只是在想，在這樣一個將下屬的尊嚴當狗屁不管你是新員工老員工男的女的有事無事吼上一通的變態領導手下做事，能夠忍一時但能否忍一世？他在當天就有了辭職的想法。那天下班和妻子一起走出雜誌社，周曉妍看著丈夫不悅的神情就知道他心裏不痛快，她好言相勸道：「你就當他是瘋子，你犯得著跟一個瘋子生氣？」胡逸文沒有說話，直到上了公交車才悶聲悶氣吐出一句：「我想辭職……換份工作……」「什麼？」話聲一落周曉妍叫了起來，引得車上的人紛紛側目而視。她壓低聲音對丈夫說：「別說話不經過腦子，現在能辭職嗎？二十五號就要交月供了。」逸文說：「我是說辭職，又沒說不工作了，辭了再找別的工作嘛。」曉妍說：「等找到再說，現在能湊合就湊合！」

下了車周曉妍去附近的超市買菜，胡逸文獨自走向濱湖社區的新家。在小區門口他看到了黃昏暮色下母親瘦削的身影，她緊抱雙臂坐在一條小板凳上，面前放一個紙箱子，箱子上擺放著她一針一線編織的鞋墊虎頭帽以及嬰孩穿的棉衣棉褲棉鞋。寒風中母親的白髮迎風飄散，像一張被風撕破的魚網。胡逸文突然感到鼻子發酸。母親看到他走過來便說：「恬恬我餵了牛奶她喝了，現在睡得死沉，趁這個檔兒我出來看能不能賣點。今天生意好著哩——」母親眉飛色舞地絮叨著，「一個女人，可能也是我們小區的，買走了一身棉衣棉褲棉鞋，說她女兒要生了，正好用得著。還有一個姑娘買走了兩雙鞋墊，吶，這是今天掙的六十塊錢，可以幫襯著買一個星期的菜了。」母親邊說邊把錢掏給逸文看，逸文微笑著叫她把錢收好，隨後開始拾掇紙箱準備回家。「天還沒黑清，再待一會吧。」母親說。逸文說：「算了，起風了天冷。」他搬起紙箱子，母親拿起小板凳緊跟其後，一同朝小區裏面走去。

胡逸文是立冬之後搬進新居的，四月底收的房，交房之後裝修花去了四個月又涼了三個半月。收房後小倆口第一次站在來之不易的新房裏，神色平靜如水，半年來的看房籌款已經耗盡了他們本有的喜悅，更別說三個月前就開始交納的每月近兩千六百元的按揭。雖然是公積金貸款，利率比商業貸款便宜許多，但胡逸文不願將貸款期限拖得過長，他選擇的十五年等額本息貸款，這樣每個月還給銀行的月供是兩千五百三十九・六八元。他和曉妍每月加起來的工資不足五千元，這也意味著他們家庭月收入一半以上都付給了銀行。每當想起這他底腳不由升起一股冷氣，即便此時面對新房這種感覺依然緊繞其身甩脫不掉。曉妍畢竟是女人，新房帶來的喜悅很快沖淡了按揭壓力帶來的愁腸百結，她燕子一般笑聲清脆地在房子裏飛來飛去，臉上洋溢著少女似的酡紅。房子是小區的優質戶型，裏面構造佈局比預想中的要合理。進門左邊是飯廳右邊是客廳，飯廳旁邊是敞開式廚房，走過飯廳還有一個封閉式小陽臺。客廳連著一個大陽臺，站在陽臺上一眼可望小區裏一片鬱鬱蔥蔥的綠化帶。客廳過去是二十平米左右的主臥外加一個近六平米的內衛，主臥對面並排著次臥和主衛生間。仔細看過一遍後周曉妍喜形於色地對丈夫說：「還不錯吧。」胡逸文略顯遺憾地道：「有一個書房就更完善了。」周曉妍點點頭，她把目光盯在那間六平米的內衛上：「有了，將這間衛生間改成一個小書房，你看還有一片小窗，正好。咱家也就兩三個人，外面一個衛生間就夠了。」胡逸文聽之一喜，連連誇讚妻子賢慧想得周到。

看好房後，裝修便被提上日程。由於鈔票捉襟見肘，在是否請裝修公司上夫妻倆陷入了分歧。按逸文的意思他更願意自己買建材找師傅來清包的，這樣不僅省錢而且也有成就感。但曉妍詰問現在總編李侗複對考勤盯得這樣緊哪有時間來盯著裝修，逸文反駁說：「請裝修隊公司不整個七萬八萬不會放咱！」

逸文上網查閱了大量有關裝修設計以及泥水工、木工、乳膠漆、木地板等等一些物美價廉型號的裝修材料的資料，隨而列印成冊作為參考指南，然後開始了他艱苦卓絕的裝修過程。這幢樓都是新近收房，基本沒有住戶入住，他決定雙休天去買建材晚上再來敲打。他跑到二手市場買了一輛半舊的三輪車，每個星期六星期天騎著它輾轉於這個城市的各大建材市場，在和各類店鋪的對比和各個賣家的砍價中，拖回來各類必要和合適的地磚、牆磚、白木飾面板、線條、乳膠漆、雜木地板、石膏板吊頂、鋁扣板、門套、窗套、塑鋼門等等文件。由於從沒幹過粗活，每拖回一車東西無不使出他吃奶的勁兒累得氣喘吁吁渾身癱軟。有一次將滿滿一車地磚和牆磚剛慢慢拉出建材市場，幾個挑夫爭先恐後過來攬生意，胡逸文一一謝過自個騎上車慢慢用力往前踩，一個挑夫在後面說：「這人簡直不要命了，幾百斤重一車東西竟一個人弄！」胡逸文聽了暗忖：這算什麼，自己十四歲就能挑一百斤的柴禾。不過現在已不是當年，才騎幾十米遠，他雙腿便軟得跟麵條似的，即便力用到額頭青筋爆漲大汗淋漓，車子依舊如蝸牛爬行，最後他只得下車來拖著車一步一步往前挪。快到小區的時候天快黑了，也就是在那個時候他突然感覺到車子輕鬆了一些，扭頭一看，樂了，周曉妍正在後面幫著用力的推，他高興叫道：「老婆你終於來了，我就知道你不會丟下我一個人的，——我快累癱了。」「累癱你好！」曉妍沉著臉沒好氣地說：「請個車也就幾十塊錢，至於把人累成這樣嗎？」逸文說：「我這不是為了節約錢嘛，幾十塊錢幾十塊錢的積攢起來就是大錢了，——裝修光這運費我就節省好幾千塊了。」他招呼起妻子：「再加把勁！馬上就到了。」曉妍在後面氣嘟嘟地說：「嫁給你我倒了八輩子的楣了。」逸文呵呵笑了：「你上了我的賊船只怕下不來了！」曉妍說：「少貧，快踩你的車！」

隔行如隔山的窘境令胡逸文面對新房裏堆積如山的裝修材料頭大如麻一愁莫展，好在車到山前必有路，他從母親那裏瞭解到鄉下有個叔伯侄子二柱正在龍陽市打工，幹的也是裝修的活。幾經輾轉逸文終於找到了這個印象裏鼻涕老擦不乾淨但現在已長得虎背熊腰的叔伯侄子。一見到逸文二柱憨厚地叫他么叔，得知么叔的來意，二柱滿口應承：「正好我把別家的活熬完手歇著在，叔的事包在我身上，我還帶一個人過去，也是咱村的，不過是上灣，叫馬駒，不知你有印象不？」逸文想了想說他有印象。兩天後，二柱帶著馬駒來了，到底是幹這一行的，兩個唇邊絨紅都沒長硬的年輕後生一來就排出了啥事先幹啥事後幹啥東西要買啥東西可不買。二柱說：「叔啊，我知道你這裝修一心想省錢來著，不然你也不會找我們來幹。該省的錢我一定幫你省，比方咱們先設計好，避免沒必要的錯誤引起返工費時又費料；但有些地方不該省的就不要省，比方用電安全的，水路改造的，門窗傢俱五金配件的，裝飾黏貼的，如果盡弄些便宜貨會後患無窮的。」逸文說：「你說得在理，你覺得怎麼好就怎麼弄，叔把這全部託付給你了。」畢竟是親戚，二柱帶著柱子敲敲打打幹起來很賣力，過了酷熱難耐的八月工程已完成大半。曉妍和母親充分做好了後勤保障工作，每天將香噴噴的飯菜按時送到他們手上，熱天還熬來清涼的綠豆湯給他們解暑降溫。九月初裝修完工告罄，簡潔不失溫馨的裝修格局真正實現了逸文當初所持的花最少錢辦最好的事的願望。一家人看著裝修好的新房喜出望外。胡逸文拿出一萬塊給二柱作為他的工錢，但二柱死活不肯要：「咱們是親戚怎麼能要錢呢，嬸和奶每天讓我們吃得這好，我們感激還來不及呢。」逸文說：「二柱你聽我說，錢是少了但叔只有這麼多，這是你付出汗水應得的，你交給你爸攢著將來娶老婆用！」二柱想了想說：「那我們只要六千，我跟馬駒一人得三千就夠了。」逸文把錢硬塞給他們說：「就一萬，啥話也不說了，以後有時間你們記得來叔家裏玩。」二柱捏著錢咧嘴憨厚地笑了。

晾了三個月後搬到新家，約來一些友朋同事參觀玩樂後，夫妻倆又傾其所有花了近一萬塊錢辦下了房產證和土地證，之後胡逸文又一番折騰奔波終於將一家三口的戶口上在了一起。周曉妍捧著鮮紅色的房產證和暗紅的戶口簿喜不自禁，那神態如當年初抱起剛出生的女兒恬恬如出一轍。胡逸文則極其清醒，他提醒妻子：「別以為上面寫了咱的名字，房子就是咱的了，真正的屋主是銀行！」曉妍說：「人家知道，我現在不就是圖一時之樂嘛，再說了，咱還不至於那麼沒用，真的有被銀行收回房子那一天吧？」逸文說：「這誰算得準？要是有一天咱倆都失業了或者得了一場大病，再或者遭遇車禍缺個胳膊斷條腿喪失了勞動能力，沒錢還貸了，銀行可不就來收房子？……」「呸呸！」曉妍連連啐啐道：「你個烏鴉嘴，盡撿壞事說！」

周曉妍炮製了一份家庭「節約計畫」，並將之形成文字拿給丈夫看。胡逸文看到上面的計畫一條一條羅列得周詳備至：「一，早上不在外面吃早點，早起半個小時自己動手做；二，不坐公交車，到舊貨市場買兩輛二手自行車代步上班；三，將洗澡水洗腳水洗衣水用桶貯滿以用拖地沖馬桶；四，戒煙戒零食；五，購買雞鴨魚肉每週不得超過兩次；六，儘量少添新衣，不裝寬帶，少用電腦少看電視節約電；七，夫妻倆共用一個手機，節省話費；八，……」

沒看完胡逸文已倒吸一口冷氣，也有點恐慌：「難道這樣的日子要過二十五年？」

曉妍說：「你以為我想這樣啊，要是你——我們掙得來大錢，或者運氣好買張彩票中個五百萬，誰不願意過舒坦日子？」逸文便不說話了。周曉妍將「節約計畫」張貼在衛生間的門邊上，一抬眼就能看見。母親對這個計畫雙手贊同：「吃不窮穿不窮算計不好一世窮。我覺得曉妍這樣做好！我也不吃閒飯，我明天就把以前從鄉下帶來的花布舊衣棉花拾掇出來納鞋墊做棉鞋，還有娃娃穿的童衣童帽童鞋，冬天快到了，這些東西做出來肯定有人買。」周曉妍大喜：「媽說得對，咱們不僅要節流，更要開源，逸文你多寫稿多掙稿費；我呢，現在恬恬還放不了手，等她一上幼稚園，我也去開闢第二產業！」逸文說：「你那上面不是說要少用電腦嗎？我要是寫稿不就是浪費電了？」

「你就不能在單位寫啊！」曉妍瞪了他一眼。

胡逸文和母親一起回到家時，已經買好菜的周曉妍提早一步到家了，但臉色陰沉如墨。逸文問他怎麼了是不是沒搶到收攤菜。曉妍沒理他，她問母親：「我回來的時候廁所的燈一直亮著在，是不是你又忘了？」母親「哎喲」一聲像是記起了什麼：「可能真是我忘了，今天天色陰沉，我眼神不好使上廁所開了燈，後來下樓去擺攤兒走得急……」曉妍生起氣來：「這不是第一回了，上個星期半夜起來上廁所也是忘了關燈，幸虧我發現得早，不然又浪費一夜的電！」母親低著頭一聲不吭像個做了錯事的小學生。逸文解圍道：「沒關就沒吧，廁所燈的瓦數小浪費不了幾個小錢。下次叫媽注意就行了。——做飯吧。」曉妍叫道：「說得輕巧！這浪費一點那浪費一點就是大錢了。你們以為是在為我一個人節約啊？」曉妍丟下手上的菜，氣呼呼地進了臥室，「砰」地一聲將門關得震天響。

白天改稿窩了一肚火的逸文盡量壓抑住心裏騰騰往上跳的火苗自己動手做飯。吃飯的時候曉妍沒有出來，逸文去叫，她以被蒙頭沒理他。餐桌上母子倆沉悶地吃著飯，已經學會走路說話的恬恬桌上桌下的鬧騰，嘴裏嘰嘰喳喳地著吐著剛學的新詞兒，嘴空的時候又接一口奶奶舀過來的飯菜。飯後洗涮完畢，照例只留下飯廳那盞微弱的枯黃色小燈，其他地方的燈全部關閉；母親像往常一樣坐到陽臺上就著小區的路燈和別人家屋映照出來的微弱燈光納著鞋底。恬恬纏著逸文要看電視看奧特曼。逸文哄她：「奧特曼不好看，來，爸爸給你講故事……，從前啊——」恬恬不依不饒，說爸爸講的故事她都聽過了她就要看奧特曼！胡逸文朝曉妍睡的臥房瞄了一眼，見裏面沒什麼動靜便說：「好，咱們就來看奧特曼。」打開電視調到動畫頻道，奧特曼大戰妖怪的畫面立刻現於螢幕，恬恬拍著小手看得津津有味。胡逸文走到陽臺對母親說：「媽，外面冷，白天在做吧，你這樣會把眼睛弄瞎的。眼神本來就不好。」「還有幾針就好了。」母親說，接著歎了口氣：「你去跟你媳婦解釋一下，我今天不是故意不關燈的，人老了忘性重，下次不會了。」胡逸文鼻子有些發酸。

這時周曉妍從臥室出來，抱起沙發上的恬恬：「恬恬別看電視了，媽媽去跟你講故事好不好？」

「不嘛，我要看奧特曼。」

「你看這集不是完了嗎？」

「還有一集。」

「沒有了每天晚上只有一集。」

周曉妍關掉電視抱著女兒就往臥室走，恬恬哭鬧著不肯走，周曉妍在她屁股上拍了兩巴掌：「你這孩子怎麼這不聽話！」恬恬哇哇大哭起來。胡逸文趕過來一把抱過恬恬朝妻子吼道：「你幹嘛呢？讓她看一會電視天會塌下來啊？靠節約這點電費就能一下將貸款還完？」他說著打開了電視又打開了客廳的大燈，他招呼著陽臺上的母親：「媽你進來，裏面亮堂些！咱們該怎麼過就怎麼過，不把自己往苦裏整！」曉妍憤然道：「好，都不過日子了！你想怎麼樣就怎麼樣，離婚！房子你一個人供！」她氣呼呼返回裏屋。胡逸文放下還在抽泣的女兒跟進了臥室，他激動地叫道：「離婚就離婚，誰還怕不成？全中國像我們這樣供房的人千千萬萬，沒人像你這樣把日子過得像自虐似的！我們是房子的主人，不是房子的奴隸！我們是要節約但不要矯枉過正，那樣買房子過日子還有什麼意義！」周曉妍說：「我不知道別人是怎麼過的也不知道要怎麼過才有意義，我只知道每個月二十五號到了還貸的日子我就心驚膽戰；只知道現在物價呼呼往上漲我去菜場買都不知道買什麼一毛錢想掰成兩毛花；我只知道一心苦著把貸款還遠好早點結束這種日子；我只知道我現在穿的毛衣還是十年前讀書時買的我的內褲──」她從床頭櫃裏拿出一條褲衩丟在床上，「……破了我都不捨得買新的！」她一屁股坐在床上嗚嗚哭了起來，邊哭邊說：「我的委屈……你問過嗎？還說我……嗚嗚……」

胡逸文盯著那條粉紅現已洗得發白的褲衩，剛才氣昂昂的神情像洩了氣的皮球一樣瞬間消殆了。那套內衣還是三年前妻子過生日時送她的禮物，如今橡皮筋已翻了出來，又被不規則的針線縫了進去，靠皮筋的地方兩個小指粗的小洞像兩隻死魚的眼睛。逸文鼻腔一酸，他內疚地欲攬過曉妍因哭泣而抽動抖擻的肩膀，但被她一下掙脫甩掉了。他接著一用力將她摟到懷裏沉著嗓子說了一句：「……都怪我沒用。」這一句自責之語反倒讓周曉妍嗚嗚哭得更厲害了。

好久沒聯繫的邱瑞給胡逸文打來電話問他有沒有時間一起聚聚。胡逸文半玩笑半認真地問是不是又來借錢的，如果是他可自身難保愛莫能助。邱瑞在那頭笑了說不是借錢是好事。下了班後逸文興沖沖跑到了約定的餐廳，開門見山地問是什麼好事。邱瑞說不著急先吃飯，逸文不依，邱瑞拗不過這才說起事情的原委──

原來他一個同事的老婆在幸福街開了一家賣鴨脖的小店，生意一直興隆，最近這同事老婆懷孕要生孩子了，店沒有人照應，考慮到在幸福街弄個小店不容易這同事並不想盤出去。邱瑞聽說後跟同事說乾脆租給他，他給房租和紅利，等將來孩子生完想要回店子他再退還。反正幸福街都是夜市生意，他每天下了班去招呼又不耽誤工作。這樣的好事這位同事自然沒有拒絕。事情談妥後他特意去店看了，除鴨脖原料其他東西一切現成。但他一個人弄不過來，他動員余婷幫忙但她嫌髒嫌累不願去，後來他想來想去想到了胡逸文……

胡逸文聽罷一把握住邱瑞的手感激涕零：「謝謝你兄弟！你真是雪中送炭！」邱瑞被老同學過分的激動弄不知所措，他打趣地問他是不是想錢想瘋了。逸文歎了口氣：「不瞞你，我現在真是想錢想瘋了。」他說起了買房之後所遭遇的生活窘境以及昨天晚上和妻子吵架的事，說起了自己「百無一用」沒盡到一個兒子的責任，不僅未能讓老母親安享晚年反而讓她夜以繼日納鞋底去換些買菜錢；也沒盡到一個丈夫的責任，讓妻子跟著自己一起受委屈；更沒盡到一個父親的責任，女兒想看動畫片都不能讓她痛痛快快的看怕浪費電……說到最後逸文聲音哽咽眼眶濕潤不能成言，他抓過酒瓶倒了一大杯酒兀自灌了起來。

邱瑞聽罷一陣戚然，他拍拍逸文的肩膀和他對飲，末了勸道：「家家都有一本難念的經。」他說他的情況同樣糟糕，賣鴨脖也是被逼無路的無奈之舉。去年他買房沒有借到錢，妻子余婷說她父母可以出首付但有一個條件：將來生的孩子必須姓余。邱瑞一聽火冒三丈——他不是說孩子就不能跟老婆姓，只是覺得他們這種裹挾條件的做法太可氣！而且就算他答應他爹媽也不會同意。後來他回了一趟老家跟父母一說，他們果然堅絕反對，他們立馬將廠裏買斷的養老錢再加這兩年賣水果賺的錢一共十五萬全給了兒子，他爸說邱家三代單傳到了兒子好不容易要結婚娶媳婦了怎麼生個兒子還要姓外姓？絕對不行！余婷家裏看到他家態度堅絕也就不再堅持，但他們考慮也就一個寶貝女兒，不想因為房子讓女兒將來還貸壓力太大，決定借他們十五萬。邱瑞一聽求之不得。在錢湊齊後，最開始打算買兩房，但後來余婷堅持要買三房，理由是她爹媽挺不容易而且借這麼多錢她要為爹媽留一間房子以便他們將來來省城來住或者養老；邱瑞一聽惱了：你爹媽不容易我爹媽就容易了？他對她說既然這樣為公平起見我也要為我爹媽留一間房。——他們兩個就這樣槓上了誰也不肯讓步，最後就買了個四房兩廳，一百二十五平米總價七十五萬，付了三十五萬的首付貸了四十萬，期限二十年，每月要還銀行三千塊，但他和余婷的月薪加起來也就四千五元，下個月交房，而月供去年年底就還上了……

「難兄難弟，」逸文端起酒杯跟邱瑞碰了一下，「我們可真是難兄難弟！」

兩人邊喝邊聊直到九點多鍾，逸文翻著口袋大著舌頭說：「我身上一分錢沒有，這頓你請。」邱瑞也臉紅脖子粗：「沒事，我請，明天……明天我們就正式開張，你別忘了。」逸文打了一個酒嗝說：「放心，忘不了。」

胡逸文回到家，周曉妍已經睡下了但沒睡著，逸文一進門她就遠遠聞到了一股刺鼻的酒氣。昨天吵架雖然最後重歸於好但她此刻並不想搭理他，直到他趿著拖鞋輕一下重一下走進臥室並且沒有打算去洗腳的意思時，她實在忍不住了打開燈一坐而起。逸文被嚇了一跳，隨後又忙不迭地關了燈一本正經地說：「節約用電節約用電。」曉妍又好氣又好笑，她打開燈明知故問道：「去喝酒了？」逸文「嗯」了一聲，又連忙加了一句：「邱瑞請的客。」曉妍問道：「他無緣無故請你喝酒幹嘛？」逸文就把邱瑞約他去賣鴨脖子的事說了。曉妍了想了想說：「要咱投錢沒有？還有怎麼算分成？」逸文說：「這他倒沒說，哎，他叫上我無非讓我給他打下手，反正是晚上的時間又耽誤不了什麼，先幹一個月，要是沒什麼意思就推辭嘛！」曉妍一聽也就沒說什麼了。

接下來每天一下班，胡逸文就騎車去了幸福街，他主要負責售賣，邱瑞主要是進貨和調製。最開始兩天，逸文特意弄了頂帽子將帽檐拉得低低的，邱瑞嘲笑道：「搞得像公子落難似的，這滿大街看誰認得你?!」逸文也覺得自己有點矯情，戴了兩個晚上後就把帽子扔家裏了。反觀邱瑞這個以前的藝術青年現在的文質彬彬的教書匠，幹起粗活絲毫不矜持，戴著兩隻汙跡斑斑的袖筒，圍著油膩得像塊豬皮似的圍裙忙上忙下，而且滷製的鴨脖味道頗地道。逸文問他在哪兒學的這一手還是無師自通。邱瑞說都不是，「我們家以前也賣過鴨脖子。爹媽下崗後，爸爸擺了個水果攤，媽媽就在水果攤旁邊支起了一個滷菜攤，就賣些鴨脖子鴨舌什麼的。以前放假回去看媽媽醃製也就看出了點門道。只是小縣城吃這玩意的人少，後來家裏就沒做了。」逸文聽罷點頭：「不是金鋼鑽不會攬瓷器活。我是說你怎麼會一下子攬下賣鴨脖的店呢！」

一個月後結算盈餘和支出，刨去成本共賺五千五百元，留下兩千給別人當房租和紅利，剩下的三千五，邱瑞拿兩千逸文得一千五，逸文覺得有點多了：「我沒投錢就只打個下手賣一下怎麼要這麼多？」邱瑞說：「拿著吧，是你應得的，你也累得夠嗆，瞧你這幾日聲音都喊啞了。要是下個月賺得還多，就再多給一點，要是生意不好就少給一點，咱們政策靈活。」逸文呵呵笑著說沒問題。

拿到錢後他去超市給兒女恬恬買了個奧特曼玩具，又給母親買了副老花鏡。路過一家女式內衣專賣店時走了進去，一個女孩迎上來問他想買什麼型號的內衣，逸文說了妻子的型號，女孩問他買什麼價位的，從二三十塊到兩三百的都有，逸文說就買不好不壞一般價位的吧。女孩就向他推薦九十塊錢一套的，逸文看了看覺得還不錯便問有幾種顏色的，女孩說有好多種顏色，逸文說：「一種顏色拿一套，共給我拿十套。」女孩張大嘴巴看他，驚訝神情彷彿胡逸文不是一個正常為妻子或女友買內衣的丈夫或男友，而像是一個變態的「戀物癖」！

逸文回到家時家裏照例闃靜無比。他走進母親的房間將老花鏡放在她的床頭，又將玩具放在恬恬的小床上，當他把十套內衣嘩啦啦丟到大床上時，曉妍嚇了一跳，她一彈而起，打開燈一眼看見逸文笑嘻嘻的臉；他嘶啞著嗓子說：「這個月邱瑞給了一千五百塊工錢，買了些東西還剩下幾百塊。」曉妍睜大眼睛看著滿床的胸罩褲衩叫道：「你是被錢燒亂了心怎麼的，買這麼多內衣幹嘛？」逸文說：「買給你的，夠穿三五年的了。」曉妍嘴裏雖然埋怨丈夫亂買東西，但神色仍然如熱戀少女收到情郎禮物般欣喜，她鑽出被窩拿起一套黑色的就換上了，她問仰躺在床上的丈夫好不好看，困倦的逸文微微抬起頭掃了一眼說：「好看」。曉妍也不管是丈夫是敷衍還是真心讚美，兀自扭臀挺胸喜孜孜地在鏡前照著，照夠了才收拾床上散亂的內衣，嘴裏也不空閒：「邱瑞還夠意思，以後每個月能掙這麼多就好了。我這樣想的，你的工資全部用來還貸，我的工資一部分用作日常開銷餘下的就存起來；你這賣鴨脖的錢還有稿費就存起來專門用作下半年恬恬幼稚園的費用，你覺得好不好？」逸文閉著眼睛應著：「嗯，好，只是——以後別太節約了，別讓媽到陽臺上就著路燈納鞋底了，也別剁奪恬恬看動畫片的權利了……」「哎哎，我知道，」曉妍說，「我已經告訴了她別去陽臺了——納鞋底的活實在要做可以在白天做嘛；恬恬早就抱著電視在看奧特曼了，還用你說！……對了，這些內衣我實在穿不了這麼多，要不你明天去退幾套吧？」她看了看逸文，回答她的是他高低起伏錯落有致的鼾聲。

第十九章　秦文夫決定買房

胡逸文和秦文夫一起做完一個採訪之後已近下午四點，兩人都沒有再回雜誌社，逸文去了店裏，在邱瑞上課還沒未去之前做好一些出攤準備。秦文夫則東找西問來到了市土地房產管理局經濟適用住房管理科，在一間寬敞的辦公室，他詢問一個正在玩電腦的中年婦女是不是在這裏申請經濟適用房。女人瞟了他一眼不緊不慢地問：「你要申請？」

「是的是的。」

「是本市人嗎？戶口在城區嗎？」

「是龍陽人，戶口就在濱江區，哪，戶口簿我都帶來了。」秦文夫從包裏拿出暗紅封皮的戶口簿。女人接過翻了翻，又問：「你家庭年收多少？」

「我每月工資有兩千多，我愛人……她下崗了，在賣餛飩……」

「賣餛飩也應該有個收入啊？」

「大概每月能掙一千多塊吧。」

「這樣算來你們家家庭年收入應該將近四萬，——這不符合申請條件。」婦女把戶口薄退回給秦文夫說：「經濟適用房子是提供給家庭年收入在一萬元以下人均居住面積不到十八平米或者無房的本市困難家庭的。」

「我家現在正是無房家庭啊，一家四口還租著房子在。」

「但你的家庭年收入已經超過好幾倍了，像你這種中等收入的家庭來申請經濟適用房，那不是侵佔了低收入家庭的利益？——你說你家現在租著房子，以前你們住哪？不可能一開始就租房子吧，你哪個單位的？」婦女一連拋出幾個問題似乎對這些更感興趣。

秦文夫不想跟她囉嗦而是直截了當地問：「這麼說我不能申請了？」

「當然。經濟合適房審查歷來都很嚴格，而且僧多粥少，今年只推出一千套但有三千多人排著隊。你想，別人合格的都等著在，何況你這不合格的？——我建議你還是去買商品房。」

秦文夫生氣道：「但我前兩天看晚報，上面說有人開著寶馬車來咱們這裏申請適用房都申請過了……」

「報紙胡說八道能信嗎？你有證據嗎？」婦女像是被被了揭了瘡疤似的一臉怫然，她背過身將秦文夫撇在一邊，繼續玩她的「鬥地主」遊戲。

秦文夫走出土房局時肚子裏像吃了火藥一樣烙得極難受。買房的決心是兩年多以前下定的，那天晚上當他摟著痛哭不已悲傷委屈的妻子走出紅光小區時他已暗暗發誓：有生之年一定要買一套房子！既為了兒子妻子這個家，也為了自己——當年的屈辱太刻骨銘心了！後來母親身體的每況愈下又不斷強化他買房決心，他實在不願看到孤苦一世的母親真的死在別人家裏。但這兩年龍陽市像打了雞血一樣躥漲的房價讓他的決心僅僅停留在夢想階段；刨去一家吃喝房租給母親治病之後，這幾年攢下的五萬塊錢相對於動輒幾十萬上百萬的房價寒磣得可以忽略不計。他願本想申請一套價格相對低廉的經濟適用房，但如今這條道路又被無情堵塞。他一屁股坐在早春多少有些冰冷的臺階上，望著匆匆而過的人群憂傷如水，那一刻他突然發現自己活得如此窩囊……當然此時此刻他沒有太多的閒情逸致在這裏多愁善感，他看了看表，知道這個時刻妻子白芬已經將餛飩攤出家門了。他站起來拍拍屁股，騎著那輛吱嘎作響的自行車朝那個路口趕去。

進入早春時節後鴨脖的生意淡了許多，潮濕而濘泥的夜市街面令往日摩肩接踵的食客興致大減。每晚十點一過邱瑞和胡逸文便關了店門。這天晚上胡逸文從店裏回到家竟發現秦文夫來串門，周曉妍在客廳陪他說話，茶几上擺著一箱牛奶一袋蘋果以及一袋香蕉。看到丈夫回來曉妍連忙說：「你看看老秦真是，一個單位的每天低頭不見抬頭見還客氣，問他什麼事他也不說，說是要等你回來跟你說。」逸文笑呵呵地問秦文是不是發財了串門就串門提這麼多東西來幹嘛。秦文夫摸著稀疏的頭髮說：「我今天無事不登三寶殿是來求人的。」沒等逸文開口曉妍接過話說：「老秦你不會是來借錢的吧？那可真是愛莫能助，我們都巴不得向別人借幾個錢。」秦文夫連忙擺手：「我不是來借錢的，你們買房後壓力大我瞭解。」他頓了頓接著說：「自從那套房子被白芬廠裏收回去後，我們一家四口就一直租房在，作為丈夫作為父親作為兒子，我愧對他們！我媽一大把年紀了，還跟著我到處租房——別人還不願意租給我，怕我母親過世弄髒他們的房子！逸文，我是非常想買套房子！可……可你知道，現在房價這麼高，我連首付都湊不齊。我今兒個是來求逸文你——把我介紹到華鳴公司去買房。我知道你以前跟雷鳴的關係很鐵；我不清楚你們現在關係如何了，當然人家如今是大老闆飛黃騰達了，但估摸他會念點舊情不會不賣你一個臉……要是我能到他公司買房興許會優惠不少……」

「老秦……」胡逸文歎口氣打斷了老同事的話，「你這個請求比向我借錢更讓我為難！」

曉妍也接過話茬兒替丈夫解圍：「老秦你可真是為難逸文了，他們之間因一些怨恨這些年一直沒有來往，即便沒有恩怨人家現在有錢有勢我們跟他的距離越來越遠，更不會湊到他跟前沾光揩亮。逸文的脾性你又不是不瞭解，一根筋硬氣得要死！有幾次我唆使他去跟別人攀攀親他都勃然大怒差點要和我離婚……要是他肯去求人我們現在何至於過這種緊巴逼仄的日子？——當然這種日子也不是不能過，雖然苦點但舒坦，是靠自己的雙手奔的日子……」

秦文夫的失望神色溢於言表，他蠕動著乾巴的嘴唇道：「我不知道你們跟他到底出了什麼問題，既然曉妍這樣說，肯定是讓你為難了。也是，如果你肯涎臉求人，說不定早住上好房子興許也早離開雜誌社去他公司拿高薪了……」三個人沉默不語，過了一會，秦文夫頹然起身告辭，走出房門時身子像是冬天掉進水裏被救起來似的抖擻個不停。

周曉妍關上房門不滿地對逸文說：「老秦把事情想得太簡單。」逸文望著茶几上秦文夫帶來的禮物說：「無功不受祿，剛才應該讓他把東西帶回去的。他現在的日子的確挺難。」曉妍打斷了他的話：「洗了睡吧，咱們自顧不暇。」

洗漱完畢胡逸文倒床便睡，曉妍推了推他，逸文半睜著眼睛扭頭問怎麼了，曉妍反問：「你說怎麼了？」逸文怔了怔隨之「哦」了聲，他翻過身機械地將妻子壓在身下，沒有前奏沒有甜言蜜語直接直奔主題就進去了，但沒動兩下便一洩千里。曉妍失望道：「你現在怎麼了？半個月不碰我，一碰就這副德性？」逸文翻身下馬嘟噥道：「可能太累了，每天累得跟三孫子似的！」曉妍滿腹狐疑：「真的？你以前可經常一天來兩次的。」逸文道：「以前年輕嘛……再說以前不管在柳家灣還是租房住，壓力沒這麼大生活沒現在這麼催逼人嘛。」他扳過曉妍：「要不再試一次？」曉妍配合地摟住了他，但這次任憑他如何努力下面竟然徹底罷工耷拉不舉了，曉妍用手一摸一把推開了他：「算了算了，再怎麼弄也跟麵條似的！」說完背身而睡。逸文有些懊喪，自己亦摸不清是怎麼回事，擦了一把額頭滲出的汗只得關燈睡覺。

第二天曉妍早早起來做早飯，當她打開防盜門將一袋垃圾放到門口時突然驚叫了一聲，正在洗手間刷牙的胡逸文聽到叫聲立馬衝了出來，探身到門口一看大吃一驚：只見秦文夫倦曲著身子一動不動地靠在門口的角落裏！逸文急忙推醒他問他怎麼還在這裏難道一宿沒回去？秦文夫睜開佈滿血絲的眼睛朝他露了一個苦澀的笑，喉嚨咕嘟兩下想說什麼但沒說出來。逸文和曉妍連忙將身體已經有些僵硬麻木的老同事扶進了屋，曉妍端來一杯熱開水，逸文則倒來一盆熱水拿來熱毛巾讓秦文夫暖和一下被凍了一夜的身子。「老秦你這何苦呢？」逸文抱怨起來，「這冷的天要是凍得三長兩短怎麼辦？」秦文夫喝下熱開水探擦過熱毛巾之後僵硬的身子逐漸暖和過來，他抱著腦袋帶著哭腔說道：「我實在沒轍了。昨夜跨出你這門之後感到所有的路都堵死了，想想自個這一輩子活得窩囊，我想死的心都有……」逸文依舊是為難的表情：「但我實在是……」這時秦文夫忽然撲通一聲跪下了，哭著說：「逸文，我這一輩子跪過天地跪過爹娘沒給任何人下跪過，但現在我確實沒辦法只有豁出這張老臉了。你幫老哥一個忙吧！」逸文吃一驚慌忙將秦文夫拽起來：「起來起來老秦你這是幹嘛？」曉妍也幫著將秦文夫扶到沙發上坐好：「老秦你這是想折我們的壽啊！」秦文夫捂著臉老淚縱橫。

夫妻倆面面相覷不知如何是好，逸文呆坐一會，然後歎了口氣叫曉妍去拿紙和筆來，他對秦文夫說：「我就給他寫一封信吧，但管不管用或者他賣不賣我面子我就不知道了。」秦文夫忙說：「那就是命，活該我沒房子住。但你這份情我一輩子記著！」

逸文寫好信後找來一個信封裝起，秦文夫如獲至寶裝進兜裏，一番感激涕零千恩萬謝後退門而出。送走秦文夫，逸文像是丟失了什麼東西似的呆坐沙發一動不動，周曉妍催他快吃麵：「你這是幫別人，又不是你自己涎臉求他，有什麼不開心的。」逸文痛苦地搖搖頭：「不是這，是覺得老秦可憐……他那一跪怎麼都不像是跟我同事這些年的秦文夫……我不知道這到底是怎麼了？」

秦文夫揣著那封信心像揣著一個稀世珍寶曠神怡地朝家裏趕去，昨夜一宿未眠的疲憊和寒冷並未令他腳步凝滯反而輕步如飛。但一回到家眼前所見的一切讓他大驚失色：樓下院子裏往日停著那輛賣餛飩的手推車被砸得七零八落，兩個煤爐堅硬的外壁深深凹了進去，而兩口特大號鋁鍋也變得凹凸不平——顯然遭到過暴力敲擊。兩個女人正蹲在地上修理這些體無完膚的家當，一個是蓬頭垢面睡眼惺忪的白芬，另一個則是多年未見的張紅梅！

秦文夫連忙問出了什麼事為什麼成了這樣。白芬沒搭理他，張紅梅朝他叫道：「先甭問，過來修車。」秦文夫趕緊拿著妻子手中的鉗子，將一根粗鐵絲綁住快要散架的手推車。白芬過去將那口鋁鍋卸下來，用一把小錘子從鍋裏面向外輕輕敲打鍋壁已凹進去的部分。秦文夫看著正幫著擰鐵絲的張紅梅滿腹狐疑：這個一直將白芬視作冤家對頭的女人怎麼會此時此刻現出在這裏……

張紅梅碰見白芬在街口賣餛飩純粹出於一次偶然，在她多年的擦鞋生涯中很少提著鞋箱離開家門口作長距離活動，那天她跟往常一樣坐在離家不遠的大街上，盯著每一雙從眼前晃過的皮鞋也盯著每一個穿著皮鞋的行人，機械地問著：「老闆，擦鞋麼？」但奇怪的是一個上午沒有擦一雙鞋，儘管她特意穿了一件低胸衣服將雖已蒼老但還算白晰的乳溝襯托得比往日更明目彰顯——曾經有一個同是擦皮鞋的女人告訴過她，擦鞋時最好穿上低胸衣，這樣那些坐在高凳上的男人可以一邊享受著擦鞋服務一邊輕而易舉地瞅見那時隱時現的乳溝……如此這般可拉住不少回頭客；後來她一試發現生意果然比以前不穿低胸衣時好了不少——但成效依舊不大。中午她吃過兩個燒餅後提起鞋箱順著那條大街一直往前走，走到一個小廣場時守了兩個小時「生意」仍然沒開張，後來沿著這條街跨過三個十字路口四條馬路來到一個叫不出名字的路口時已近黃昏，當天邊一抹柔和的夕陽越過樓宇照射到一個街角的時候，她看到了街角處正在餛飩攤前忙得滿頭大汗的白芬。最開始她不能確定那就是白芬，特意上前仔細查看，發現果真是昔日光彩照人的同事時頓時大叫起來：「白芬，真是你啊？」她的語氣像是中了五百萬大獎，「你怎麼幹起這個了？怎麼不當科長了？——報應哩！」張紅梅的出現一開始讓白芬既驚又喜，正想跟她敘敘舊情，但對方的幸災樂禍讓她打消了這個念頭，她兀自忙的事懶得搭理這個瘋女人。

從那以後，張紅梅每天在黃昏來臨之時準時出現在那個街角，一張椅一條馬紮或坐在白芬餛飩攤旁邊或坐在對面擺下擦鞋攤子，有人擦鞋時她就做做生意，沒人擦鞋時就跟隔壁左右賣燒餅的修自行車補鞋的蹬三輪的講她「紅光電器廠的故事」。她像個說書人似講得有板有眼：「……那個女工當時跟我可要好了，她當了個小官，平時對我還挺照顧，但知人知面不知心哪。那年廠裏分房，我看她跟廠長是同學，讓託她跟廠長說聲幫我爭爭名額，你們猜這婊子怎麼著？她表面答應幫我打招呼，可背地裏將送給廠長的東西全部給扔了，自己跑去跟廠長睡覺，終於睡來了一套房子。把我的名額頂了。可老天有眼呀，前幾年腐敗廠長被抓了，這婊子人財兩空，不僅被廠裏開除了，連睡來的房子也被收回去了，哈哈哈。你們說這是不是報應？對了，你們知道這婊子後來怎麼樣了嗎？哈哈，我告訴你們，她現在在賣餛飩！」每次說到這，張紅梅總是在誇張地哈哈大笑，旁人也把這個故事當作勞作之餘的笑料跟著哈哈大笑，並且將曖昧的笑聲傳向遠處正在忙碌的白芬。白芬的神態平靜如水，一如既往地包餛飩煮餛飩收錢洗碗，彷彿張紅梅的故事以及旁人的哄笑發生在遙遠的火星跟她毫無關聯。

張紅梅有時候也過來買碗餛飩，但比任何顧客都挑剔，時而指責餛飩太鹹時而批評太淡時而又說餛飩皮沒熟時而又說餡料有問題。白芬一聲不吭從不跟她爭吵，她要鹽給鹽要重換一碗她就重換一碗。張紅梅原來想激起白芬怒氣跟她大吵一架藉以發洩多年的怨氣，但後來發現她所期望的場景一直沒有出現——她所有的戰鬥都撲向一團軟棉棉的棉花，到後來她自己也覺得索然無味了。

兩人關係的轉機出現在雨水過後一個的陰冷的夜晚，那天刮著小北風，清冷的夜風撲打在人臉上針紮似疼。冷夜是餛飩生意最好的時刻，熱騰騰的餛飩最能暖和冰冷的身體；白芬照例忙著包餛飩煮餛飩，臉和手凍得紅蘿蔔似地通紅；她一等二盼都沒等來丈夫秦文夫——她不知道此時的秦文夫正在胡逸文家裏——心底不由怨氣叢生。張紅梅還沒有回家，雙手縮在袖子裏繼續跟賣燒餅的修自行車補鞋的蹬三輪的重複她的「紅光電器廠的故事」。

那時一輛黑色小轎車停在了白芬的餛飩攤前，轎車在枯黃的路燈下泛出冷冰冰的光。幾個年輕人走下車，車後座下來一個穿著體面的中年女人，白芬見到她愣了一下，她認識那是劉建明的老婆。女人一來冷冷地打量著白芬不發一言，隨後突然哈哈大笑起來，聲音聽起來像只剛下完蛋的母雞。白芬的神情極其平靜，平靜到絲毫反映不出心底的情緒變化。女人笑過之後才恨恨吐出一句：「你被劉建明睡了五年，今天也只落得這個下場！你都已經不配我出手報復了！」旁邊一個高個後生說：「媽，跟她這麼多廢話幹嘛？」他吩咐身邊幾個年輕人：「哥幾個，給我砸！」說罷幾個小青年一湧而上，將白芬的鍋碗瓢盆桌椅板凳亂砸一通，白花花的餛飩皮被扔得到處都是。「你們這群土匪要幹什麼！」白芬拚命制止，被一個小青年猛地一把推倒在地上。

「住手！」一聲大喝制止了小青年們流氓式的打砸。張紅梅怒氣沖沖破口大罵：「幾個大男人欺負一個女人，虧你們襠裏多長了二兩肉！」高個後生指著她說：「這兒沒你的事，給我滾遠點！」「這事今天我還管定了！」張紅梅轉過身對身後賣燒餅的修自行車補鞋的蹬三輪的吆喝道：「老少爺們，亮傢伙！」話音一落，賣燒餅的拿出火鉗修自行車拿出板手補鞋的抓起鐵錘蹬三輪的拽出鐵棍紛紛圍了過來。幾個小青年見狀吃了一驚。「還不快滾！」張紅梅威風凜凜地喝道，「我們這些人都不是吃素的！」女人對高個年輕後生說：「別吃眼前虧，我們走。」女人上了車，小青年們鑽進車一溜煙跑了……「快點滾蛋吧！哈哈！」賣燒餅的修自行車補鞋的蹬三輪的幾條漢子發出勝利的歡呼。

白芬慢慢從地上爬起來，靜靜地拾掇起滿地狼籍的殘局，張紅梅躬下身手腳麻利地幫忙收拾。她看著昔日光彩照人的同事如今已老態初顯皺紋橫生瀏海處幾絲白髮若隱若現，不由動情地說：「白芬，你也老了……」一句話似乎激起了白芬滿腹委屈，她停下手中的忙碌，一屁股坐在地上，號啕大哭起來……

在秦文夫修理餛飩攤的時候，張紅梅告辭回家了；秦文夫修葺好歷經劫難的家當也知曉了事情的原委，他問妻子晚上還出不出攤。白芬斬釘截鐵地回答：「去，當然去！」秦文夫說：「那我今天提前下班去幫你。」白芬說：「不用，你該幹嘛幹嘛。」她又想起了什麼：「你昨晚去哪了？」秦文夫說：「去……胡逸文家了？」白芬問：「不過年不過節的，去他家幹嘛？」秦文夫沒直接回答，丟下一句「以後你就知道了」便進了屋。

濱江區從香港路到西門橋路火熱的大拆遷始於這年秋高氣爽的的夏末秋初，而在三個月之前「龍陽市RBD指導小組」甫一成立，便聯合華鳴公司著手解決諸如房屋評估、動員拆遷、補償安置以及和被拆遷戶談判等各項工作。但香港路片區拆遷較順利而西門橋片區進展緩慢。這個片區除了臨街商鋪大部分是居民樓，總共三百一十五戶，每平米三千一百一十元的賠償價格讓這裏許多人不能接受：同一地段商品房價格已漲到每平米六千五百元，為何拆遷賠償價格連一半都不到？即便被動員到郊區買房子，但如今郊區三千五－四千元／平米左右的房價，對於許多拆遷面積較小且又是下崗職工的住戶同樣無力承擔，況且這還不包括裝修費、維修基金、契稅和不方便的交通以及隨之產生的費用。

西門橋片區的房子大都是年代久遠的船廠家屬樓，有本事或者掙了錢的職工都已紛紛搬出家屬樓在他處另置產業了，留下的都是些下崗職工以及退休人員。他們要求提高拆遷補償標準，並且派出代表跟開發商以及政府部門有關談判，但條件無一例外被拒絕。憤怒之餘，他們串聯起來決定上街堵馬路。國慶日一連幾天，他們拉起寫有「堅決抑制不合理拆遷」、「我們要住房，我們要吃飯」、「居者有其屋」等等白布黑字橫幅，紛紛走上街頭，堵住了車水馬龍的濱江大道，濱江區這條車流量最大最主要的交通大動脈一下陷入癱瘓。數以百計的員警面對群情鼎沸的退休老頭老太也束手無策，只得指揮交通讓不能走動的車輛調頭另覓它路……拆遷戶堵馬路的簡報送到了市委書記趙世舉的辦公桌前，趙世舉看過之後轉給了副市長兼「龍陽市ＲＢＤ指導小組」組長黃智博，並加了措辭嚴厲的批語：「ＲＢＤ是龍陽市給國慶六十周年的獻禮專案，連拆遷問題都解決不好，後面的專案如何運作？」黃智博又一個電話打給雷鳴，讓他儘快拿出方案，加快拆遷進度，雷鳴聽罷拍著胸脯滿口應允，表示要使出全力配合政府排除萬難完成任務；但就是光打雷不下雨光鳴叫不下蛋。黃智博見他態度頗曖昧，知曉其肯定另有所圖，便直截了當打電話問他要什麼條件。「市長大人我哪敢提條件嘛？」雷鳴連連否認，之後又話鋒一轉：「以前不是跟你提過臺北路那塊地嗎，——就是緊鄰香港路離現在在建的ＲＢＤ商務圈的那塊地，我打算趁現在一起開發成一個觀景樓盤……」雷鳴沒說完黃智博便打斷了他的話：「雷總你也太貪了吧？老吃著碗裏看著鍋裏！先全力弄好ＲＢＤ項目，這個項目沒做好，咱們都不好給趙書記交待！」為了安撫雷鳴，黃智博最後又加了一句：「那塊地明年才掛出來，到時再說。」雷鳴聽出了希望，也同意拆遷賠償每平米提高五百元。

拆遷標準提高後，西門橋拆遷戶紛擾而激烈的抵觸情緒緩和了許多，很多人陸續在協議上簽字。同時華鳴公司通過拆遷辦發了一張通告：在十二月一號之前簽字搬家的，搬家費過渡安置費裝修補償費在原來的基礎上再增加兩萬，在元月一號之前簽字的這些獎勵費用降到一萬，元月二十號之前還不搬的取消獎勵費並且執行強制拆遷。此通告一出，拆遷如同通暢了大腸般進展得異常順利。

羅小娟位於西門橋十八號的家正好位於拆遷之列。

她跟父親羅老頭的態度明確而堅絕：不給一個「說法」絕不搬遷！無論是區拆遷辦工作人員口若懸河的說服還是開發商代表丁文華親自登門拜訪溝通，羅小娟都不讓她笨嘴拙舌的父親羅老頭出面，而是以她多年教師生涯練就的口才據理力爭一再聲稱她的「說法」——「一，這四層小樓面積總共七百二十平米，評估部門才估出兩百八十萬的價格，也就是我家這幢房子每平米才三千八百多塊，而現在西門橋這個地方的房價已是八千以上了，差距太大，不能接受；二，作為產權人，我們對自己的房屋有完全的處置權，受法律的保護。開發商與我們完全是一種平等主體之間的交易關係，應遵循民法中『自願公平、等價有償、誠實信用』的原則。可實際上完全是開發商說了算，他們可以說每平米三千一百一十元，又說可以增加到三千六百一十元，我不明白：我們的房子為什麼要由買方定價？三，我不知道我面對的到底是開發商還是政府。所有拆遷公告、檔署名都是龍陽市政府和濱江區拆遷辦公室，而拆遷協議上簽字的卻是開發商華鳴集團。如果是政府，為什麼開發商給補償、訂合同？如果是開發商，他哪兒來的權力定價強買我們的私產？即使是政府，難道它有權力隨意強買？四，憑什麼要我們遵循『先騰地，後處置』的原則？這是不是意味著不管我們同不同意，必須先走人？如果不走就強制拆遷，雖然我們可以向法院起訴，即使官司打贏了，可房子已經拆了，還上哪兒恢復去？五，即便我們要搬，也不要錢，我們要同面積原地安置！」這五條說法無論是拆遷辦人員還是丁文華都不能給一個滿意答案，只是毫無技術含量地重複著顧全大局云云。羅老頭對女兒的能說會道有理有節心底暗喜：「誰說生女不如生兒哩！」而羅家附近七家住戶對這五條說法高度贊同，第二年春年他們與羅家團結一起，結成了一個暫時共進退的利益同盟。

後來丁文華回公司將羅小娟的態度反饋給雷鳴，雷鳴透過玻璃望著浩瀚長江半晌不語，之後淡淡道：「她太不懂得中國國情。」丁文華問：「那怎麼辦？同意她同面積原地安置？」雷鳴搖了搖頭：「那裏要建商業步行街，一幢民房安置其中成什麼話？另外，如果滿足了她的原地安置，其他先搬走的拆遷戶肯定覺得不公平會回來找我們鬧，事情勢必越弄越複雜！」丁文華覺得是這個理，他盯著雷鳴，等老闆拿主意。雷鳴歎了口氣：「先放一放，我再想想辦法。」

丁文華走後，秘書方雯進來報告有一個叫秦文夫的來求見，雷鳴似乎並不認識這個人，但還是叫他進來了。秦文夫謙遜地介紹了自己並掏出了胡逸文寫的一封信。雷鳴接過信一通瀏覽，隨後說：「原來你是逸文的朋友，那也就是我的朋友；逸文在信上介紹了你的處境，我深表同情，說說看，具體想我怎麼幫你？」秦文夫面露愧色：「我這人沒本事，靠一點死工資過日子，想買房子但連首付都湊不起……」雷鳴點點頭：「我明白你的意思，要不這樣，我們公司有個零首付的業務，就是由我們公司先墊首付款然後購房者再向銀行貸款，這首付款以後再還給公司。」秦文夫心頭一涼，他原想請求雷鳴直接將他的三成首付款抹掉隨後再跟銀行辦按揭的，他讓胡逸文在信上也是這樣請求的，怎麼現在……雷鳴接著說：「其實我們對零首付的條件要求很嚴，一般針對公務員，電力以及金融行業收入高並且穩定的人群，說實話以你目前的情況根本不夠條件，既然逸文引薦你來，我自然會開這個綠燈，房價也給一定的優惠，這樣吧，就八五折。現在房子供不應求，我們可從來沒打過折，對你是第一人！」聽他這樣說，秦文夫心裏剛才的不快陡然稀釋許多，對雷鳴連聲感謝後又囁嚅道：「雷總，我還有一個不情之請……」雷鳴問：「什麼事，你說。」秦文夫說：「……我想要一套現房，我母親病入膏肓，我想讓她臨走之前能住上我購買的新房，算是盡最後一點孝道，如果是精裝修的更好，八十平米的兩居室就行了，太大了我供不起。」「哦，這樣——」雷鳴點點頭，他拿起桌上電話對外面的人吩咐道：「你看許總走了沒有？要是沒走，讓他到我辦公室來一趟。」放下電話後，趁等人的當兒，雷鳴問起了胡逸文的情況問他這些年過得怎麼樣？秦文夫說：「他前兩年生了個女兒，也買了房子，壓力大日子過得拮据。他現在白天上班，晚上跟一個同學在夜市賣鴨脖子。」雷鳴歎了口氣說：「他這人我很瞭解，清高硬氣，無論遇到什麼困難都不肯來找我，那次要不是他買房遇到麻煩，對方公司的人來找我們這裏的一個副總，我還以為他在龍陽消失了。你回去之後跟他說，不管他把不把我當兄弟，我永遠把他當兄弟！」秦文夫點頭應允說一定會將雷總的意思轉達。正說著，許峰敲門進來了，雷鳴問他公司已經交房的樓盤裏還有沒有現房，許峰回答說沒有了，連一些尾房都已經處理掉了。雷鳴又問：「那準現房呢，八十平米左右的精裝房？」許峰想了想說：「精裝房只有華鳴新都一個樓盤，三個月之後可以交房；八十平米的還有，不過是公司內留的幾十套。」雷鳴頓了頓說：「那勻出一套賣給這位秦先生，再給他辦一個零首付，總價打個八五折。」又對秦文夫說：「你還有什麼具體要求跟我們這位許總說，他會帶你去辦理購房的具體事宜。」秦文夫激動和感動老淚盈框，雙膝一彎跪了下來千恩萬謝，雷鳴走過來連忙將他扶起。待秦文夫點頭哈腰出門後，雷鳴搖了搖頭。

幾天後，秦文夫辦好了購房手續，他選了一套總價五十三萬面積八十五平米的兩居室，打了八五折後是四十五萬首付三成十三萬五，由華鳴公司墊付分五年還清，貸款三十一萬五，他選的是二十年的公積金貸款，每月還款兩千五百元。在銀行貸款協議書上簽上自己名字的那一刻起，儘管他無可挽回地知道，以後他每個月全部的薪水要貢獻給銀行了，但一想三個月之後能住上新房，所有的難受很快被內心蕩漾而過的激動掩蓋了。

一天下班後他興致勃勃請胡逸文到雜誌社附近的小餐館喝酒，以酬謝他的引薦之恩。飯桌上，秦文夫情緒高漲而胡逸文則憂心忡忡，逸文說老秦你買到房了我應該恭喜你，但我還是為你擔心。秦文夫問他擔心什麼。逸文說：「你想啊，你貸款二十年月供兩千五百，你月工資才兩千八也就夠個按揭了，你已經五十歲了，就算幹到六十歲退休，那退休之後呢，靠什麼去還款？難道靠退休金嗎？」秦文夫放下酒杯，臉上欣喜的神色如同海潮掠過沙灘陡然消失得無影無蹤。「這個問題我當然考慮過，」他說，「不過到那時就應該由我兒子秦東東來還款了。他今年大三還有一年畢業，我就不相信我們父子兩代人搞不定一套房子？」胡逸文笑笑說：「你這樣安排敢情最好不過了。古有愚公移山無窮盡，今有父子接代來還房貸。這世道……」

第二十章　逸文辭職

入夏之後，胡逸文終於走出了憤然辭職的一步；起因在於他對總編李侗複意願的違忤以及後者的怒不可遏。那是星期三一次審稿例會。會上李侗複講起胡逸文編寫的一篇關於一個繼母幾年如一日照顧一個患癌症兒子的感人故事。這篇文章本來無懈可擊，但李侗複給出了一個奇怪的修改意見：讓三十五歲的繼母與二十五歲的兒子發生逾越常倫的戀情。胡逸文拒絕了如此修改並且表明了自己的態度：在一個感人故事裏加入這樣的亂倫畸戀會讓整篇支離破碎不倫不類。李侗複堅持認為這樣的獵奇故事讀者才會喜歡看發行量才會上升。儘管秦文夫在一旁暗示逸文莫再申辯，但此時的逸文像被一股莫名的豪氣裹挾著一往直前地反駁他的上司：獵奇能取悅讀者一時但不能取悅長久，況且一本靠獵奇來獲取讀者的雜誌不僅走不遠反而前景堪憂！李侗複當然不會將之視作肺腑之言相反看作是對他權威的藐視，他的勃然大怒也就顯得順理成章。他一巴掌將會議桌拍得震山響：「到底是你是總編還是我是總編？讓你改就改，不改滾蛋！」逸文騰地站起來，將手中的筆狠狠砸在桌子上大聲說：「走就走，在你這種人手下做事我覺得恥辱！」他踢開身後的椅子昂首闊步朝會議室門口走去，李侗複在背後咆哮如雷：「滾！快點滾！王八蛋！」逸文邁出門外的腳又折了回來，板著臉走向李侗複，李侗複以為逸文要打他，急忙虛張聲勢地嚷道：「怎麼著？想打人？告訴只要你敢動粗，我讓你吃不完兜著走！」逸文輕蔑一笑：「打你髒我的手。我是想奉勸你一句：學會做人吧，尊重這裏的每一個人，儘管他們只是你的下屬！」說完氣宇軒昂地走出工作了十年的單位，留下怒氣未消的李侗複和目瞪口呆的同事。

那天周曉妍恰巧不在辦公室，她送剛發排出來的雜誌菲林去印刷廠了，回到家聞聽丈夫辭職之後竟十分平靜，這讓胡逸文頗感意外——他是預備了妻子一頓抱怨和怒火的。曉妍說：「遲早要辭職早辭早好，在那種人手下做事把男人的精神氣都弄沒了，我不希望自個的男人活得那樣窩囊。」逸文心頭一熱，一把抱住曉妍感激她的體諒：「我一邊賣鴨脖一邊找事做，你放心，你老公還是有點才幹的，不出幾日一定會找到一份好工作！」曉妍拍拍他的臉說：「我當然相信自己的丈夫。」但逸文還是憂心忡忡：「我得罪了那個變態，不知他以後會不會給你小鞋穿？」曉妍說：「諒他不敢把一個女人怎麼樣。」逸文說：「你先做著，實在不行也辭職算了。」曉妍道：「等你找到新工作再說吧。」

但胡逸文對新工作的尋找並不順利。七月份一家報社招記者，擬招十人但報名人數超過了一千多人，胡逸文經過一番艱苦卓絕的廝殺終於跌跌撞撞闖進復試，但在最後仍鎩羽而歸，落敗原因報社並未告知；之後他去了一家廣告公司應聘方案策劃，但沒做半個月公司領導以生意不佳為由，要求所有辦公室人員都出去拉廣告，這讓從未拉過廣告的胡逸文無從下手，結果可想而知：半個月下來顆粒無收的他被公司以不合適這份工作解聘了。一個星期後他在一家小雜誌社找了一個活，但月薪只有一千兩百元，胡逸文此時已不能選擇只能先幹著再說……鴨脖店的生意一直不慍不火，即使如此這份第二產業可能成為明日黃花——從邱瑞嘴裏得到消息，那個同事的老婆已生完孩子可能在下個月要收回店面，逸文欲哭無淚，邱瑞安慰他：「不賣鴨脖了我打算開一個課外輔導班，你可以和我一起弄。」逸文說：「你可以教別人音樂教孩子畫畫，我能教什麼？」邱瑞說。「怎麼不能教？語文啊作文啊都可以教嘛，還有你的英語，你英語四級教一些小娃子不綽綽有餘？」逸文苦笑道：「英語都不知道忘到哪個爪哇國去了。」不過他對邱瑞說要是真辦輔導班一定要叫上他。

逸文沒將鴨脖店退還原主之事告訴曉妍，一個多月來找工作的不順已經讓她牢騷滿腹，倘然再知曉此事，即使不吵得天翻地覆也會怨言四起。自從四月份央行宣佈幾次提高利率以來，周曉妍的脾氣也跟著水漲船高，經常對著報紙和電視的財經新聞表達她的不滿：「還讓不讓老百姓活了？每漲一個點，月供就要多交幾百塊。」胡逸文儘量不惹她發火，一有時間搶著做飯搶著洗碗搶著做一切家務。因為天氣轉熱，母親的棉鞋棉襪之灰的東西定然無法繼續了，照顧恬恬成了她主要工作，但人老難免糊塗，有時候恬恬哭了摔了自然招來曉妍的火氣，母親沒有反駁只是躲在一邊暗自垂淚，有一次被逸文看到，在知道事情原委之後他要找妻子理論，但被母親拉住了：「她每天也累家計靠她在支撐，你現在工作不穩定我也是吃閒飯的。家和萬事興，能忍一下就忍一下吧。」逸文想起妻子的不容易想起自己未能做到男人的責任只能歎氣作罷。晚上睡覺，他還是想和妻子聊聊，但曉妍現在對聊天並不感興趣，往往還沒等丈夫開口她輕微而疲憊的鼾聲便悠揚響起。他記不起他們從什麼時候開始沒過性生活了，他對這方面的興致與日俱減而襠下那玩意兒也不爭氣似的時好時壞，曉妍睡得比以前早並且倒床就睡著，對那方面的興趣同樣不復以往。有時候逸文興致來了抱著她溫存但結果都不妙：要麼她不耐煩的草草敷衍，要麼任憑他在上面動得熱火朝天她在身下卻睡得香甜可人……逸文不知道日子為什麼或者從什麼開始過成了這樣，但有一點確切無疑：這種日子離他當初追求的幸福目標不是越來越近而是越來越遠了。這肯定不是他想要過的生活但可悲的是現在他根本無力選擇要過什麼樣的生活，是的，他清楚，他無法選擇生活，只能生活來選擇他……

後來當有一天周曉妍帶回來以前的同事李一林已經開了公司當了老闆的消息時，他表現得出乎意料的平靜——他對這個交往不深的昔日情敵沒有太多的印象或者面目已模糊不清，更何況別人發財是別人的事和他有什麼關係。只是曉妍興致勃勃說起李一林答應讓他去他的公司上班時，他才不得不問起整件事的來龍去脈。曉妍掩飾不住欣悅：「今天李一林到雜誌社來，好傢伙，一身名牌，開著奧迪，跟榮歸故里似的。他自己說他開的文化廣告公司已經發展很不錯了。……晚上他請我們雜誌社所有的人一家五星酒樓吃飯，那排場，真是上別三日刮目相看……」

「我是不會去他那裏做事的。」逸文打斷了妻子的單口相聲。

「什麼？不去？」曉妍語氣錯愕：「你知道他準備給你多少月薪嗎？至少五千，幹得好可以加到六千！你還不去？你知不知道，雜誌社許多人跟他套近乎想去他那裏做事，但他都打哈哈不應答，只我一說你現在的情況他立刻答應要你去，說你這樣的才華去賣鴨脖可惜了，還說只要你什麼去上班他公司的大門都為你敞開……」

逸文冷笑道：「是啊，你的面子好大！——但我不去！」

曉妍盯著他問：「你真的不去？」

「我、不、去。」逸文也看著她一字一頓地說。「你要是覺得後悔跟我了，你可以再重新選擇，離婚也行我沒意見。但要我犯賤跑到他那要飯吃我辦不到！」

曉妍騰地站起來生氣道：「行，逸文你行，離婚兩個字都說出口了！是，我是後悔了，但我不是後悔沒選他，我是沒料到你這一副鴨子死了嘴巴還硬的德性！你不去行，你就千把多塊錢在那家小雜誌社混，月供我也懶得管了，恬恬馬上上幼稚園的錢我也不攢了！你是一家之主你來想辦法，我撂擔不幹了！」曉妍氣呼呼去了臥室。這時正在和一個玩具玩得正起勁的恬恬不合時宜地要媽媽給她講故事，逸文一把拉住她說：「媽媽今天上班碰到大灰狼了，爸爸給恬恬講故事好不好？」恬恬掙脫了逸文的手朝臥室跑去：「媽媽別生氣，我幫你打大灰狼！」

晚上睡覺，曉妍照例一個冷漠的背影給逸文。逸文也懶得理她，倒頭而睡後覺得不對勁：曉妍瘦削的肩膀一聳一聳的像是在哭。他扳過妻子發現她果然淚花盈盈，他忙問她怎麼了？曉妍並不作答，逸文從後面一把緊緊摟住了她。

「你哭什麼呀？剛才我隨便說說，我怎麼捨得離婚？我到哪去找這麼好的老婆？」

曉妍抽泣說：「……我委屈。」

「你委屈什麼呀？又沒人欺負你。」

「你太自私……」

「呃……」

「你總是掂著你所謂的面子尊嚴，從不想想家裏具體情況，讓我一個女人忙裏忙外，我真的好累。」

「你這說的什麼話？好像這個家就你一個人在扛而我是吃軟飯的。我還不是忙裏忙外，我還要賣鴨脖呢……」

「別提鴨脖店，」周曉妍打斷逸文的話，「我已經知道下個月別人要收回店面了，你還一直瞞著我！不賣鴨脖光靠你在那家小雜誌社每月千把塊錢，加上我每月工資兩千多，總共才三千多塊，除去月供兩千六，還剩千把塊，再扣去每月物業費煤氣費水電費以及恬恬的奶粉錢，咱連吃飯都成問題了，不想辦法怎麼成？」

胡逸文聽罷默然不語，曉妍坐起來接著說：「我知道你去李一林那裏做事會受委屈，他炫耀也好擺譜也罷，你做一分事拿一分錢憑汗水吃飯，不是要他施捨要他可憐要他恩賜……」

「好了你別說了我去……」逸文打斷了妻子的話，「只要你能這樣體諒我而不是因此瞧不起我我就心滿意足了。」

「怎麼會瞧不起你呢傻瓜。」曉妍緊緊抱住逸文說：「從一開始選擇你做我老公我就會一心一意愛你，窮也罷富也罷有用也罷沒用也罷我鐵了心跟你！」

逸文心頭一熱，抱過妻子一頓狂吻，體內的激情亦如狂潮般風起雲湧。曉妍摸了一把驚異道：「今天麵條怎麼成鐵棍了……」逸文不說話酣暢淋漓地挺她的體內，和配合默契的妻子一起走向歡愉的巔峰……

李一林的公司位於光天大廈的寫字樓裏，編輯加上各類發行廣告人員總共四十餘人，對一個文化圖書公司來說規模不算小；公司以編書編雜誌為主要業務，雜誌共有四本，兩本是承包外省兩個地方文聯的刊號，另兩本則是以書號代刊號。胡逸文來到之後，李一林拍著他的肩膀哈哈笑著說：「你來了我可如虎添翼了！」他讓逸文主編一本新刊，模仿現在市場上名聲正隆銷量飆紅的文摘刊物《特別關注》，「咱們就叫《超級關注》，風格內容一樣，但欄目你另外再編排再定。」對有十年編輯經驗的逸文來說，編一本新刊自不在話下，接到任務後立刻著手制定方案策劃欄目，然後又和另外幾個編輯一起開始組稿選稿直至他最後審稿，忙得不亦樂乎。

這一天下午周曉妍正在給恬恬洗澡，李一林打來電話，問她有沒有時間一起吃飯。周曉妍問他有什麼事？

李一林說：「沒事就不能請你吃飯了，再說過兩天是你生日，你不會忘了吧？」曉妍這才想起這兩天的確是自已生日，自己和逸文都快忘記了他李一林倒是記得清楚。李一林說：「就咱兩個老朋友一起敘敘舊，上次去雜誌社人太多了我們都沒好好說話，——賞個臉如何？」曉妍想了想爽快應約了。

這天晚上，李一林包下了一個西餐廳，如此隆重的禮遇讓周曉妍無所適從。李一林殷勤招呼她：「我今天晚上主要是為了了卻幾年前一個心願。」曉妍盯著他問：「心願？什麼心願？」李一林說：「記得當年追求你的時候我就有一個心願，要是哪一天我有錢了一定要包下一個高檔餐廳，讓所有的服務員就伺候咱兩個，咱們在輕漫的音樂下享用一頓豐盛而浪漫的燭光晚餐，然後我拿起鮮花和戒指向你求婚，只可惜你一直心有所屬，這個願望也只能是個願望。不過今天晚上願望達成，我依然高興。」聽李一林說起以前的事，周曉妍有點難為情：「都過去了，還提它幹嘛……」李一林盯著周曉妍眼神深情款款：「但對我來說沒有過去。」曉妍被看得有點不好意思，連忙避開對方眼神兀自喝著果汁，隨後她岔開話題問起李一林的家庭生活。這似乎激起李一林的傷心事，他一連喝了幾杯酒向從前的戀人吐露出不幸的婚姻。他說自從幾年前結婚後妻子就不工作了，但並未盡到一個妻子的責任而是整日沉溺麻將，每天他下班回來面對冷鍋冷灶免不了和妻子一頓吵；他一再勸阻她別沉溺麻將但他一上班她仍舊我行我素。兒子出生後她收斂了一段時間，但之後舊病復發，把兒子丟婆婆後整日整夜地搓，為這事他打過她罵過她但都沒用……「你說我為了這個家整天在外忙死忙活她怎麼就一點不體諒我呢？」李一林說著喝著最後借著酒精的刺激幾度哽咽。

周曉妍連連安慰他：「家家都有一本難念的經，你跟妻子再多交流溝通。」

李一林說：「江山易改本性難移。再怎麼交流也是白搭，我要不是看孩子小早跟她離婚了。真的曉妍，她要是有你十分之一好我也不會難過成這樣。」曉妍捋了捋耳邊的頭髮輕笑著說：「我哪有你說的那樣好。」「你有！」李一林醉眼迷離：「比起她你有千般賢慧萬般賢淑！要是當年我們能在一起，我在外打撈事業你在家相夫教子，那該有多幸福……」曉妍說：「一林你喝醉了。」李一林大著舌頭說他沒醉很清醒：「我忘不了你……」曉妍聽罷感覺皮膚發麻如坐針氈，幸好此時她手機響了，她遇到救星似的接了電話，之後藉故說家裏有事要先走一步了。

自上次以後，李一林又幾次約周曉妍吃飯或者喝茶，每次曉妍都以事忙或者照顧女兒為由婉而拒之，但有時想到丈夫還在人家手下做事老是拒絕不太好，只得硬著頭皮去了應付了一兩次。

那天李一林打來電話又約她晚上吃飯，曉妍推脫有事改天再說，李一林在電話那邊真誠地說：「今天是我三十六歲生日，算是本命年，以前生日都沒過也沒人記得，我想請請你陪我一起過，難道不肯賞光？」見別人如此誠意，曉妍不好拒絕，她說：「你生日是高興的事啊，要不晚上我跟逸文一起來給你恭賀吧？」李一林頓了頓說：「還是你一個人來吧，我有東西送給你。」曉妍還想說什麼，但李一林說了約會地點後就掛了電話。她想了想還是決定赴約，臨走前她交待婆婆，九點鐘她還沒回就打她的手機。

這次約會的地點在一個高檔小區，曉妍開始以為是李一林家裏，但去了之後發現並不是，這套佈置得溫馨宜人的三居室除了他並無旁人。李一林正圍著圍裙在廚房炒菜，餐桌上三盤精緻的菜肴香氣誘人。李一林笑著說：「我還真怕你不來。」曉妍將買來的蛋糕放在茶几上，說：「怎麼會，上次你請我吃了燭光晚餐，今天你過生日我卻閃人怎麼說得過去？」她對這房子讚不絕口也對這房子的來歷深感好奇，她打趣問李一林是不是專門用來和別的女人約會的行宮。李一林笑而不答說待會就知道了。吃飯的時候李一林啟開了一瓶紅酒，曉妍則連連稱讚他的炒菜手藝。李一林說：「我平時太忙很少做飯，應酬就灌酒在公司就叫外賣，很少正兒八經吃一頓飯。」曉妍問：「逸文在你們公司幹得還好吧？」李一林說：「人才就是人才沒得說！我讓他主編一本新刊然後又做另外兩本雜誌的審稿主編，有了他真省了我不少事，下個月我準備把他的薪水提到五千。來，為感謝你為我推薦了這麼一位幹才，敬你一杯！」曉妍說：「不對不對，是我該敬你！謝謝你為逸文找了一個飯碗。」

兩人邊說邊吃直到八點才吃畢，隨後坐在沙發上喝茶。李一林讓曉妍閉上眼睛說有東西送給他，曉妍說你過生日應該我送東西你那有反過來的道理？但還是將眼睛閉上了。李一林拿過一個大紅本本放在她手上，她睜開一瞅，是一本房屋產權證書。她疑惑地看著李一林，李一林微笑著叫她打開看一看。她一打開立馬驚得一隻手捂住了嘴巴：房產證產權所有人一項寫著「周曉妍」三個字！曉妍穩了穩激動的情緒問李一林這是唱的哪一出？李一林的語氣陡顯真誠：「以後你就是這房子的主人了，雖說是二手房但以前並沒人住過，我一次性付款以你的名義買下了。我是生意人，不知道如何討女人歡心，只想對自己喜歡的女人好就給些實在的東西，也不知道你喜不喜歡……」曉妍適才斂住的情緒又澎湃起來——對於一個整日被月供壓得喘不過氣來的女人，突然擁有一套漂亮且無貸款的房子，激起的感動不言而喻，所以那一刻曉妍鼻腔發酸眼眶潮濕：「我……」她一時竟無語哽咽。李一林替她拭去眼角的淚花擁她入懷，隨後自然抱住她吻她濕潤的睫毛和紅潤的雙唇，另一隻手則解著她白襯衣的紐扣，曉妍像得了瘧疾似的渾身顫抖，想推開李一林卻被對方抱得死緊。李一林的動作由溫柔走向狂烈，嫻熟地吻著她的嘴唇她的下巴又順脖子直下狂吻著彈露出來的雪白乳房。曉妍突然打了個激靈全身抽搐了一下，李一林忙停下激情四溢的動作問她怎麼了。曉妍哆嗦著說：「我……聽到一聲叫聲。」

「叫聲？什麼叫聲？」

「像是賣鴨脖的叫喊聲……」

「賣鴨脖？呃——對，小區對面的街上是有一家賣鴨脖的小店，那裏的一個小夥計經常吆喝叫賣，但隔這遠你怎麼聽見的？」

曉妍忙推開李一林，整理好散亂的衣服和頭髮，將房產證放在茶几上說：「這禮物太貴重了，我收受不起！」說罷拿起坤包匆匆道謝告辭。直走出小區曉妍的心裏依然如有十隻兔子似的在裏面蹦蹦亂跳，她在小區旁邊的一個花壇邊坐下，穩斂了適才躁動不安的心，一聲悠長的叫賣鴨脖的聲音從街對面傳了過來：「賣鴨脖咧——，龍陽地道的鴨脖咧，十塊錢一斤快來買哩！」她循聲望去，一家門面窄小的鴨脖店裏，一個十六七歲男孩一邊用蒼蠅拍驅趕蠅蚊一邊扯著嗓子吆喝得起勁。

曉妍突然捂著臉嗚嗚哭了起來。

第二十一章　釘子戶羅小娟「大戰」開發商雷鳴

這年春天開始的時候，羅家巷最後八戶人家因拒絕拆遷而結聯起來的利益聯盟，在不明所以的恐嚇和騷擾中迅疾土崩瓦解。從春節開始，幾家人的生活完全陷入一團糟，斷水斷電的生活倒在其次，關鍵在於他們的房間時常始料不及地出現各種毒蛇。更糟的事情還在後面。幾戶人家在小學或者中學的孩子在放學的路上被一些流氓混混莫名其妙地打了，孩子們帶回傷痕也帶回了委屈的哭訴：「那些人說，我們再不搬走，還要還要打我們，嗚嗚……」這時住房們才恍然大悟，聯想起先前的毒蛇事件，他們才意識到這是開發商所為！他們很快報了警，但員警告訴這樣的事最好跟開發商協商解決，員警不可能一天到晚到跟著他們的孩子。四家膽小的住戶經過長此以往的恐嚇與折騰，率先找到華鳴集團，表達了願意接受拆遷條件以及搬走的意願，並且簽了字。餘下四家大罵前面四家背信棄義膽小如鼠，他們誓言血戰到底！不過一個月後，除了羅小娟，他們所有人都妥協屈服了，幾乎是一夜之間都同意簽了字，因為羅老頭在一天買菜回來的早晨出「車禍」死了。

出事前的一天晚上是週末夜，羅小娟從學校回到家，羅老頭很高興，用煤爐做了幾個女兒平時愛吃的菜。「今天將就一點，明天去買你最喜歡的豬蹄子。」吃飯是就著昏黃微弱的燭光吃的，這絲毫不減少羅老頭的興致，他喝了一點酒，話也變多了，談的都是房子。他將房子的歷史上溯到羅小娟曾爺爺身上，「這房子在你曾爺爺手裏時是間裁縫鋪，那還是在解放前；到了你爺爺，他將房子改成了兩層樓房，我就這房裏和你娘成的親，你也是在這出生的，小時候的事你還有印象吧？」羅小娟說：「我記得，我們一家在樓上住嘛，那時候奶奶還沒過世，她在樓下開了間包子鋪。」羅老頭笑了：「你還記得呀？呵呵。……當時我想啊，房子到了我手裏怎麼著也讓它發揚光大吧，我準備著把原先房子拆了蓋四層。我八四年開始攢錢，到八九年攢了三萬塊，準備蓋房的時候，不料你娘得了病，幾萬塊錢花了個精光，病還是沒瞅好。後來又開始攢錢，也到處借錢，找親戚借找同事借，九六年才蓋好。那段日子遭了多少罪喲。」羅小娟說：「我知道，你為了籌錢連我媽留給我的金麒麟都拿去賣了。」羅老頭嘿嘿直笑：「你看咱這房子蓋得多不容易，而且是祖業，怎麼能讓人隨便拆！」他喝了一口酒繼續說：「我這輩子最自豪的事就是蓋起這棟房子和生了你。最後悔的事是不是該拆開你跟小胡，而讓你跟姓雷的王八蛋談，結果害了你，想起來我就恨我自己！」說到這他的情緒低落下來，又給自己倒了一杯酒。「你少喝點吧。」羅小娟拿走了父親的酒瓶，「事情都過去好幾年了，你還提它幹嘛。現在我跟逸文還是好朋友。」羅老頭說：「可你今年都三十一了……」羅小娟說：「三十一怎麼了？又沒犯法又沒礙著誰！好多女人一輩子不結婚呢，我現在一個人挺好。」羅老頭聽了直唉聲歎氣。

羅老頭是第二天從菜場買菜回來快到巷口的時候被車撞的，肇事車輛是一輛無牌照的微型麵包車，羅老頭和自行車一起被撞得飛出了五米遠，當場就不醒人事。撞倒人後，肇事車輛立刻逃逸得無影無蹤。羅老頭被送到醫院後最終沒有搶救過來。

從父親出車禍到死亡的五個小時裏，羅小娟一直不相信這一切是真的，直到在太平間看到父親冰冷的屍體，才抱著父親哭得死去活來。交警對她說：「我們正在搜查肇事車輛和肇事司機，一定給受害者家屬一個交代。」羅小娟咬牙切齒哭著說：「這一定是雷鳴派人幹的，你們快去抓他啊！他是華鳴集團的老闆！」交警說：「你能找出證據嗎？」羅小娟喊道：「我找到了證據還要你們員警幹嗎?!」

雷鳴將丁文華叫到辦公室問他羅老頭的車禍是不是他找人幹的。丁文華哼哧半天才說：「我本來是找兩個人去嚇嚇他的，沒料到會出車禍。現在四戶釘子戶羅家是領頭的，態度也最堅決，本來想……」

「你蠢啊！」雷鳴惱怒地打斷了他的話，「羅小娟本來就在討價還價不肯搬，現在出了這個事，她更不會搬了，以後我們的工作怎麼做？嗯，你告訴我？」

丁文華不說話了，雷鳴揮了揮手叫他出去。剛走兩步又被叫回來了。「屁股擦乾淨沒？」

「車子已經毀屍滅跡了，那兩小子我已經給了他們一筆錢去了新疆，叫他們永遠別回龍陽……」丁文華彙報說。

雷鳴點點頭。

丁文華走後，雷鳴沒料到羅小娟會怒氣沖沖闖進他的辦公室，她進來的時候，後面跟著秘書方雯和幾個保安。這是分手後雷鳴第一次見以前的戀人，但顯然對方不是來敘舊的，上來就給了他一個嘴巴，厲聲問：「混蛋，是你害死了我爸！」雷鳴申辯道：「那是車禍，跟我有什麼關係？」羅小娟撲上來抓他，雷鳴邊躲邊吩咐保安：「快把她拉出去，這女人瘋了！」保安拽住她往外拖，羅小娟掙扎著大罵：「姓雷的，你不得好死，老天爺不會放過你的！」

雷鳴說得不錯，羅老頭的死讓西門橋本已陷入僵局的拆遷更加泰山難撼。唯一的硬骨頭就是羅小娟。其餘三戶人家已經簽了字；在羅小娟領回父親骨灰的第二天，他們就齊刷刷並且是神色愁苦地找到羅小娟希望年輕的鄰居能諒解他們的苦衷——他們不是不想跟她一起並肩戰鬥只是上面壓力太大他們亦無可奈何，而未說出口的原由是他們並不想成為第二個羅老頭。羅小娟對鄰居們的背棄沒有太多的難過，從一開始她就知道這種不靠譜的聯盟脆如瓷器，她平靜如水地對鄰居們說：「你們都走吧，我一個人守著。」

隨後濱江區拆遷辦和華鳴集團又幾次找到她，而她放棄了先前討價還價的態度，直接訴之兩個字：不搬！後來濱江區區長孫必才親自來到西門橋，也帶來了華鳴一個最新拆遷方案：原地安置不可能，同意同等面積同等地段的異地安置，同時盡可能補償裝修費搬家費等等。孫必才語重心長地對羅小娟說：「怎麼說你也是人民教師，ＲＢＤ是市政工程，希望你能從大局出發，配合政府做好拆遷工作。華鳴提的這個方案已經很優渥了，同意你先前提的同面積同地段異地安置，而且還是二環內。」

羅小娟說：「區長今天來親自說服，我不能不給面子。這方案的確不錯。但要我接受這個方案，我得提一個條件。」

孫必才說：「什麼條件，你儘管說。」

羅小娟鄭重地說：「華鳴的老總雷鳴必須跪在我爸的遺像前叩三個響頭！」

孫必才一愣，說：「這有點強人所難了。你父親的死跟雷總有關係嗎？」

羅小娟憤然說：「他就是幕後指使的人！你們不敢抓他，你們官商勾結！」

這話說得孫必才不愛聽了，他站起來道：「原以為你是老師懂道理，沒想到這麼不可理喻。我們只有強拆了。」

羅小娟平靜回覆兩個字：「奉陪。」

為了保住房子，光靠強硬的態度和毅力還不夠，為有備而戰，羅小娟買來了包括憲法在內許多法律書籍惡補法律知識；那個時候推土機挖掘機不斷將她的樓房形成一根「釘子」，隨著工程的進展，那幢倔強的孤房逐漸面目全非並且矗立於深坑之上根本沒法入住。羅小娟索性搬至學校宿舍。與此同時，她將孤懸一堆厚土之上的房子拍成照片放在天涯社區上，尋求更多人的支持。而網路火熱遠超出了她的想像，她三月二號發帖子當晚點擊率便超過十萬，翌日天涯將其置頂並弄成了一個專題，起了一個誇張的題目：「史上最牛釘子戶大戰開發商」，隨後點擊率像吃了春藥似的瘋狂飆升，兩天後超過四十萬，一個星期後竟超過一百萬！網路的瘋狂帶動了紙質媒體的跟進，全國各路記者紛湧而至龍陽西門橋路，將拍下來的圖片和對事件記敘迅速傳遍全國，一時間整個中國在這個溫暖春季都在討論「釘子戶」問題；紙質媒體比網路的報導更深入，他們從「私人產權」角度切入探討公民的私有財產如何能受到保護，以應對幾個月前剛剛頒佈的《物權法》……羅小娟的生活因此而改變，她請了一個月的假，每天手捧《憲法》接受各路媒體一遍一遍的採訪，她宣稱「公民私有財產神聖不可侵犯」以及有理有據地述說要求的形象迅速傳遍全國，一時成了名人；全國各地的「釘子戶」以及待遷戶紛紛趕至龍陽向她取經，使得她不得不每天抽出時間應付這些同路中人……

胡逸文是在報紙上得知羅小娟成為著名「釘子戶」的事的。後來他找到羅小娟時，這個倔強的女人正為強制拆遷的最後通牒弄得焦頭爛額。從羅小娟口中他得知了羅老頭罹難之事，雖然他討厭這個老頭，但人既已死，他也免不得潮起一陣難過。羅小娟淚珠連連哭泣道：「他們害死了我爸，還要拆我家的房子，太沒天理了！」

「強制拆遷」的最後通牒是由區法院以「妨礙公共利益」為由發出的，並且給出了強拆的最後日期：五月一號晚上十二點整；此通牒擁有堅硬的法理依據，羅小娟即便獲得了道德和輿論雙重支持，亦不可能違背法律的最後定奪。胡逸文不能幫上什麼忙，他建議請律師抗訴。羅小娟說找過律師，但很多人表示案子棘手官司不好打。這一年多來，儘管羅小娟一直表現得很堅強，但到底是一個弱女子，心裏有太多的委屈要對逸文傾訴。面對哭得梨花帶雨的前戀人，逸文也潮起一股傷感。他拍拍羅小娟的肩膀說：「你別太難過，事情總有解決的辦法。」

五月一號一大早幾十台大型推機和挖掘機氣勢洶洶地駛進了工地，數台警車早已在工地外整裝待命，一眾員警開始忙活著拉警戒線，將手持相機肩扛攝影機的眾多各路記者以及一大堆看熱鬧的市民攔在了工地外。工地中央如巨型煙囪般矗立的孤房在晨光裏顯得格外靜宓和高傲，腥紅如血的國旗迎風獵獵飄揚，那條巨大橫幅上的「公民合法財產神聖不可侵犯」幾個大字被晨陽沐照散發出神奇而又炫目的光芒……工地上不知什麼時候多了幾輛小轎車，幾個幹部模樣的人在底下來回走動。一個人手執喇叭對著孤房喊話：「上面的房主聽著，我是濱江區區長孫必才，離強拆的最後時刻不到十二個小時了，請你顧全大局順勢而為，馬上下來！」羅小娟已做好了一切準備等待著暴風雨來臨的最後一刻，她不理會喊話反而將一把椅子扔了下去，將孫必才嚇得跳開了。底下的人群發出了一陣看熱鬧的歡呼聲而記者流光四溢的鎂光燈卡嚓嚓響成一片——這樣的對抗場景對看客來說是最激動人心的了……

胡逸文心急火燎地趕到華鳴集團，突然湧起一股從未有過的局促和自卑，或者說這種自卑從剛才一踏進鋪著高檔地毯的大堂接著被能觀賞到戶外城市風光的電梯帶到二十八樓頂層的時候就已經開始有了。他一直認為自己人格強大自視甚高，但在如此奢華面前他依然體受到了一種奇異的自慚形穢——他不清楚這到底是怎麼回事。他進去的時候雷鳴正在打電話，看到他來先是愣一會接著立馬放下還未打完的電話起身迎接，他激動的神情像是見到了一個失散多年的親人：「二癩，我沒想到你會來，真的，我一直等待這一天……」他請逸文入座又手忙腳亂地親自給他倒茶，「我記得清楚，我們倆兄弟算起來有四年沒見面了……」

當雷鳴兀自忙活的時候，逸文一聲不吭。雷鳴喜氣洋洋地在寬大的辦公室走來走去，「二癩，你應該早點來找我，我們是什麼關係？不是親兄弟勝似親兄弟！有什麼矛盾誤會不能解決？你看看我現在……」他站在那面巨大的玻璃牆前指著底下浩瀚的長江說：「還記得十年前我們見面的第一天晚上我對你說的話嗎？我說總有一天我要成功我要將整個龍陽踩在腳下！你看我現在做到了……」

逸文淡淡應了一句：「是啊，我應該早點來的，這樣能早些見證雷總如今的輝煌。」

雷鳴搖搖頭笑道：「我不是這那個意思。我是說我的成功也有你的一份……」

「不敢當，」逸文淡淡地說：「你知道我今天來幹嘛嗎？」

雷鳴一愣旋即說道：「是來敘舊的還是又碰到了什麼難題？儘管說，只要我一句話在龍陽沒有辦不成的事！」

逸文冷笑了一聲，隨後一字一句高聲說道：「就在現在就在此刻，他們正氣勢洶洶地準備拆羅小娟的房子，你是真不知道還是在裝傻？」

一聽這話雷鳴適才因激動而面如潮紅的臉色頃刻陰沉下來。他沉聲道：「我應該早料到你是為這事來的。但我無能為力，這事已經完全由政府部門解決。」

逸文盯著他神色痛苦地說：「你不能這樣對她。我們不說什麼情不情愛不愛的，我們就說這做人……你不能這樣欺負一個女人！」

「我欺負她？」雷鳴激動道：「你去問她是別人欺負她還是她自己要求太過分？我對她已經仁至義盡，從拆遷一開始就滿足她種種要求，但她得寸進尺竟要我給她父親的遺像叩三個響頭！她爸的死跟我有關係嗎？」

這個要求逸文未曾聽羅小娟說起，但他覺得一點不過分。「她爸是怎麼死的，你心知肚明，別說三個響頭，就是一百個都應該！」

雷鳴氣急敗壞地鬆了鬆領帶，望著玻璃牆外一片妖嬈風光不發一言。逸文看著他的樣子意識到今天白來一趟。他起身站起來說：「你剛才問我記不記得十年前你說的話，我不僅記得而且記得很牢，如果你有良心就應該知道那些話是在什麼地方說的！就在她家那幢快要被拆的四樓上！你不是想懷舊不是想讓人知道你如今獲得的一切是多麼不容易嗎？你最好去那裏憑弔！」

他沒有說再見徑直走出辦公室，雷鳴趕出來拉住他的胳膊挽留道：「我們兄弟難得見一面，吃完飯聊聊再走。」逸文拉開他的手冷笑著一字一頓說道：「謝了，這頓飯我吃、不、下！」

入夜之後工地上亮起了數盞千瓦探照燈將忙碌的工地照得如同白晝，圍觀的人群越聚越多，似乎都在翹首以待一幕精彩大戲行將到來的高潮部分。喊話的喇叭每隔一小時響起一次，給人一種山雨欲來的緊張感。胡逸文來到工地，對底下的領導說他是當事人的朋友，他去勸勸她。他被允許上到孤樓上。看到羅小娟後立馬說：「這樣僵持下去沒有意義，我們趕快下去！」但羅小娟拒絕了：「現在下去，以前的努力就白費了，而且什麼都得不到！」十一點半過後喇叭不再喊了，底下停著的幾輛小轎子慢慢駛出工地，三台消防車開了進來，數十個消防官兵開始架設雲梯以接近孤房，一夥武警開始在南邊集合向土丘攀登；與此同時，數十台推土機轟隆隆從四周包抄過來開始掘土……羅小娟將兩壇煤氣搬了出來準備隨時點燃。胡逸文見狀立即奪下了她的打火機指著底下說：「別衝動，你看下面誰來了，好像是雷鳴！」

一輛高級轎車駛進了工地，一個穿著體面的年輕男子走下車來，從體態看上去果真是雷鳴。他走過去跟一旁的孫必才聊了幾句什麼，孫必才便對著對講機發出一聲命令，之後，正在架雲梯的消防官兵便停止了動作，已爬上一半土丘的武警開始原路返回，而轟隆作響的十多台掘土機逐漸取消了作業。戴著墨鏡的雷鳴獨自一人朝土丘走來，接著登上已經搭好的雲梯一步步踏上孤房……羅小娟一臉詫異地看看胡逸文，似乎要從他臉上找到適才戲劇性變化的答案。

雷鳴上來之後一言不發徑直來到燭光閃爍的堂屋，不看羅小娟也不看胡逸文，只對著堂屋正面牆壁上的羅老頭遺像跪下一絲不苟地叩了三個響頭，昏黃燭光顯現不出他此時的臉色。叩完頭後他不發一言旁若無人兀自順著雲梯走下孤房——整個過程沒超過三分鐘。羅小娟完全愣住了，眼前瞬間發生的一切她有種做夢似的不真實。這一切只有胡逸文心知肚明，他看著雷鳴一個人走下雲梯的寂寥身影時，突然覺察到這位幼時夥伴的不容易。

愣住的羅小娟回過神來後，連忙舉起國旗興高采烈地使勁搖動起來，朝底下的人群發出勝利的歡呼聲，記者們的長筒短筒卡嚓響成一片以記錄這一歷史性時刻……幾分鐘之後丁文華和拆遷辦的幾個人拿著協議上來讓羅小娟簽字，羅小娟爽快地簽下了自己的名字。拆遷辦的人告訴讓他們房子在十分鐘之後開始拆要求他們趕快離開。臨走之際羅小娟摘下羅老頭的佈滿灰塵的遺像對父親說：「爸，你瞑目吧……」

十分鐘後，數十台推土機同時作業，那幢矗立了一年半之久的孤房在一片轟隆聲中頃刻灰飛煙滅。羅小娟目睹這一切，回想起這一年多來的堅守回想起父親的死回想起近十年來因這房子而起的是非恩怨，不禁淚流滿面。

同樣睹物傷懷的還有坐在車子裏尚未離去的雷鳴。下午胡逸文走後他呆坐辦公室沉思良久，最後決定還是由自己出面解決問題。剛才在羅老頭遺像前愴然跪下的那一刻，他清楚他已經和落魄的過去作了徹底的告別！是的，逸文說得不錯，他是該來這幢別具意義的房子憑弔，但憑弔的絕不是已經死去的羅老頭，而是他的第一份愛情他初踏龍陽最初的苦難以及十年前那段相濡以沫的友情……此刻這一切已離他而去，他沒有了任何包袱任何負擔可以輕裝上陣乘風破浪了，但他卻絲毫高興不起來。

十多分鐘後，那顆曾經頑強的「釘子」已徹底夷為平地。雷鳴驅車離開時覺察到自己濕潤的眼眶不知何時流出了兩行清淚……

第二十二章　失業

秦文夫為房子奔波的整個過程都是瞞著家人進行的，在拿到新房鑰匙那一天，他獨自一人來到華鳴新都提前觀瞻那套得之不易的房子，站在已裝修好的新房裏他難掩激動，他摸索摸索查看了每一間房每一個角落，悲情舊事如殘花敗蕊在心頭綻發。有多少屈辱就有多少眼淚，有多少愛就有多少痛，他趴在明亮潔淨的地板上像孩子似號啕大哭，哭得傷心哭得悲痛哭得肆意，多少年的屈辱以及悲與怨似乎都在這痛快淋漓的慟哭聲裏得到了釋放與慰藉……

一個星期後，他選擇了四月十八號這樣一個特別的日子——七年前的同一天他們搬進紅光小區——帶著妻子白芬和兒子秦東東用輪椅推著母親來到華鳴新都看新房。三個人對秦文夫的舉動滿腹狐疑，直到他們站在新房時疑惑不僅未消反而更加重了。當秦文夫宣佈這就是他們的新家時，三個人目瞪口呆。白芬迅速從驚鍔中清醒過來，她問丈夫這到底是怎麼一回事？秦文夫前前後後細說了事情來龍去脈，全家人聽罷後才放寬了心。白芬說：「多虧小胡和雷老闆，我們是遇到貴人了，但每個月的月供那麼多我們哪負擔得起？」秦文夫以一家之主的神情揮揮手表示沒關係，他仔細算過每月還貸兩千八百元剛好是他一個月工資，而平時吃穿就用賣餛飩掙的錢，這還不算家裏五萬多塊錢的積蓄。已經將房子裏裏外外看過一遍的秦東東興奮地插進話來說：「我每個月打工掙的錢除了應付生活費還有節餘，我可以為新房按揭貢獻幾百塊呢。而且我今年大三，下半年大四就可以找工作了，那時候就不用你們操勞了我一個人來還月供！」秦氏夫婦聽罷笑笑說：「你的錢先攢著，你還有一年學費得自己交了，現在買了房家裏拿不出更多的錢。」秦東東說：「沒問題！」他吵嚷著明天就要搬家說他已經迫不及待了，他興致勃勃地為全家人劃分居住格局：爹媽睡主臥奶奶睡次臥但他反而沒地方睡了。

秦老太說：「次臥東東你住，只要是我兒子親手掙的房子我睡陽臺都成。」這話讓秦氏夫婦有些難堪，秦文夫說：「媽我怎麼會讓你睡陽臺呢，這樣東東，給你在奶奶房裏放一張床擠一下，反正現在你住校家裏回來得少。」東東說沒問題。

翌日星期天秦家喜氣洋洋喬遷新居，為了節約開支同時也是為了避免別人不必要的詢問以及對紅光小區房子的舊事重提，秦文夫這次搬新家搬得悄無聲息既沒約請同事也沒宴請朋友，只是邀約了胡逸文一家做客以示感激；他本打算訂一家好酒樓宴請雷鳴的，但一想到人家那樣一個大老闆日理萬機不一定有時間賞臉，只有作罷。搬到華鳴新都後，由於距原先的街道口太遠，餛飩攤隨之搬遷，幸好離新家不遠有一個規模頗大的菜市場，餛飩攤便在菜市場門口安營紮寨，此地人口密集路人如過江之鯽，生意不降反好，只是每個月比先前多交了一百塊錢的管理費。

搬進新家沒享過幾天清福的秦老太終究沒挨過這個清爽明媚的春天，在夏風行將吹來之之前撒手人寰。喪母之痛讓秦文夫傷痛萬分，那段時間精神也變得恍恍惚惚。半個月後，秦文夫料理好家事，帶著恍惚的精神狀態重新回到雜誌社上班，他接受著眾同事的安慰也顯示著堅毅。不過上班沒過一個星期他又遭遇了命運一次更為沉重的打擊——他失業了。事情緣起於他的一次工作失誤。那段時間喪母之痛所導致的精神恍惚讓他在校對時誤將雜誌期號搞錯了——本來是第九期卻弄成了第十期——等他發現這一失誤時菲林已經被送去了印刷廠，待他十萬火速打電話通知印刷廠時，機器已經開印了，結果那期雜誌全部作費而損失在十萬以上。李倜複的怒不可遏不言而喻，他劈哩啪啦拍著桌子將世上最難聽最惡俗之詈語一股腦傾洩到開始尚有些內疚的秦文夫身上，當他罵到「……王八蛋你把雜誌社害苦了，我操你媽！」時，他因過份激動而漲紅的臉突然挨了一記耳光——他一下被打懵了，在愣過一會後發現這巴掌竟是被他訓斥的下屬摑出的，他的怒不可遏迅速轉化成了暴跳如雷，他抓起桌子一本書砸向秦文夫：「我操你媽，竟敢打我？馬上給老子滾！滾……」「滾」的尾音尚未完全消殆，他漲紅而削瘦的臉又挨了一巴掌，秦文夫雙目圓睜青筋暴漲嘴唇抖動像是要將對方一口吞下，他恐怖的表情令他的上司一時驚駭暫時忘掉了撐臉之痛。聞訊進來的幾個同事將秦文夫拉出了總編室，臉色鐵青的秦文夫掙開了同事們的手，走到自己座位上，開始沉穩地收拾東西，隨而雄糾糾氣昂昂地抱著箱子走出了雜誌社，沒有跟任何人打招呼。

胡逸文主編的雜誌半年來行情不好銷量一直徘徊不前，李一林對這本雜誌逐漸失去耐心，他對胡逸文表示決定停刊。作為主編雜誌沒銷量胡逸文感到很內疚，但對這樣停掉又覺得可惜，當他找到李一林表達出他的想法時，李一林並未接受，他說：「這種跟風雜誌賣不好很正常，你不要有什麼負擔。其實公司並不靠這個賺錢。」胡逸文對此滿腹狐疑。李一林拿出兩本書遞給他說：「這才是我們公司賺錢的東西。」胡逸文接過書一看，一本書名叫《中學生新思路新理念創新作文選》，他隨便翻看一頁，便被一行描寫驚訝得不行：「那女孩站在窗前一絲不掛，那性感的嘴唇、挺拔的乳房、纖柔的腰肢、平擔的腹部，飽滿的臀部、豐腴的雙腿……讓我著迷，我激動的靈魂快要掙脫身體向她飛去和她一吻……」另一本書名叫《淫窟救美》，是一本徹頭徹尾的通篇充斥著赤裸裸色情描寫的黃色小說；胡逸文大驚失色也異常尷尬：「怎麼是這些誨淫誨盜東西……」李一林不以為然：「做這個來錢才快，寫黃色小說你肯定寫不來，但我知道你是學中文出身的，編那樣的新思路作文選問題不大，而且這種東西談不上色情頂多打打擦邊球；如果想編我每個月給你五千，另外賣出一本書給你兩塊錢的提成，這相當於作家拿版稅。如若不想編，那……我也沒辦法了，雜誌肯定不辦了，我這是私企不可能貼錢來辦雜誌，而且目前公司資金周轉緊張我也不打算再辦新雜誌。——你看呢？」李一林將發球權拋給了胡逸文，逸文一時拿不定主意，說讓他想想明天再答覆。

一回到座位胡逸文暗罵李一林無恥，心想怪不得他一夜暴富原來是靠販賣色情起家，而自己竟然在這種人手下打工更是墮落，並且還要跟他一起販賣色情那比墮落更等而下之！但如果現在撒手不幹，又到哪去找一份高薪工作，那房貸恬恬每月上幼稚園的費用以及生活壓力等諸多麻煩肯定會接踵而來；要是心一硬跟著幹下去，又過不了良心這道坎……他思前想後依舊無法做一個最終定奪。

就在這時，他接到秦文夫打來的電話，他才知道這個老同事憤然辭職的事。那天他們在那家經常喝酒的小酒館喝酒，秦文夫一邊喝酒一邊老淚縱橫。「那王八蛋怎麼罵我都行但不該罵我媽啊！她才死，屍骨未寒啊！」逸文看著哭得像孩子似的秦文夫不知道如何勸慰，他很清楚秦文夫搧出那巴掌的同時也搧掉了端了十幾年的鐵飯碗，而這對也已馱上沉重房貸的老同事來說無異雪上加霜。他拍著秦文夫的肩膀說：「你不幹了也好，在李變態手下做事男人一點自尊都沒了，我去跟李一林說說，讓你也到他那去做事，我想他還顧及昔日舊情的。」秦文夫止住了哭灌下一杯酒後，感激地說：「那敢情好，只是又要麻煩你了。」胡逸文揮了揮手讓他甭這樣說。

「想想我這一輩子可能真是命不好，」秦文夫借著酒勁道起了自己命運多舛的一生，「一出生碰上三年大饑饉，要吃沒吃要喝沒喝，剛上學又碰上文革，想參加工作又被動員下鄉去插隊，在鄉下餵了幾年豬終於逮了一個機會回了城，在修造廠頂了父親的班當了好幾年徒弟後終於熬成了副高，心想啊這下可以過幾天舒坦日子了，誰知道他媽廠裏改制我第一批被分流下崗。幸虧當年在廠裏業餘時間塗塗寫寫發表過一些文章，承蒙陳昶總編看得起招進雜誌社做了編輯，這才過了幾年舒心日子；誰料到陳總編一退休來了李侗複那王八蛋，更沒料到現在年過半百半截身子……」秦文夫說到這一時哽咽，「……半截身子都入了土會為了一套房子拼死拼活。我……」逸文聽了心生戚然，一邊勸慰一邊遞過去一盒紙巾。秦文夫擦著奔流不止的老淚表達歉意：「讓你見笑了……」逸文拍了拍他的肩膀，不知道說什麼好。

第二天胡逸文跟李一林一說，後者有點不情願：「都快退休的人了……」但還讓逸文帶他來看一下，下午秦文夫就來到公司。李一林坐在寬大辦公桌後的老闆椅上派頭十足地接待了他，「都是熟人甭客氣，我有口飯吃自然少不了你們。」他話鋒一轉又說：「不過醜話還得說在前頭，我這可不是事業單位，一半做事一半混。我主要看業績，你創造一分業績我給你一分錢，想混？對不起，我這不是養老的地方……」秦文夫聽罷臉色訕然，李一林說他準備以書代刊做一本休閒搞笑類的雜誌，讓秦文夫整理一個方案出來，兩天後給他。秦文夫退出辦公室，感覺腿如灌鉛似的沉重而心又像塞滿了萬團棉花鼓脹脹的極其難受。

胡逸文在走廊問他情況如何，李一林答應沒有。秦文夫搖搖頭：「我不想來幹了。」逸文問他為什麼。秦文夫歎口氣道：「想他李一林當初才進雜誌社的時候，整天秦老師長秦老師短，我像教徒弟一樣教他如何做一個好編輯，是他太笨寫不出好稿子才去做發行的，今天他對我的那種態度，讓我感覺他就是第二個李侗複。苦我能吃，但不想受氣！」逸文聽罷默然，然後問他打算怎麼辦，秦文夫說：「走一步看一步吧，車到山前必有路。」

胡逸文送老秦下樓，在門口道別之際，突然感到一絲無奈與傷感。逸文看著老秦蹣跚的背影，感覺這個老同事彷彿一下蒼老了許多。

胡逸文最終決定以試試的心態去編那些黃色書，他的想法是：要是沒什麼就繼續做下去，如果實不受不了再辭職也不遲。接下來幾天，他懷著複雜的心情幹起了那份讓他倍感彆扭的差事。稿子的來源有三類：請別人寫；從網上找；自己寫。前兩類文章整理起來還好，而一旦自己寫卻無論如何找不到感覺；而且這類稿子看多了他有種噁心和反胃之感——他第一次領略到看垃圾文字也能引起如此強烈的生理不適！不過隨著時間的推移，一個星期之後他對這份工作竟竟然逐漸適應了，先前那種強烈的不適感如溫水煮青蛙般開始變得雲淡風輕。他暗笑自己並非一個將原則進行到底的人也更不是一個做烈士的料！

那本書出版之後銷量竟然還不錯，李一林異常高興，他拍著胡逸文的肩膀半是誇獎半是揶揄道：「才子就是才子，幹什麼都是一把好手！」那個月胡逸文工資連同提成還有獎金竟拿了八千多塊，捏著這份上班十幾年來第一份高薪，先前那種強烈的因販賣色情而起的不安失落以及內疚很快一掃而光，取而代之的是一種從未有過的欣悅，他心忖：倘若以後每個月能拿這麼多錢，房貸可以提前十年還清了！拿到錢後他給妻子買了一瓶高級護手霜和一瓶蘭蔻面霜——這兩樣東西周曉妍嚮往以久但一直捨不得買；給母親買了一身老年對襟襖子和一雙毛皮靴，給恬恬買一件羽絨服。當他將這些東西帶回家時，周曉妍不僅不高興反而埋怨他亂花錢，當她得知丈夫拿了高薪後，臉色又立馬多雲轉晴笑顏逐開。她數著逸文遞過來的那遝厚厚的鈔票在誇讚丈夫的同時也稱道李一林這個老闆不錯；逸文自然沒告訴妻子他現在的具體工作，看到她數錢的滿足和興奮他感到既然無奈又欣慰。但母親拿到禮物後有些悶悶不樂，逸文問她怎麼了是不是不喜歡那件衣服。母親搖頭歎氣直到最後才道出了原委：「明天是思思十三歲生日，造孽的娃子，她那對齷齪爹娘是不會記得她生日的。」逸文說：「明天我正好過江去辦點事，辦完事後順便去看看她，您甭擔心了。」母親便不再說什麼，她叫逸文明天走的時候別忘將那雙她給外孫女做的棉鞋帶給她。

晚上睡覺周曉妍激情四溢抱著胡逸文主動溫存，一次不夠還來兩次。事畢她去洗澡而逸文坐在床上吸煙。此時曉妍的手機來了一條簡訊，他拿起一看頓時火冒三丈，簡訊寫的是：「寶貝在幹嘛呢，明天有沒有時間一起去吃火鍋。」他看這個手機號碼有些眼熟但一時想不起來是誰的。這時曉妍洗完澡圍著浴巾嫵媚十足地進了臥室，逸文陰著臉將手機朝她跟前一扔要她解釋。曉妍拿起手機一看呵呵一笑說：「是李一林發的。」逸文一驚：「李一林？你跟他怎麼了？他為什麼發這麼肉麻的簡訊還約你吃飯？」曉妍邊擦著頭髮邊說：「年前他見到我起就一直對我糾纏不休啊，不是約喝茶就是約吃飯，還有一次還要送房子給我。一般情況下我都拒絕了，偶爾也去應付一下，畢竟你現在在他手下做事嘛，不能太不給面子……」逸文聽罷火冒三丈：「老子不幹了明天就去辭職！王八蛋欺負到我頭上來了！」他拽過曉妍的肩膀叫道：「你倒是挺坦白，說，有沒有跟他上床？以前為什麼不告訴我？」曉妍將毛巾往床上一摔也叫道：「胡逸文你聽好，要是我真跟李一林有什麼就不會跟你坦白！我周曉妍雖不是什麼偉大女人，但坐得端行得正！如果真想跟他我會和你離婚，絕不會幹那種吃著碗裏看著鍋裏的事！」她氣呼呼地坐在床上，不一會眼淚就下來了；看著妻子梨花帶雨逸文的心陡然軟了下來，他一把抱過她柔聲哄勸道：「我就是隨便問問，你哭什麼呀？我當然相信你，我想如果你真跟那姓李有什麼的話，前些時我們吵架你離家出走，肯定會到他那裏過夜，但後來你還是冒雨回來了，這就說明你沒有做對不起我的事。好了別哭了——咱們再來一次？」曉妍甩開了他的手：「少來！」她拿過紙巾擦眼淚，又問道：「你明天真的要去辭職？」逸文雙手抱頭仰躺在床上歎了口氣：「是啊，我在姓李的手下幹一天他就會糾纏你一天，他似乎認定我們需要這份工作而你不會對他斷然拒絕，他以後肯定還會得寸進尺！」曉妍道：「你現在辭了一時半會到哪去找這麼高薪水的工作？事情也沒你說的那樣嚴重，我已經多次跟他表明了態度：我是不會跟他發生點什麼的並且叫他自重。他這兩年跟妻子感情不好所以才那麼無聊。興許他過了這段時間好了呢？」逸文不說話了，躺在床上思緒難沉輾轉無眠。

第二天胡逸文沒有直接去公司而是過江到圖書大世界查詢那本書發貨的事。辦完事後已是下午四點。他轉了兩趟車來到外甥女柳思思就讀的市二十三中。這兩年思思他只見過兩次，一次是去年寒假母親將她接來小住了幾日；一次是今年五一長假她來他們家玩了五日。十三歲已上中學的思思和逸文已生疏不少，甥舅之間已沒有了幼時的親密。逸文在她日益成長的眉宇之間清晰可見了當年姐姐胡逸芳的模樣，心裏便免不了一陣憐疼。

半個小時後學校放學，迫不及待的學生如同出圈的小羊奔湧而出，逸文站在人潮裏昂首翹望，直到學生快走完了他才看見獨自默默走來的穿著奇裝異服染著黃髮的柳思思。見她這副打扮逸文吃了一驚，忙大聲喊她。思思循聲望來發現舅舅後也一愣，跑過來問他怎麼來了。逸文沒作答而生氣地問她怎麼穿成這樣。思思不以為然地說：「別人都這樣穿的。」逸文指著路過的同學氣惱道：「你看你這些同學，他們像你這樣穿嗎？你看看你自己像什麼？像個小太妹！」思思不耐煩道：「行了舅舅，你今天來是特意來罵我的啊？」胡逸文不由分說拉起她的手就走，思思問去哪，逸文說：「去理髮。」

他先帶思思去了一家美髮廳，讓她那頭與年齡以及學生身份極不相稱的前衛頭髮恢復原貌，接著又帶她去商場給她買了幾套學生穿的衣服，最後又領她去肯德基吃一份大餐算是為她過個生日。柳思思不停地將漢堡包和油炸雞腿往嘴裏送，張著油膩膩的嘴興高采烈又含糊不清地說：「舅舅你知道嗎我好幾年沒吃過肯德基了。」看著外甥女狼吞虎嚥的樣子，逸文一陣心酸；他問她爸媽平時帶不帶她來吃。思思小嘴巴一撇：「他們哪還有心思管我？兩個人一天到晚打麻將。麻將才是他們的女兒！」思思說話的語調已經神似她故去的母親了。想到外甥女如今被疏於管教的處境，他心裏不由得一陣難過。

吃完之後思思去了洗手間，逸文拎著她深甸甸地書包在座位上等她。他打開她的書包發現裏面琳琅滿目什麼都有，除了幾本不多的課本，一些雜七雜八的小物品小飾品將整個書包塞得滿滿的；一本淡紅色封面看起來有些眼熟的書引起他的注意，他抽出來一看陡然驚呆了，這正是那本他主編的名為新思路學生作文選實為黃色小說的書！他的腦袋像是被電擊打過一般一時空空如也。思思回來後看著舅舅變得奇怪的神情問他怎麼了。逸文迅速清醒過來，一把抓住思思的手臂揚揚手中的書問她是從哪弄來的。思思愣一會說：「是一個同學借給我的，說是挺有意思。」逸文追著問：「那你看了沒有？」思思說：「還沒有，下午放學的時候才給我的。」逸文籲了一口氣收起了書：「這書你不能看，我拿走了。」思思覺得奇怪：「為什麼不能看呀？不就是作文選嗎？」逸文銳聲說道：「不能看就是不能看！你要看作文選我再買給你！」

他將思思送回家的時候，原來不想上樓的，但最後還是決定跟柳國慶談談。看到胡逸文來，柳國慶夫婦都愣了愣，柳國慶扶了一眼鏡不鹹不淡地打了一聲招呼，而他女人則撇過臉看她的電視似乎不認識他。胡逸文：「我說兩句話就走。你們能不能少打點麻將，多把心思放在她身上，她這個年紀正是容易走邪路的時候，到時再後悔就晚了……」柳國慶沒說話他女人倒先接了腔：「真稀奇了，我們怎麼教孩子輪得到別人來管？」胡逸文針鋒相對：「你們不盡職，難道我這個舅舅還不能說？」柳的後妻「喲」了一聲：「我們沒盡職，你看不慣就帶回去養啊！」這時柳國慶突然站起來抓思思，思思一閃躲到逸文背後去了，柳國慶罵道：「死丫頭，跟你說過多少別在外面瘋野，你偏不聽！看我不打死你！」這樣的情勢再待下去顯然沒什麼意思，胡逸文叮囑思思一番，告辭出門。

悶悶不樂回到家後，母親還沒睡，問起思思的情況。他略說一番，母親聽了免不了一陣唉聲歎氣暗自垂淚。睡覺的時候一直無心入眠輾轉反側，滿腦子都盤旋著從思思書包裏翻出的那本書，曉妍問他是不是屁股長痔了睡覺都不安生，他也閉口不言。經過一個晚上的徹夜冥思苦想之後，第二天一個重大的決定在腦海裏毅然形成！吃罷早飯他沒有去公司而是去外面的公用電話給公安局市場處和文化局監察大隊分別打了一個舉報電話，舉報了位於紅星路光華大廈十五樓的烽火文化傳播公司出版誨淫誨盜的非法出版物……

一整天他都忐忑不安地在公司附近晃蕩，後來在光華大廈對面的一個咖啡廳，他親眼目睹文化局監察大隊的執法車公安局的警車開到了大廈樓下；親眼目睹曾經神氣十足的李一林灰溜溜地被帶上警車……

他一直沒去公司，在暮色降臨之際晃到了離公司不遠的人民廣場，他在一處花壇沿邊坐下，此時的廣場已暮合四起，深冬的寒冷讓這個往日熱鬧喧嚷之地沉寂不少，匆忙而過的人流踐踏起的歸家跫聲將花壇周遭的空氣攪得七零八落；遠處掛在一幢樓宇上的巨大背投電視正播放著空洞又五彩紛呈的廣告片，聲音嘈雜而又生活氣十足，彌散在廣場上空像一層揮之不去的陰雲。廣場上半明不明的街燈漸次亮了，照得行人的臉也半明半暗模糊閃爍。

他知道這一個電話打下去，他無可挽回地和那份來之不易的高薪說了再見，他既沒有騰起一絲悲壯，也沒感到任何失落，只是覺得心裏有些堵，究竟堵在什麼地方，他自己也說不清楚。

他沒有向妻子曉妍坦白公司所發生的一切，每日一如往昔地在上班時刻踏出家門，但不再是去公司而是奔向人才市場。一連幾天他在龍陽市幾大摩肩接踵的人才市場來回穿梭尋找著合適的飯碗，結果皆不甚理想：要麼薪水太低要麼崗位不合適，再或者他看中的崗位人家壓根沒看上他！接二連三碰壁之後，他在變得焦慮鬱悶以及心灰意冷的同時，亦真正體會到什麼叫「百無一用是書生」。

有一次，他去邱瑞的家問籌辦補習班的事有沒有眉目。邱瑞的新房他曾去過，寬敞的四室兩廳對兩個人來住顯得過於空蕩。孩子出生後，其妻子余婷打算將父母接過來照顧她，邱瑞一直不喜歡瞧不起自己的岳父岳母，不同意他們來，表示照顧孫子是公婆的事，應該將他爹媽接來。余婷冷笑說無所謂只要他們有那個閒心和時間；這一說邱瑞啞口無言，因為他的爹媽比不得岳父岳母拿著不菲的退休金在頤養天年，他們年過六旬卻在擺著小攤為生存苦苦掙扎，自然沒那個閒心和精力來照顧兒媳和行將出生的孫子。余婷的冷嘲熱諷讓邱瑞很生氣，夫妻倆的口角和吵架便在所難免。

胡逸文來到邱瑞家的時候，兩口子似乎又吵完架，逸文不好久留，也不好說工作的事。告辭時，邱瑞送他到樓下，兩人都沒有說話。後來逸文歎了口氣道：「我不知道日子為什麼會過成這樣……」

邱瑞也歎了口氣：「是啊，當年讀書的日子多開心多快樂。」

「突然覺得自己很失敗。」逸文在樓下的一個石墩坐了下來，神情沉重，他摸了摸口袋，問道：「有煙嗎？」

邱瑞遞給他一根煙，「感覺你有心事，出了什麼事？」

逸文沒有回答，點燃煙深深吸了一口，過了半晌，道出了失業以及連日來找工作不順的事。

「還沒有喪失知識份子最後一點良心。」邱瑞對他壯士斷腕式地舉報自家公司的行為深表贊許。

逸文苦笑道：「我是保住良心了，可飯碗一下沒了……」

邱瑞道：「甭擔心，車到山前必有路。你可以去當記者，以你的才華和文筆當一個記者綽綽有餘。」

逸文說：「今年年初《龍陽晚報》招聘記者，我去考過但沒考上，感覺這樣的單位很難進。」

邱瑞說：「社會上的人通過考試進這樣的單位當然是不容易進的，如果有人介紹就好多了。」

逸文搖頭道：「但我在報社沒有特別鐵的關係，以前有一個同事在報社，但關係很一般。」

邱瑞想了想說：「我認得一個人，是《龍陽時報》採編部主任，跟他有些交情，而且是不打不相識的那種。」

胡逸文一時好奇問是怎麼個不打不相識？

邱瑞說：「以前讀書的時候，他跟我同住一層樓，他是新聞學院的，當時他正在追求我的一個師妹，但這師妹一直對我有意思，我對她倒沒什麼感覺；這哥們就把我當成了他的情敵，跟我明爭暗鬥了很長一段時間；

後來那個小師妹並未接受他而出國留學了，最後他跟我倒成了朋友。畢業後他去了報社，我們現在偶爾還有聯繫。他叫謝偉，如果我去跟他說說介紹你去《龍陽時報》也是不錯的。——當然我只能試試不能保證一定能成。」

逸文聽之一喜連聲道謝：「不管成不成也是一次機會，萬一成功了你可救了我一命！」

從邱瑞家所在小區出來後，胡逸文又犯起愁來：他不知道如何消磨掉下午的時光。他在喧嚷的大街上漫無目的地躑躅而行，冬日午後的陽光輕灑在身上溫暖如春，這種什麼事都不想都不做的無壓力的輕鬆狀態是這些年來未曾有過的，此刻不期而至令他滋生起一種從未有過慵懶散閒之感，他心想這樣的感覺如果長久維持該是多麼幸福的事，但念頭一出又嘲笑起這種白日夢做得太不靠譜。

路過春園路的時候，他想起了羅小娟，「釘子戶」事件之後，羅小娟獲得了春園路二十八號一幢四層近八百平米的獨立樓房。她將一到三樓都租了出去留下四樓自住，由於新家離學校較遠，平日她一般住學校宿舍只休息時才回到家裏。這天逸文去的時候，羅小娟正好休息在家。看到這棟樓房，逸文表現出誇張的豔羨：「人與人的差距怎麼這麼大呢，——你可真成地主了！」羅小娟笑盈盈地說：「這也有你的一份功勞。」她問什麼風把他吹來了，逸文坐在寬大的沙發上講起了他辭職的經過以及找工作的不順。羅小娟對他舉報自己的公司表示支持，「幹得好！我可不想看到你變成一個文化敗類。工作慢慢找，我也幫你留意。另外——」羅小娟從房間裏拿出一個大信封遞給逸文：「這裏有五萬塊錢，你拿著，我知道你現在壓力大，用錢的地方多。」

逸文連忙推脫：「那怎麼行，這錢我不能要。」

「你拿著！」羅小娟正色道，「我有房租，有工資，一個女人用不了那麼多錢。錢你先用著，就當是我借你的，什麼時候有錢了再還。」

聽她這樣說，逸文頓了頓，也不再推辭了。

後來兩人一邊喝著茶一邊閒聊起來，小娟問他現在還有沒有搞創作。

逸文苦笑道：「現在哪還有閒功夫？一心想著如何掙錢快把房貸還完。」

小娟幽幽歎了口氣：「可惜了你的文學才華……」

逸文搖頭道：「現實太強大，有時候理想只能為現實讓路。」

小娟頓了頓說：「要是當初我們結合……你恨我麼？有時候我挺恨自己的，看錯了人……」

逸文望向窗外，天色漸漸暗了下來，過了好一會才淡然道：「現在說這個沒意義了。」

小娟歎氣道：「是啊，沒意義了，有些東西錯過了就錯過了。」她眺望窗外，她覺得眼睛有些發潮。

逸文婉謝了羅小娟留他吃晚飯。回到家時感覺到了一些異樣，妻子曉妍一邊哼著流行歌曲一邊在廚房裏幸福地忙碌，幾道豐盛而色味俱全的菜肴被置於餐桌上正散發著誘人的香氣；母親帶著恬恬在客廳裏看動畫片，恬恬呀呀學語的聲音與動畫片裏傳出的童稚音交織一起，讓整個房間彌漫著一股近來少見的濃濃溫馨。——這樣一幅溫馨的家庭畫面在久違多時之後如今驟然來到令他一時不知所措也詫異不已。恬恬看他回來連忙撲到他懷裏撒嬌，母親和妻子拿過碗筷準備吃飯。逸文落座之後心裏的疑霧依舊未散，他笑問今天是什麼日子。曉妍說：「你也別裝了，今天邱瑞都告訴我了。你做得對，全家都支持你！」母親道：「雖然咱家經濟不寬裕，但也不掙不義之財；你也甭擔心，工作慢慢找。現在天轉冷了我又能納些鞋墊棉鞋做些娃娃衣裳出去賣，總能補些家用。」曉妍也高興地道出她的一個好消息：沒結婚前跟她一起合租的那個叫張靜的女孩，前兩年結婚之後盤了一個門面賣服裝，最近忙不過來讓她去幫忙看店，每個月付一千塊錢工錢，是一份不影響上班只在晚上和雙休賺外快的工作。曉妍說：「你甭著急，工作沒了天蹋不下來，我絕對相信自己的老公是一個有本事的人！」一陣深深的感動刺激得逸文鼻腔發酸，一股熱淚禁不住潛流而出。曉妍見了忙說：「怎麼還掉貓淚了，男兒有淚不輕彈，趕緊吃飯！」恬恬舉起一杯飲料奶聲奶氣地對逸文說：「爸爸乾杯。」惹得曉妍和母親一陣大笑，逸文也頓然破涕為笑。

逸文後來才知道，曉妍對他失業不僅沒有大吵一架反而溫情脈脈，一個重要原因在於她就此擺脫了李一林的糾纏，而這對他們夫妻的感情而言絕對是利好的事。曉妍曾問過逸文，他舉報李一林到底是出於一種於「公」的義憤還是報復他一直以來對她的「覬覦」？面對這個問題，逸文只是不置可否地反問了一句：「你說呢？」

一個星期之後邱瑞給胡逸文打來電話告訴他去報社之事已有了眉目，他那個叫謝偉同學答應逸文下個星期一去《龍陽時報》談談。逸文聽罷喜訊自然欣喜不已對邱瑞也說了許多感激之語，一番準備之後他星期一準時去了報社。謝偉看上去年輕精幹待人隨和，在他明亮的辦公室，逸文遞上他的簡歷編過的雜誌寫過的稿子發表過的小說，但謝偉笑了笑一字未看就退給了他說：「我相信邱瑞的眼光，他推薦的人應該不會有錯。不過你一直做的是雜誌編輯，沒寫過新聞稿——這兩者還是有所不同，你先幹一個月，如果幹得好你就留下來，到時我們再來簽合同，你看怎樣？」逸文說沒問題。隨後，謝偉帶他熟悉了一下環境並安排了座位。

逸文對此次來之不易的「下崗再就業」備加珍惜，使出全身解數和才華，希望順利通過一個月的實習從而最終留在報社。經過不懈的努力和在外多日的奔跑，他挖掘出來了幾條極具新聞價值的線索，然後寫成了幾篇頗具深度的新聞報導，在《龍陽時報》的頭版頭條登出之後，引起了廣泛的社會效應。他的出色表現不僅讓採編部主任謝偉也讓報社總編對他刮目相看，而一個月之後的留用也順理成章。

相比於胡逸文再就業的順風順雨，秦文夫的謀職之路則顯得淒風苦雨。他沒有跟妻子提自己辭職的事，他打算在白芬知道之前，儘快找到一份工作。他先去了人才市場，但無文憑無學歷劣勢自然得不到任何一家用人單位的青睞；之後又去勞務市場，但五十三歲即將退休的高齡根本不符合各個招工單位的用人標準。一個公司的經理半揶揄半不耐煩地對他說：「你最好找個看大門的活，不過我們現在不需要看大門的。」一連幾天奔波輾轉，不僅一無所獲反而遭遇許多白眼；他從市場出來，看到外面一整溜的泥瓦工裝修工水道工手拉紙牌招攬活計，突然悲中從來，深感自己真不如這些有一技之長的農民工。

後來他到火車站去當挑工純粹出於一次偶然。那次他從人才市場出來無意中溜達到龍陽火車站，幾個民工模樣的挑工正扛扁擔和繩子「哼唷哼唷」為一些出站的旅客挑運行李。這個場景讓他意識到這個無需學歷和年齡限制的純粹體力活也是一條活路。他打定注意決定「入行」。他沒有弄來扁擔和繩子，而是憑著當年在修造廠練就的一點焊接底子弄了一個兩輪拖車。翌日便帶著新式裝備「入駐」車站開始「挑工」生涯。相比其他扁擔的肩挑擔扛，他的拖車不僅運量大而且省力，第一天下來竟掙得一百零五塊錢。天色微暗之際，他一身疲憊地坐在拖車上數著汗涔涔的鈔票，看著那些還在汗流浹背挑運的同行不禁得意洋洋：科技果然是第一生產力！但第二日當他精神抖擻地再來到車站開工時，幾個操著河南口音的挑夫圍住他要他滾蛋。他火從中來，一反以前的老實孱弱，猛地從地上抓起一根鋼管大吼道：「要我滾蛋？要滾蛋的是你們這些外地人！」他這副拚了老命的架式和一口地道的龍陽話讓幾個農民工首先怯了三分，對峙一會後，農民工悻悻離去了，一個嘀咕道：「城裏人也跟俺們搶苦力，沒活路了喀？」

當秦文夫威風八面嚇退了競爭者的要脅後，他的挑夫生涯也並未持續多久——在一次給別人卸貨時不慎扭傷了腰，他不得不回家臥床休息。直到這時，白芬才知道他辭職的事，便訓斥他起來：「你也真夠傻的，不就辭職了嗎，多大個事！沒事做就跟我一起擺餛飩攤，就你這身子骨是幹苦力的料嗎？」

話雖這樣說，但夫妻倆守一個餛飩攤，何年何月才能將房貸還完？而且秦東東還沒畢業，用錢的地方多。所以在床上沒躺一個星期，他迫不及待地繼續上街找事做，受傷的腰身自然不能再承受運貨的重事，但如何再去另找一份合適的差事又令他一籌莫展。一天他路過以前住過的八里墩，發現曾經破破爛爛的修造廠家屬院早已銷聲匿跡，取而代之的是兩幢快要封頂的聯體寫字樓。秦文夫對著故地一陣傷懷感歎時光飛逝日月如梭，正當他多愁善感之際，一個提著鳥籠正在散步的老漢叫住了他：「這不是老秦嗎？」秦文夫循聲望去，認出眼前的老漢是以前家屬院一起住的鄰居老侯頭，但他此時一身的衣著光鮮與從前的邋邋遢遢判若兩人。秦文夫笑著跟他打招呼：「幾年不見，老哥發財了？」老侯頭笑了笑說：「發財？——差不多吧。如果你不搬走，現在也發財啦！」秦文夫聽之呵呵一笑，老侯頭接著說：「大前年廠裏將咱們住的家屬院以及附近幾個破倉庫賣給了一個開發商蓋寫字樓，我們一起住的十多戶人家都獲得了拆遷賠償，除了還建房補償還有貨幣補償，最走運的是胖嫂，她家買了你家那間房後，面積比別人了一倍，結果獲得了三套房子外加六十多萬補償費，如果你不搬走，她那些拆遷賠償有一半就是你的啦……」秦文夫這時已經笑不出來了，內心掠過一陣狂風掃落葉般顫抖，同時又像被萬根銀針扎過似的痛，老侯頭後來說什麼他已經聽不清楚了，恍惚中聽老侯頭問他現在住哪，是不是還是以前的紅光小區，他機械地回了一句不在了搬到了華鳴新都，末了加了一句：「那是好房子。」最後老侯頭走的時候說了一句：「那你也發財了吧？有時間一起喝酒，咱們老哥倆好多年沒一起喝酒啦。」秦文夫訥訥的儘量臉堆笑容地點頭說好。待老侯頭走後他一個人失魂落魄地靠在身後的梧桐樹上，渾身上下有一種感冒之後打擺似的發冷，一股從未有過的後悔和怨恨令他猛然連抽自己幾個耳光，之後又雙手抓著頭髮一頓亂扯，混濁的老淚順著臉頰淌淌而出，他對著身後的梧桐樹一陣拳打腳踢，直到手指血肉模糊才順著樹慢慢蹲下來，像孩子似的號啕大哭……

回到家天色已黑清，他看到妻子沒有出去擺攤而是失魂落魄坐在客廳裏發愣，衣服後背上沾著褐色塵土以及星星點點的白色麵粉。她面前的茶几上放著一個裝有餛飩皮和餛飩餡的塑膠盆，盆已裂開了一個大口子，裏面的餛飩皮許多沾了黑色塵土。他一驚忙問妻子出了什麼事，白芬捋了捋耳邊的頭髮有氣無力地說了一句：「攤子被城管收去了……」秦文夫聽罷心一涼，呆呆地喃喃自語：「完了，老天爺在把我們往絕路上趕啊。」

在這個寒風凜冽的黃昏白芬出攤沒多久剛剛賣出三碗餛飩的時候，一群城管開著麵包車摩托車小貨車呼嘯而至，集市門口外賣燒餅的賣水果的賣鞋襪的擦皮鞋的各類小販立刻如驚弓之鳥倉惶四散；唯獨白芬守著她的餛飩攤鎮定自若巍然不動。當兩個城管架起她的餛飩車往貨車上送時，她死死地拽著車質問他們憑什麼這樣做？一個高個城管愣看了她一眼，似乎驚疑這個女人怎麼會問出這樣一個白癡問題。「什麼憑什麼，你佔道經營！」白芬不甘示弱：「我每個月交了一百塊錢的管理費。」高個城管說：「交了管理費就能隨便擺攤了？要擺要到裏面集市去擺！」白芬毫無畏懼逐條敘說：「第一，我已經向市場管理處交了錢，我就有權利在這裏擺攤，你們無權趕我；第二，如果我算佔道經營，那說明這裏禁止擺攤，那麼市場管理處就不應該收我管理費；第三，市場內隨便一個攤位每月就得租金五六百，我小本生意一個月才掙千把多塊，叫我如何承擔得起。」一高個城管不耐煩了：「別囉哩叭嗦的，我們不管這些，你去跟管理處的人說，這車今天非拖走不可，明天去城管大隊交罰款！」他喊來幾個年輕同事，三下五除二就將餛飩車架上了他們開來的貨車上。白芬趕過去阻攔，被高個城管手臂一擋一推，摔倒在地，費了好半天她慢慢爬起來；她坐在尚未收走的一條塑膠小板凳上，看著滿地散落的餛飩皮和餡料感到心裏空蕩蕩的，想哭卻哭不出來……

面對如何討回餛飩車以及交納數額不菲的罰款，秦氏夫婦一籌莫展。秦文夫耷拉著腦袋唉聲歎氣，滿腹抱怨命運不公抱怨上天把他們秦家往死路趕。白芬喝斥道：「你甭說喪氣話！以前發生那麼多事我們挺過來了，這算什麼！明天我一個人去城管大隊！」

翌日她穿戴整潔果真獨自一人去了城管大隊，她帶上的並不是罰金而是兩個饅頭和一瓶水。她沒有哭沒有鬧沒有找領導撒潑，而是端坐在城管大隊大廳的長椅上一坐一整天。其間有工作人員問她是幹嘛的，她平靜地回答是來要餛飩車以及鍋碗瓢盆的，工作人員問她罰款交了沒有，她搖了搖頭說沒錢，別人就說不交罰款怎麼要回去東西？她仍然執拗重複那句「沒錢交罰款」，見她如此，工作人員便不再理她了。接下來的日子她每天帶領乾糧和水準時來到城管大隊，下午五點下班之時則準時離開，日復一日天天如此，半個月之後整個城管大隊都知道了這樣一個「天天來上班」要回餛飩攤的倔強女人。又過一個星期一個領導模樣的人走到她跟前久久地看著她說了一句：「你這樣的女人我們第一次見到，我同意你把攤車帶回去，不過如果你以後繼續在市場門口擺攤，我們照收不誤！」

白芬推著餛飩車以及一些鍋碗瓢盆走出城管大隊門口的時候，對著燦爛的冬日暖陽打了一個壓抑的噴嚏。她在街邊一條石凳上枯坐良久，許多天來被掏空的心又一下被一種深刻的悲傷和難過填滿了，她捂著臉嗚嗚抽泣起來……

第二十三章　秦文夫賣血供房

這年元旦，雷鳴以「感情不合，無法共同生活以及不能生養孩子（以前因她發病瘋鬧導致孩子流產）」為由向王貝娜——確切地說是王為青夫婦——提出了離婚。當然，他也不出意料地收到了王氏夫婦的驚愕與斥責，斥責的內容無非是「忘恩負義」、「沒有王家，哪有你雷鳴今天」等等之類的話語，而這些對雷鳴而言已沒有太大的殺傷力，這點只怕王為青也清楚。如今的雷鳴已不是幾年前的雷鳴，不僅身為龍陽一方富豪，在龍陽地產業舉足輕重，而且還是副市長黃智博身邊的大紅人，據說也很得市委趙書記的賞識，他執意離婚，還真拿他沒辦法。王為青知道自己已經不能掌控他了。

硬的不行，只能來軟的。王為青語重心長甚至略帶哀求地對雷鳴說：「小雷，我跟你媽都是五十好幾奔六十的人了，這輩子就娜娜這麼一個女兒。你知道，她只喜歡你只黏你，你要是拋棄她，你讓她怎麼活，她活不成了，我跟你媽這把老骨頭還有什麼活頭？小雷，這些年我待你不薄，你不看娜娜的面子，看在我面子上，不離成嗎？」

雷鳴沒有說話，看著王為青已染雪霜的兩鬢，突然覺得作為一個父親，王為青是卑微和可憐的。他在心裏醞釀著措辭，王為青則搶過話頭說：「我知道你最近一直想要臺北路那塊地，只要你不跟娜娜離婚，我就是拼了老命，也要幫你弄到。成嗎？」

雷鳴不說話了，不可一世的王為青既已卑下如此，他還能說什麼？離婚之事只能暫時擱下。只是讓他沒有料到的是，一個月後，臺北路地塊競拍，華鳴公司在沒有抱太多希望的情況下竟然一舉中標！那塊地他曾找過黃智博幾次，對方一直在搪塞，沒想到到頭來還是王為青幫了這個忙。但他也知道，王為青這次是豁出去了，以他的經驗來看，這不是好事。

果然，半個月後，還沒等他交清這塊地的出讓金，王為青就被「雙規」了。他打聽到，那次競標，王為青動作太急，表現太露骨，連市裏一些領導都看不過去了。雷鳴知道，這是王為青太想幫自己，頓感一絲內疚。他通過各種途徑打探王為青的情況，甚至一度找過黃智博，但對方去中央黨校學習去了。後來，他通過一個朋友聯繫上了市委趙書記的獨生子趙棣。他與趙棣見過幾次面，僅屬於點頭之交，不過這次和趙棣打了一場高爾夫之後，也成了無所不談的好朋友。「我喜歡和爽快的人交朋友。」那個油頭粉面的公子哥說。趙棣開了一家投資公司，也沒見幹出什麼大事，整天晃晃悠悠的，不過對龍陽官場卻瞭若指掌。這次一聽雷鳴說起王為青的事，便一板一眼分析道：「這次王為青翻盤的概率太小，最近從中央到省裏都在提要加大力度調控房地產，堅決打擊一批與開發商錢權交易的官員，王為青是撞到槍口上了。加之，這些年他與你走得太近，得罪不少人，許多人都盼他落井好下石呢。」

雷鳴說：「那他會不會把我咬出來？就算他不咬，以他和我的關係，檢察機關也會找到我。」

趙棣說：「沒有確鑿證據，別人不會動你。更何況，王為青與你是翁婿關係，你們之間的事也只有你們自己清楚，只要他不咬你，你就不會有事！」

雷鳴說：「聽趙公子一席話，勝讀十年書。」

趙棣哈哈大笑：「雷總也會奉承人啊！」

半年後，王為青以受賄罪、瀆職罪被判有期徒刑十二年，雷鳴則安然無恙。為了穩住王為青，雷鳴不僅沒再提跟王貝娜離婚的事，還又讓她懷了孕。並且將這一訊息通過王夫人反饋給身陷囹圄的王為青。後來他去獄中探望王為青時，王為青只對他說了一句話：「好自為之，好好待娜娜。」他發現入獄後的王為青至少蒼老了十歲。

這年冬天，黃智博從中央黨校學習完返回龍陽，當天晚上，雷鳴就提出為他接風洗塵，但黃婉拒了。後來雷鳴說了句「趙棣也去的」，對方又改口答應了。

雷鳴在龍華大酒店設的飯局，趙棣最先到的。雷鳴熱情說道：「趙公子真是太給雷某人面子了。」趙棣哈哈大笑：「雷總請客我豈敢不到？」除了請趙棣、黃智博，還請了市規劃局局長段國華。

「最近我對風投也有點興趣，趙公子要是有什麼好專案，一定要關照我啊！」雷鳴跟趙棣聊起了天。

趙棣爽快地說：「沒問題，最近我就在跟蹤一個專案，有點眉目了，過些時我把計畫書拿你過目一下，有錢大家一起賺嘛！」

「好，沒問題！」雷鳴說。

黃智博、段國華來後，四人一陣寒暄，黃、段二人都對公子哥趙棣挺恭敬，雷鳴知道這其實是對背後的趙書記的恭敬。飯局過後，四人玩起了麻將。幾圈下來，趙棣「贏」得最多，雷鳴「輸」得最慘，不僅「輸」給了趙棣，也「輸」給了黃、段二人，「輸」的數目都在五位數以上。

吃喝玩樂過後，段國華送趙棣回家，雷鳴送黃智博回家。在車上，黃智博漫不經心問了一句：「跟他什麼時候認識的？」

「他？哦——」雷鳴打了一個酒嗝，「不久前通過一個朋友介紹的，打了幾場高爾夫球。」

黃智博「哦」了一聲就不再說話了。雷鳴問他這趟中央黨校之行收穫如何。

「就那樣！昨天畢業典禮，中央領導去講話了，說現在金融危機還沒有過去，四萬億的投資要落到實處，保八的任務很重，要各地加快經濟建設的步伐。」

「我們龍陽也要大幹特幹了？」

黃智博沒有直接回答，只是說叮囑他：「ＲＢＤ項目你要抓緊抓好，過兩天，我還要跟趙書記提議，適當調高今年龍陽市ＧＤＰ目標。」

雷鳴從包裏拿出一個精美檀香錦盒遞給黃智博，黃智博瞟了一眼，正色道：「跟你說過多少次，別弄這號事……」雷鳴連忙點頭：「是，是，——這是一個朋友送我的一幅字畫，我一粗人哪懂這個？也不知是真品還是贗品，您是行家裏手，借您的法眼幫我看看。」黃智博接過錦盒打開一看，仔細端詳一番，眼睛閃過一縷火紅的灼熱之色，「朱耷的字……」他聲音有些哆嗦。雷鳴看在眼裏，隨口說道：「一定是贗品，玷辱市長的眼睛，我扔了算了。」「別，別！」黃智博連忙制止道，「贗品也有贗品的價值嘛，臨摹也是一門學問。」雷鳴順水推舟道：「那好吧，這不值錢的玩意就有勞您帶走了。不過，先說好，您可別批評我這是行賄，那我比竇娥還冤了！」黃智博用手指指他：「你這小雷，讓我說你什麼好。」

雷鳴臉上笑著，心裏卻暗罵道：媽的，裝模作樣！

過了兩個月，趙棣果真拿著專案計畫書來找雷鳴，雷鳴隨便翻了翻，就在計畫書簽了字，又和趙棣簽了一份合同，然後便將六百萬打入了趙棣提供的帳戶裏。簽完合同後，兩人又去近郊打了兩場高爾夫，打完球，又去一家豪華會所裏泡溫泉，泡完溫泉又享受美女的泰式按摩，直玩到晚上十二點，雷鳴接到岳母王夫人打來的電話，對方在電話那頭著急地大叫：「娜娜快生了，你在哪？」

「你趕緊送她去醫院啊。」雷鳴吃了一驚。

「是正在送她去省婦幼。」

「行，那我馬上過來。」

雷鳴連忙開車朝市區趕。快到市區的時候，王夫人又打來電話，語氣急切：「你怎麼還沒到！醫生說娜娜難產，嬰兒塊頭在，卡住了……醫生讓你快點過來拿主意！」

雷鳴說：「你是她母親，你一樣可以拿主意啊！」

「母親能代替得了丈夫嗎？這要你做丈夫的簽字！」王夫人說，「你是不是覺得老王進去了你就不管不顧了，你這樣對得起老王嗎！」

雷鳴最煩她這樣說，索性掛了電話。過了一會，王夫人又打來電話，這次帶著哭腔：「醫生說嬰兒的腦袋和一隻手卡在陰道外面，娜娜現在很危險，快撐不住了……」聽到「撐不住」三個字，雷鳴心裏咯噔了一下，像是突然意識到了什麼，他將車緩緩停到路邊，想了想，卸下了手機電池。他走下車，來到路邊一個花壇旁上坐下，點了一根煙，平靜地抽了起來。子夜的大街上汽車依舊川流不息，泛起的噪音急促而刺耳，偶爾有三三倆倆的行人經過，飛快地步伐像車雜訊一樣急促。雷鳴隔著繚繞煙霧打量街上夜景，像是回顧自己三十多年的人生歲月，神情專注而深沉。抽完了三根煙，他看了一下表，半個小時已經過去，他才上車，向醫院急駛而去。

醫生看到他來，訓斥道：「你是王貝娜的丈夫吧？怎麼現在才來？孕婦都沒得救了！」雷鳴沒理她，兀自走進產房。王貝娜安靜地躺在床上，臉上汗涔涔的，像剛洗完臉沒來得及擦乾，臉色蒼白如紙，而嘴唇則是青紫的。王夫人坐在一邊一動不動，面如死灰，也不看雷鳴一眼。雷鳴在床邊坐下，仔細端詳王貝娜好一會，之後，慢慢彎下身，在妻子青紫的嘴唇上留下結婚五年來第一個深深的吻。

秦文夫走上賣血之路純粹出於偶然。那天在街頭遇到一輛義務獻血車，一個穿白大褂的女孩發著傳單鼓勵行人踴躍獻血。秦文夫正拿著宣傳單細看時，他旁邊一個男人問女孩獻血給不給錢，女孩微笑著說這是無償獻血不給報酬，男人嚷道：「不給報酬我獻啥子血嘛，你當我的血是自來水啊！」女孩微笑著解釋：「某種程度上講，人身上的血確實如同自來水，抽出一點後，身體裏的造血功能馬上會……」男人沒聽女孩說完就嘟嘟噥噥走了。秦文夫賣血的念頭也就是那個時候如風吹青蘋般油然而起。他向女孩打聽到了市中心血站的位置，隨後馬不停蹄走到了那裏，他信步走進一個化驗室找到一個戴眼鏡的女醫師，說他要賣血。女醫師擺弄著手中的器皿頭也不抬地說：「國家現在禁止賣血了，鼓勵無償獻血。」秦文夫心一涼：「但我現在需要錢……」女醫師抬起頭打量他一番：「現在血庫裏正缺血，你獻血的話我們可以給予一定的金錢獎勵，但說好這是獎勵，不是賣血的報酬。」秦文夫暗忖這不是一回事嗎？他問起一百毫升血獎勵多少，女醫師說：「一百多塊吧。」秦文夫覺得錢太少了一些，想了一會打消了獻血的念頭，他轉身走到門口，一思忖又折了回來，說他同意獻血。

後來女醫師將一根細細的針管插進他的靜脈裏，須臾之間腥紅的血液如泉水般汩汩順著透明的膠管流進血袋裏，他突然有一種身體掏空之後身輕如燕的奇異感覺……

他拿著三百塊錢手摁針眼頭重腳輕地踱出血站的時候，對著下午的太陽打了一個響亮的噴嚏，剛走出門口不到十米，一個留著平頭的矮個男人湊了上來，堆著笑臉說：「老哥，借一步說話。」秦文夫轉身打量這個不認識的男人問他有什麼事，平頭依舊笑容可掬：「老哥剛才是賣血了吧？」秦文夫點點頭說是啊，平頭說：「他們給的錢一定不高。」秦文夫說：「你到底要幹嘛快點說。」平頭笑著說：「我給老哥介紹一個賣血的地方，價錢比這高好幾倍，有沒有興趣去試一試？」秦文夫疑惑地盯著這個男人問他是做什麼的，男人說：「甭管我是做什麼的，要是想去就跟我一起去，覺得行你就賣，不行就回來，蠻簡單的事！」秦文夫思忖片刻問他是什麼價錢。「一百毫升這個價。」平頭男人升出四根手指朝秦文夫晃晃。秦文夫一下動了心，但依然滿腹狐疑：「你不會騙我吧？」平頭像是受了污辱似的，伸出小拇指急急地說：「騙你我他娘是這個！」見男人這樣說，秦文夫同意去看看。

平頭男人開著半新的桑塔納載著他七拐八彎來到城南城中村一處民房跟前。這幢沒有任何標識的樓房裏不斷有形色各異的人進進出出。秦文夫跟著平頭進去的時候，看到一樓廳堂裏有數十個人在一張破桌前已排成一隊，桌後坐著一個中年男人正在給排隊的人寫紙片。男人身後掛著窗簾的門洞裏，不時有人手摁左臂或右臂從裏面出來，而空著的手裏捏著喜氣洋洋的鈔票。秦文夫頓然明白了這是一個地下賣血站。他打量起這些賣血的男男女女都面色蒼白或者面帶菜色，從穿著打扮看大都是些民工，以及一些乞丐或者拾破爛模樣的人混雜其中。平頭男人對他說：「怎麼樣，沒騙你吧？如果想賣趕緊排隊去！」平頭丟下他去忙別的事去了。秦文夫想了想最後一咬牙排在了隊伍後面。他前面站著一個年紀比他還大的六旬老頭，瘦弱的身子骨彷彿經不住一陣風的吹拂。他沒想到這麼老的人也來賣血，他跟老頭套起了近乎：「老哥這大年紀還來賣血？」老頭轉過臉翻著黑少白多的混濁眼珠，冷冷看了他一眼，操著含糊不清的外地口音說：「問那麼多作甚？來這裏賣血都是走投無路的咯！」秦文夫見狀就不再問了。半個小時後輪到他們。老頭掏出一張卡片遞給桌後的中年男人，男人掃了一眼卡片不耐煩道：「跟你說過你這把老骨頭頂多十天賣一次血，三天前抽過今天又抽，想死啊？你找死我們還不願意咧！」老頭哀求道：「讓俺再賣一次吧，俺等著用錢咯！」中年男人朝門口招了招手，過來兩個年輕後生，不由分說將老頭像拎小雞似的拎到了屋外。秦文夫翹首側望，中年男人敲了敲桌子叫他把卡片拿出來。秦文夫說他第一次來，男人上下打量他一番，從抽屜裏拿出一張卡片，問了他的姓名年紀一一填上之後遞給他：「瞧你這年紀和身子骨，一個星期來抽一次，抽一次勾一次，——進去吧。」他朝旁邊的門努了努嘴。秦文夫收好卡片對男人點頭稱謝，走進旁邊那間光線陰暗的小屋。一個二十來歲長著一個大鼻子的女人正忙著整理血袋，一個穿著髒兮兮白大褂的中年女人見他一進去，便命令他把袖子捋起來，然後拿過一根大針管像給牲畜打針般紮進了他右臂的靜脈裏，同時不忘問他要賣多少毫升；秦文夫忍著一陣錐心的痛伸出了兩根手指，剛才在中心血站那種被掏空的不舒服之感又一次重現，而且來得更加強烈。

他拿著大鼻子女孩遞過來的八百塊錢，右手摁住手臂上的針眼剛走出門口，平頭男人不知從何處突然冒了出來，笑兮兮問道：「怎麼樣老哥，沒騙你吧？」秦文夫擠出一絲苦笑算是回答，平頭伸出手說：「拿來吧。」秦文夫一愣，問拿什麼。平頭說：「錢啊，每一個我介紹過來的新人都得付三百塊，算是酬謝費，這是規矩！」秦文夫驚叫道：「你去搶吧，我賣血的錢憑什麼給你？」平頭聽罷，臉上的笑容像初雪遇烈日般頓時消失得無影無蹤，他打了一個響指，剛才拎老頭出去的兩個兇神惡煞的年輕後生又過來了，秦文夫見罷一陣畏怯，支支吾吾地說：「我又沒說不給，只是……三百太多了……」平頭說：「老子跟你講，你今天不給錢甭想跨出這個門！還有，你以後莫想再來這裏賣血了！」秦文夫膽怯地問：「給了這三百，以後再來賣血還給不？」平頭臉上適才消失的笑又重新歸位：「以後來不用給酬謝費了，但每來賣一次得扣一百塊錢的手續費。」秦文夫驚訝地問：「手續費？這還要什麼手續費？」平頭說：「不要手續費我們白給你們服務啊？」秦文夫還想爭辯什麼，但突然覺得對這種秀才遇到兵的境況去論理實在可笑和沒意義。

他付了錢離開陰暗的屋子來到城中村的入口處，剛才那個沒賣成血的老頭正坐在一處土堆上抹淚，土堆過去不遠有一家小餐館。秦文夫走過老頭身邊跨進小餐館，要了一盤爆炒豬肝和一壺黃酒——他以前看《許三觀賣血記》，許三觀每次賣完血後要吃這兩樣東西補血——他坐在餐館的一角吃著豬肝喝著黃酒；隨著食物的填充和酒精的刺激，感覺剛才被掏空的身體正一點一點聚斂歸位。

透過門窗他看到那老頭還坐在土堆像孩子似的抽泣。他問酒館老闆那老頭是怎麼回事。老闆歎口氣說：老頭老家是河南焦作的，老伴早死了，有兩個兒子，大兒子是傻子在家裏種地，小兒子去年到龍陽一家工地來打工，前兩個月從四層腳手架上摔下來昏迷不醒，工頭給了三萬錢後便撒手不管，現在兒子躺在醫院裏沒錢交藥費醫院打算停藥，老頭只好來賣血，但這一把年紀，他想賣別人也不敢要，怕抽血抽死了。

秦文夫聽罷心裏一陣戚然。他走出去叫老頭進來跟他一塊吃，老頭睜著混沌佈滿血絲的眼睛呆愣愣看他。秦文夫重複一遍：「進來吧，我請你喝酒！」老頭這才跟他一同進來。他又要了一盤爆豬肝和一盤豬血。老頭並不客氣，拿起酒菜一陣狼吞虎嚥。彷彿被揉搓過似的臉皮因劇烈的咀嚼像狂風掃過湖面一樣皺褶叢生。

吃完飯分手之際，秦文夫掏出五十塊錢遞給老頭，說是一點心意湊著給他兒子治病。老頭激動地張大著缺了幾顆門牙的嘴巴，推脫死活不肯要：「你也是造孽人喀，不到走投無路不會賣血哩，賣血的錢俺不要！」秦文夫將錢硬塞進他手裏，轉身拖著沉重如鉛的腿走出了城中村。

從那以後，秦文夫遵循著一個星期賣一次血的頻率準時出現在那個偏遠的地下血站，每個月的賣血收入恰好夠付每個月的房款按揭；與此同時他在一家圖書公司找到了一份校對兼職的活。他沒有向妻兒透露任何有關賣血的蛛絲馬跡，只是表示他的收入完全來自於他的兼職，同時不忘將他兼職的份數由一份誇大到五份。白芬最終將她的餛飩攤搬進了市場內，為此她每月多付了五百塊的攤位費，當她拿著丈夫每月交上來的一遝鈔票時，實在沒功夫去理會這錢是幹什麼掙來的。每次拿到錢後片刻不誤地走到銀行交上貸款，以防像前兩月一樣未能按時還款被追加罰款的事重現。

秦文夫在那個地下血站裏時常能碰到那個垂垂老矣的賣血老頭，有時兩人賣完血後一起來到那家小酒館要兩血炒豬肝一瓶酒喝上幾盅。秦文夫從老頭嘴裏得知，他躺在醫院的小兒子終究沒有救活，上個星期已經死去。老頭說起兒子的死已沒有太多的悲哀，秦文夫看到他佈滿血絲的眼睛混濁而空洞，像一雙沒有血肉的假眼。他問他還去不去找工頭。老頭搖了搖頭：「算咯，沒球用。那些人太霸道咯！」秦文夫問他以後有什麼打算，老頭說他打算再賣半年血，回去給大兒子娶個媳婦，「他都四十了還打著光棍，俺不能讓家裏絕後……」秦文夫勸他早日回去，年紀大了賣血會出事。老頭不肯，他沉沉說了一句：「賣血比種田划得來咯……」

胡逸文在報社幹得風生水起。

元旦過後，總編將逸文從社會新聞版調到房地產專版，在時報所有專版中，地產版分量和油水最厚，是報社廣告大戶。總編此舉，顯然有賞識和提攜逸文之意。近大半年來他以「古義」為筆名發表的幾篇關於房地產的報導和批評樓市的時評（其中就有對華鳴集團圈地擴張、助推房價的抨擊）取得了很好的社會效果，讓總編對他刮目相看。而這些報導則讓雷鳴大為光火。他打電話給黃智博，指責《龍陽時報》「邪風亢奮」：「這不是給龍陽房地產業抹黑嘛？再這樣下去肯定不利於龍陽整個經濟大環境的和諧嘛……」總編頂住了壓力，不過也交待胡逸文做房地產報導時，只作行業和樓市分析，少作評論。

專版主編老楊是個熱心腸，第一次帶胡逸文去採訪某個樓盤的推介會，就給他授業指導：「搞這個專版沒啥，就是要會寫一些名為報導實則馬屁的軟文。開始寫可能有點不適應，寫多了就好了。」要採訪的開發商是萬園（龍陽）公司，他們抵達樓盤人潮洶湧的營銷中心的時候，一個戴眼鏡的銷售經理經理熱情接待了他們，給了他們一些資料：「二位記者辛苦了，你們多看看，多拍拍，怎麼寫，還是老規矩。」他似乎跟老楊很熟，逸文看到他將老楊拉到一邊，悄悄給了他一個信封；老楊給他嘀咕一句什麼，那經理又給了一個信封，還看了逸文一眼，然後就一邊忙去了。老楊走過來將文件遞給逸文：「這次就你來寫吧，字數在三千字左右，半個版。」逸文問：「不是要採訪嗎？」老楊笑了：「採訪啥啊，就按他們提供的文件寫！你寫的時候要突出這個樓盤的認籌如何火爆如何熱銷就行了。」逸文將文件翻了翻，上面無非是一些介紹樓盤品質如何超群、交通如何便利、配套如何齊全以及認籌如何火爆之類的文字，其中也少不了一些購房者對樓盤如何滿意的言論。老楊將一個信封遞給他：「這是你的車馬費，剛才那傢伙看你是新面孔，不想給，我為你爭取來的。」逸文打開信封一看，是五百元現金，他苦笑一下：「這就是所謂的『油水』吧？」老楊一笑：「現在這一行都這樣。」逸文注意到來看房的人很多，其中多數是些老年人。他納悶問道：「按理說，購房者應該是以中青年為主呀，怎麼盡是些老頭老太？難道都是些托嗎？」老楊又笑了：「很正常，不然哪來的『火爆』氛圍？走吧，我們去那邊拍幾張照片。」

地產專版一個星期出三期，每天逸文就跟著老楊輾轉於龍陽市各個樓盤，拿文件，拿車馬費，寫稿，上版，以前他只聽聞媒體為樓市的火爆當吹鼓手，深入其中後才真正見識了媒體是如何為樓市瘋狂添磚加瓦又如何從這種瘋狂中分得一杯羹的。他憤憤不平地對妻子周曉妍說：「我們這處專版一共十六個版，除了兩個用來發房地產有關政策以及樓市的稿子外，其他十四個版都用來發那些垃圾了，一個版一百二十萬，十四個版就是一千六百八十萬，專版一個月要出十二期，你看看報紙一年要賺多少錢？這還不算正刊的地產廣告。」曉妍說：「你管這些幹嘛？只要你的收入增加就行了。」逸文書生氣又來了：「我自己深受高房價之苦，現在反而為高房價吹鑼打鼓，也真夠諷刺的！——越幹越不想幹了！」曉妍啐他：「你活了三十多歲，怎麼越活越沒腦子？現在整個大環境都這樣，靠你一個人改變得過來嗎？」逸文懶得跟妻子爭論下去，他心底已經有了重新調回社會新聞部的打算。

幾天後他向謝偉表達了他的想法，謝偉直罵他傻：「你知不知道有多少人盯著那個肥缺？你知不知道在報社裏除了醫藥這塊之外就數房地產油水最厚？」逸文說：「我當然知道，我還知道這些年來房價像打了雞血似的扭曲瘋長少不了媒體推波助瀾！我是一直反對社裏為了拉得廣告把開發商們像爺一樣供著，現在讓我去舔他們的屁股，我不是自摑自個嘴巴？」謝偉歎著氣：「我不知該說你傻還是天真，抑或是讚揚你這種不靠譜的理想主義……」逸文說：「說我什麼都不重要，每個人有自己的處事底線。——就這麼簡單。」

逸文沒有將事情告訴曉妍，但春節行將來臨之際還是被她知道了。夫妻倆在大年初一便大吵了一架；吵完架後曉妍一連好幾天沒理丈夫。胡母直搖頭歎氣：「大過年的就這樣吵，今年肯定兆頭不好。」胡母沒有想到，她的這句嘆詞在幾個月後竟然一語成讖。

第二十四章　秦文夫之死

雷鳴在陽春三月召開的省代會上被選為人大代表，加之他先前在龍陽市兼得的市青聯主席，他在仕途上的經營已經順風順水。此時的他不僅作為一個成功的企業家，更多的是作為一個社會活動家和慈善家出現在從龍陽到中央的各大媒體上；在前年底他就已經捐出五百萬給希望工程，建造一百所希望小學；此外，他又將目光投向二十年沒有回去過的農村老家胡橋鄉，他捐出兩百萬改造和翻修了從老家到縣城的公路，又準備拿出一百萬將胡橋鄉六所村級小學和一所初中的教舍全部修葺了一遍，讓家鄉小學徹底告別了「外面下大雨，教室下小雨」的不堪歷史；在當上省人大代表的前夕，他又拿出兩千五百萬資金在龍陽市五所教育部直屬的重點大學設立「華鳴獎學金」，以資助和獎勵那些品學兼優但家境困窘的大學生……

清明節，雷鳴回鄉祭祖，順便參加公路改造的峻工典禮。幾十輛豪華轎車組成的隨行車隊延綿近一公里，路經縣城時，不明真相的市民爭相觀望，以為是中央領導下來視察。在老家胡橋鎮胡家坳村，村民們一個月前就被動員起來作為接待工作；去年年中動工的整個胡橋鄉最為豪華氣派的雷氏祖屋已經完成室內裝修，許多村民正在幫著清掃屋內的垃圾；修葺一新的雷氏祖墳已有村民在輪流看守。這兩個鐫刻著濃厚雷氏宗族色彩的大工程是雷鳴的二叔力求修建的。這個一直輾轉於深圳各大工地的精明漢子直到去年初才知道多年杳無音信的侄子竟已成了一方富豪，一開始他從報紙上看到雷鳴的名字時還以為一個同名同姓的人，後來看到照片才確信了這一點。而確信之後，他立刻丟掉了深圳小包工頭的活趕來龍陽。雷鳴對這個當初領自己出去闖蕩江湖的二叔一直心懷芥蒂，但對他將自己養大也深懷感激，在二叔到達龍陽後，立刻讓他過上了養尊處優的生活。今年春節時，二叔提議翻蓋老家祖屋和祖墳，理由不容置否：「我們雷姓以前在村裏是外姓，特別是我們雷家，家薄人丁少，一直被別人欺負。今兒個你發達了，得撒泡尿在那些曾經欺壓過我們的龜孫子頭上！……咱叔侄得把祖屋重新蓋過，再把祖墳重新修過，這都是光宗耀祖的大事兒，也讓村裏人瞧瞧……」二叔的提議讓一直有意但無時間做此事的雷鳴正中下懷，他立刻出資讓二叔全權負責此事。與此同時，他也將給家鄉修路修學校的事提上了日程。對修學校二叔並不感冒：「那是政府的事，要你操閒心幹啥？你不記得當年大冬天你穿條破褲子上學，露了半個屁股在外面，老師和同學都嘲笑你的屁股是世界上最涼快的屁股？」雷鳴當然記得，不過他沒有理會二叔的反對，以二叔的短淺眼光並不理解他修路修學校是為了獲名聲撈政治資本的真實原因……

中午時分，浩浩蕩蕩的車隊到達村口，村民們堵湧在土路兩旁爭相目睹那個當年像瘦猴似的如今已大富大貴的雷家小子。西裝革履紅光滿面的雷鳴從一輛豪華悍馬下來，跟他一起下來的還有縣裏鎮上大大小小的幹部和公司的隨從。一下車，雷鳴謙和地和父老鄉親熱情握手，他「叔啊」、「嬸啊」地叫著，給男的派煙給女的發禮物，言行舉止根本不像一個身家過億的富豪，反倒像一個時隔多年歸家的遊子。由村支書親自領路，他先去了祖墳上香祭拜。祖墳位於一處丘陵上，此丘陵是村裏的墳山，村裏人死後一般都安葬於此。雷家的祖墳在丘陵西側，被一簇簇蔥鬱的矮腳松環繞，曾經寒酸的墳塋在經過整修之後面積已經擴大了十倍，成為整個墳山最為氣派的墳塋。在亡父亡母的鋪著紅地毯的墓前，雷鳴虔誠跪下恭敬地磕著響頭，與此同時，熱鬧鬧的鞭炮呼隆隆響了起來，炸響了雷家壓抑多年的風光……下午他們一行人去了氣派的雷氏祖屋安營紮寨，同時宴請父老鄉親的五十桌流水席已拉開架勢；到了晚上，流水席已增至八十桌，赴宴的不僅有本村的人，還有聞訊而來的鄰村人；縣上的電影隊也趕至胡家坳村，為雷鳴的回鄉祭祖放起了專場電影……電影結束後，年近六旬的村支書畢恭畢敬地請雷鳴給村人講幾句話，雷鳴拿起話筒首先感謝這些年來鄉黨們對他家的照顧，也感謝為他家修屋修墳出力的鄉親，為了報搭曾養育了他的這塊土地，他宣佈了三件善事：一，整個胡家坳村每家每戶贈送一千元人民幣；二，本村學生娃無論男女只要考上高中或中專的每人獎一萬，考上大學的每人獎兩萬；三，投資三百萬在鎮上開辦一家食品廠和一家水泥廠，以促進老家的經濟發展。他每宣佈一條，底下上千名鄉親便歡呼一次，待他三條說完，底下已是掌聲雷動歡呼聲響徹多年來沉靜的鄉村雲霄；上了年紀的老人張著缺了幾顆門牙的嘴巴半是嫉妒半是感慨：「想當年雷家就是一個上不得臺面的破落戶，誰料到會結出這麼粗的一根大黃瓜，難道他們家祖墳真是葬上好風水了？」

鄉村靜謐的氛圍和清新的空氣讓雷鳴度過了兩天難得的閒愜日子，下午決定返回龍陽；中午二叔和村支書來找他，他們拿著一張帳單和一摞鈔票給他彙報鈔票發放情況：「每家一千塊錢全部發下去了，但逸文家沒要。」

「他也回來了？」雷鳴問。

「回來了。但昨天就走了，」支書說，「他現在在省城當記者，也算咱村裏出去的一個人物，鎮上的中學校長通過我，還想請你和他一起去學校給娃娃們作演講，講講你們的成功故事。」

「也不知道他得瑟什麼？錢沒要，前天流水席也沒到，不就是一個破記者嗎？」二叔鄙夷地說。

雷鳴嘴角撇了撇：「書生嘛，窮清高。」村支書問他有沒有時間去演講，他婉拒了，說他下午就要起身回省城。

胡逸文清明帶著曉妍和恬恬回老家給父親掃墓，親眼目睹了雷鳴風光的車隊風光的排場以及風光的流水席，曉妍說：「這難道就是所謂的衣錦還鄉？」逸文冷冷地說了一句充滿哲學意味的話：「月滿蝕虧。」當天晚上他沒有赴宴，第二天村支書和雷鳴二叔將雷鳴派下來送一千塊錢送到他家，支書說：「村裏每家都有份，你算是城裏人了，但你媽戶口還在村裏，也算作一份。」胡逸文乾脆俐落地拒絕了這筆錢，支書很驚訝：「別人都嫌少哩，你怎麼還不要哩？」逸文說：「誰要你給誰反正我不要！」雷鳴二叔說了一句「不識抬舉」拉著支書嘟嘟囔囔走了。逸文冷笑道：「果真是爆發戶的做派！」曉妍對沒要這錢略感遺憾，畢竟那相當於她半個多月的工資。胡逸文啐她：「你想要就去拿啊他們還沒走遠。」曉妍瞪了他一眼。這天下午，他們一家三口就搭車返回省城了。

回到家沒將行李放下，突然接到秦文夫的兒子秦東東打來的電話，秦東東在電話裏哭著告訴他他爸死了，出了車禍。

「咣噹」一聲，逸文的手機掉在了地上，他坐在椅子整個人一下僵住了……

春節過後，秦文夫越來越感到自個身子骨的虛弱無力，他把這歸結為年老體衰以及賣血的頻繁，於是他將賣血的次數由先前的一月四次改為了一月三次。

在那個地下血站，他很長一段時間沒見到那個賣血老頭了，他估想他已返回了河南老家。每次再去城中村村口的小酒館，兀自一人吃著豬肝喝著黃酒，無形之中有了一種失去了一個位老夥伴般的傷感。正月快要結束時，一場紛紛揚揚的大雪覆蓋了龍陽市的邊邊角角，秦文夫打算過完正月賣完最後一次血就暫停一段時間，休息兩個月。那天他賣完血後拖著疲憊無力的身體照例走進小酒館，當熱氣騰騰的爆炒豬肝和燙得發熱的黃酒剛一上桌，隔壁桌兩個民工模樣男人的談話引起了他的注意。一個年紀大的說：「……又死了一個……年後俺們尋點別的事做，莫來了……」年紀輕的接過話茬兒：「都是進棺材的貨了還來賣血，不死他死誰？」秦文夫心底一驚，湊過去問誰死了，兩個民工面面相覷，年老的人說是一個賣血的老頭，秦文夫忙問：「是個什麼樣的老頭？是不是七十多歲白鬍子額頭有塊瘢老家是河南焦作的？」年老的說：「是啊，就是他，你認識？」秦文夫癱坐在椅子上喘了一口氣又問起老頭是怎麼死的。年輕的說：「誰知道！有的說是抽血抽死的，有的說是感染愛滋病死的。」

秦文夫聽罷心底一寒，搖搖晃晃坐到自個的座位上，感覺呼吸有點困難，待情緒完全平靜後，他朝酒館老闆喊道：「再來一份炒豬肝，再加一副碗筷……」

從小酒館出來，一股強勁的冷風撲面而來，讓他打了一寒顫的同時，適才被酒精麻醉的神志頓然清醒了不少。他沒有在村口等車，而是晃悠著腳步踩著皚皚白雪的馬路朝市區走去。寒冷的天氣加重了他傷感，他覺得老頭的死是一個滿貯含義的徵兆，儘管不能確定這個含義到底是什麼，但他冥冥之中預感到了它的不祥意味……

第二天晚上他就暈倒了，那時白芬已出去賣餛飩，他準備做好家務去給妻子幫忙，他正躬著腰拖地板，突然一陣暈厥，栽倒在地。過了好一會才從冰涼地面爬起，渾身無力，身輕如紙，同時關節伴隨著不可名狀的疼痛。他坐在沙發上休息半晌。他給白芬打了個電話，說身體不舒服不能去幫忙了。他早早上床休息，原以為睡上一晚，第二天能康復如初。但翌日一起來，不僅原先的症狀沒有消失，又增添了頭痛、發熱、喉嚨痛以及一種說不出來的不適感。他將這種身體不適視為感冒，在小區門口的小診所打了兩天針，但病恙並未消除。這時他的心開始紊慌，聯想到那個賣血老頭之死，他突然感到害怕。次日便抽了一個時間去全市最好的醫院檢查。開始一個禿頂醫生左測右檢也查不出他得了什麼病，便建議他去驗血。檢驗報告下午就出來了，拿到報告的一剎那，秦文夫如遭五雷轟頂——報告明白寫著：ＨＩＶ陽性。

檢查的醫生也大驚失色，他讓秦文夫待在原地別動，他去上級彙報情況。醫生一走，秦文夫回過神來，下意識地跑出了醫院。他腦袋一片空白，像塞滿了棉花又像撐進了一個大鉛球。他沿著街道跌跌撞撞走著，身旁走過的行人和車輛如同天邊的雲，飄渺不定。他不知道這樣走了多長時間走了多少路，到家時暮色如磐，那時散離身體的魂魄才逐一歸位。他沒有上樓，在樓下的長椅上呆呆坐著，寒夜陰冷如刀，他沒感到絲毫的冷。時間彷彿過去了很久，一陣手機鈴聲將他喚回現實。他木然拿出手機一看，妻子白芬五個未接電話赫然在目。他這才想起寒夜在外賣餛飩的妻子。他站起來連忙往小區門口走，還沒到門口，就瞅見白芬推著一個車艱難地走過來，路燈下頭髮花白，走近了看原來是結了一層白霜。秦文夫迎過去，接過推車。白芬對他一頓訓斥，問他死哪去了，一整天不回個電話，讓她一個女人在外面受冷受凍。秦文夫一聲不吭，推著車回到家，默默地收拾鍋碗以及未賣完的餛飩。這時，白芬驚叫起來：「老秦你怎麼了？臉色這麼差？」

秦文夫「哦」了一聲，半晌才囁囁道：「感冒了，還沒好。」

「那你別忙活了，我來收拾。」白芬說。

「快弄好了，你去泡泡腳吧。暖水瓶有熱水。」

這天晚上，白芬睡到半夜醒來，發現秦文夫和衣靠在床邊沒睡，緊握著自己的手，深情地看著自己。白芬吃了一驚問他怎麼還不睡。秦文夫朝她擠出一絲笑，說道：「以前的你的手嫩得出水，現在變得粗糙多了。」白芬披衣坐起來，啐他道：「都五十歲的人了，不粗糙才怪！」秦文夫搖搖頭道：「有時候這跟年齡沒關係，跟生活有關係。這二十年你跟我受了太多苦太多委屈，我心裏清楚也痛。也是我沒本事，不能為你創造哪怕一點安逸的生活。我對不起你！」說著，聲音哽咽起來，眼裏噙閃著淚花。

「現在說這些還有什麼用，苦日子快到頭了，等東東大學畢業了，不什麼都好了？——只是你今天很反常，無由頭說這些。」白芬道。

「沒什麼，只是有些感慨。」秦文夫摟過妻子，愛憐道。

「我們有一年沒那個了吧，每天起床貪黑，累得臭死，也沒哪興趣，今天要不要……」

「算了算了，」秦文夫連忙道，「感冒了沒興致，明天我們都要早起，這樣摟著挺好。」

「嗯，這樣摟著好，你好多年沒這樣摟我了。」白芬說這話時聲音像個懷春的少女，而秦文夫則聽得心裏一痛。

第二天，秦文夫在那家小雜誌社上完班，就去了兒子秦東東所在的大學。找到寢室時，天色已黑，秦東東並不在。一個胖胖的同學告訴他，秦東東在餐館洗盤子，「就是學校東門那家名叫『好時光』的餐廳。」秦文夫問道：「這麼晚了，他還去洗盤子？」該同學說：「伯父，秦東東真不簡單，每天在外面打工，成績在班裏也是數一數二。只是這次系裏保送他讀研，他要放棄，太可惜了。」秦文夫一驚：「有這事？沒聽他說過。」

該同學說：「是的，他說要早點出來工作，幫家裏減輕負擔。」

秦文夫連忙趕到學校東門，在名為「好時光」餐廳的廚房裏找到了正洗碗洗得熱火朝天的秦東東，也許是水冷的緣故，秦東東手指凍得蘿蔔似地通紅。秦文夫拽起兒子就往外走。「爸，你幹嘛呢？爸，碗還沒洗完呢！」秦東東邊走邊說。

「你告訴我，為什麼放棄保送研究生？這多好的機會，別人想都想不來！」秦文夫怒不可遏訓起兒子，因為過於激動，他有些氣喘吁吁。

「我不是想早點出來掙錢嘛，幫家裏早點把房貸還完，不想看到你跟媽媽每天那麼辛苦那麼累……」

「胡扯淡！」秦文夫怒吼道，「我們要你掙錢了？要你還房貸了？我跟你媽每天辛苦不算啥，你這樣不聽話才傷我們的心！你知不知道我們對你的期望有多大！」說著到秦文夫猛烈咳嗽起來，眼淚也嘩嘩直流而下。

秦東東慌了，忙說：「爸，你怎麼？你別哭啊！」

秦文夫不願在兒子面前流淚，他擦幹眼睛道：「你明天就去跟系裏說，要保研！」

「好，好，我去我去。」秦東東應承道，他拍父親的後背說，「我明天一定去，你別激動。」

秦文夫情緒慢慢穩定下來，摸自己兒子凍得通紅的手，心底一痛。他跟東東一起去餐廳將餘下的碗碟洗完，隨後父子倆又返回校園。在樹影婆娑的林蔭道中，父子倆有一搭沒一搭的聊著天。

「爸，你今天怎麼到學校了？」

「到這邊來辦點事，順便來看看你。」

「媽媽這兩天好嗎？天太冷了，叫她別出去賣餛飩了，凍病了怎麼辦？」

「你媽的脾氣你不是不知道，她哪聽我的？你去跟她說差不多，她聽你的話。」

「嗯，放假回去我說說她。」

秦文夫在路邊一條長椅上坐下來，他將兒子拉在身邊坐下，沉默了半晌，不經意問了一句：「東東問你啊，要是有一天你有了一大筆錢，你會怎麼用？」

秦東東呵呵笑了起來，「你是說買彩票中五百萬？我沒想過，不過我要是真有了一大筆錢，第一就是把咱家的房貸還完，第二給一筆錢你跟媽媽做養老金，你們就可以安享晚年了，第三，留一筆錢自己讀書，不再去打工，把時間勻下來看書，我要看好多好多的書。」

秦文夫聽罷，心頭一酸，忍住了眼眶的眼花，點頭稱道：「東東不錯，好樣的！」

九點鐘，秦東東送秦文夫去校門口坐公汽。父子倆一前一後走在校園的甬路上，桔黃色的路燈卻將他們的身影拉得一樣長。秦文夫喋喋不休地交待東東要吃飽要穿暖用功學習少打點工家裏不差那點錢。秦東東默默聽著父親的嘮叨，沒有表現出以往的不耐煩；他發現父親的背已經佝僂了，走起路來變得有氣無力，他從沒見過父親像今天這樣蒼老過。他忍不住上前攙起了父親。

到車站後，秦文夫要東東回寢室，秦東東非要看他上公汽，兩人爭執不下，不過兒子終究爭不過老子，最後秦東東乖乖地走回學校，但剛走兩步，秦文夫又追回來：「我送你回寢室吧。」秦東東不同意：「你回去吧，等會沒車了。」秦文夫輕輕說道：「爸想陪你多走一會兒。」秦東東就不再說什麼了。

父子倆肩並肩返回校園。秦文夫將剛才的嘮叨又重複了一遍，秦東東默默聽著，他看到自己的身影比父親的長了一大截；走路時父親跟他貼得很緊，像是緊靠著他而行，他想起小時候自己也曾是這樣貼著父親走路，生怕父親將自己丟下。這個晚上他能感覺到父親的反常，但無論如何不會料到這是父親最後一次和他並肩而行。在父親死後的那段日子裏，他曾無數次回憶起這個寒夜，回憶父親在這個寒夜的點點滴滴，也許在那時父親就已經顯露出了死亡的某種不可名狀的徵兆，只可惜他忽略了這種徵兆，不然他無論如何也要多陪父親一會兒。

在寢室樓下，秦文夫將一千塊錢塞給秦東東，東東不肯接，「我現在打工有錢，你自己留著吧。」

「收下！」秦文夫喝道。

秦東東看著父親一本正經的威嚴，只得收下。後來他跟父親告辭，走進樓內，在上臺階時，回頭望了一眼，發現父親還在看他，父親朝他揮了揮，示意他上去——這是父親留給他的最後一個剪影。

第二天，秦文夫去了一家保險公司，詢問關於意外傷亡保險事宜，最後花了兩千元購買了一份意外傷害險，並將受益人定為：白芬和秦東東。

三天之後是秦文夫五十三歲生日，一大早白芬就去菜場買包餛飩所用的肉餡去了，她給丈夫下了一碗長壽麵，叮囑老秦早點起來吃。秦文夫聽到妻子出門的聲音，他躺在床上不想動，感覺身如紙片，一陣風就能將自己吹走。早春的晨曦如期而至，暖暖的，像一團毛茸茸的枯黃燈光透過窗戶玻璃照進了房間，呈現出一副溫暖如春的色調；他那張瘦削黝黑的臉因為陽光的滋潤，一下變得健康明朗起來，只是一雙本就深陷的眼窩因為消瘦看上去像兩個黑漆漆的深洞。窗外時隱時現傳來人語聲以及幼童們的稚氣的嘻鬧聲。他靜靜聽了一會後開始掙扎著爬起來。他披上衣服扶著牆壁顫悠悠地在房間走動，顫抖著手像撫摸稀世珍寶似地摸遍了每一個房間每一面牆每一個角落每一件傢俱。他慢騰騰地吃完那碗麵，然後穿戴一新，出門，下樓，騎上那輛騎了多年的舊自行車，來到了喧嚷的大街上。春日的陽光照在人身上如同披了一層軟毛毯。儘管每蹬一腳都要費很大力氣，但秦文夫感覺很愜意。他漫無目的地在街上晃蕩著，也不知道晃了多長時間，日頭西斜之時，他來到了妻子擺餛飩攤的集市。他沒有過去，遠遠看著妻子麻利而嫻熟的忙碌著，看著她包餡、下鍋、調作料、收錢、找錢，看著鋁鍋裏騰起一團團熱氣不斷侵蝕妻子曾經美麗的臉龐——他就這樣看著，臉上溫情脈脈，柔情似水，但最後，一串渾濁的淚珠從他深陷的眼眶裏漫溢下來。

在黃昏來臨之際，秦文夫依依不捨離開集市，他在心底向妻子白芬告別；他回到喧鬧的大街上，沿著車水馬龍的大街逆向而行，夕陽打在急駛而過的車身上，泛出一道道刺眼的光芒。他停在一個十字路口，眼睛死死盯著每一輛駛過的汽車。當一輛豪華賓士飛駛過來的時候，他突然拼出全身力氣，蹬起自行車朝賓士車猛撞過去……他感覺自己飛了起來，就像青鳥飛過天空，在落地的一剎那，他看見了西天一朵鑲著金邊的彩霞美麗無比，像極了妻子白芬的臉龐……

胡逸文和周曉妍趕到醫院時，秦文夫的屍體還沒運去太平間。他看到昔日老友那張曾經熟悉的臉已變得極其可怕和陌生：瘦削的臉皮已腫脹得像一個發酵過度的饅頭，蒼白中透著烏黑；深凹的眼珠像死魚的眼珠一樣完全凸了出來，看上去異常恐怖。嘴巴張得闊大嘴唇發青……白芬呆坐在丈夫屍首的旁邊，雙手握著丈夫尚未撕開的手，眼睛紅腫面如死灰，曾經烏黑的頭髮彷彿一下白了半頭；同樣紅腫著雙眼的秦東東一邊安慰母親一邊招呼前來探望的親朋友人，另外還抽出時間與交警、肇事司機交涉。

兩個醫生要抬走秦文夫的屍首，白芬死攥著丈夫的手不肯放，幾個人過來才將她箍得死緊的手指一根根掰開。屍首抬出房門的一剎那，她撕心裂肺喊了一聲「老秦」便暈了過去……

直到凌晨一點，白芬才被秦東東以及幾個友朋送回家安頓好。逸文從秦家出來後，一直沉默不語，曉妍去叫計程車，被逸文制止了。「走走路吧，——心裏堵得慌。」

夫婦倆順著闃靜的大街默默走著，曉妍挽著丈夫的手臂，時不時抬眼望向神情凝重的他。她知道逸文和老秦共事多年，感情深厚，如今對方撒手人寰，他心裏肯定痛苦無比。在街邊一條長椅上，逸文坐了下來，雙手捂臉，手臂撐在膝蓋上，雙肩聳動；曉妍拿開丈夫的手，發現他淚流滿面，「老秦苦命。」逸文說罷大哭起來，釋放出壓抑多時的痛苦。曉妍坐在旁邊安撫丈夫，自己也陪著掉了許多眼淚。

第二十五章　雷鳴「自殺」

日子在按部就班中進行。

這天胡逸文剛去報社，謝偉就告訴他一個消息。市規劃局局長段國華、市人大副主任李方、建行行長董自強三人被「雙規」了。謝偉說：「這是我在省檢察院工作的一個同學透露給我的一個消息，檢察院開始立案調查。這可是條獨家新聞，你再去省公安廳確認一下。這次負責調查抓捕這些官員的不是龍陽市公安局是省公安廳。」胡逸文沒有怠慢，立馬趕至省公安廳，聯繫上了一個叫高誠的朋友。高誠是半年前一次採訪認識的，後來便和這位性子耿直脾氣火爆的員警交上了朋友。有一次他偶然得知高誠妻子所開的美容院發生了一件拾金不昧的事：一個顧客做完頭後落下一個裝有重要證件兩張信用卡以及幾萬元現金的包，高妻幾經周折聯繫到失主終於完璧歸趙。逸文迅速將其寫成一篇新聞登在報紙上，令美容院聲名遠播也帶來滾滾財源。高誠對他越發信任，時不時透露一些工作上的消息，這些消息到了逸文筆下便化作了獨家新聞……

高誠確認了消息的準確性，但具體案情肯定不方便細說，不過還是透露了零星半點的訊息：段國華、董自強兩人都是被同一個開發商舉報的。在一次拆遷中，該開發商曾雇人殺死了一個六十多歲的釘子戶，為了獲得減刑，主動交待了曾向段國華和董自強分別行賄兩百萬和一百五十萬的事實。段國華進去之後又交待了曾經主管城建的現任市人大副主任的李方……

得到董自強和王為青被雙規消息的那天，雷鳴剛從老家祭祖回來不久；聞之大驚，他同這二人都有利益往來，也給二人送過不少錢，他們要是將自己供出來，他豈不是玩完？連夜他打電話給黃智博問董、段二人被雙規是怎麼回事，黃智博一句「這個我也不太清楚」便掛了電話。

資訊不明，他像熱鍋上的螞蟻。但不利消息還在後面。一個司法系統的朋友告訴他：最近尚在獄中服刑的王為青積極向上面舉報別人對他的行賄以及他對別人的行賄，這其中的舉報重點就是雷鳴。「這老東西！」雷鳴明白王為青這是在報復，他將王貝娜之死視為是自己的謀害。

不過，半個月後，同是這個朋友告訴了一條讓他驚愕不已的消息：王為青在監獄裏突發心臟病死了！雷鳴既喜又疑，喜的是一個「定時炸彈」的排除，疑的是他跟王為青相識多年，從沒聽說過他有心臟病啊。他問這個朋友王為青的具體死因，該朋友說也不清楚。後來雷鳴從另外一個渠道獲得了一個未經證實也永遠不會證實的傳言：王為青之死是因為嘴巴太鬆了，竟然將自己為了當副市長而向市主要領導行賄的事也抖了出來……不管王為青死因如何，這些都化作一塊塊石頭鬱積他的心頭，讓他感到一絲不祥的預感和深深的隱憂。

雷鳴當天晚上來到王家。王夫人吳芳因為一年前的喪女之痛和一個月前的喪夫之痛，整個人徹底垮掉了，彷彿一夜之間步入了暮年。面如死灰，神情呆滯。面對雷鳴的到來，不悲也不怨，只是翻動渾濁的眼珠瞟了他一眼，之後又陷入死一般的沉默。雷鳴站在房間打量著熟悉的佈局，感到頭皮一陣陣發緊。過了許久，吳芳才有氣無力地說了一句：「我們家都成這樣了，你還來幹什麼？」雷鳴沒有回答，過了片刻，從口袋裏掏出一張一百萬的支票輕輕放在桌子上，沒有說話便轉身離開了。「和這一家人的恩怨算徹底結束了。」下樓時，他重重歎了口氣，也頓覺幾絲輕鬆。

那些天他經常打電話給黃智博，後者要麼不接要麼關機，「和我撇清關係？沒那麼容易！」有一次他直接去了黃的辦公室，但被秘書擋在了門外，等了三個小時依然沒等到對方的接見；後來黃智博的秘書給了他一個信封，說：「黃市長現在很忙，沒時間見你。」

回到車裏，雷鳴打開信封一看，是一張紙條，只有四個字：「迅速出國。」

出國他不是沒有想過，但要放下十年經營下來的基業談何容易？他又打電話給趙棣，但對方根本不接他電話。他明白他正在被一手打造起來的關係網所拋棄。「這群王八蛋！」他站在二十八層華鳴總部辦公室，面對腳下的滾滾長江破口大罵。

整個下午，他將自己關在辦公室誰也不見，什麼文件也不處理，靠在寬大的老析椅上望著天花板發呆。那一刻，他感受到了一股從未有過的疲憊，很想好好休息一下。他想，出國，也許是一個不錯的選擇。

夜幕已經降臨，他驅車駛入萬家燈火的街道，市井的熱鬧與喧囂絲毫不能融解他冰冷如鐵的心。車子路過華鳴花園時他突然想進去看看；對於這個兩年前開發的樓盤他記憶猶新。他將車子停在小區門口沒有驚動物業也沒有驚動保安，而是像一個普通業主一樣進入小區。已是晚飯時分，溫馨的燈光夾雜著大人的喝斥聲小孩的哭鬧聲老人的咳嗽聲從每幢樓的窗戶飄逸而出；已經吃完飯的業主有的兩人偎依有的推著呀呀學語的幼兒在小區徜徉散步；調皮的孩子們或到處跑鬧或三個一群五個一組做著遊戲……雷鳴坐在小區甬道的石凳上，打量著自己一手開發出來的小區，堅硬的心因為周遭溫馨的空氣一下變得柔軟起來。走出小區門口的時候他突然來了興致，要在這個涼風習習的夜晚將自己已經開發或正在開發的樓盤全部轉一圈。他開著車順著龍陽市的解放大道開始，先後去了華鳴漢宮、華鳴魅力之城、華鳴新都、華鳴中心城……在這些鐫刻著「華鳴」二字的小區裏流連忘返，他如同一個藝術家一般打量觀摩自己畢生完成的作品——是的，這些樓盤都是他的藝術品，這些年每拿到一塊地他沒有像別的開發商一樣將規劃設計全部扔給規劃部門或者設計公司，而是從立項到設計規劃甚至景觀綠化每個環節都浸透了他的建築思想他的風格要求。他始終認為，真正意義的住宅不是簡單的鋼筋水泥的堆砌，而是有生命有活力的藝術綜合體。一直以來他都將自己的建築理念灌輸給他手下的幾個副總，讓他們在具體的建築實踐中體現他的要求；此刻，當他一個人在闃靜之夜靜靜地欣賞著這些「藝術品」時，心底潮起無限感慨讓他幾乎想落淚：要是有一天自己突然死了，能留下這些印有自己鮮明個人風格的「藝術品」也是一件死而無憾的事……

回到家已是凌晨兩點，在別墅前的甬道上，停著一輛警車，雷鳴料想自己已被監視。他鎮定地開門，進屋，若無其事地洗澡，睡覺——當然一直沒睡著，員警也沒有進屋。

第二天一早，他開車去公司，透著後視鏡，看到那輛警車不緊不慢地跟在後面。他也不緊不慢地開著。他打電話給秘書方雯，通知公司所有中層領導到大會議室開會。到公司後，他又通知門衛室的保安，盤查每一個進公司的人，要是員警或者便衣，儘量拖住他們。

他走進會議室，公司二十多個中層及以上管理人員靜靜圍坐在會議桌恭候他的到來。他一落座便開門見山說：「今天叫大家來是要宣佈一件事，由於種種原因我決定辭去華鳴集團總裁一職，由丁文華接任，全權負責公司的決策事務；丁文華不再擔任行政副總裁，由楊大江接任。其他人的職務不變。希望大家團結一致，支持丁文華和楊大江的工作。」他的話音一落，底下一片議論聲聲，受寵若驚的丁文華和楊大江站起來，想要說什麼卻被雷鳴制止了，他對一旁的總辦主任說：「把我說的這些記下來，馬上形成文件。」說完便走出會議室。

回到辦公室後他走入內室打開一個保險櫃，從裏面拿出一個黑色保險箱；之後，出辦公室，下電梯，驅車從公司後門悄無聲息地走了。

他在車上給胡逸文打了一個電話，約他在江邊龍王廟見面。那時胡逸文正在報社趕稿，對於幾年未聯繫的雷鳴的相約十分奇怪，問他有什麼事。雷鳴說：「是急事也是大事，你務必來見一面。」胡逸文想了想，還是答應了。

江邊的駁船被盛夏的太陽曬得無精打采，江面潮起的熱風吹拂在人身上燥燥澀澀的，極不舒服；遠處偶爾飛過來一兩隻無所事事的水鳥，在碼頭石墩上走走停停，像是尋找食物又像是在散步；一聲刺耳的船笛突然揚了起來，嚇得水鳥倏地展翅飛走了，留下一道驚慌失措的弧線；江對岸象徵這個城市繁榮的高樓廈櫛次鱗比，在乾燥炎熱的空氣裏顯得格外的虛張聲勢；天空碧藍如洗，像是一塊被人掛上去的乾淨藍布，藍得不真實。

雷鳴站在熱烘烘的碼頭上直直盯著碧藍如洗的天空發呆，心裏呈現出難得的平靜，他覺得這是暴風雨來臨之前的平靜，一種可怕的平靜。胡逸文走上碼頭，看到衣著光鮮多時不見的昔日好友正盯著天空發呆，心生納悶便問他在看什麼。雷鳴說：「現在城市很少有這樣一塵不染的藍天了，以前在胡家坳老家的時候見得多。記得以前我們小的時候在山上砍柴，不知道天上的雲為什麼會動。我記得我們曾為這個爭論過……」「你叫我來就是為了跟我說這個？」胡逸文打斷了他不可思議的多愁善感。雷鳴苦笑一聲自言自語道：「那樣的日子已經一去不復返嘍……」他歎了口氣，然後將手中的手提箱遞給胡逸文：「約你出來，想請你幫我一個忙。」胡逸文一愣：「幫忙？你神通廣大需要我幫什麼忙？」這種半諷刺的話雷鳴聽了並不惱，反而真誠道：「箱子裏面有些文件很寶貴很機密，要是我出事了，你把這些文件整理成文章到報上發表……這都是你意想不到的驚世新聞。」胡逸文如丈二和尚一時摸不著頭腦：「你說詳細些，什麼你要出事了？什麼驚世新聞？」雷鳴說：「別問這麼多，到時你自己看文件就什麼都清楚了。箱子的密碼是羅小娟的生日。」胡逸文說：「幹嘛非要找我幫忙？」「因為——」雷鳴看著胡逸文一字一句地說：「你是二癩，我是大苕！」他將「二癩」「大苕」兩個詞咬得特重。胡逸文側過臉，平靜地望著波瀾不興的江面。一條駁船突突地駛了過來，推開的波浪輕輕地拍打著岸邊，像母親撫拍著沉睡的嬰孩；悠長的船笛撕開乾燥的空氣後飄揚過來變得格外刺耳。

胡逸文再轉過臉，卻發現雷鳴已經走了，那輛在日光下閃閃發亮的黑色豪華大奔揚起一陣煙塵，消失在車水馬龍的沿江大道上。

雷鳴透過後視鏡發現有人跟蹤自己的時候，剛從江堤上馬路不久；他決定先不去機場，在市裏多轉轉。到了下午，他感覺沒人跟蹤了，才風馳電掣趕到機場，剛抵達檢票口，幾個員警突然橫在他面前。其中一個高高壯壯的員警說：「我是省公安廳刑偵隊隊長高誠，雷先生，有件案子需要你回去協助調查一下！」

雷鳴心底一沉，但依舊平靜地說：「可以。」然後又提出一個要求：「請別給我上手銬。」

高誠說：「只要你合作，這個要求我們答應。」

胡逸文跟雷鳴見過一面後就一直沒有聞聽到他的任何消息，也一直沒打開那只莫明其妙的保險箱。時間過去了一個多星期，他決定抽空去一趟華鳴集團。但華鳴集團上下一片亂糟糟的，不時有身著公檢法制服的人出入。他碰到了曾有一面之緣的丁文華，這個華鳴新當家人正忙得滿頭大汗，一臉焦慮。他告訴胡逸文，雷鳴出事了，公檢法組成的聯合調查組已進駐華鳴集團要調查他的情況。」聽到雷鳴出事，胡逸文並沒有吃驚，他平靜地問起雷鳴的去處，丁文華回答他也不知道，手機也關機，「可能被抓了。」丁文華最後道出了他的猜測。

胡逸文的心底湧起一陣沉重的悶堵，眼眶澀澀的，像是被風吹進了沙子。他走出華鳴集團的時候，回望氣勢恢弘的辦公大樓，突然感覺已經發生或者正在發生的一切是如此的不真實。

從華鳴集團回來後的當天晚上，他打電話給高誠求證雷鳴的被抓。後者告訴他，雷鳴是被他抓了，還沒來得及審出點什麼，上面就命令他別插手這個案子，把雷鳴移交給龍陽市公安局。胡逸文疑惑地問：「為什麼要移交給龍陽公安局？不是由省公安廳負責嗎？」高誠鬱悶地說：「領導讓我別管這個案子了，我還想知道原因呢！」

雷鳴沒辦法，只好利用自己做記者的一點人脈與資源去公安局打探雷鳴的消息。儘管這些年他跟這個已飛黃騰達的多年兄弟形同陌路，但一旦雷鳴真出事了，多年的情誼又讓他無法對其撒手不管。經過幾天的打探，得到了一個令他驚愕萬分的消息：雷鳴在看守所自殺了！

胡逸文一萬個不相信，那樣一個對生活和財富慾望如此強烈的人怎麼會自尋短見？他一方面打電話給高誠讓他幫忙查實，另一方面趕到看守所親自證實。一個曾因採訪跟他有一面之緣的副所長確認消息屬實：雷鳴第一次被提審後的當天晚上，將領帶繫在牢房的窗戶上將自己吊死了，發現後送到醫院搶救但沒救過來。胡逸文不相信副所長說的話：「我跟他一塊長大，瞭解他的性格，他不是自殺的人！肯定是被人殺了滅口了！」副所長的臉色頓時變了，訓斥道：「沒根沒據的話甭亂說！法醫已經對他的屍體解剖過了，證明就是自殺而非他殺，難道你連法醫都不相信？」胡逸文一時沒了言語，最後他問雷鳴的屍體現在停在哪？副所長說：「上午停在人民醫院的太平間，中午運去火葬場了……」

胡逸文打的趕到了火葬場，一個長著三角眼的工作人員告訴他屍體已經火化了，逸文大吃一驚質問道：「為什麼這麼快？我們親屬朋友都沒到場，你們憑什麼擅自火化？」三角眼眼一瞪：「嚷什麼嚷什麼，這熱的天不早點火化，難道留著吃啊？」

胡逸文拿著骨灰走出火葬場的時候內心冰涼如颼。火似的烈日烤得馬路上騰起了一層塵煙，街邊兩旁的梧桐樹被曬得無精打采。馬路上汽車的引擎聲乾燥燥的，像鋁片刮過鐵片聽起來極為刺耳。

那個時候高誠給胡逸文打來電話，告之了雷鳴死亡的細節跟之前副所長所講完全一致：用領帶上吊自殺。除此之外再無更多的細節。高誠說：「這是我以前在龍陽市公安局的一個同事告訴我的，我也想知道更多情況，但案子已經轉到市局我也不好多問……」逸文問：「你覺得雷鳴會是自殺的嗎？」高誠頓了頓說：「這個我拿不準，不過憑我十幾年員警經驗的確能瞅見其中的蹊蹺：不明不白的死，然後又如此快速的火化，這明擺是在遮掩什麼……」胡逸文對高誠的幫忙表達感謝，高誠說這個案子是他從一開始經手辦的，現在弄成這樣他一定會想方設法調查事情真相。

回到家，曉妍問他幹嘛去了怎麼現在才回，逸文一聲不吭地坐到飯桌旁，機械地扒了幾口飯又放下了碗筷。他的反常引起了曉妍的注意，問他怎麼了。逸文長歎一聲：「雷鳴死了……」

「啥?!」不僅周曉妍就連母親也被這個消息驚駭住了。逸文喑啞著嗓子敘述了一遍事情經過，曉妍聽罷連連說：「太不可思議了太不可思議了。」母親唉聲歎氣道：「這人就像地裏的莊稼，一茬茂盛一茬蔫，關鍵就在是不是順風順雨，是不是籽實飽滿。我是看著他長大的，他從小跟你們不一樣，父母死得早也就懂事得早，機靈心硬，但到底不是大惡之人……」

夜過三更，胡逸文睜著眼躺在床上一直無法入眠，想起這兩天發生的事有種做夢般的不真實。月光透過窗戶水銀般地流過臥室的家俱，照到一個櫃子的時候他突然想起了雷鳴前些時留給他的那個手提箱。他一骨碌翻身下床，悄悄從衣櫃底下的抽屜裏取出箱子；他記得雷鳴告訴過他密碼是羅小娟的生日，他試著輸入一九八一〇六〇四，箱子果真彈開了，他的心也隨之「硌嘣」了一下；他小心翼翼地查翻裏面的東西：一個高檔針孔型的彩色攝影機，一個數位相機，一個硬皮筆記本，以及一些雜七雜八的票據。他拿起硬皮筆記本就著床頭淺黃色燈光翻了翻，是一本日記，他沒想到整日混跡生意場所的雷鳴竟然還有閒心寫日記。但仔細看了幾頁之後驚訝地發現這不是一本普通的日記，裏面竟詳細地記載著每一次和各類官員吃喝玩樂以及送錢送禮的全記錄。第一頁就寫著：

二〇〇六年二月十二日，晴；上午十點，和賈志飛一起去了天堂度假村陪土房局副局長王為青釣魚，其間送給王為青一幅宋代字畫，價值三十五萬元。

第二頁記著：

二〇〇七年五月二十一日，陰；晚上八點跟賈志飛在長安大酒店請規劃局長牛建國吃飯；飯後一起打麻將，故意「輸」給牛人民幣三萬；臨走之際送給他一塊價值二十八萬的勞力士手錶。一個星期後，規劃方案批下來了。

胡逸文又往後翻了幾頁，日記裏面沒有出現賈志飛，而是他一個人約官員請吃請喝，同時也稍帶提及了他的下屬丁文華——

二〇〇八年七月三日，多雲轉晴；花費了十萬為三平區區長黃智博出了一本書今天交貨。我駕車送給黃，黃很高興。

二〇〇八年九月十九日，陰；約民生銀行行長吃飯，指示丁文華送給他一張價值三十萬元的購物卡；十天後，兩千萬的貸款批下來了。

二〇〇九年十一月十四日，晴；才從歐洲回來，很累。約請建委主任白長天及其情人去歐洲玩了十天，吃喝玩樂以及購物，一共花費三十萬。

胡逸文越往後翻發現雷鳴送錢的數額越來越大，官員的級別也越來越高——

…………

二〇一〇年八月十二日，為了更改華鳴花園容積率，給市規劃局局長段國華一百五十萬，通過他老婆轉交。

二〇一一年二月二十五日，小雨；一個星期前花五百萬從一個台商手裏購得一本朱耷的字畫，今天「借」給副市長黃智博看，一直未還。

二〇一一年九月十四——十七日，晴；跟趙棣掌控的龍陽宏遠投資公司合作，給其帳戶打入六百萬，至此，和龍陽市委書記的兒子交上了朋友。

⋯⋯⋯⋯

胡逸文越看心裏越堵得慌，他深呼吸了幾次努力讓自己鎮定下來；之後拿起一些票據，那是一些吃喝玩樂的收據發票以及銀行打款後的票據。在一張打給龍陽宏遠外貿公司的票據上，收款者的姓名叫宋濤，但旁邊被鋼筆另外注明了「趙棣」兩個字。他又好奇地打開了數位照影機，裏面一張張以各式的歡場為背景的照片呈現出神態各異的男男女女，有幾個人竟然似曾相識，他仔細一想，才突然意識到他們是自己曾經採訪過的市級領導幹部。最後他擺弄著針孔攝影機，這玩意他當記者出去暗訪時玩過，他將其連接到電腦的ＵＳＢ介面上。隨後通過播放軟體，看到了一幅幅令他目瞪口呆的畫面。一間裝潢考究燈光朦朧的房間裏，一男一女正光著身子調笑嬉鬧。逸文盯著老男人的臉想起剛才在照片上看過此人，而且在每晚八點龍陽市的本地新聞裏能看到他坐在主席臺上的身影。畫面之後呈現的是兩人交媾的情景。他憤然罵了一句，隨後繼續朝後翻看，一幅幅淫亂的畫面越來越不堪入目，有的是一男幾女有的是幾男幾女有的在桑拿房有的在度假村的房間。畫面顯然是被人偷拍，被拍者對自己醜態百出的情狀肯定一無所知；畫面裏的男人與相機上照片的男人有的重合有的沒有，但面孔並不陌生，逸文以他記者經歷毫不費力地能辨清他們的身份⋯⋯

「好哇，你半夜三更不睡覺躲著看色情電影？」周曉妍一聲突然叫聲將胡逸文嚇了一跳，他正要關上電腦，但被周曉一把搶過了滑鼠，她一邊翻看一邊說：「沒想到你是這樣的人，真噁心！」

胡逸文頗感無奈，只得告訴了她這些東西的來龍去脈，周曉妍聽罷嘴巴驚訝得半天合不攏，連忙翻看保險箱的照片以及筆記本才確信丈夫所言不虛，她驚慌地說：「這些東西可是定時炸彈，弄不好會惹火燒身的！」

胡逸文說：「我當然知道。現在我明白了雷鳴為什麼跟我說這些東西捅到報上去是驚世新聞了。」

周曉妍問：「你不會真按他的交待將這些東西發到報上去吧？」

「怎麼可能？」胡逸文搖搖頭：「照片和攝影機上那些人至少有一大半還在臺上，龍陽哪家報紙敢登？雷嗚想通過這些東西救自己，但沒料到人家比他下手快而且狠！」

周曉妍問：「現在怎麼辦？我們不能一直留這些燙手山芋在家裏呀！」

胡逸文抱著腦袋一時半會也想不出更好的辦法，但他說一定要把東西交給紀委或者警方，雷鳴不能這樣不明不白死了。

「得了吧，」曉妍哼了一聲：「雷鳴在世風光的時候對咱也只那樣，你現在扒心費力有必要麼？要我說，直接將這些東西銷毀掉拉倒，就當它們不存在一樣！」

「不行不行，」逸文搖搖頭，「這樣一來，便宜了那群腐敗分子了……」

「哎喲喲，拉倒吧！」曉妍噘起嘴打斷了他的話：「你以為你是佐羅啊是伸張正義的大俠啊？別逞能了！你也就是一無權無勢的小市民，唯一跟別人不同的地方就是有點寫新聞見報的權力，可那都是些雞零狗碎的新聞，像這個貪贓枉法的事你敢寫嗎？」

逸文被駁得啞口無言，兩人爭爭吵吵最後不歡而散，各自倒頭而睡。

第二十六章　逸文女兒恬恬被害

三日後，龍陽市的機關報《龍陽日報》頭版頭條以一千字的新聞披露了華鳴集團總裁雷鳴行賄、金融詐騙以及畏罪自殺的事。官方媒體的官方新聞顯然有一種蓋棺定論的意味。翌日，龍陽市公檢法全面出動查封了華鳴集團的總部和屬下的三個正在開發的樓盤兩個已經進入銷售的樓盤，以及名下的一切資產。

幾天後，胡逸文送雷鳴的骨灰回老家安葬。他先來到雷鳴先前蓋的氣派的鄉間別墅到他二叔，跟他講起雷鳴之死，這個曾經的包工頭聽罷消息的第一反應便一把鼻涕一把眼淚哭泣起來，但他不是為侄子之死傷心，而是哀歎自己命苦：「我的娘哎，以後誰給我養老送終喲！」逸文感到一陣厭惡。後來從自個家裏拿上鋤頭和鐵鍬來到雷家的墳地，花了半天功夫在雷鳴父母旁邊的墳旁邊挖了一個深坑，之後將骨灰盒放了進去，填平之後又壘起了一個小土丘，然後拾來三塊大石頭疊放一起算作墓碑。打量著這個寒磣簡陋的墳墓，胡逸文一時五味雜陳，他對著小土丘說：「想你窮過富過風光過也落魄過，沒料到臨死連個墓碑也沒有……等以後我手頭寬裕時間充足了再給你立一塊吧。」他坐在墳地上方的坎坡上抹汗休息。眼前的峰巒峻嶺還是那樣熟悉，山腳下那一彎小河依舊靜靜流淌，太陽墜入蒼茫的山巒之後，一片霞光照得清粼的河水閃閃發亮；小河過去的村舍已經騰起縷縷炊煙。散落在村舍四周的農田一片鬱鬱蔥蔥，其間還時隱時現著尚未歸家的農人。墳地此時寂靜無比，偶爾掠過陣陣倦鳥的哀鳴使之更陰森恐怖，但胡逸文一點都不怕。他想起四個月前雷鳴風光八面回鄉祭祖的空前盛況，而如今他卻化作一堆毫無生命力的灰塵埋在暗無天日的深坑裏。他的腦海裏像迅速重播的電影一一閃過十年前他跟雷鳴在羅小娟家的四樓上打地鋪吃半生不熟的牛肉火鍋以及三更半夜站在平臺朝底下小巷撒尿的情景，閃過他飛黃騰達不可一世耀武揚威的情景，當然也閃過雷鳴生不見人死不見屍最後入斂連一副棺材也沒有的淒慘情景。沒想到，十年時間一切都打回了原形。

在黯靜氛圍裏突然響起的手機鈴聲將他嚇一跳，一接聽是一個陌生男人的聲音：「胡記者，你寶貝女兒在我手裏，要想她活命的話，今晚九點整將雷鳴交給你的東西完好無損放到永清街永清中學校門口的垃圾桶裏。老實點，別報警！」電話那頭傳來女兒哭喊聲。胡逸文腦袋轟的一下如遭電擊，他連忙照著剛才的號碼撥過去，對方已關了機。之後，他急忙給周曉妍打電話詢問情況，那頭傳來妻子痛苦的哭訴：「你快滾回來啊，家裏出大事了！」

這天下午周曉妍在上班母親去菜場買菜之際家裏突然遭了竊，令人奇怪的是，除了滿屋狼藉到處被翻得亂七八糟，家裏沒失錢失物甚至梳妝檯被撬開的抽屜裏的三千塊錢依然完封未動。接到婆婆的電話後，周曉妍急沖沖趕回家，查看現場忽然意識到了什麼，跑到臥室打開那個逸文裝保險箱的衣櫃抽屜發現裏面空空如也。「原來他們是來偷這些東西，到底是什麼人？他們怎麼知道箱子在我家？」她百思不得其解，不過那個燙手山芋終於出手了而且家裏未曾損失一分一釐，她很快釋然了。快五點的時候，周曉妍到幼稚園接女兒恬恬，但老師告訴她恬恬被她舅舅接走了。「舅舅？」周曉妍滿腹狐疑：「我沒有兄弟，哪來的舅舅？」老師告訴她：「兩個男人，開著車，自稱是恬恬的舅舅，並且說是你們讓他們來接的。」周曉妍腦袋一片空白，聯想到家裏遭竊，她得到了一個可怕的結論：女兒被壞人擄走了！一想到這她頓感天旋地轉，一改平常的賢淑對著幼稚園老師連哭帶罵，罵她們有眼無珠不負責任，就在這時逸文從鄉下打來了電話……

逸文趕到家已是晚上八點，一進門周曉妍撲向他連扯帶抓：「你把鬼箱子藏到哪去了？你還我女兒還我恬恬！」紅腫著眼睛的母親連將她拉開了，逸文說：「出了事就想辦法，哭有什麼用！」曉妍哭叫道：「那你趕快想啊！告訴你胡逸文，要是恬恬出了事我饒不了你！」胡逸文剔除了剛才的慌亂之後現在變得清醒無比。他早料到箱子放在家裏不安全早將它放到了辦公室的保險櫃裏，但他無論如何也沒想到對方會掠走恬恬逼他就範；如果帶著箱子去跟歹徒交換那太便宜了那幫貪官們，如果不交換女兒性命又堪憂。如何想出一個兩全之策既能保住箱子又能救回女兒已成當務之急，而且時間所剩不多。最後他想到了高誠，急忙撥通他的電話簡略講述了事情的原委；高誠聽罷大吃一驚，問那麼重要的箱子怎麼現在才告訴他？逸文說：「正因為重要我才不想讓更多的人知道，而且就算告訴你又能怎樣？你難道能按上面的名單一個個去把他們抓了？」高誠不說話了，逸文問他怎麼辦？高誠想了一會說：「你按歹徒的要求帶著箱子去永清街，我帶人佈控在學校附近，等歹徒一出現我們就逮住他們，抓住了歹徒就不怕問不出你女兒的下落……」逸文飛快想了想目前也只有這個方法可行。商定後，他對妻子述明了情況，曉妍說：「我跟你一起去。」逸文說：「太危險，我一個人去就行了。」曉妍哭著說：「讓跟我你一起去吧，我想早點看到恬恬……」看著妻子逸文心一痛，隨後點頭應允。

逸文先去辦公室取來了箱子，之後和曉妍一起打車趕到了永清街永清中學門口，時間已到八點四十五了。他找到那個碩大的垃圾桶，掀起蓋子將箱子放了進去，然後躲到一旁觀察動靜。過了一會兒，手機響了，他連忙一接，一個男人陰沉沉地問：「東西放進去了嗎？」逸文說：「放進去了，我女兒呢？我要跟她說話。」男人又問：「沒報警吧？」逸文說：「沒……沒有，我女兒呢？——你們要講信用！」這時電話那頭傳來了女兒的哭叫聲，逸文喊了一聲恬恬，那邊的電話就掛了，他打過去又是關機。他注意到對方這個號碼跟第一次打給他的號碼不一樣。又過了幾分鐘，一輛麵包車開到了學校左邊的路邊上停下來，裏面伸出一隻手朝他揮了揮，他知道是高誠來了，便也揮了揮手。

隨著時間一分一分流逝，沒有任何人靠近垃圾桶。胡逸文心急如焚，周曉妍緊緊地靠著他身子抖顫個不停。他握緊了妻子的手安撫她鎮定。隨著一聲悠長的叮鈴聲，永清中學補課的高三年級學生下晚自習了，說說笑笑的學生從校門口魚貫而出，那只垃圾桶很快消失隱沒在學生熙攘的人流裏。被擋住視線的胡逸文焦慮萬分，踮腳引頸張望，最後等不及學生走盡，急忙撥開人流跑到垃圾桶邊，掀起蓋子一看，哪有箱子的影子！高誠帶著兩個便衣員警也從車上趕了過來，罵道：「媽的，這群王八蛋太狡猾！」逸文手機又響了，裏面傳來一個男人惡狠狠的聲音：「叫你別報警你還敢報警，別怪我們不客氣！」逸文忙說：「東西你們已經取走了，我女兒呢？」對方咆哮一句「到城郊東風化工廠來收屍吧」便掛了電話。曉妍和高誠同時問他：「他們怎麼說？」逸文突然發瘋似地喊：「去城郊東風化工廠！去城郊東風化工廠！」

在城郊已經停產的東風化工廠一間廢棄的倉庫裏，恬恬已經停止了呼吸，嬌小的身體上下沒有一絲傷痕，顯然是被人捂住嘴鼻窒息而死。胡逸文見到女兒屍體那一刻如遭五雷轟頂，而周曉妍發瘋似的搖著恬恬身體，哭聲撕心裂肺淒慘哀婉，之後哭聲驟停身體如突然折斷的樹苗般一下栽倒在地……

胡逸文經歷了一生中最為沉重也是最為慘痛的打擊，整個世界都塌陷了；他連續三天三夜沒闔眼整個人一下蒼老了十歲。但他沒流一滴眼淚，他硬生生將滿腹淚水壓抑了回去，也硬生生地挺過了痛不欲生的最開始幾天的殊死日子。之後一如往常地承擔起家庭責任。他照顧著哭得死去活來的母親以防止年事已高的她遭遇不測；也哄勸精神大受刺激行為已變得怪異的妻子周曉妍。周曉妍從醫院回來後，整個人跟從前判若兩人。精神恍惚神情呆滯目光游離，靜下來能靜上幾個小時不說隻言片語；發起狂來能掀桌摔碗嘴裏大叫著恬恬的名字；逸文不敢將她帶下樓，只要見到其他小孩，她會發瘋似地喊著「恬恬」的名字將他們一個個追得大哭亂跑惹得別的家長怒目而視……陸續有親朋好友以及同事知曉了胡家所遭遇的變故，都送來了最真誠的關心同情以及問候，最開始逸文還能堅毅著臉龐回應著這些問候，但後來卻有些不堪其擾了——曉妍變得怕見人，一見有人來便躲進臥室抱著恬恬生前玩過的布娃娃驚慌失措：「恬恬快跑，壞人抓你來了……」最後逸文乾脆送關掉了手機拔掉了家中的電話。

羅小娟是這個時候來竄門的。

這這一年多以來羅小娟細水長流的單身生活過得波瀾不驚，她將這個暑假都消耗在旅行之中，八月底回到龍陽後，從報紙上得知了雷鳴之死的消息，她既不難過也不驚訝，似乎早已料到此人的命運本就該如此。只是夜深人靜時，她腦海才偶爾掠過幾年前跟雷鳴那段有始無終的戀愛往事，這種念頭僅僅一閃而過，就如風吹浮萍驟起迅滅了。

只是當她知曉逸文一家所發生的悲劇時，沉重如鐵的悲痛才如缺閘的洪水奔瀉而出，她抱著周曉妍邊哭邊說：「她幾個月前還叫我乾媽還活蹦亂跳的啊，老天爺這到底是為什麼啊……」周曉妍面無表情一動不動地任羅小娟抱著哭，之後突然喝道：「別哭了！」她中指放在嘴唇邊神秘地說：「恬恬睡著了，會把她吵醒的……」她這個樣子讓羅小娟哭得更厲害了。「那王八蛋自己出事就算了，還連累你們一家，真不得好死！」

逸文知道她罵的是雷鳴便搖了搖頭：「不能全怪他，是我自己逞能，我該死我對不起女兒對不起曉妍！」他悔恨地捶打著白髮頓生的腦袋，羅小娟抓住的他手說：「別這樣，事情已經發生了，後面還有很多事等著你做……」她問他有什麼打算。逸文平穩了穩情緒說：「現在曉妍還有我媽一時半刻都離不開我——我媽也是最近才吃東西。報社批了半個月的假，但這不是長久之計。」羅小娟點點頭，然後像突然想起了什麼似地說：「我有個同事，她老公是龍陽安定醫院的醫生，要不明天我們帶曉妍去醫院看看？經過治療也許她情況會好轉……」胡逸文同意了。

第二天，按照約定的時間，胡逸文和羅小娟連哄帶勸將周曉妍帶到龍陽安定醫院，徑直找到小娟同事的老公宋醫生。宋醫生認得羅小娟，知道來意後親自而詳細地給周曉妍診斷。開始周曉妍抱著布娃娃又哭又鬧極不配合眼神充滿惶恐；宋醫生似乎見過太多此類病人，他很有經驗地讓周曉妍迅速鎮定下來了。一番診斷之後，宋醫生說：「她不是器質性受損，而是精神受到刺激。讓她住一段時間的院吧，用藥物治療加上精神治療，情況會有好轉的。」聽到住院，胡逸文面有難色，羅小娟見罷說：「你一心去照管伯母，該上班的時候去上班，曉妍交給我，我現在還沒開課，就是開課業餘時間也比較多。」見小娟這樣說，逸文才稍稍放寬心。

就是在當天晚上，胡逸文決定寫舉報信。他憑藉記憶拼湊雷鳴留下的那份文件，但無論他怎樣努力，還是不能細緻入微地一一還原，只能回憶起個大概——但這樣的舉報信顯然沒有足夠的說服力。在他心煩意亂之際，無意在電腦桌面的一個檔案夾發現一個奇怪的視頻短片，打開一看驚愣過後大喜過望：竟然是那些人的淫亂錄相！他想起來那天晚上在電腦上看針孔攝像時無意之中複製了一份。這個冥冥之中似有天助的意外之喜驟然增添了他內心的自信和勇氣。接下來幾天他憑藉自己還不錯的電腦技術，將視頻上的內容刻成光碟。隨後將整合好的舉報信精心準備了四份：一份寄給省人大一份寄給省紀委一份寄出中央紀委，自己再留一份。

在郵局他小心翼翼寄出這些舉報信時內心潮起了一股莊嚴和悲壯，但這種情緒沒沒有持續多久便被一股深深的空虛和無助所取代，他突然覺得自己很魯莽很意氣用事因為放棄了跟任何人商量；他不知道這結局到底如何也不知道會給自己帶來福還是禍……走出郵局的時候他聞到了彌撒在空氣中桂花的香味，他站在初秋人流湧動的街頭深深吸了幾口明媚的陽光，一種心曠神怡的感覺從腳後跟自下而上飄逸而出，連日來陰鬱的雲翳這一刻竟然如風吹雲散般悄無蹤影了，他感受到了生活猝不及防的美好的一面。

後來在龍陽安定醫院又聞到住院部樓下飄來的初秋的桂花香，那個時候周曉妍抱著布娃娃正安詳地午睡，臉上的表情柔和似錦像一個熟睡中的嬰孩，因生活勞累聚積起來的疲憊竟消殆不見了，但因喪女之痛沉澱下來的悲傷在已經不再年輕的臉上依然隱約可見。病房裏另兩個病人一個在牆上塗鴉另一個坐在床上對著白花花的牆壁發呆。逸文握著妻子的手像握著一件稀世珍寶：「我知道你肯定會責怪我魯莽，要是你提前知道我那樣做一定會阻止我，所以我先斬後奏了。但我必須得那樣做，不然我——以及我們都——對不起恬恬……」他絮絮叨叨兀自說著，周曉妍依舊沉睡如醉；同病房另外兩個患者直愣愣看著他像盯著一個怪物，其中一個留著哈喇子對著他吃吃的笑。說到最後胡逸文覺察到了異樣，他朝背後一看，發現羅小娟淚花閃閃地站在背後盯著他。

「這些天真謝謝你。」在住院部前面的花壇邊上，逸文對羅小娟真誠致謝，羅小娟拔弄著花壇裏盛開的連翹抿著嘴笑了笑不說話，兩人陷入了尷尬的沉默。午後的暖風吹得花壇的桂花葉沙沙作響，不知名的鳥兒撲閃著掠過樹梢；花壇過去是一個漂亮的六角小涼亭，亭子底下有幾個患者正坐在石凳上閉目養神。整個園子一派靜謐安寧，胡逸文的心也彷彿得到了淨化。最後他打破了沉默跟羅小娟說起了寄舉報信的事。「看來你是豁出去了。」羅小娟沉吟說，「是實名舉報？」「對，」逸文肅然回答，「寫上了舉報人姓名，工作單位，還有身份證號碼。」羅小娟問：「想過後果沒有？比如會有更大的災禍……」胡逸文悲歎道：「還有什麼災禍比妻瘋女死更大？」

經過法院的調解，肇事司機最後承擔百分之七十的責任，並承擔了三十八萬元的民事賠償；與此同時，保險公司也給白芬和秦東東賠付了二十萬元的意外傷害賠償。面對五十八萬元的鉅款，白芬和秦東東母子倆沒有任何欣悅。「再多的錢也換不回你爸的命！」儘管這段時間來白芬眼淚幾乎已哭乾，但想起丈夫依舊心如刀割。這筆錢讓秦東東想起了父親出事前幾天去找他時所說的「你有了一大筆錢會怎麼用」的話，想起這些話，又想到父親那蹊蹺的車禍以及那份更蹊蹺的意外保險——他從沒聽父親說過他曾買過保險。當所有疑問都不能提供答案時，那就只有一種可能：父親的死是有意而為之，從而獲得一筆鉅款。但父親為什麼要這樣做？想到這，秦東東心裏像遭到猛烈電擊似的一陣疼痛。

秦東東沒有將自己的疑問與猜測告訴母親，他料想母親不會信，反而會增添她的悲傷。不過，他還是向她道出了對這筆錢的安排：先還完房貸，剩下的錢給父親買一個尚好的墓地刻一塊優質的墓碑。白芬同意了他的安排。

在秦文夫骨灰下葬的那天，秦東東在父親的墓前長跪不起，他含著淚對父親暗暗發誓：「爸，您安息吧，您是天底下最好的丈夫，最偉大的父親。我一定會好好照顧好母親，一定將研究生讀完！爸，以後我和媽媽會經常來看您的。」

對白芬來說，秦文夫去世之後的整整一年如同夢魘，她一直陷入在深長的悲痛泥淖裏無法自拔，最開始的傷痛來自丈夫車禍致死的悲慘事實，後來的悲痛欲絕更多的來自自己的痛心和悔恨，悔恨於自己曾經以不忠和欺騙深深傷害過自己的男人。這兩重悲痛常常折磨得她整個人形容枯槁心如死灰。秦文夫的骨灰拿回來後，她將它放在自己的枕邊整整放了一個月，直到秦東東不斷好言相勸，才同意將它送到墓地入土為安。

秦東東不要她再去擺攤賣餛飩，說他打工完全能養活她。但被白芬拒絕了：「說的什麼話！我還沒到七老八十，你還要讀研，怎麼要你養？」翌日，她便推出塵封近一年的餛飩攤子，開始了這年第一次開張大吉。那個時候明媚的春天行還沒有過去，和煦的春陽和路邊盛開的花朵拂開了她黯如枯井的心。不過，隨著龍陽市炎炎夏日的如約而至，白芬的餛飩生意漸趨冷清下來，一個月前驟然而起的生活信心，如逐漸燃盡的香燭寸寸斷落。

張紅梅就是這時候來探望白芬的，看到她愁苦的臉，以為她還在沉溺於丈夫的死而沒有恢復過精神氣來，便勸慰道：「人死不能複生，我們活著的人要好好活下去！」白芬說她早已緩過氣來了，現在愁的是一落千丈的餛飩生意，「我不能全指望東東，他還只是一個孩子。」張紅梅說：「沒什麼大不了的，要是你抹得下面子就跟我一起去擦皮鞋。」「擦皮鞋？」白芬有點難為情。張紅梅看著她笑了笑說：「我就知道你臉皮薄。其實我是想在我家附近開一個擦鞋店，天熱了我也不想提著小箱子到處跑。店面我已經看好了，就在我家巷子出來的臨街上，將近二十來平米，租金一個月七百，我準備在那我們那裏找兩個嫂子一起幹的，如果你願意去，就不找別人了，就咱倆幹！」白芬聽了頓然高興：「願意願意，白天在店裏擦鞋，晚上我還能照顧到餛飩生意。」張紅梅大腿一拍，說：「就這麼定了，咱們明天就去拾掇粉刷店面。」

……

讀研比讀本科要空閒些，學習之餘，秦東東延續了課餘時間打工的作法，一有時間便打些小工或者贖些小商品來賣。那天他拿著幾件尚未賣完的T恤來到母親即將開張的小店裏，白芬和張紅梅一人頂著一頂紙帽笨手笨腳地粉刷著斑駁的牆面。白芬看到兒子後問他吃了沒有，秦東東叫了張紅梅一聲「梅姨」，然後接過母親手中的刷子開始有板有眼地粉刷起來。白芬說：「你肯定還沒吃午飯，我去給你買麵……」張紅梅打斷她的話說：「媛媛馬上送粽子和綠豆湯來了，你費那個錢幹嘛。」正說著，一個面目清秀的女孩騎著自行車來到店面前，她小心翼翼地從車後座上卸下一袋棕葉包的粽子和一鍋綠豆湯，放到屋子一張鋪著報紙的小方桌上。「說曹操曹操到。」張紅梅從梯子上跳下來，招呼白芬母子倆洗手吃飯。「媛媛，你還認得東東哥嗎？」張紅梅問女兒媛媛。媛媛看了秦東東一眼大方地說：「認得呀，他比以前長高了不少。」秦東東禮貌地笑了笑。「這粽子味道不錯。」白芬咬了一口粽子，問張紅梅，「你家媛媛比東東少一歲還是兩歲？」

張紅梅說：「小一歲嘛，東東八六年的媛媛八七年的，這丫頭不是讀書的料，早點出來做事也讓我省心。」

「她現在是在哪做事，你以前說過我忘記了。」

「在一家公司做文員……」張紅梅說。過了一會又說：「對了，我們那邊棚戶區快要拆遷了，統一住還建房。」

「是嗎！」白芬欣喜道，「什麼時候拆？」

「估計就年底。」

「你總算等到這一天了……」

「哎……可不是。」張紅梅平靜的語氣呈現不出過多的情緒變化，有一種不易覺察的淡然，這倒讓白芬有些詫異，「也許這是歷經風浪後的沉靜吧。」想起這個跟房子糾結一生的苦命女人，白芬這樣想。

兩個女人這邊聊著，那邊媛媛翻著秦東東提包裏未賣完的T恤，說：「我經常聽我媽說起你，說你特懂事特能幹。」秦東東喝了一口綠豆湯不好意思撓撓頭。媛媛問：「這是你今天拿去賣的吧？還有多少沒賣完？」東東答道：「還有十幾件。」媛媛說：「這些包在我身上，我拿到我們公司幫你賣，那些男孩女孩肯定喜歡。」東東說：「那怎麼好意思？」媛媛調皮盯著他問：「你是不放心我？」東東忙答：「不是不是……」媛媛說：「那就行了，就這麼定了！」

張紅梅朝白芬努努嘴，讓她看那兩個聊得正歡的年輕人。她曖昧一笑悄聲對白芬說：「讓他們兩個湊一對也不錯呀，咱們兩家都知根知底的。」白芬一愣笑著說：「可以啊，就看兩個孩子的意思了。」張紅梅說：「只要你們不嫌媛媛學歷低，這個主我做了！」「媽，你說什麼呢！」媛媛似乎聽到了母親的話語嗔怪道，臉上羞得通紅。張紅梅和白芬「噗」地一下同時笑了出來。正在埋頭吃粽子的秦東東揚起頭，詫異地瞅著她們不知道發生了什麼事。

第二十七章　犯罪分子繩之以法

十月下旬的一天，銀行打來了催交房貸的電話，胡逸文驀然想起已經連續三個月沒去銀行交房貸了。他清楚三個月連續沒交月供要面臨被銀行起訴的可能。他容不得片刻耽擱馬不停蹄趕到銀行交清了錢。但交完款之後他很快陷入一籌莫展：兩個多月來周曉妍的住院和治療已經花光了家裏大部分積蓄，而此次交貸又讓餘下的一點錢所剩無幾，曉妍已經不能上班，他一個人的工資要照顧一家人的吃喝曉妍的繼續治療以及每個月的房貸顯然難以為繼。

翌日他去了趟醫院，曉妍的病情好轉許多，沒有了先前的情緒不穩時哭時鬧，能開始安靜地吃飯安靜地睡覺安靜地散步，只是神情似乎還有些呆滯恍惚，她能認出逸文只是不想開口說話。逸文找到宋醫生，道出了要接曉妍出院的意思。宋醫生說：「出院也行。她要徹底恢復痊癒還得相當一段時間，可能要半年也可能要一年甚至兩年，也許在家裏跟家人一起生活對治療會更有幫助。」他還告誡：不能再讓病人受刺激，儘量要使她心情舒暢，要跟她多說話，多幫助她恢復記憶。逸文聽了連連稱謝。

回家後，他將有關恬恬的一切東西都收藏起來，以避免妻子睹物思人從而讓脆弱的神經再受刺激。母親的精神狀態比先前好了許多，只是劫難過後已很難再恢復以前的健朗和矍鑠。每天回到家，母親已經將飯做好，曉妍則坐在陽臺對著樓下小區的綠化帶以及綠化帶過去矗立的樓宇發呆。某種程度上，家裏已經恢復了變故之前的某些氣息，但總感覺缺少了許多東西。逸文清楚是缺少了恬恬的笑聲哭聲稚氣的咿呀聲還有曉妍風風火火的說話聲以及母親的嘮叨聲；他也清楚有些聲音已經無可挽回失去再也不能重新歸位了。每天晚上他都幫著曉妍洗澡擦身，然後抱她坐在床上跟她說話，講以前戀愛時的好玩事講在雜誌社一起共事時的趣事還講他現在在外採訪時遇到的各種稀奇古怪的事。儘管在整個過程中曉妍的神情一直木然凝滯，但逸文講到精彩處時她會報以「嗯嗯哦哦」之聲，逸文欣喜異常，這種回應顯然是她精神意識走向好轉正常的徵兆，他一天的勞累疲乏便頓然冰雪消融。

周曉妍從醫院回來之後，羅小娟過來探望過，後來邱瑞也來了。兩個多月前家裏甫一出事邱瑞就來過，那時他精神狀態還好，而此次來卻像換了一個人，全身上下透著昭然若揭的萎靡和憔悴。逸文問他出了什麼事他也不講，只是說：「我那個培訓班還在辦，休息沒事就去幫忙帶班吧，反正現在也缺人手……我知道你現在日子不太好過。」逸文說：「你不說我也打算去找你，我現在日子的確過得很難……你是雪中送炭。」邱瑞擺擺手叫他別那樣說。他走的時候逸文送他下樓，兩人坐在小區甬道的長椅上吸起了煙；逸文好長時間沒吸煙了，甫一吸連連咳嗽了幾聲。他看著邱瑞心事重重神情落寂便問他：「到底出了什麼事你說啊，別跟娘們似的！」邱瑞苦笑一下說：「也沒啥事，只是覺得活得太累……」沉默了好一會還是告訴了事情的原委：他正在和妻子余婷鬧離婚。

逸文一驚：「為什麼？你們從戀愛到結婚也有十多年了，怎麼要離了？」

邱瑞歎了口氣：「她說這種每天睜開眼就要向銀行交兩百塊錢的日子受夠了，她覺得太累。」邱瑞吐了唾沫恨恨地說：「媽的她這是藉口，她是跟別人勾搭上了！」

逸文「呃」了一句。

「那人是我們同學，以前喜歡過余婷，但余婷對他沒啥感覺。那小子家裏以前是賣鋼琴的。後來他自己開了一家鋼琴培訓班，這幾年生意做得不錯，已經成立一家培訓公司了，規模據說很大。他跟余婷不知道是怎麼聯繫上的，那小子去年剛離婚，見了余婷後說是一直沒忘記她，說初戀的感覺又回來了，操他娘！余婷這幾年跟我是過得辛苦了點，也一直在吵，現在哪經得住有錢人這樣一哄？她跟我說要淨身出戶，孩子撫養權以及房子都歸我。」

逸文聽罷心裏不是滋味。「以前你們居無定所，天南地北到處跑，她也沒離開你，怎麼現在生活安定了，她反而……難道真的是因為房貸？」

「是，也不是，」邱瑞吸了一口煙，「以前是因為有夢想，總想著事業成功了，物質問題會迎刃而解；但現在事業沒成功，物質上的壓力又超出了自身的能力，不擰巴才怪！」

「天下像我們這樣背著房貸的年輕人成千上萬，也沒見他們都離婚啊。」

「就是啊，你們家曉妍就沒有像余婷那樣，還不是一樣陪你過這種拮据的日子，這只能說余婷這女人有點賤！」邱瑞罵起了妻子。

邱瑞的話讓逸文想起了曉妍曾經與李一林的事，但他沒有跟邱瑞細道，只是問他以後打算怎麼辦？

「我不離，我耗死她！」邱瑞丟掉煙屁股狠狠地說。

清官難斷家務事，逸文也不好多說什麼。邱瑞走出小區的時候，逸文發現他的背竟然有點彎駝，步伐也蹣跚起來，像個行將遲暮的老人。他陡然想起多年前他們在學校一同辦刊一同寫詩一同打球的日子，那個時候是何等的意氣風發生龍活虎！為什麼現在都變成了一隻隻無精打采的老乾蝦？是生活抽乾了他們的精血，還是他們本身就無力承擔生活所賦予他們的重壓？那麼其中的關捩點是什麼？是房子？還是其他的什麼東西？

逸文搖了搖頭，也不能自我解答，最後返身朝家裏走去。

這個夏天，命運終於露出了讓胡逸文感激的微笑，好消息如和煦的春風接二連三蹀躞而至。

先是五月底的一天高誠告訴他殺害恬恬的兇手已經抓住了，同時還揪出一個公安廳刑偵隊的「內鬼」，此人不是別人竟是他的搭檔，一個叫曹勝的刑警。胡逸文應該早猜到有內鬼，不然歹徒如何知道那些東西在他手裏？那天晚上去永清街歹徒又怎麼知道他報了警？「這個曹勝利用監視雷鳴的機會，親眼目睹了雷鳴從集團側門溜走，之後跟蹤他的車也目睹了他將一個箱子交給你，最後他將雷鳴即將出逃的事通知給了我，我們才在機場將正要出逃的雷鳴堵個正著。很顯然，正是這個王八蛋通風報信，歹徒才知道那個箱子在你家，這也導致了你女兒被劫；也正是他那天晚上走漏消息，才致使你女兒被害……共事這些年我沒瞅出他的五臟六腑是我瞎了眼，對你女兒的死我有不可推卸的責任……」說到最後，高誠真心實意地道歉。

當天晚上，胡逸文親自下廚做了一桌豐盛飯菜一家人自我慶祝。母親得知害死孫女的壞人被員警抓了一時老淚縱橫喜極而泣；對所發生的一切懵懂無知的周曉妍面無表情地坐在桌旁，盯著桌上的飯菜發愣。逸文拿來碗筷一口一口地餵她吃。「今天是個大喜的日子，你多吃一點，」他說，「害死恬恬的王八蛋都被抓了，恬恬泉下有知一定會很高興的，你快點康復，恬恬還等你好了跟她一塊做遊戲呢……」周曉妍張合著嘴巴兀自吃著飯，她指了指一盤香酥酥的糖醋魚塊，逸文馬上舉筷夾起一片魚塊，小心翼翼地剔除一根根細小的魚刺後又小心翼翼餵進她的嘴裏……

七月初的一天，他剛出小區門口去上班，兩個統一著白色短袖襯衣藍色長褲的男人攔住了他，其中一個瘦高個彬彬有禮地說：「你是胡逸文先生吧，我們是省檢察院的，有點事請你去協助調查一下。」胡逸文滿腹狐疑，問是什麼事，但對方不肯說，他只好忐忑不安地跟著上了車。半個小時後，走進巍峨的省檢察院大樓，他心裏頓增一層緊張，但很快自我安慰道：又沒做過壞事，怕什麼！

他被那兩人帶進十二樓一間房間，那裏有兩個中年男人在等他了。那個瘦高個介紹道：「這兩位領導是中紀委巡視組的，有點情況找你瞭解下，你別緊張。」說完就和另外那人出去了。

「你請坐。」其中一個中年男人示意逸文坐下，「你叫胡逸文吧，一年前，我們收到了你的舉報信，有些問題找你瞭解核實一下，不過在詢問之前，有一個問題我們想請教一下。」

胡逸文有點受寵若驚，忙道：「您問。」

「就是，別人舉報都是匿名舉報，像你這樣真名真姓，自報工作單位，甚至提供身份證號的舉報者，我們很少見。你不怕遭人報復？」

「沒什麼可怕的了，女兒死了，妻子瘋了，他們還能把我怎麼樣？」胡逸文激揚地說。

兩人對視了一眼，便不再說什麼了，開始詢問。詢問內容圍繞他和雷鳴的關係以及所提供的文件進行，目的是為了進一步核實。因為耳熟能詳，逸文也對答如流，甚至他將一個隨身碟交給兩位巡視員，「這是最初針孔攝影機拍攝的影片，我一直帶在身上，他們甭想再找到，除非我死！」

從檢察院出來後，胡逸文感到從未有過的輕鬆，身輕如燕，腳步如飛，甚至夏日炙熱的陽光對他來說就如同冬天般溫暖。

這年中秋，龍陽市機關報《龍陽日報》刊發了一條通告，通告公示了龍陽市委書記趙世舉因病提前退休，通告高度肯定和評價了六年來趙世舉對龍陽市經濟發展和社會建設所做的貢獻。通告還公告了龍陽市副市長黃智博因涉嫌違紀已被雙規。

看到消息的當天晚上，胡逸文有一種六月唱冰水似的舒暢，他連夜將那封舉報信拿出來修改整合，花了整整一夜時間寫成了一篇有關龍陽市這幾年來一些主要領導跟地產商官商勾結貪贓枉法的長篇報導，這篇報導凝聚了他所有才華，報導翔實文筆犀利，他一連看過幾遍又修改幾遍直到完全滿意才在東方發白之際來到報社，將文章呈給平日總是第一個抵達報社的總編過目。

總編仔細看罷稿子倒吸一口冷氣，他神色肅然地說：「這篇東西非同小可，我們要慎重！」胡逸文憤激道：「以前趙世舉在臺上我們不敢發，現在他已經下台了我們還不敢發，我實在想不通！」接著他對總編細細敘說了他從雷鳴手裏接到箱子再到女兒遭綁架再到他寫舉報信最後到被中央紀委巡視組請去協助調查的全過程，總編聽罷在倍感驚訝的同時也對胡逸文肅然起敬，他激動地說：「你一個文人一個小人物能如此不顧身家性命跟腐敗分子作抗爭，我一個報社總編還畏首畏尾視而不見嗎？這篇報導我拍板了，發！」

翌日文章見報，像一枚轟天驚雷炸得龍陽市上空轟隆隆震天響。報社兩部熱線電話又一次被打爆，那一期報紙賣得脫銷。總編對胡逸文大發感歎：「一篇報導能引起如此大的反響我好多年沒遇見過了。你胡逸文是有功的！」

十一過後他甫到報社上班便收穫了一個好消息：他被提拔為採編部副主任，工資升一級，在原先的基礎上每月增加了五百塊。謝偉拍著他的肩膀半揶揄半嫉妒地說：「行啊老胡，你來報社時間不長，就發了好幾篇炮彈一樣的報導，總編對你可是刮目相看，好好幹，不出半年你肯定能躥到我前面去！」胡逸文一笑了之。對於升職，他沒有太多的興趣，只是每月增加的五百塊工資讓他抑鬱如枯井的心稍稍悸動了一下，杯水車薪雖然不能暢飲解渴，但濕潤一下乾燥的喉嚨也不錯。

拮据的生活讓他不得不精打細算每一分錢；每個月兩千六百的銀行月供雷打不動；周曉妍雖然在家休養，但藥物治療不可或缺，而且每隔半個月還得帶她去醫院複診；這半年來母親本就差強人意的眼睛愈發視物模糊，他制止她重拾針線活做些童鞋童帽去賣補貼家用的打算，只讓她在家幫著照顧性格捉摸不定時而乖張時而平和時而暴戾的兒媳……貪贓枉法之徒被繩之以法沒有給他帶來任何影響，他沒有成為英雄他的生活亦沒有因之變得更好，每天依舊要品咂著生活的重壓、苦澀以及艱辛，同時還要吞下抗爭所付出的代價——女兒永不復活的生命和妻子遙遙無期的康復。

那天他從報社回家，羅小娟已經在等候他了。她剛從上海學習半個月回來，昨日才回家裏，收頓好後便拎上帶回的禮物來胡家；胡逸文不在家，周曉妍正病情發作打爛臥室裏的穿衣鏡摔碎了兩個水杯，胡母邊抹著眼淚邊收拾地板上的玻璃殘渣；羅小娟連忙安撫周曉妍讓她逐漸平靜下來，又連哄帶勸讓她上床睡下，之後來到客廳陪著胡母一起長吁短歎……胡逸文回來後，籠罩在屋子裏的感傷才如雲霧般逐漸散開。羅小娟拿出禮物，一個帶給逸文的飛利浦剃鬚刀，一條帶給周曉妍的高檔圍巾，還有一雙老人戴的手套。最後她拿出一雙兒童穿的紅色皮靴時悵然若失：「買習慣了……買後才意識到……」胡逸文接過皮靴說：「我替她收下，她在那邊會記著乾媽的好……」

羅小娟回去的時候，胡逸文送她下樓，兩人穿過霽雪覆蓋的小區誰也沒說話，半輪月亮懸在漆黑夜空灑出清冷冷的亮色，各家各戶窗戶飄逸出來的燈光在寒夜裏透溢著毫無由頭的溫馨。胡逸文打破沉默問起她的感情問題，「你也三十好幾了，不能這樣一直耗著，人這一生，看起來蠻長，其實挺短，晃著晃著就老了。」

「你怎麼也變得這麼婆媽了，」羅小娟苦笑道，「這些年也一直沒遇到合適的，現在也懶得往這方面想。有時候覺得吧，結婚也好，單身也罷，都是個人的一種選擇，只要自己覺得快樂和幸福就行了，何必要按一個模式活著？」

逸文覺得她說得在理，也不好多說什麼了。兩人沉默了半晌，小娟問他：「你呢？以後有什麼打算？」

胡逸文苦笑一聲：「我還有什麼打算？，緊要問題是將曉妍的病徹底治好。」

「要是治不好呢？」

「那我就伺候她一輩子吧，也許這就是命！」胡逸文重重吁了一口氣，白濛濛的霧氣迅速消殆在靜寂的夜色裏。

「也不想再要孩子了？」羅小娟問。

胡逸文沒有回答，他踢了一腳地上的雪塊。「這個問題我還沒想過也不敢想。先顧大人……」

羅小娟緊了緊大衣，淡淡歎了口氣。「曉妍比我命好……」

元旦過後不久，周曉妍的父母和姐姐雙雙從老家縣城趕到龍陽，見到跟以前判若兩人的女兒、妹妹和夭折的外孫女，不禁悲痛慟哭，情緒已經平靜下來的逸文和胡母也陪著流了不少眼淚。情緒激動的岳母抓著逸文質問他為什麼將她女兒弄成這個樣子，無論逸文怎樣解釋，岳母仍然不依不饒，最後還是當老師的岳父勸住了悲憤的妻子……岳父岳母在龍陽陪曉妍住了一個星期，後來他們要求將女兒帶回老家靜養，但逸文不同意，「我每個星期都要帶曉妍去複診，她一回老家就要中斷治療了……不管怎麼說，龍陽的醫療條件要好過縣城。」岳母不聽，執意要帶走曉妍，最後逸文對他們跪下來了，哭著說：「爸，媽，請你們相信我，我發誓我一定要把曉妍治好，不管出現什麼情況，我一輩子陪著她！」見逸文態度如此實誠，兩位老人也做出了讓步，最後帶著傷痛和大兒女一起返回了老家……

這個春節胡逸文決定帶母親和妻子回鄉下老家去過，沒有了恬恬稚聲笑語他實在無法忍受城市春節的冷寂。母親同意了他的決定，臘月二十就提前回老家打掃屋院購置柴禾木炭以及準備年貨。臘月二十五，胡逸文請了假提前帶著周曉妍回到了老家。屋院已經被母親打掃乾淨，胡逸文跟周曉妍睡在他以前睡過的廈屋裏。回來後，一些親戚本家左鄰右舍陸續來探望，逸文跟母親統一口徑只說是車禍導致了恬恬的死去和曉妍神經震盪後的呆傻。親戚們聽罷一個個唏噓感歎不已，他們紛紛送來母雞送來雞蛋送來臘魚臘肉以及各類土特產表達最質樸最誠懇的同情和慰問。逸文和母親回贈從城裏帶來的食品一一感激一一謝過。

過年那幾天，胡逸文避開了農村過年時諸多的繁文縟節，趁著冬日暖陽帶周曉妍到處玩耍領略多年未曾體驗過的鄉村山色。他帶著她爬村子背後巍峨的白雲山，探玩山上不知何時形成的各類神奇的洞穴；有時漫步在冬耕過後的田野地頭，聞吸著清新的泥土氣息；有時撮上一束不知名的野花野草，在山野花簇樹叢之間嬉耍，或者乾脆躺在松鬚鋪就的山坡上感受溫煦的陽光和野外清爽的空氣……周曉妍對鄉村景致似乎十分喜歡，連日來奔波山野不僅未感疲憊反而樂此不疲，乾枯僵硬的臉色比先前柔和清亮了許多，病情也未曾發過一次。胡逸文看在眼裏喜在心裏。他帶著她來到他們談戀愛時第一次來過的小河邊，枯冬讓河水變成了溪水一樣汩汩細細地流淌，河床裸裎的各色鵝卵石在陽光下熠熠生亮。周曉妍跳進河床撿起兩枚淡紫色鵝卵石朝逸文使勁揮手格格直笑。這是她自變故以來第一次笑，逸文一時呆愣住了，隨後他衝下河床一把抱起曉妍興高采烈地叫起來：

「曉妍你能笑了，你終於能笑了！」

一輪碩大的太陽正悄悄向山梁背後隱去，夕陽染紅了雲彩翻飛的西天，一抹通紅的殘陽像一條鮮紅的飄帶似乎纏住了山梁上的樹梢遲遲不肯離去；雲霞詭譎變幻無常，有的像靜臥的老牛，有的像展翅的雄鷹，有的像奔騰的駿馬，有的像正在吃草的兔子……胡逸文抱著曉妍坐在河床石塊上一時竟看呆了，他指著夕陽對妻子說：「曉妍你看這裏的夕陽多美，在龍陽是無論如何看不到的。」頓了頓又柔聲說：「你還記得嗎？第一次你來這裏時曾站在河邊說，有一天咱們要是發財了，就在河邊蓋一棟房子，背靠青山面朝綠水，房子白牆黑瓦，帶一個小院子，院牆用竹籬笆搭成，上面攀滿各種各樣的花草；院裏種上樹，再養幾隻雞；屋後闢兩塊菜地，種上一些時令小菜；房子對著山，每天早晨推開窗戶就能看到雲山盡日飛，遠岫升霧藹……曉妍你還記得嗎？」那時周曉妍靠在他的肩頭睡著了，他摸了摸她的臉感到從未有過的溫馨，此情此景讓他宛若回到多年之前的戀愛時光。

第二十八章　逸文攜妻返鄉蓋居

大年初七，胡逸文返回龍陽上班，他將母親和曉妍留在鄉下老家再住一段時間，他已經相信，農村清新的空氣和旖旎的風光對曉妍的康復極有益處。他細心交待幾個叔伯親戚幫忙照顧母親和妻子，他每個星期會回來一趟。

年後上班後不久的某天，邱瑞來找他，相比於上次的失魂落魄，這一次他顯得神情奕奕，他告訴逸文他離婚了。

「真離了？怎麼離婚了，還越活越精神了？」對於這個結局，逸文並不感到驚訝，所以拿起好友開起了玩笑。

「我也不知道為什麼，感覺一身輕鬆。」邱瑞笑道，「既然我不能提供她想要的幸福，就讓她自己去追求好了，夫妻一場，也希望她過得好。」

「你能這樣想就最好了。」逸文說，「那你以後打算怎麼辦？你兒子呢，誰帶？」

「兒子送回老家交給我媽帶了，至於我——」邱瑞頓了頓，說，「我媽讓我回老家找個穩定工作好好過日子。我不同意。我今年三十六歲，還不晚，人這一輩子要追求的有意義有價值的東西實在太多了，但到先肯定不是房子。這幾年我越活越『衰』，以前那種瀟脫的精神氣不知道跑了去了？我想通了，得要按自個意願好好活一回！我聯繫了北京一個同學，他開了一個音樂酒吧，讓我過去當ＤＪ和主唱，說不定我們還會組建一個樂隊。所以我已經決定去北京發展了。這兩天都在處理房子。」

「你要賣掉房子？」逸文驚訝道。

「是啊，已經賣了，今天剛辦完過房手續，」邱瑞道，「賣了八十八萬——也算是升值了十四萬，靠，也對得住這幾年我供它。還了銀行了四十七萬，給了余婷二十萬，十五萬給我爹媽，餘下的給兒子當撫養費——這就是一套房的價值。」

「看來，你真是下定決心了。」

「是的，既然想好了就去做，別前怕龍後怕虎，我要卸下枷鎖，輕裝上路。」邱瑞爽朗道，露出了少有的笑容。

「那我真有點羨慕你了。」逸文由衷道。

「每個人情況不一樣，對幸福的理解也不一樣，安定是一種幸福，飄泊也是一種幸福，幸福只跟人有關係，跟房子沒關係。」

「對，你說得對，」逸文點頭稱是，「你也成哲學家了。」

「一點生活經驗。只是感覺生活轉了一個圈，又回到了原點，像他媽在做夢！」邱瑞最後吐了一句粗口感歎道。

邱瑞走後，他一直在回味他臨走之前說的那番話，聯想到自身面對生活苦苦支撐毫無快樂的情狀，突然感到一種深刻的百無聊賴，覺得一切都是那麼的沒意思；許多個晚上，他待在空無一人的房子裏，腦海裏不由自主地像放電影似地閃回過十幾年來為了房子所付出的血與淚，苦與樂，屈與辱；閃過女兒恬恬可愛得猶如天使般的面容，也閃過妻子周曉妍曾經快樂的笑靨以及精神受刺激後的悲苦愁容，同時心底騰起一個從未有過的念頭：是繼續這種如履薄冰的生活，還是賣掉房子回老家？

接下來的日子他一直被自己尚不能確定的抉擇所鼓噪所糾纏，一時下不了決心。星期一去報社，才在座位上坐下，謝偉就過來說總編讓他去一趟。他進總編室，便看到總編神情沉重的臉，頓時覺得一絲不祥。總編示意他坐下，但沒開口，似乎在醞釀恰當的措辭。「是這樣的，小胡。你來報社時間不長，但工作很認真很踏實，也做了幾個大新聞，擴大了時報的影響和知名度，你對時報還是有功的。但報社最近面臨很大的壓力，前些時你那篇報導殺傷太大，引起了一些人的不快，連我都受了口頭警告。我想了想，覺得你不合適再留在報社了……」

「這蠻好！」胡逸文突然吁了一口氣，心底像放下一塊塞在心頭多時的大石頭，「這等於在幫我下決心。」

「你說什麼？」總編問他。

「哦，沒什麼。」胡逸文微微一笑。

總編拿出一個信封遞給他，「這是你全年薪水，我特例批給你。」

「謝謝總編，」胡逸文接過信封說，「時報曾給了我很好的平臺，我永遠不會忘記在時報工作的這段日子。」

從總編室出來，他又被謝偉叫進了辦公室，謝偉滿臉怫然：「真他媽混帳，——我也是今天才知道的消息。」胡逸文笑了笑表示沒事，他心裏早有準備。謝偉說：「離開時報了，你還可以當通訊員嘛或者爆料員，我們歡迎你投稿……」胡逸文說：「不用了，我可能要回老家。」「回老家？」謝偉一臉詫異。胡逸文拍拍他肩膀說：「有時間去鄉下玩，我請你吃我們那裏的野味！」

當天下午他回到老家看望母親和妻子，跟母親和盤托出了他的計畫和想法。「龍陽的房子賣掉後，我打算在河邊咱家的菜地蓋一棟小樓起來——我曾經答應過曉妍的。」母親沒說同意也沒說不同意，只是憂心忡忡地表示：「你不在城裏做事了，回老家怎麼生活哩？你不會種田又不會種地……」逸文說：「賣龍陽房子的錢，除了蓋那棟小樓外，應該會餘下不少；田種不來，可以轉給別人種，我們收些糧食，菜我們可以自己種。另外，我還可以寫稿，總之，咱們肯定有生活來源……」母親見他如此安排，也不好再說什麼了。

清淨的鄉村生活讓周曉妍長胖也白皙了不少，能逐漸表達正常的喜怒哀樂了；晚上睡覺，逸文抱著她跟她絮絮訴說自己的計畫和打算。「……我知道你會同意的……小樓蓋好後，就像你以前說的，在前屋園一個小院，後屋園一塊菜地，咱們坐在院子裏看日出，看日落，看歸鳥逐晚霞。在菜園裏種些小菜，在院裏養幾隻雞，夏天去河裏摸魚捉蝦……你說好不好？」曉妍在他懷裏甜蜜地睡著了，臉上露出薔薇般的笑。逸文抱緊她，呢喃叫道：「曉妍……」

回到龍陽後，他將房子掛給了房產仲介。房子原價是四十七萬，他給出的心理價位是不能低於原價。仲介過來看房後，給出了一個六十五萬的售價。逸文覺得價格有點高，怕沒人買。但沒料到房子掛市不到一個星期，來看房的人絡繹不絕一撥緊跟一撥。一對在附近電力公司上班的小倆口對房子極其滿意，經過一番洽談和辦理完一系列手續，最終將價格定為六十二萬五；交了兩萬塊錢的交易稅和五千多塊的仲介費，還掉銀行貸款三十二萬，他最終拿到了二十八萬。

賣完房子後，他沒有獲得邱瑞那樣的一身輕鬆，反而徒添失落。從十八歲來龍陽讀書算起，他在這個城市生活了十八年，租住過這個城市的許多地方，也因為房子，他和這個城市糾纏了十多年。十多年來，為了在這個城市獲得一方蝸居之地，他拼搏過、哭泣過、流血過、絕望過，現在要親手賣掉一手打拼起來的房子，如何不傷感？所以那天，他從仲介出來後，走在熟悉的街道上，看著熟悉的城市景致，聽著熟悉的龍陽方言，聞著熟悉的龍陽小吃的芳香，他竟然有點不舍有點留戀，他知道他跟這個城市有了感情。但他又提醒自己，這個城市並不是他的最終歸宿。

根據合同，在過戶之前他必須清空房子。他花了一整天時間來清理東西，傢俱、電器等東西決定搬回老家，將一些不易搬走的器皿就地送人。

那天，他將一套尚好的咖啡杯和茶具以及一些碗碟打包後去送去白芬家。那時白芬正在收拾東西準備出門，看到逸文來，又驚又喜，嚷著「稀客」，熱情地將他迎進屋。餐廳牆壁上，掛著秦文夫的遺像，下方的桌子上擺著一個小香爐。胡逸文看到舊友的遺像，心底掠過一絲難過，他走過去上點燃了兩根香。上完香後他問白芬最近身體怎樣。白芬笑著作答：還行。她看著逸文提來的東西，問是怎麼回事。逸文說：「我要搬回老家了，有些東西不好搬走，拿來送給你。」

白芬一驚：「你在龍陽住得好好的，回老家幹嘛？」

逸文這才想起白芬還不知道他一年前遭至的家庭變故，便簡要述說了一遍。白芬聽罷既驚愕又傷痛，她拍著腦袋抱怨自己：「我都忙暈了頭，怎麼不知道呢？」

逸文安慰說：「事情已經過去很久了……」

「恬恬，可憐的孩子……」白芬痛哭起來。逸文的痛苦記憶一下被勾勒起來，眼淚不由自主奪眶而出。

「曉妍呢？現在還好嗎？」白芬止住了哭泣，問道。

「她病情好轉很多，」逸文擦乾眼淚，「我這次回老家，一方面也是為了她的病情考慮。鄉下空氣好，對她康復有好處。」

「也是，」白芬點點頭，「以後你要經常來龍陽玩，記得來看我們。」

「我會的，東東結婚的時候，我一定要來討一杯喜酒！」

「好，一言為定！」白芬終於露出了笑。

第二天，逸文去了羅小娟的家，但那幢四層樓房外面被罩上了一層藍色幕帳，像是在裝修。他從樓梯口上去，被一個中年男人拉攔住了，問他幹嘛。逸文說：「這是我一個朋友的家啊，我找她。」男人問：「朋友？什麼朋友？」逸文說：「姓羅，一個女的。」男人「哦」了一聲：「你說羅老師啊，她把房子賣給我們單位了，我們正在裝修。」「房子賣了？」逸文吃了一驚，「那你知道她搬到哪去了嗎？」男人搖搖頭：「那我就不知道了。」

他打羅小娟的手機，但沒打通，提示說「號碼不在服務區」。「她在搞什麼鬼。」他滿腹狐疑。

搬回鄉下的一個月後，胡逸文正式開始了他的小樓工程；他對河邊自家近一百六十平米的四塊菜地親自進行規劃設計，中間的一百平米蓋兩層小樓，一前一後各空二十五平米和三十五平米，闢作院子和菜園。他又登門拜訪村裏經驗豐富的磚匠興叔，請他帶領徒弟操刀建造；他又往返鎮上縣城積極聯繫必要的磚、沙、水泥、門窗等建材……到了五月底，地基就已經打好了。進入七月份後，一層已經拔地而起了，由於天氣的炎熱工期也被迫放慢。逸文讓興叔領著徒弟們一早一晚來幹活就行了，其他時間在家避暑。

七月初的一個午後，逸文在堂屋的竹床午休，曉妍在裏屋睡覺，母親坐在門檻石凳上擇菜籽。鄉村的午後寧靜中透著懶散，村前屋後的蟬鳴一陣緊似一陣，使午後的空氣顯得更加燥熱；遠處的村巷偶爾傳來一兩聲悠長的犬吠，像遲暮老人仄出的咳嗽。

一輛灰色越野車停在家門口，母親怔怔看著車子，一個風塵僕僕的女子從車上下來，見到胡母脆脆叫了一聲：「伯母好。」胡母一驚，發現竟是羅小娟！她欣喜道：「小娟怎麼來了？快進屋快進屋！」

逸文看到羅小娟也吃了一驚。小娟說：「其實上午就到你們鎮上，一直跟鎮上一些幹部談捐助建小學的事，弄得現在才來。——你們家還挺好找的。」

「捐助建小學？」逸文滿腹狐疑，「小娟你在搞什麼名堂？房子賣了工作也辭了，就是在捐建小學？」

羅小娟喝了口胡母遞過來的涼茶，在竹床上坐下之後說道：「還是鄉下要涼快些。」她接過逸文剛才的話頭說：「這事說來話長。」

羅小娟平靜如水的生活在年初被一個來訪的大學女同學所打破；該同學大學畢業後沒有正式找工作，一直在省內的山區支教。同學跟她講起了支教所經歷的許多故事，講起山裏有的孩子每天徒步二十里山路從家中到鄉里的唯一的小學來上課；講起所謂的小學不過是由一個老師教所有的課和幾間屋外下大雨屋內下小雨的土坯房構成；也講起了純樸的山民將一年到頭都捨不得吃的雞蛋積攢下來送給老師充作學費；更講起了山裏許多十歲都不到的小孩因為窮而早早輟學或到城裏作童工的無奈事實……這種殘酷教育現狀讓同樣身為教師且一直在資助貧困生的羅小娟感動之餘也感到了震撼，同時也對同學這些年來獻身支教事業的博大胸懷由衷欽佩。女同學在羅小娟家裏住了三天，對羅小娟一個人擁有這麼大一套房產在感到驚鍔的同時也感到不可思議。第四天她要回去了，她說她很想念山裏的孩子。羅小娟送她去火車站，女同學抱著她說：「小娟，我這麼急著回去不僅是想山裏的學生，更是被你那套大房子唬住了，我心裏住得很不安，你知道嗎，把我們縣裏所有的小學加在一起也頂不上你這棟房子的錢。有空你去山裏看看吧……」

羅小娟送走了女同學，但女同學的話深深烙在她的心坎裏，她開始思索這棟房子的切實意義。但切實的意義又是什麼呢？是為她遮風擋雨？還是她即使不去工作依然能讓她過衣食無憂的生活？抑或是別的什麼？她一時也乍不下確定意思。

三月初的一天，她利用雙休又加上請的幾天假，去了那個支教同學所在的山區。坐了一天火車又坐了一大汽車再坐了半天拖拉機最後爬了半天山路終於抵達那個偏僻閉塞的小山村，在女同學安排下，當了一個星期的代課老師，真真切切感受到了山區的貧窮、教育的落後以及山民尤其是孩子對知識的渴求……一個星期的時間讓她無時無刻處在感動和震撼之中。

回到龍陽後，一個大膽的念頭在在腦海裏醞釀成形。她整理了一份報告書，找到省教育廳有關領導，表達了成立一個捐資助學基金會——光明基金會——的願望，基金會主旨是要在本省貧困縣的每一個鄉鎮捐建一所光明小學，啟動基金就是她那棟八百平米的房產（光明是她父親的名字，以此命名，算是對留下那套房產的父親的紀念）。教育廳領導對她的計畫相當支持，批准這個基金會掛靠在教育廳名下；之後她聯繫有關部門對那棟房產進行評估、拍賣，並且申明了拍賣款項所得的公益用途……最後房子被一家教育培訓集團以近九百萬的價格購得，羅小娟給自己留下五十萬買了套兩居室，其餘的八百五十萬全部劃入了基金會的專門帳號上。她索性辭了職，叫上那個支教同學一起幫她運作捐建事宜，同時又招募了三個熱衷獻身公益事業的年輕大學生……這年整個春天和初夏，羅小娟都和基金會的工作人員一直泡在偏遠的山區洽談助學事宜，在女同學支教的鄉鎮達成了第一個捐建意向，資金很快到位，緊鑼密鼓的建校工作隨即展開；隨後的三個捐建意向也在附近幾個貧困鄉達成……這段時間羅小娟和她的團隊輾轉於山區，感到了前所未有的充實、辛苦以及苦中作樂。

六月底她回到龍陽去教育廳彙報工作，順便去胡逸文的家，才知道逸文已賣了房子，她從房子現在住戶的口中得知逸文搬回鄉下老家了。後來，她產生了到胡逸文老家捐建一所光明小學的念頭；她通過教育廳和當地教育部門聯繫上了，後者對這樣的好事自然求之不得喜出望外；羅小娟決定去實地考察一番，於是，她選擇了一個合適的日子，開著那輛公家的越野車風塵僕僕來到了胡橋鎮……

上午她跟鎮上幾個幹部到全鎮幾所小學看了看，雖然這裏的校舍條件跟此前山區相比不是太差，但年久失修爛牆破瓦情況很不樂觀。經過綜合考察和商討，她代表基金會跟胡橋鎮達成了捐建的初步意向：一，新小學預算四十萬，基金會出資三十萬，胡橋鎮出資十萬；二，對所捐款項的具體運作以及去向，基金會隨時跟蹤審核審計。除了這兩條之外，羅小娟還增加一條附加條件：新小學建成後，由胡逸文出任該校校長。雖然幹部們不清楚對方為什麼提這個條件，但他們對此也沒有異議……吃完中飯後，羅小娟就一路打探來到胡家坳村……

「小娟，你做的這些可都是功德無量的事啊，我給你鞠躬都行！」胡逸文拍著竹床激動地說，「我們村的小學還是我當年讀小學時的破舊校舍，幾十年過去了沒人翻修一下。去年雷鳴回鄉祭祖的時候，聲稱要在全鄉每一個村蓋一所新小學，後來他出事了也不了了之了。」

羅小娟說：「這裏跟我在其他地方考察的情況差不多，地方越窮，吃財政飯的人就越多，吃財政的人越多，越沒錢蓋學校，教育越落後，地方就越窮，——已經形成了惡性循環。所以我才要你當新小學的校長，某種程度就是監督基金會的款項的流向。反正你當校長，鎮上的幹部都說好，還說你是鄉里的名人。呵呵。」

胡逸文不好意思笑了笑：「我從沒當過官，不知道幹不幹得好。」

「我相信你一定能幹得好！」羅小娟說，「不過，主管教育的副鎮長說，現在申請公辦教師編制比較難，你當校長只能以民辦教師的身份先幹著，工資每個月只有五六百塊。」

胡逸文說：「這個倒無所謂。」

「這不能無所謂！」羅小娟說：「你現在搬回鄉下了總得有收入來源。你當了光明小學校長，也算基金會的工作人員，基金會每個月給你八百塊錢的補助金。」

「這……」胡逸文一時不知道說什麼好。這時胡母插過話說：「還是小娟想得周到。」

羅小娟笑而不語，她問起了周曉妍。逸文帶她來到里間的廈屋，周曉妍正睡得酣甜如嬰。逸文說：「回鄉下後，她精神態度好了很多，一直沒發過病，我也儘量不給她吃藥，讓她慢慢靜養好轉……」羅小娟點點頭：「這就好。」

鄉村的晚飯通常吃得早些，吃罷飯，胡逸文帶羅小娟去村外看他「不斷長高」的小樓。

戀戀不捨的夕陽還在與天際的雲霞纏綿，絢麗的霞光將山梁染成了玉米似的金黃。歸鳥夾雜著啾鳴從夕陽前一掠而過，像撕破了一張美麗的夕陽映照圖；大塊淡紫色的雲塊從天邊迅速移走，騰出西方大片的天空看上去像一塊碩大的灰藍色翡翠，一塵不染。當夕陽出現在西天時像是一枚鑲在翡翠上的橘紅色寶石，或又像一漥潔淨無比的大蛋黃，在周圍絲毫看不到任何影響視感的雜質。無比詳和的夕陽光線輕輕地瀉在開闊的田野上，彷彿給田野上的河岸、山坡、村舍以及遠處準備收工的農人罩上了一層彩色的帳幔。

「真美呀。」羅小娟歡呼讚歎道，「也許只有在這種古老的鄉村才會有這樣純粹的落日。——等基金會走上正軌後，我就不具體指揮了，我也來這裏隱居！」

「好哇，」逸文笑著說，「反正我那小樓要蓋兩層，留一層給你。」

「這可是你說的，到時別反悔！」

「當然不反悔！」

兩人同時哈哈大笑起來。

已經竣工一層的小樓在夏季燥熱的晚風裏安靜潛伏，興叔正帶著他的徒弟們不斷給它添磚加瓦，透過人影瓦礫，是時跳時躍的夕陽。

羅小娟面對小樓神態安詳，過了半晌才說：「我覺得你搬回鄉下的決定是對的。」

「哦，是嗎？」胡逸文笑著問，「為什麼呢？」

「你的舉報以及你寫的報導已經得罪了龍陽不少領導，你在龍陽就不會有好日子過；沒有一份好工作，你不僅供不起房子，更不可能給曉妍治病了……你回鄉下，一方面讓曉妍得到休養，更重要的一點是可以安下心來寫作，我總覺得你有文學才華，好好寫靜下心寫，假以時日，會有一番成就的！」

胡逸文悵然一歎：「還是你瞭解我……」

羅小娟莞爾一笑：「我們是知己嘛！」

兩人沉默了一會，過了半晌，逸文輕聲提議道，「雷鳴的墳就在村外的山崗上，要不要去看一下？」羅小娟聽罷神色一怔。

暮色中的墳地顯示著較於往時的陰森靜謐。雷鳴尚無墓碑的墳塋在氣派的雷氏祖墳地裏顯得既寒磣又簡陋，墳包上已經長出了半米高的艾艾荒草，幾堆烏黑骯髒的乾牛屎散落在墳塋旁邊的溝壑裏，顯然是某些放牛娃所為……胡逸文邊扯著墳頭的荒草邊說：「本來是想給他立塊碑的，但一年來事情太多耽擱了……」羅小娟神色平靜打量墳塋，之後歎了一句：「他風光的時候可曾想到會有今日的結局？」

「是啊，十年時間一切都打回了原形。這就是命！」胡逸文也歎道，「……你知道嗎，去年他給我那個黑箱子，密碼竟是你的生日。也許他心裏始終沒有忘記你……」

羅小娟的臉色掠奪一絲不易覺察的傷感，但很快又在暮色下恢復平靜。她從地上抓起一把黃土輕輕撒在雜草叢生的墳頭上。「讓所有的恩怨隨這把黃土塵埃了結吧……」她淡淡說道。

天色已漸漸暗淡下來，本就闃靜的山村在夜色來臨之際顯得更加淡靜。彎刀似的半輪弦月悄然爬上了遠處的山梁，河岸對面的山上傳來不知名飛鳥的啾叫聲，時遠時近，像心事重重的歎息。

第二天，羅小娟跟鎮上有關幹部一起就新小學的選址、規劃等具體問題進一步進行了商討，作為新小學校長，胡逸文也跟著參與了商討的全過程。羅小娟敦促鎮政府方面趕快制訂一份興建規劃書，規劃書一旦通過基金會以及省教育廳有關部門審核，基金會會儘快將第一批捐建資金匯過來。當天下午羅小娟就要離開胡橋鎮了，胡母挽留她多住幾天，羅小娟說：「這些時實在太忙，基金會在這裏捐建專案，我以後會經常來你老人家的。」周曉妍似乎已經認出她了，握著她的手不肯放，羅小娟也緊緊抱著她，眼眶晶瑩泛紅……

安靜的家經過短暫的熱鬧之後又復歸平靜。

清晨，當太陽從山梁微微探出腦袋的時候，逸文牽著曉妍的手來到晨曦映照的村外，感受清新的空氣感受一天全新的開始。因為被霧藹籠罩的緣故，太陽透著沒睡醒似的倦怠。幾片濃雲的薄如輕綃的邊際，襯上了淺紅的霞彩，像少女臉上害羞似的酡紅。遠處的稻田和油菜地安詳靜伏，翠綠盎然，拂蕩著一派勃勃的生命氣息。雲雀撲閃著翅膀，在玫瑰色的晨曦下飛過田野；百靈鳥的歌聲從遠處的樹林裏傳過來，像晨風吹過竹梢發出的呼哨。

逸文和曉妍行走在縱橫交錯的田壟阡陌裏，草莖和稻穗上的露珠黏濕了他們的衣衫。一些開始早耕忙碌的村民從田地走過，他們彼此吆喝，爽快的歡聲笑語和粗獷的山歌聲，夾雜著濕潤的泥土氣息，一道向他們傳來。

「任何生命都會成為過去，任何生命也會再生。曉妍你說是不是？」逸文拔起一棵嫩綠的小草對曉妍說。

「是的。」曉妍微微閉合的嘴裏迸出兩個清晰的音節。逸文愣了一下，隨後興奮大叫道：「曉妍你會說話了？曉妍會說話了！」他一下抱起曉妍在凹凸不平的田埂奔跑起來。

太陽悄然越過山梁露出整張笑臉，熾烈的光線穿過霞彩，火輪似地照遍了整個田野大地，逸文抱著曉妍融為一體的身影被清晨金燦燦的霞光拉得老長老長……

二〇〇八年二月—二〇一〇年三月 初稿
二〇一〇年五月—二〇一一年二月 定稿

釀小說21　PG0941

房奴

——時代控訴長篇小說

作　　者　胡霜霖
責任編輯　劉　璞
圖文排版　張慧雯
封面設計　秦禎翊

出版策劃　釀出版
製作發行　秀威資訊科技股份有限公司
114 台北市內湖區瑞光路76巷65號1樓
電話：+886-2-2796-3638　傳真：+886-2-2796-1377
服務信箱：service@showwe.com.tw
http://www.showwe.com.tw
郵政劃撥　19563868　戶名：秀威資訊科技股份有限公司
展售門市　國家書店【松江門市】
104 台北市中山區松江路209號1樓
電話：+886-2-2518-0207　傳真：+886-2-2518-0778
網路訂購　秀威網路書店：http://www.bodbooks.com.tw
國家網路書店：http://www.govbooks.com.tw
法律顧問　毛國樑　律師
總 經 銷　聯合發行股份有限公司
231新北市新店區寶橋路235巷6弄6號4F
電話：+886-2-2917-8022　傳真：+886-2-2915-6275

出版日期　2013年4月　BOD一版
定　　價　440元

國家圖書館出版品預行編目

房奴：時代控訴長篇小說 / 胡霜霖著. -- 一版. -- 臺北
市：釀出版, 2013.04
面； 公分. -- (釀小說21 ; PG0941)
BOD版
ISBN 978-986-5871-35-2 (平裝)

857.7 102005103

讀者回函卡

感謝您購買本書，為提升服務品質，請填妥以下資料，將讀者回函卡直接寄回或傳真本公司，收到您的寶貴意見後，我們會收藏記錄及檢討，謝謝！如您需要了解本公司最新出版書目、購書優惠或企劃活動，歡迎您上網查詢或下載相關資料：http:// www.showwe.com.tw

您購買的書名：________________________

出生日期：________年________月________日

學歷：□高中（含）以下　□大專　□研究所（含）以上

職業：□製造業　□金融業　□資訊業　□軍警　□傳播業　□自由業

□服務業　□公務員　□教職　□學生　□家管　□其它_____

購書地點：□網路書店　□實體書店　□書展　□郵購　□贈閱　□其他

您從何得知本書的消息？

□網路書店　□實體書店　□網路搜尋　□電子報　□書訊　□雜誌

□傳播媒體　□親友推薦　□網站推薦　□部落格　□其他__________

您對本書的評價：（請填代號　1.非常滿意　2.滿意　3.尚可　4.再改進）

封面設計____　版面編排____　內容____　文／譯筆____　價格____

讀完書後您覺得：

□很有收穫　□有收穫　□收穫不多　□沒收穫

對我們的建議：________________________

____

____

____

請貼
郵票

11466
台北市內湖區瑞光路 76 巷 65 號 1 樓
秀威資訊科技股份有限公司 收
BOD 數位出版事業部

....

（請沿線對折寄回，謝謝！）

姓　　名：____________ 年齡：________ 性別：□女　□男

郵遞區號：□□□□□

地　　址：________________________________

聯絡電話：(日) ____________ (夜) ____________

E-mail：________________________________